1Q84

HARUKI MURAKAMI

LIVRO 2
julho – setembro

TRADUÇÃO DO JAPONÊS
LICA HASHIMOTO

11ª REIMPRESSÃO

Copyright © 2009 by Haruki Murakami
Proibida a venda em Portugal

Grafia atualizada segundo o Acordo Ortográfico da Língua Portuguesa de 1990, que entrou em vigor no Brasil em 2009.

Título original
1Q84

Capa
Retina_78

Revisão
Ana Kronemberger
Tamara Sender
Ana Grillo

CIP-Brasil. Catalogação na fonte
Sindicato Nacional dos Editores de Livros, RJ

M944u
    Murakami, Haruki
        1Q84 : Livro 2 (julho-setembro) / Haruki Murakami; tradução do japonês Lica Hashimoto. – 1. ed. – Rio de Janeiro: Objetiva, 2013.
        376p.

    Tradução de: *1Q84*
    ISBN 978-85-7962-205-2
    ISBN 978-85-7962-277-9 (coleção)

        1. Romance japonês. I. Hashimoto, Lica. II. Título.

13-0135   CDD: 895.63
                                  CDU: 821.521-3

Todos os direitos desta edição reservados à
EDITORA SCHWARCZ S.A.
Praça Floriano, 19, sala 3001 — Cinelândia
20031-050 — Rio de Janeiro — RJ
Telefone: (21) 3993-7510
www.companhiadasletras.com.br
www.blogdacompanhia.com.br
facebook.com/editora.alfaguara
instagram.com/editora_alfaguara
twitter.com/alfaguara_br

Sumário

1	AOMAME – Foi a cidade mais entediante do mundo	7
2	TENGO – Não possuo nada além da minha alma	26
3	AOMAME – Não decidimos como nascer, mas podemos decidir como morrer	46
4	TENGO – Talvez fosse melhor não desejar isso	65
5	AOMAME – O gato vegetariano se encontra com o rato	76
6	TENGO – Nós temos braços muito longos	89
7	AOMAME – O lugar em que você está para pisar	108
8	TENGO – A hora em que os gatos aparecem	118
9	AOMAME – O preço a pagar por uma graça recebida	139
10	TENGO – Você recusou nossa oferta	152
11	AOMAME – O bom é o equilíbrio	169
12	TENGO – Não se pode contar nos dedos	187
13	AOMAME – Sem o seu amor	202
14	TENGO – O pacote recebido	218
15	AOMAME – Finalmente, chegou a hora dos fantasmas	231
16	TENGO – Como um navio fantasma	251
17	AOMAME – Tirar o rato	266
18	TENGO – O satélite solitário e silencioso	281
19	AOMAME – Quando a *dohta* despertar	293
20	TENGO – A morsa e o chapeleiro maluco	315
21	AOMAME – O que devo fazer?	321
22	TENGO – Enquanto as duas luas estiverem no céu	331
23	AOMAME – Ponha um tigre no seu tanque	341
24	TENGO – Enquanto ainda houver calor	353

1
Aomame
Foi a cidade mais entediante do mundo

Apesar de a estação das chuvas ainda não ter terminado oficialmente, o céu de Tóquio estava limpo, e os raios de sol incidiam sobre a terra sem parcimônia. As folhas dos salgueiros, novamente frondosos, projetavam no chão suas densas e agitadas sombras.

Tamaru recebeu Aomame no terraço da casa. Ele trajava um terno escuro de verão, camisa branca e gravata lisa; não estava nem um pouco suado. Aomame achava incrível um homem tão robusto como ele jamais transpirar, por mais que o dia estivesse quente.

Ao vê-la, Tamaru apenas se limitou a fazer um rápido aceno de cabeça e, após um breve e inaudível cumprimento, manteve-se em silêncio, sem as costumeiras conversas triviais. Ele a conduziu por um longo corredor até o local em que a velha senhora a aguardava, caminhando alguns passos à frente, sem se voltar uma única vez. Aomame sabia que ele estava abalado com a morte da cadela e, por isso, não tinha disposição para falar de amenidades. Na conversa que tiveram ao telefone, ele disse: "Vou encontrar outro cão de guarda para substituí-la", como se estivesse fazendo um comentário casual sobre o tempo, mas Aomame sabia que a frieza era apenas da boca para fora. Tamaru tinha grande afeição pela fêmea de pastor-alemão; era um forte vínculo de amizade, construído mutuamente ao longo da convivência. A morte repentina e inexplicável da cadela o atingira como uma ofensa pessoal, um tipo de provocação. Ao olhar para as costas silenciosas de Tamaru, amplas como um quadro-negro, Aomame imaginou o tamanho da raiva contida nele.

Tamaru abriu a porta da sala de estar e, após Aomame entrar, aguardou, postado diante da porta, as instruções da velha senhora.

— Por enquanto, não vamos beber nada — disse ela.

Tamaru fez uma breve reverência e fechou delicadamente a porta, deixando as duas a sós. Na mesa ao lado da poltrona em que a velha senhora se sentava, havia um aquário redondo com dois kinguios vermelhos. Tanto o aquário quanto os peixinhos eram comuns, encontrados em qualquer lugar. Como em todo aquário que se preza, havia nele plantas aquáticas esverdeadas. Aomame esteve muitas vezes naquela sala ampla e elegante, mas era a primeira vez que notava aqueles kinguios. O ar-condicionado estava ajustado no nível mais fraco e, a intervalos regulares, uma tênue brisa tocava sua pele. Atrás da poltrona havia um vaso com três lírios brancos. Os lírios grandes e inertes pareciam pequenos animais exóticos em profundo estado de meditação.

 A velha senhora apontou o sofá ao lado, para que Aomame se acomodasse nele. Cortinas de renda branca cobriam a janela voltada para o jardim, mas os raios de sol daquela tarde de verão incidiam com força nelas. Era estranho notar como a luminosidade ressaltava o estado de abatimento da velha senhora. Seu braço fininho mal conseguia sustentar o queixo, e seu corpo parecia jogado na enorme poltrona. Os olhos estavam fundos, e notava-se uma quantidade maior de rugas no pescoço. Os lábios estavam pálidos, as extremidades de suas longas sobrancelhas levemente caídas, como se pressionadas pela força da gravidade. Manchinhas brancas espalhadas no rosto indicavam que a circulação sanguínea estava mais lenta que o normal. Ela aparentava cinco ou seis anos a mais do que da última vez que Aomame a vira, e, naquele momento, não parecia se importar nem um pouco em revelar seu estado de fadiga. Sua atitude era inusitada. Até onde Aomame a conhecia, ela nunca havia se descuidado da aparência, sempre soubera canalizar a energia interior para manter uma correta postura corporal, controlar as emoções e nunca dar indícios de senilidade, por menor que fossem. Um esforço que sempre resultou satisfatório.

 "Algumas coisas desta casa estão diferentes do habitual", pensou Aomame. Até a luminosidade da sala tinha uma tonalidade diferente. E, no aposento de teto alto, repleto de móveis antigos e de bom gosto, aquele modesto aquário com os kinguios vermelhos destoava de tudo.

 A velha senhora manteve-se em silêncio durante um bom tempo. Com o cotovelo apoiado no braço da poltrona e a mão no queixo, olhava para um espaço vazio ao lado do sofá em que Aomame se sentava. Aomame sabia muito bem que não havia nada de especial naquele ponto, e que a velha senhora apenas necessitava de um lugar transitório para repousar a visão.

— Está com sede? — perguntou a senhora com voz serena.

— Não. Não estou com sede — respondeu Aomame.

— Temos chá gelado. Se quiser, pegue um copo e sirva-se à vontade.

A velha senhora apontou para uma mesinha próxima à porta de entrada. Sobre ela havia uma jarra de chá gelado com rodelas de limão e cubos de gelo. Ao lado da jarra, três copos de vidro lapidado, personalizados com cores diferentes.

— Muito obrigada — disse Aomame. Continuou sentada, aguardando o que a velha senhora tinha a lhe dizer.

A velha senhora novamente guardou silêncio durante um tempo. Ela precisava contar alguma coisa, mas, ao mesmo tempo, queria protelar ao máximo o momento de dizê-la. Era, portanto, um silêncio reticente e cheio de significados. A velha senhora deu uma rápida olhada no aquário e, resignada, finalmente fitou Aomame. Os lábios estavam cerrados e, intencionalmente, as extremidades arqueavam-se levemente para cima.

— Tamaru já te contou que a cadela que tomava conta do abrigo morreu? E que, até agora, não temos nenhuma ideia de como foi que isso aconteceu? — perguntou.

— Ele me contou.

— Depois disso, Tsubasa desapareceu...

Aomame franziu levemente as sobrancelhas.

— Desapareceu?

— Ela sumiu. Provavelmente durante a noite. Hoje de manhã ela havia desaparecido.

Aomame cerrou os lábios, tentando encontrar palavras que custaram a sair:

— Mas... A senhora me disse outro dia que alguém sempre dormia com Tsubasa, inclusive no mesmo quarto, como precaução.

— Isso mesmo. Mas a mulher que a acompanhava dormiu tão profundamente que não percebeu que ela havia sumido. Somente ao amanhecer é que ela viu que Tsubasa não estava na cama.

— O pastor-alemão morreu e, no dia seguinte, Tsubasa sumiu — disse Aomame, reconfirmando a sequência dos fatos.

A velha senhora concordou:

— Ainda não podemos afirmar que existe alguma relação entre esses dois acontecimentos, mas, para mim, existe.

Sem nenhuma intenção, Aomame olhou o aquário. A velha senhora também o observou, como se estivesse seguindo a mirada de Aomame. Os dois kinguios nadavam tranquilamente dentro do lago contido no vidro, movendo delicadamente as barbatanas. A luminosidade do verão provocava uma estranha refração no aquário, criando a ilusão de se estar contemplando as profundezas do mar, repletas de mistérios.

— Comprei os kinguios para Tsubasa — disse a velha senhora, olhando para Aomame, em tom de explicação. — Havia uma feirinha no centro comercial de Azabu e levei Tsubasa para dar um passeio. Achei que não era bom para a saúde dela ficar enfurnada no quarto. É claro que Tamaru nos acompanhou. Foi quando comprei o aquário e os kinguios. Tsubasa tinha gostado muito deles. Deixamos o aquário com os peixinhos no quarto dela, e ela ficava o dia todo olhando para eles, parecia nunca se cansar. Depois que ela desapareceu, resolvi trazê-lo para cá. Sabe de uma coisa? Ultimamente, eu também me pego olhando atentamente para eles. Sei que pode parecer estranho, mas realmente nunca me canso de olhar para eles. Até então eu nunca tinha parado para observá-los tão atentamente.

— Tem alguma ideia de onde ela pode ter ido? — perguntou Aomame.

— Não faço a mínima ideia — disse a velha senhora. — Ela não tem nenhum parente para acolhê-la e, até onde sei, não existe nenhum lugar neste mundo aonde ela pudesse ir.

— Existe alguma possibilidade de ela ter sido levada à força?

A velha senhora balançou a cabeça num gesto ligeiramente nervoso, como se afugentasse um mosquitinho invisível.

— Não. A menina *apenas* foi embora. Ninguém a levou à força. Se isso tivesse acontecido, as pessoas teriam acordado. As mulheres do abrigo costumam ter um sono muito leve. Acho que foi Tsubasa que resolveu ir embora. Ela desceu as escadas, destrancou a porta da frente sem fazer barulho e deixou o abrigo. Eu consigo imaginar a cena. A cadela não latiria se ela fizesse isso. Mas o fato é que a cadela tinha morrido na noite anterior. Tsubasa saiu de pijama, apesar de uma muda de roupa estar dobrada num canto do quarto. E, com certeza, não levou nenhum dinheiro.

A expressão no rosto de Aomame ficou ainda mais alterada.

— Sozinha e de pijama?

A velha senhora assentiu.

— Isso mesmo. Aonde poderia ir uma garota de 10 anos, sozinha, de pijama, sem nenhum tostão no bolso, no meio da noite? É uma situação inconcebível. Mas, não sei por quê, a atitude dela não me parece tão estranha. Não mesmo. Tenho a impressão de que era algo inevitável. Por isso, não estou atrás de seu paradeiro. Por enquanto, não estou fazendo nada, fico apenas observando os kinguios.

A velha senhora olhou rapidamente o aquário antes de se voltar para Aomame.

— Eu sei que não vai adiantar nada procurá-la. A menina foi para um lugar que está fora do nosso alcance.

Ao dizer isso, a velha senhora tirou a mão do queixo e soltou lentamente todo o ar preso nos pulmões. Em seguida, pousou as mãos sobre o colo.

— Por que será que ela resolveu ir embora? — perguntou Aomame. — No abrigo pelo menos ela estava protegida; e, se não tinha para onde ir...

— Não sei o motivo, mas acho que tem a ver com a morte da cadela. Desde o dia em que ela veio para cá, sempre foi muito carinhosa com a cadela, era uma afeição mútua. Eram como amigas de verdade. Por isso, Tsubasa ficou muito triste com sua morte, ainda mais por ter sido sangrenta e misteriosa. Todas as pessoas do abrigo ficaram chocadas. Acho que a trágica morte da cadela foi uma espécie de mensagem para Tsubasa.

— Mensagem?

— Uma mensagem alertando-a de que não devia ficar aqui. Que eles já sabiam onde ela estava escondida. E que, se não saísse, algo ainda pior poderia acontecer com as pessoas ao seu redor. Uma mensagem desse tipo.

Os dedos da velha senhora, sobre seu colo, marcavam compassos precisos de um tempo imaginário. Aomame aguardou a continuação da conversa.

— Acho que ela entendeu a mensagem e, por isso, resolveu fugir. Eu não creio que tenha partido por vontade própria. Acho que ela se viu obrigada a ir embora mesmo sabendo que não tinha para onde ir. É insuportável para mim pensar que uma garota de apenas 10 anos precisou tomar esse tipo de decisão.

Aomame quis esticar os braços e segurar as mãos da velha senhora, mas achou melhor se conter. A conversa ainda não tinha terminado.

A velha senhora continuou:

— Acho desnecessário dizer o quanto isso me abalou. É como se tivessem arrancado uma parte de mim. Minha intenção era adotá-la oficialmente como minha filha, embora isso não fosse tarefa fácil. Mas era algo que eu realmente desejava, ciente das dificuldades que enfrentaria. Caso a adoção não desse certo, eu não teria o direito de culpar ninguém. Mas, na idade em que estou, essas coisas se tornam uma carga difícil de suportar.

— Quem sabe dia desses Tsubasa volte? Afinal ela não tem dinheiro nem para onde ir.

— Gostaria de pensar assim, mas creio que isso não vai acontecer — disse a velha senhora, com a voz inexpressiva. — Ela tem apenas 10 anos, mas já tem consciência das coisas, e por isso decidiu ir embora. Provavelmente ela não voltará aqui por conta própria.

— Com licença — disse Aomame. Levantou-se e se dirigiu à mesinha, onde se serviu de chá gelado num copo azul. Ela não estava realmente com sede, mas precisava ganhar tempo para organizar os pensamentos. Após se sentar novamente no sofá, tomou um pequeno gole e colocou o copo sobre o tampo de vidro da mesa.

— Por enquanto, vamos deixar esse assunto de Tsubasa — disse a velha senhora, após aguardar Aomame se acomodar novamente no sofá. Para colocar um ponto final nas emoções, endireitou a coluna e entrelaçou firmemente os dedos sobre o colo. — Agora vamos falar de Sakigake e o tal líder. Quero te contar o que descobrimos sobre ele. Esse é o motivo principal de ter te chamado aqui.

No final das contas, esse assunto também está relacionado a Tsubasa.

Aomame assentiu com a cabeça. Ela previra que o assunto deveria ser este.

— Como já falei outro dia, temos que *resolver* a questão desse líder, custe o que custar. Ou seja, precisamos *mandá-lo para o outro mundo*. Você sabe muito bem que ele costuma estuprar meninas de mais ou menos 10 anos, todas antes da primeira menstruação. Esse líder inventou uma doutrina qualquer e, para justificar seus atos, aproveita a estrutura religiosa do grupo e de seus fiéis. Mandei fazer uma investigação minuciosa sobre ele, colhendo informações através de várias fontes e, para tanto, gastei muito dinheiro. Não foi fácil. Tive de dispor de um montante bem maior do que o previsto. Mas, no final, descobrimos que quatro meninas foram estupradas. A quarta foi Tsubasa.

Aomame pegou o copo sobre a mesa e tomou um gole de chá gelado. Não sentiu nenhum gosto. Era como se houvesse na boca um chumaço de algodão absorvendo o chá.

— Ainda não temos informações detalhadas, mas duas das quatro meninas ainda vivem lá dentro — disse a velha senhora. — Elas pertencem ao círculo de pessoas próximas ao líder, e a função delas é semelhante à das donzelas virgens dos santuários xintoístas. Elas jamais aparecem diante dos demais seguidores. Não se sabe ao certo se essas meninas estão nesse lugar por vontade própria ou por não conseguirem fugir. Também não sabemos se elas continuam a manter relações sexuais com o líder. A única informação que temos é de que elas ainda vivem com ele. Como se fossem uma família. A morada do líder fica numa área restrita, os seguidores não têm acesso a ela. Há muitas coisas envoltas em mistério.

O copo de vidro sobre a mesa começava a suar. A velha senhora fez uma pausa para normalizar a respiração e continuou:

— Uma coisa, porém, é certa. Dentre as quatro, a primeira vítima foi a própria filha do líder.

Aomame franziu o cenho. Seus músculos faciais começaram a se movimentar de modo autônomo, alterando enormemente sua fisionomia. Ela tentou dizer algo, mas não conseguiu articular as palavras.

— É isso mesmo. A primeira menina que esse homem estuprou foi a própria filha. Isso foi há sete anos, quando ela tinha 10 anos — disse a velha senhora.

A velha senhora pegou o interfone e pediu a Tamaru uma garrafa de xerez e duas taças. Enquanto elas o aguardavam, cada uma, em silêncio, procurava organizar seus pensamentos. Tamaru trouxe no carrinho uma garrafa nova de xerez e duas elegantes taças de fino cristal. Após colocar a garrafa e as taças sobre a mesa, ele abriu o xerez com gestos firmes e precisos, como a torcer o pescoço de uma galinha. Em seguida, serviu a bebida nas taças de maneira pomposa. Com o gesto de aprovação da velha senhora, ele fez uma breve reverência e, como sempre, deixou a sala sem proferir uma única palavra e sem se fazer ouvir.

"Não era apenas a questão do cachorro", pensou Aomame. Tamaru também estava profundamente magoado pelo sumiço da menina, bem diante de seus olhos, e por ela ser uma pessoa tão querida pela velha senhora. Mas não era sua responsabilidade. Ele não morava no local de trabalho e, a não ser em casos especiais, no final do dia voltava a pé para casa, a dez minutos dali. Tanto a morte da cadela quanto o desaparecimento da menina ocorreram durante a noite. E ambas as situações pareciam inevitáveis. Sua responsabilidade era proteger a velha senhora e a mansão dos salgueiros, e seria difícil cuidar igualmente do abrigo, no terreno ao lado da mansão. Mesmo assim, para Tamaru, os acontecimentos eram entendidos como uma falha pessoal, uma afronta imperdoável.

— Você está preparada para dar um jeito nele? — a velha senhora perguntou.

— Estou — Aomame prontamente respondeu.

— O serviço não será fácil — disse a velha senhora. — Bem, sempre que solicitamos a você um trabalho, significa que não é fácil. Mas desta vez trata-se de algo *excepcionalmente difícil*. Farei o possível para ajudá-la, mas não posso garantir sua total segurança. Esse serviço é muito mais arriscado do que os outros que você fez.

— Estou ciente disso.

— Eu já disse antes que não queria te mandar para um local perigoso, mas, honestamente, nesse caso as opções são muito limitadas.

— Tudo bem — disse Aomame. — Não podemos deixar esse homem viver.

A velha senhora pegou a taça e tomou um pequeno gole de xerez. Novamente, ficou um bom tempo olhando os kinguios.

— Nas tardes de verão, sempre gostei de tomar xerez em temperatura ambiente. Em dias quentes, não gosto de bebida gelada. Após uma taça de xerez, costumo tirar um cochilo. Quando menos espero, já estou dormindo. Ao acordar, não sinto mais tanto calor. Às vezes penso em como seria bom morrer assim. Tomar uma taça de xerez numa tarde de verão, deitar no sofá, dormir e nunca mais acordar...

Aomame pegou sua taça e também tomou um gole. Ela não apreciava muito o gosto da bebida, mas uma coisa era certa, naquele momento ela precisava beber algo. Ao contrário de quando tomou o chá gelado, desta vez conseguiu sentir o gosto da bebida. Sentiu na língua o gosto forte e intenso do álcool.

— Gostaria que você me respondesse com toda a sinceridade — disse a velha senhora. — Você tem medo de morrer?

Aomame não levou muito tempo para responder e, balançando a cabeça, disse:

— O que sinto não é bem medo. Principalmente levando em conta a vida que levo.

A velha senhora abriu um singelo sorriso. Ela parecia estar um pouco mais rejuvenescida. Os lábios haviam recuperado a vitalidade. Conversar com Aomame estava lhe fazendo bem, ou a pequena quantidade de xerez começava a fazer efeito.

— Mas você tem um certo homem de quem gosta, não tem?

— Sim, eu tenho. Mas a possibilidade de ficar com ele é praticamente nula. Por isso, mesmo que eu morra, não tenho praticamente nada a perder.

A velha senhora estreitou os olhos.

— Existe algum motivo concreto para você achar que não vai ficar com ele?

— Nenhum em especial — respondeu Aomame. — A não ser o fato de eu ser quem sou.

— Você não tem nenhuma intenção de procurá-lo?

Aomame balançou a cabeça negativamente.

— O mais importante para mim é saber que eu o desejo do fundo do meu coração.

A velha senhora olhou para Aomame admirada.

— Você é uma pessoa muito determinada.

— A necessidade me tornou assim — disse ela, encostando a taça de xerez nos lábios e apenas fingindo beber. — Não sou assim porque quero.

Durante um breve espaço de tempo, o silêncio reinou absoluto na sala. Os lírios pendiam cada vez mais e os kinguios nadavam em meio à estranha refração criada pela luminosidade.

— É possível criar uma situação em que você e o líder fiquem a sós — disse a velha senhora. — Não vai ser fácil e pode levar um certo tempo. No entanto, posso conseguir isso. Então você fará *o que sempre fez*. Mas, desta vez, você terá de desaparecer. Terá de fazer uma cirurgia plástica no rosto. E, claro, terá de largar esse trabalho e mudar-se para um lugar bem distante. Também terá de mudar de nome. Jogar fora tudo o que é seu. Você se tornará outra pessoa. Obviamente, você será generosamente recompensada. Assumirei todas as demais responsabilidades. Está de acordo?

— Como acabei de dizer, não tenho nada a perder. Trabalho, nome, a vida que tenho em Tóquio; isso tudo não tem nenhum significado especial. Não tenho nenhuma objeção — disse Aomame.

— Mesmo mudando seu rosto?

— Será que vou ficar melhor?

— Se você quiser, é possível — respondeu a velha senhora, com uma expressão séria. — É claro que existe um certo limite, mas podemos mudar seu rosto da forma que você desejar.

— Vou aproveitar e pedir para aumentar os seios.

A velha senhora assentiu.

— Acho uma boa ideia. Quero dizer, vai ajudar a enganar as pessoas.

— É brincadeira — disse Aomame, atenuando a expressão. — Não posso me gabar, mas não me importo de mantê-los como são. São leves e fáceis de carregar. Vai ser muito trabalhoso ter de comprar sutiãs de outro tamanho.

— Se esse for o motivo, posso comprar quantos você quiser.

— Isso também é uma brincadeira — disse Aomame.

A velha senhora sorriu.

— Desculpe-me. É que não estou acostumada a vê-la brincar.

— Não vejo problema em fazer plástica — disse Aomame.

— Nunca pensei em fazer esse tipo de cirurgia, mas também não tenho nenhuma objeção. Eu mesma nunca gostei muito do meu rosto e tampouco tive alguém que gostasse dele.

— Você também terá de deixar seus amigos.

— Não tenho ninguém a quem chamar de amigo — respondeu Aomame. Mas logo se lembrou de Ayumi. Talvez sentisse sua falta caso Aomame sumisse para sempre. Ou se sentisse traída com essa atitude. Mas, desde o início, Aomame sabia que seria difícil manter a amizade. Era arriscado demais ter uma amiga que trabalhava na polícia.

— Eu tive dois filhos — disse a velha senhora. — Um menino e uma menina, três anos mais nova. Minha filha morreu. Como você já sabe, ela se suicidou. Ela não teve filhos. O meu filho, por inúmeros motivos, não se dá bem comigo. Há tempos que não nos falamos. Tenho três netos, mas não os vejo há muito tempo. Porém, quando eu morrer, a maior parte da minha fortuna será herdada por esse meu filho e pelos três netos. Isso ocorre automaticamente. Hoje, ao contrário de antigamente, o testamento por escrito não tem muita validade. De qualquer modo, por enquanto tenho dinheiro suficiente para viver bem. Se você conseguir cumprir essa tarefa, minha intenção é doar para você uma grande parte da minha fortuna. Por favor, não me leve a mal. Não pense que estou te comprando com esse dinheiro. O que estou tentando dizer é que considero você como minha filha. Para falar a verdade, eu queria muito que você realmente *fosse* minha filha.

Aomame observou em silêncio a velha senhora, que havia notado de súbito que ainda segurava a taça de xerez e a colocou sobre a mesa. Depois, a velha senhora reclinou-se novamente e, observando as belíssimas pétalas dos lírios, sentiu seu intenso perfume, para em seguida retribuir o olhar de Aomame.

— Como eu disse anteriormente, minha intenção era adotar Tsubasa e cuidar dela. Mas, no final, eu a perdi. Não pude sequer ajudá-la. Fiquei de braços cruzados acompanhando ela partir sozinha pela escuridão da noite. E agora estou te mandando para um local que pode ser o mais perigoso de todos. Eu não queria fazer isso. Mas não há outra saída se quisermos cumprir nosso objetivo. A única coisa que posso fazer é proporcionar uma boa compensação material.

Aomame ouvia atentamente o que a velha senhora lhe dizia. Quando ela se calou, Aomame escutou o gorjear dos pássaros do lado de fora, até o momento em que voaram para outro lugar.

— Haja o que houver, é preciso dar um *jeito* nesse homem — disse Aomame. — Neste momento, é a coisa mais importante a fazer. Agradeço muito sua consideração por mim. A senhora deve saber que tive motivos para deixar os meus pais. E que meus pais também tiveram motivos para me abandonar quando eu era criança. Para trilhar meu caminho, foi inevitável ter de renunciar aos laços afetivos com a família. Precisei adaptar os meus sentimentos para conseguir viver sozinha. Não foi fácil. Às vezes, eu me sentia um lixo. Um resto humano imundo e sem valor. Por isso, sinto muita gratidão por suas palavras. Mas agora é tarde para eu mudar o meu jeito de pensar e viver. No entanto, o caso de Tsubasa é diferente. Ela ainda tem salvação. Por favor, não desista dela tão facilmente. Não perca as esperanças de tentar trazê-la de volta.

A velha senhora concordou.

— Acho que me expressei mal. É claro que eu não desisti de Tsubasa. Farei de tudo para trazê-la de volta. No entanto, como você pode perceber, agora me sinto muito cansada. O fato de eu não ter conseguido ajudá-la me causou um profundo sentimento de impotência. Preciso de tempo para recuperar minhas energias. E o cansaço pode ser por conta da idade; por mais tempo que eu espere, talvez não consiga recuperar minha energia de outrora.

Aomame levantou-se do sofá e foi para perto da velha senhora. Sentou-se no braço da poltrona e segurou suas mãos finas e elegantes.

— A senhora é uma mulher de garra e, mais do que ninguém, conseguirá criar forças para sobreviver. Agora a senhora está chocada e se sente cansada. Deite-se e tente descansar um pouco. Quando acordar, com certeza já estará se sentindo melhor.

— Obrigada — disse a velha senhora, segurando a mão de Aomame. — Realmente, o melhor a fazer é dormir um pouco.

— Eu já vou me retirar — disse Aomame. — Aguardarei o seu contato. Vou deixar tudo em ordem. Mesmo não tendo muitas coisas.

— Ajeite as coisas de modo que você possa se mudar a qualquer hora. Se faltar algo, posso providenciar rapidamente.

Aomame soltou a mão da velha senhora.

— Boa noite. Não se preocupe. Vai dar tudo certo.

A velha senhora concordou e fechou os olhos. Aomame olhou novamente o aquário sobre a mesa e, após inspirar profundamente o perfume dos lírios, deixou para trás a sala de pé-direito alto.

Tamaru a aguardava no terraço da entrada. Eram cinco horas, mas o sol ainda estava alto e seus raios ainda não tinham perdido a intensidade. Os sapatos de cordovão preto — sempre impecavelmente lustrados — refletiam a luz do sol a ponto de ofuscar a vista. E, a despeito de haver algumas nuvens brancas no céu, elas se agrupavam num canto, como se não quisessem atrapalhar o sol. Ainda era cedo para terminar a época das chuvas, mas, ultimamente, os dias eram como os de pleno verão. As cigarras cantavam em meio às árvores do jardim. O canto, porém, não era tão vigoroso. Elas pareciam cerimoniosas, apesar de seguramente anunciarem a chegada do calor. O mundo mantinha sua ordem: as cigarras cantavam, as nuvens de verão passeavam no céu e os sapatos de couro de Tamaru não apresentavam manchas. O estranho era que, para Aomame, tudo era uma novidade. Era novidade perceber que o mundo conservava as coisas sem alterá-las.

— Tamaru, será que podemos conversar um pouco? Você tem um tempo? — perguntou Aomame.

— Tudo bem — respondeu Tamaru, sem mudar a expressão. — Estou com tempo. Aliás, passar o tempo é uma das funções do meu trabalho — disse, sentando-se numa das cadeiras do jardim em frente ao terraço. Aomame sentou-se ao lado dele. O beiral do telhado bloqueava os raios de sol, e os dois ficaram protegidos por uma sombra fresca. Sentia-se o aroma das plantas em broto.

— Chegou o verão — disse Tamaru.

— As cigarras começaram a cantar — disse Aomame.

— Este ano as cigarras começaram a cantar mais cedo. Daqui a pouco, esta área vai começar a ficar barulhenta. A ponto de doer os ouvidos. Quando estive numa cidade próxima às cataratas do Niágara, o canto das cigarras também era ensurdecedor. Uma cantoria ininterrupta, de manhã até a noite. Um milhão de cigarras de tudo quanto é tamanho, cantando ao mesmo tempo.

— Então quer dizer que você já esteve nas cataratas do Niágara.

Tamaru confirmou.

— Era a cidade mais entediante do mundo. Fiquei naquele lugar durante três dias, sozinho, sem fazer absolutamente nada, apenas escutando o barulho das cataratas. E o barulho era tamanho que eu não conseguia sequer ler um livro.

— O que você foi fazer três dias, sozinho, nas cataratas?

Tamaru não respondeu. Limitou-se a balançar discretamente a cabeça.

Tamaru e Aomame permaneceram em silêncio durante um tempo, escutando atentamente o modesto canto das cigarras.

— Queria te pedir um favor — disse Aomame.

Isso despertou o interesse de Tamaru. Aomame não era de pedir favores.

— É um pedido um tanto incomum e, por isso, espero que não me leve a mal — disse ela.

— Não sei se vou poder ajudá-la, mas não custa nada ouvir. Por uma questão de educação, nunca me recuso a escutar o pedido de uma dama.

— Preciso de uma pistola — disse Aomame com frieza. — Uma que caiba na bolsa. Que não dê um coice muito forte, mas de alto poder destrutivo, confiável. Não pode ser uma arma recondicionada, ou uma cópia fabricada nas Filipinas. Se eu for usá-la, será uma única vez. Basta ter uma única bala.

Houve um silêncio, durante o qual Tamaru não tirou os olhos de Aomame. Seu olhar não se movia um milímetro.

Ele respondeu calmamente, chamando sua atenção:

— Neste país, pela lei, o cidadão comum é proibido de portar armas. Você sabe disso, não sabe?

— É claro que sei.

— Quero deixar bem claro que nunca fui acusado criminalmente — disse Tamaru. — Em outras palavras, não tenho antecedentes. Não vou negar que já cometi alguns deslizes, mas, como nunca fui fichado, sou um cidadão que se pode considerar perfeito. Íntegro e imaculado. Sou gay, mas isso não é contra a lei. Pago corretamente os impostos e posso votar nas eleições, apesar de meus candidatos nunca serem eleitos. Pago todas as multas de trânsito dentro do prazo e, nesses últimos dez anos, nunca fui autuado por excesso de velocidade. Estou inscrito no Seguro Nacional de Saúde. Debito os impostos de transmissão da NHK na minha conta bancária e tenho os cartões American Express e Mastercard. Apesar de não pensar nisso agora, se eu quisesse, poderia fazer um empréstimo de trinta anos para adquirir a casa própria. Isso tudo me deixa muito satisfeito. Você está pedindo que uma pessoa considerada exemplar lhe arrume uma arma. Está ciente disso?

— É por isso que disse para você não levar a mal o meu pedido.

— Realmente, foi o que você disse.

— Sinto muito, mas é que não conheço mais ninguém para pedir isso.

Tamaru fez um barulho abafado e quase imperceptível no fundo da garganta.

— Vamos supor que eu tenha condições para conseguir uma arma. Nesse caso, seria ajuizado eu lhe fazer a seguinte pergunta: "Afinal, em quem você pretende atirar?"

Aomame apontou a própria têmpora com o dedo indicador:

— Possivelmente, aqui.

Tamaru ficou observando o dedo de Aomame, sem demonstrar qualquer tipo de reação.

— A próxima pergunta seria: "Por quê?"

— Porque eu não quero ser capturada. Não tenho medo de morrer. No caso de ser presa, sei que sentirei medo e será desa-

gradável, mas isso é algo que posso suportar. O problema, no entanto, é ser capturada por um bando que não conheço e ser torturada por eles. Não quero ter de revelar nomes. Você me entende, não é?
— Entendo.
— Não tenho intenção de matar ninguém e tampouco pretendo assaltar um banco. Por isso, não preciso de uma arma exagerada como uma semiautomática de vinte tiros. O que eu quero é uma arma compacta e de coice reduzido.
— Que tal veneno? É bem mais fácil de conseguir.
— Leva muito tempo pegar o veneno e tomá-lo. Antes de eu morder a cápsula, alguém pode meter a mão na minha boca e me impedir de engolir. Se eu tiver uma arma, posso impedir a aproximação do inimigo e, também, pôr um ponto final na situação.
Tamaru ficou um bom tempo pensando sobre isso. A sobrancelha direita arqueou-se levemente.
— Eu preferia não te perder — disse Tamaru. — Até que eu gosto de você. Pessoalmente, quero dizer.
Aomame esboçou um leve sorriso.
— Você quer dizer, como uma pessoa do sexo feminino?
Sem alterar a expressão, Tamaru respondeu:
— Não importa se é homem, mulher ou mesmo um cachorro; são poucos os indivíduos de quem realmente gosto.
— Entendo — disse Aomame.
— Além disso, a minha principal função como subordinado é garantir o bem-estar e a saúde da madame. E, nesse sentido, sou um profissional.
— Isso está mais que óbvio.
— Sendo assim, vou ver o que posso fazer. Mas não garanto nada. Talvez eu consiga encontrar algum conhecido que possa ajudar. No entanto, esse é um assunto extremamente delicado. Não se trata de comprar um cobertor elétrico pelo correio. Vou precisar de pelo menos uma semana para te dar uma resposta.
— Por mim, tudo bem — disse Aomame.
Tamaru fechou um pouco os olhos para ouvir as cigarras cantando nos arvoredos.
— Vou rezar para que tudo corra bem. Dentro das possibilidades, farei o que estiver ao meu alcance.

— Obrigada. O próximo trabalho provavelmente será o meu último. Talvez eu nunca mais te encontre.

Tamaru esticou os braços, as palmas para cima, como um homem esperando a chuva no meio do deserto. Mas não disse nada. Suas mãos eram grandes e volumosas, e nelas havia algumas cicatrizes. Pareciam mais a parte de uma enorme máquina do que de um corpo humano.

— Não gosto de dizer adeus — disse Tamaru. — Eu não tive oportunidade de dizer adeus aos meus pais.

— Eles morreram?

— Não sei se estão vivos ou mortos. Eu nasci na ilha de Sacalina, um ano antes do fim da guerra. Naquela época, a parte sul da ilha era território japonês e se chamava Karafuto. No verão de 1945, o exército russo ocupou essa área e meus pais foram capturados como prisioneiros de guerra. Se não me engano, meu pai trabalhava nas instalações portuárias. A maioria dos japoneses civis capturados foi rapidamente repatriada, mas, como meus pais eram coreanos que foram trabalhar na ilha, não puderam voltar ao Japão. O governo japonês negou a volta deles alegando que, com o fim da guerra, os coreanos não eram mais considerados súditos do império japonês. É uma história horrível. Não houve um pingo de boa vontade por parte do governo japonês. Se meus pais quisessem, poderiam voltar para a Coreia do Norte, mas não para a Coreia do Sul, porque, naquela época, a União Soviética não reconhecia a Coreia do Sul como país. Meus pais eram de uma vila de pescadores nos arredores de Pusan, não queriam ir para a Coreia do Norte. Eles não tinham parentes e não conheciam ninguém lá. Eu, que ainda era bebê, fui entregue a um casal de japoneses que retornavam para o Japão, e foi assim que cheguei a Hokkaido. Era uma época em que a situação da ilha de Sacalina era lastimável. Faltava comida, e os soldados russos tratavam muito mal os prisioneiros. Meus pais tinham outros filhos pequenos, não havia como cuidar de mim naquele lugar. Eles me mandaram para Hokkaido com a esperança de nos reencontrarmos. Ou quem sabe apenas encontraram um jeito viável para se livrar de mim. Não sei os detalhes. De qualquer modo, nunca mais nos vimos. Acho que meus pais ainda vivem na ilha de Sacalina, se estiverem vivos.

— Você não se lembra de seus pais?
— Não tenho nenhuma lembrança. Eu tinha um ano e pouco quando me separei deles. O casal cuidou de mim durante um tempo, mas depois me colocaram num orfanato no meio das montanhas, perto da cidade de Hakodate. Acho que esse casal também não tinha mais condições de cuidar de mim. O orfanato era administrado por um grupo de católicos, e era um lugar muito difícil para se viver. Logo após o término da guerra, surgiram muitos órfãos, e o local carecia de comida e calefação. Para sobreviver, era preciso fazer muitas coisas — disse Tamaru, olhando rapidamente o dorso da mão direita. — Lá fui adotado formalmente. Fui registrado como japonês e me deram um nome japonês: Ken'ichi Tamaru. Meu sobrenome verdadeiro é Park, mas existem milhões de coreanos com esse sobrenome. Tanto quanto as estrelas no céu.

Aomame e Tamaru estavam sentados lado a lado, atentos ao canto das cigarras.

— Você devia arrumar outro cachorro — disse Aomame.
— A madame também me disse isso. Que é preciso ter um novo cão de guarda no abrigo. Mas ainda não consigo aceitar essa ideia.
— Entendo o que você está sentindo, mas é melhor encontrar um. Não sou a pessoa mais apropriada para dar conselhos, mas acho que é o melhor a fazer.
— Vou providenciar — disse Tamaru. — Realmente, é necessário ter um cão de guarda devidamente treinado. Vou entrar em contato com o canil o quanto antes.

Aomame olhou o relógio e se levantou. Ainda faltava um tempo até o pôr do sol, mas o céu já dava indícios de anoitecer. Um azul diferente, mesclando-se ao azul da tarde. Seu corpo sentia sutilmente os efeitos do xerez. Será que a velha senhora ainda estaria dormindo?

— Segundo Tchekhov — disse Tamaru, levantando-se lentamente —, se uma arma aparece na história, ela tem de ser disparada.
— Como assim?

Tamaru ficou de frente para Aomame. Ele era um pouco mais alto que ela.

— Ele quer dizer que não se deve inserir numa história um objeto desnecessário. Se aparecer uma pistola, em algum momento ela deve ser disparada. Tchekhov gostava de escrever histórias sem ornamentos supérfluos.

Aomame ajeitou as mangas do vestido e colocou a bolsa no ombro.

— Pelo visto, isso te preocupa. Você acha que, se eu tiver uma pistola, vou ter de necessariamente usá-la em algum momento.

— Do ponto de vista de Tchekhov, sim.

— Sendo assim, você prefere não me entregar a arma.

— É perigoso e ilegal. Além do mais, Tchekhov é um escritor confiável.

— Mas isso não é uma ficção. Estamos falando do mundo real.

Tamaru estreitou os olhos e mirou atentamente o rosto de Aomame. Em seguida, abriu lentamente a boca para dizer:

— Quem pode afirmar isso?

2
Tengo
Não possuo nada além da minha alma

Tengo posicionou o disco da *Sinfonietta* de Janáček no toca-discos e apertou a tecla de reprodução automática. Era uma interpretação da Orquestra Sinfônica de Chicago sob a regência de Seiji Ozawa. Assim que o disco começou a girar no prato, a uma velocidade de trinta e três rotações por minuto, o braço movimentou-se em direção ao disco e a agulha pousou suavemente no sulco periférico. Dos alto-falantes, os acordes iniciais dos instrumentos de sopro foram seguidos do imponente som dos tímpanos. Era o trecho de que Tengo mais gostava.

Enquanto ouvia a música, ele digitava o texto diante da tela do processador. Ouvir diariamente a *Sinfonietta* de Janáček nas primeiras horas da manhã era um de seus hábitos cotidianos. Ela passara a ter um sentido especial para Tengo desde o colegial, quando precisou, de última hora, tocar como percussionista de uma banda. Desde então, sempre que a escutava, se sentia motivado e seguro. Pelo menos, para ele, era isso o que a música proporcionava.

Às vezes, ele escutava a *Sinfonietta* com sua namorada mais velha. "Não é ruim", disse ela. No entanto, mais do que de música clássica, ela gostava mesmo era dos discos antigos de jazz. Quanto mais antigos, melhor. Um gosto inusitado para uma mulher da idade dela. O seu preferido era uma coletânea de blues de W.C. Handy, interpretada pelo então jovem Louis Armstrong, acompanhado por Barney Bigard no clarinete e Trummy Young no trombone. Ela chegou a dar esse disco de presente para Tengo, não exatamente para ele, mas para que ela pudesse ouvi-lo.

Os dois costumavam ouvir esse disco na cama depois de fazerem sexo. E, a despeito de escutá-lo inúmeras vezes, ela nunca se enjoava das músicas.

— O jeito de Louis cantar e tocar o trompete é, sem dúvida, maravilhoso; sua performance é incontestável, mas, na minha opinião, no que você não pode deixar de prestar atenção é no clarinete de Barney Bigard — disse ela. Naquele disco, eram raros os trechos em que ele tocava solo, e eles não passavam de simples e breves *chorus*. É claro que isso ocorria porque o intérprete principal do disco era Louis Armstrong. No entanto, ela gostava tanto dos solos de Bigard que os sabia todos de cor, a ponto de acompanhá-lo cantarolando baixinho.

Ela explicou que achava que havia clarinetistas de jazz melhores que Barney Bigard, mas nenhum deles conseguia tocar o instrumento com a emotividade e a sensibilidade dele. Sua interpretação — quando magistral — sempre evocava um cenário mental particular. Mas, apesar de ela comentar essas coisas, Tengo, a bem da verdade, não sabia quem eram esses outros clarinetistas. Mas, de tanto ouvir aquele disco, ele foi gradativamente aprendendo a reconhecer que, mesmo sem se impor, a performance do clarinete proporcionava um belo cenário, repleto de imaginação e criatividade. No entanto, para apreciar tal performance, era necessário ouvi-lo atentamente. E ter um guia competente. Para não perder os detalhes, não se podia ouvi-lo sem prestar a devida atenção.

— Barney Bigard toca excepcionalmente bem, como um jogador genial da segunda base — ela disse certa vez. — Seu solo é maravilhoso, mas é quando está acompanhando outros músicos que o seu talento se manifesta plenamente. Ele toca trechos dificílimos como se fossem fáceis. Somente um ouvinte atento consegue reconhecer esse mérito.

Toda vez que tocava a sexta música do Lado B do LP *Atlanta Blues*, ela segurava alguma parte do corpo de Tengo e elogiava a performance do solo conciso e primoroso de Bigard. Um pequeno solo inserido entre a parte vocal e o solo de trompete de Louis Armstrong.

— Ouça bem. De repente, logo no começo, temos um extenso bramido, como o súbito grito de uma criança. Seria um grito de medo? Um rompante de alegria? Ou alguém lamentando a má sorte? Um tempo depois, ele se transforma num suspiro de alegria que serpenteia ao longo de um belo curso de água, até ser completamente absorvido em algum lugar encantador e desconhecido. Você ouviu? Somente ele, e mais ninguém, consegue tocar um solo capaz de provocar emoções tão intensas. Jimmie Noone, Sidney Bechet, Pee Wee Russell e Benny Goodman também são excelentes clarinetistas, mas nenhum é um artesão capaz de transformar sua performance em uma peça primorosa.

— Como é que você sabe tudo isso sobre jazz? — Tengo indagou.

— Existem muitas coisas do meu passado que você não sabe. Um passado que ninguém poderá mudar — disse ela, acariciando os testículos de Tengo.

Após terminar o trabalho da manhã, Tengo caminhou até a estação e comprou um jornal no quiosque. Em seguida, entrou numa cafeteria e pediu o café da manhã padrão, acompanhado de torrada com manteiga e um ovo cozido. Enquanto aguardava o pedido, ele lia o jornal e bebia o café. Conforme Komatsu tinha previsto, havia um artigo sobre Fukaeri na seção de notícias locais. A reportagem não era muito grande. Ocupava a metade inferior da página, logo acima de uma propaganda de carros da Mitsubishi. A chamada era "Famosa escritora, estudante do colegial, desapareceu?".

> Na tarde do dia ... foi confirmado o desaparecimento de Fukaeri, pseudônimo de Eriko Fukada (17), autora do best-seller *Crisálida de ar*. Quem entrou com a ação de busca na Delegacia de Polícia de Oume foi seu tutor, o antropólogo cultural Takayuki Ebisuno (63). Na noite de 27 de junho, Eriko não voltou para a casa de Oume nem para o apartamento de Tóquio e, desde então, não se têm notícias dela. Em entrevista por telefone, Ebisuno informou que, quando a viu pela última vez, ela estava muito bem, como sempre, e ele não soube informar o motivo de seu desaparecimento. Como ela costumava avisar quando não voltava para casa, Ebisuno está preocupado com a possibilidade de que algo tenha acontecido com ela. O editor responsável pela publicação da *Crisálida de ar*, Yûji Komatsu, da editora

..., disse: "O livro está no topo da lista de mais vendidos nas últimas seis semanas e, apesar da grande repercussão, a senhorita Fukada não queria se expor à mídia. A editora ainda não tem conhecimento se o desaparecimento dela foi intencional, e se isso está relacionado ao fato de ela não querer se expor. Ela é jovem, muito talentosa, e uma escritora de futuro promissor. Espero revê-la com saúde o mais breve possível." A polícia investiga o caso, e considera várias hipóteses.

"Na atual conjuntura, os jornais só poderiam escrever coisas desse tipo", pensou Tengo. Se a notícia fosse veiculada de modo sensacionalista e, no decorrer de dois dias, Fukaeri voltasse para casa como se nada tivesse acontecido, o repórter responsável pelo artigo passaria vergonha, e o jornal cairia em desprestígio. O mesmo poderia se dizer da polícia. A princípio, os jornais e a polícia apenas divulgavam declarações concisas e neutras, como se estivessem num balão de observação aguardando o rumo dos acontecimentos. Somente quando as revistas semanais e os noticiários da TV colocassem em pauta o assunto era que a repercussão sobre o desaparecimento de Fukaeri começaria a tomar vulto. Era só uma questão de tempo.

Mas não havia dúvidas de que, cedo ou tarde, o assunto se tornaria a manchete do dia. A *Crisálida de ar* era um best-seller, e a autora, Fukaeri, uma garota bonita de 17 anos que chamava a atenção. E o fato é que ninguém sabia o paradeiro dela. Impossível isso não causar uma enorme repercussão. Apenas quatro pessoas no mundo sabiam que Fukaeri não fora sequestrada e que estava sozinha, escondida em local seguro: a própria Fukaeri, claro, além de Tengo, o professor Ebisuno e sua filha Azami. Ninguém mais sabia que o desaparecimento dela era uma farsa para atrair a atenção do público.

Tengo, porém, não conseguia discernir se o fato de ele saber disso seria motivo de alegria ou preocupação. Deveria ser de alegria. Afinal, não precisaria ter de se preocupar com ela. Fukaeri estava num local seguro. Por outro lado, tornava-se evidente que ele estava envolvido numa intrincada conspiração. Era como se o professor Ebisuno tivesse usado uma alavanca para erguer uma enorme e sinistra rocha, de forma que os raios solares incidissem no local, e aguardava, na espreita, o que surgiria lá de baixo. E Tengo foi obrigado a ficar ao lado dele, a contragosto, sem nenhum interesse em saber o que estava para surgir. Se ele pudesse escolher, preferiria não ter de ver, pois certamente seria algo incômodo e desagradável. Ao mesmo tempo, algo nele dizia que não podia deixar de presenciá-lo.

Após beber o café e comer a torrada e o ovo, Tengo deixou o jornal que acabara de ler e saiu da cafeteria. Voltou ao apartamento, escovou os dentes, tomou banho e se arrumou para ir à escola preparatória.

No intervalo do almoço, Tengo recebeu a visita de um desconhecido. Ele tinha acabado de dar as aulas da manhã e descansava na sala dos professores, aproveitando o horário para ler alguns jornais matutinos que ainda não tinha visto. A secretária do diretor se aproximou dizendo que uma pessoa queria falar com ele. Ela era um ano mais velha que ele; uma mulher muito competente. Apesar de ocupar o cargo de secretária, na prática resolvia a maior parte dos assuntos administrativos da escola. Seu rosto não tinha uma proporção harmoniosa para que fosse bela, mas, em compensação, tinha estilo e um tremendo bom gosto ao se vestir.

— É um senhor chamado Ushikawa — disse ela.

Tengo não se lembrava de ter ouvido aquele nome antes.

A secretária franziu levemente as sobrancelhas, mas Tengo não entendeu o motivo de ela agir assim.

— Ele disse que era um assunto muito importante e que, se possível, gostaria de falar em particular.

— Assunto importante? — disse Tengo, surpreso. Nunca ninguém o procurara na escola para tratar de algum assunto importante.

— A sala de visitas estava desocupada e, por isso, levei ele até lá. Mas saiba que a sala não pode ser usada por professores a qualquer hora.

— Muito obrigado — agradeceu Tengo, cuidando em esboçar um belo sorriso, reservado para situações como aquela.

Ela simplesmente ignorou o sorriso e, fazendo girar a barra da jaqueta da nova coleção de verão da Agnès B, saiu rapidamente dali.

Ushikawa era baixo e aparentava cerca de 45 anos. Era troncudo, sem cintura, e a gordura começava a se agrupar ao redor do pescoço. Em relação à idade, Tengo não estava certo. Graças a essa aparência singular (ou melhor, incomum), era difícil encontrar elementos concretos para adivinhar sua idade. Poderia ser mais velho ou mais novo. Qualquer idade entre 32 e 56 anos seria plausível, sem motivos para contestação. Os dentes eram desalinhados, e a coluna arqueada num ângulo esquisito. O alto da cabeça era grande, estranhamente achatado e calvo, com as pontas dos cabelos recurvas. Lembrava um heliporto militar construído estrategicamente no alto de uma colina. Tengo vira um desses num documentário sobre a guerra do Vietnã. Os poucos cabelos pretos, de fios grossos e crespos, que ainda se agarravam ao redor da calvície estavam tão compridos que, em desalinho, cobriam as orelhas. De cem pessoas, noventa e oito certamente associariam aqueles cabelos a pelos pubianos. Quanto às outras duas, Tengo não tinha ideia do que poderiam pensar.

Aquele homem tinha o rosto e o corpo assimétricos. Assimetria que logo saltou aos olhos de Tengo. De modo geral, o lado direito e o esquerdo do corpo são ligeiramente desiguais, mas isso pode ser considerado normal. O próprio Tengo tinha o formato da pálpebra direita um pouco diferente do da esquerda; e o testículo esquerdo também ficava um pouco abaixo do direito. O nosso corpo não é um produto fabricado em massa, com medidas padronizadas. No entanto, a diferença entre o lado esquerdo e o direito daquele homem extrapolava os limites do que se consideraria aceitável. Aquele desequilíbrio, que qualquer um podia notar, provocava em seu interlocutor um incômodo estado de nervos. Um desconforto como o de ver a própria imagem refletida num espelho distorcido, o que, ainda por cima — por refletir a imagem nitidamente —, provocava uma certa irritação.

O terno cinza que ele vestia, de tão amarrotado, lembrava uma terra devastada pela passagem de uma geleira. Uma das pontas da gola da camisa branca estava virada para fora, e o nó da gravata torto como se estivesse se contorcendo, chateado por estar naquele lugar. O terno, a gravata e a camisa eram de tamanhos ligeiramente diferentes do que deveriam ser. O padrão da gravata parecia um desenho impressionista de algum estudante de belas-artes sem aptidão, inspirado num emaranhado de fios de macarrão de trigo sarraceno.

Todas as peças de sua roupa pareciam ter sido compradas em liquidação para atender uma necessidade imediata. Mas, ao observá-las durante um tempo, Tengo passou a sentir pena daquelas roupas por terem de vestir um homem como aquele. Apesar de Tengo não se importar muito com as roupas que ele próprio usava, estranhamente reparava no modo de vestir dos outros. E, dentre as pessoas que ele conhecera nos últimos dez anos, sem dúvida aquele homem seria um dos primeiros de uma seleta lista de malvestidos. Não era só o fato de se vestir mal, mas a impressão de profanar intencionalmente o conceito de vestuário.

Assim que Tengo entrou na sala, o homem se levantou, pegou um cartão de visitas do porta-cartões e entregou a ele, com um breve gesto de reverência. Nele havia o nome escrito em japonês e, logo abaixo, transcrito em alfabeto romano: Toshiharu Ushikawa. O cargo especificado era o de "Diretor Efetivo, Nova Fundação Japão para a Promoção das Ciências e das Artes". A sede ficava em Kôjimachi, distrito de Chiyoda, e constava também o número do telefone. Tengo não tinha ideia do que era essa associação intitulada "Nova Fundação Japão para a Promoção das Ciências e das Artes", nem o que fazia alguém com o cargo de diretor efetivo. O cartão, porém, era bonito e muito bem-feito, com o logotipo em alto-relevo. Não parecia ter sido confeccionado às pressas. Após observar o cartão, Tengo olhou novamente o rosto de Ushikawa e constatou que dificilmente alguém provocaria uma impressão tão inapropriada como a dele para ocupar o cargo de diretor efetivo da Nova Fundação Japão para a Promoção das Ciências e das Artes.

Cada um se sentou numa poltrona, com uma mesa de centro baixa entre eles, e, um de frente para o outro, se entreolharam. O homem pegou um lenço e, após esfregar várias vezes a testa para enxugar o suor, guardou o lastimável pedaço de pano no bolso do paletó. A moça da recepção serviu-lhes chá. Tengo agradeceu a gentileza. Ushikawa não disse nada.

— Desculpe-me vir aqui, sem marcar hora, e incomodá-lo durante o intervalo — disse Ushikawa. As palavras, a princípio, eram polidas e educadas, mas a entonação soava estranhamente informal, o que não agradou a Tengo. — O senhor já almoçou? Se preferir, podemos sair para comer alguma coisa e conversar durante a refeição...

— Durante o expediente não costumo almoçar — disse Tengo. — Somente após terminar as aulas da tarde é que como alguma coisa leve. Por isso, não se incomode.

— Está bem. Então conversaremos aqui mesmo. É um local tranquilo e, ao que parece, podemos conversar sem ser importunados — disse ele, avaliando a sala de visitas. O aposento não era grande. Havia um quadro enorme pendurado na parede com uma montanha pintada a óleo. O quadro impressionava mais pelo tamanho e peso do que pela pintura. Havia também um vaso com flores que pareciam dálias. Flores embotadas que lembravam mulheres de meia-idade, sem presença de espírito. Tengo não entendia o porquê de uma escola preparatória manter uma sala de visitas tão deprimente como aquela. — Ah! Ia me esquecendo... Como consta no cartão, meu nome é Ushikawa. Meus amigos me chamam de Ushi. Ninguém me chama de Ushikawa, como seria o correto. Apenas Ushi — disse ele sorrindo.

"Amigos? Que tipo de pessoa faria amizade com aquele homem?", Tengo se perguntou. Era uma indagação de pura curiosidade.

Sinceramente, a primeira impressão que Tengo teve desse Ushikawa era de que fosse *alguma coisa* ruim que surgira de um buraco escuro da terra. Alguma coisa de constituição estranhamente viscosa e desconhecida; alguma coisa que, na verdade, jamais poderia ser exposta à luz do sol. Aquele homem poderia ser um dos que estavam debaixo da rocha e foram atraídos pelo professor Ebisuno. Tengo franziu involuntariamente a sobrancelha e colocou o cartão sobre a mesa. Toshiharu Ushikawa. Era o nome dele.

— Sei que o senhor Kawana está muito ocupado, por isso peço a permissão de pular as preliminares e ir direto ao assunto — disse Ushikawa.

Tengo assentiu, balançando levemente a cabeça.

Ushikawa tomou um gole de chá e começou a falar.

— Creio que o senhor nunca tenha ouvido falar da "Nova Fundação Japão para a Promoção das Ciências e das Artes" (Tengo concordou). Trata-se de uma fundação relativamente nova. Sua atividade principal é selecionar e patrocinar os jovens que desenvolvem trabalhos originais nas áreas de Ciências e Artes, enquanto seus nomes ainda não são publicamente conhecidos. Ou seja, nossa meta é ajudar os jovens que contribuirão para a próxima geração em todas as áreas da cultura japonesa contemporânea. Temos especialistas contratados em todas as áreas para nos ajudar a selecionar os candidatos. Anualmente são escolhidos cinco artistas e pesquisadores que recebem nosso auxílio financeiro. Durante o ano, eles podem fazer o que quiserem, como bem entenderem. Não existe nenhum tipo de restrição. A única coisa que precisam fazer é entregar um relatório no final do ano; mas isso é mera formalidade. Basta relatar, de modo bem simples, as atividades e os resultados obtidos durante o ano para que possamos publicá-lo na revista de nossa fundação. Não existe nada de trabalhoso. Por se tratar de uma atividade criada recentemente, no momento estamos empenhados em manter um registro formal dos resultados obtidos. Ou seja, estamos em pleno processo de semeadura. Falando em termos práticos, oferecemos um auxílio de três milhões de ienes por ano.

— Muito generoso — disse Tengo.

— Para criar algo importante, ou descobrir alguma coisa importante, é preciso investir tempo e dinheiro. Evidentemente, tempo e dinheiro não bastam para garantir resultados realmente excepcionais, mas digamos que o fato de tê-los não será motivo de transtorno. O tempo é uma grandeza essencialmente limitada. Neste exato momento, o tique-taque do relógio marca incessantemente a sua passagem, e com ele vão se perdendo as oportunidades. Mas o dinheiro pode comprar o tempo. E também a liberdade, se esse for o desejo. As coisas mais importantes que o dinheiro pode comprar são o tempo e a liberdade.

Ao ouvir isso, Tengo olhou instintivamente o relógio de pulso. Realmente, o tique-taque marcava incessantemente a passagem do tempo.

— Desculpe tomar o seu tempo — apressou-se a dizer Ushikawa, ao interpretar aquele gesto como uma indireta. — Serei breve. Obviamente, hoje em dia, três milhões de ienes não são suficientes para se viver na opulência, mas, para um jovem se manter, creio que a quantia seja razoável. A nossa principal intenção é oferecer, durante um ano, condições para que os jovens consigam se empenhar em suas pesquisas e criações artísticas sem a preocupação de trabalhar arduamente para o seu sustento. Se o conselho da diretoria avaliar o relatório final e constatar que a pessoa conseguiu desenvolver o seu trabalho satisfatoriamente naquele ano, existe a possibilidade de o auxílio se estender para o ano seguinte.

Tengo manteve-se quieto, aguardando a continuação da conversa.

— Outro dia tomei a liberdade de assistir, durante uma hora, a uma de suas aulas aqui na escola — disse Ushikawa. — Realmente, foi uma aula muito interessante. Confesso que sou um zero à esquerda em matemática e sempre detestei essa matéria. Na época de escola eu odiava ter de assistir àquelas aulas. Ficava desesperado só de ouvir a palavra matemática e fazia de tudo para escapar. Mas a sua aula... Nossa! Foi muito divertida. É claro que eu não sei nada de cálculo diferencial e integral, mas ao ouvir suas explicações achei o assunto tão interessante que até fiquei com vontade de começar a aprender matemática. Realmente, uma aula formidável. Você tem um talento acima do normal. Talvez seja o caso de dizer que você tem um talento especial para atrair as pessoas. Eu já tinha ouvido falar que você era um professor muito popular nesta escola, e pude constatar que não é para menos.

Tengo não sabia quando e onde Ushikawa poderia ter assistido a uma de suas aulas. Ele costumava observar atentamente as pessoas que as frequentavam. Isso, porém, não significava que ele memorizasse todos os rostos de seus alunos, mas, caso alguém de aparência tão estranha como a de Ushikawa estivesse no meio deles, certamente Tengo teria reparado. Ele se destacaria como uma centopeia num pote de açúcar. No entanto, Tengo achou melhor não questioná-lo. A conversa estava ficando muito longa e tendia a se estender ainda mais.

— Como o senhor deve saber, sou apenas um professor contratado pela escola — disse Tengo, para poupar tempo. — Não sou um pesquisador de matemática. O que faço é apenas explicar de modo fácil e divertido algo que é consensual e do conhecimento de todos. Ensino aos alunos uma maneira prática e eficiente de resolver as questões do vestibular. Para esse tipo de coisa, talvez eu leve jeito. Mas seguir a carreira de pesquisador profissional é algo de que desisti há muito tempo. Em parte, por não ter condições financeiras e por achar que eu não possuía capacidade nem vocação para me destacar no mundo acadêmico. Sendo assim, certamente, não poderei lhe ser útil.

Ushikawa rapidamente levantou uma das mãos com a palma voltada para Tengo.

— Não. Não se trata disso. Desculpe-me, acho que acabei me desviando do assunto. É claro que suas aulas de matemática são divertidas e singulares. São muito criativas. Mas não foi para lhe dizer isso que estou aqui. O que nos chamou a atenção foi sua atividade como escritor.

Tengo perdeu a voz ao ser pego desprevenido.

— Atividade como escritor? — indagou.

— Isso mesmo.

— Não entendo o que o senhor está querendo dizer. Realmente, nos últimos anos eu venho escrevendo alguns romances, mas eles nunca foram publicados. Acho que uma pessoa assim não pode ser classificada como escritor. Por que isso chamaria a atenção de vocês?

Após observar a reação de Tengo, Ushikawa sorriu maliciosamente, numa nítida demonstração de contentamento. Ao sorrir, seus dentes horrivelmente desalinhados ficavam ainda mais em evidência. Aqueles dentes, dispostos em ângulos e direções diversas, e com diversos tipos de mancha, pareciam estacas na praia que, alguns dias antes, foram assoladas por uma onda gigante. Se fossem tentar alinhá-los, seria tarde demais. Mas bem que alguém poderia ensiná-lo a escová-los corretamente.

— A nossa fundação se destaca exatamente nesse ponto — disse Ushikawa, todo orgulhoso. — Os pesquisadores que nós contratamos conseguem enxergar o que as pessoas comuns jamais enxergariam. E esse é um dos objetivos do grupo. Como você mesmo acabou de dizer, ainda não possui nenhuma obra publicada. Nós já sabemos. No entanto, quase todos os anos você participa do prêmio literário de autor revelação de uma revista literária, usando um pseudônimo. Mas, infelizmente, ainda não recebeu o prêmio. No entanto, algumas vezes chegou à fase final. Algumas pessoas, ainda que poucas, tiveram acesso a seus escritos. E algumas delas reconheceram seu talento. A avaliação dos nossos pesquisadores é que, num futuro próximo, o senhor ganhará o prêmio literário e se tornará um escritor. Sei que não soa bem dizer que estamos comprando um produto antes de ele estar pronto, mas, como eu disse há pouco, a nossa proposta é "ajudar jovens que irão contribuir para a próxima geração".

Tengo pegou a xícara e tomou um gole do chá que já estava morno.

— Está querendo dizer que sou um candidato a receber o auxílio como escritor principiante?

— Exatamente. Na verdade, não se trata de você ser apenas um candidato, digamos que a sua indicação é certa. Se você aceitar e eu der o meu parecer pessoal, o assunto está encerrado. Basta assinar um documento que os três milhões de ienes serão imediatamente depositados em sua conta bancária. Peça uma licença temporária da escola durante seis meses ou um ano e comece a se dedicar exclusivamente à escrita. Ouvi dizer que você está escrevendo um longo romance. Não acha que seria uma ótima oportunidade para se dedicar a isso?

Tengo franziu as sobrancelhas.

— Como é que você sabe que estou escrevendo um longo romance?

Ushikawa sorriu, mostrando novamente os dentes, mas, ao observá-lo melhor, notava-se que seus olhos não sorriam. No fundo de seus olhos havia um brilho extremamente gélido.

— Os nossos pesquisadores são zelosos e competentes. Eles selecionam alguns candidatos e fazem uma investigação minuciosa sob vários aspectos. Creio que algumas pessoas ao seu redor sabem que o senhor está escrevendo um romance. E, queira ou não, as notícias costumam vazar.

Komatsu sabe que Tengo está escrevendo um longo romance. A namorada mais velha também. Mais alguém? Provavelmente ninguém mais sabe disso.

— Gostaria de fazer algumas perguntas sobre a fundação — disse Tengo.

— Por favor. Pergunte o que quiser.

— De onde vem o dinheiro?

— O dinheiro é de uma determinada pessoa. Podemos dizer que é de uma organização que essa pessoa possui. Objetivamente falando, e que isso fique apenas entre nós, é parte de uma estratégia para amortizar os impostos. Mas, independentemente disso, essa pessoa possui um profundo interesse pela ciência e pela arte, e quer ajudar as novas gerações. No momento, não posso dar mais detalhes. Essa pessoa e sua organização querem se manter anônimas. A fundação é gerida por um comitê. Eu também, na verdade, faço parte dele.

Tengo ficou um bom tempo pensando no assunto. No entanto, não tinha muito o que pensar. Apenas organizou as informações dadas por Ushikawa.

— Você se importa se eu fumar? — perguntou Ushikawa.

— Fique à vontade — disse Tengo, empurrando o cinzeiro para o seu lado.

Ushikawa pegou um maço de Seven Stars do bolso do paletó, colocou um cigarro na boca e o acendeu com um isqueiro dourado. O isqueiro era fino e parecia ser bem caro.

— E então, senhor Kawana, o que acha? — perguntou Ushikawa. — Você aceita receber nosso auxílio financeiro? Sinceramente, depois de ter assistido àquela sua aula tão divertida, tenho muito interesse em ver como é que você vai criar o seu mundo literário de agora em diante.

— Agradeço muito o senhor ter me procurado para fazer essa proposta — disse Tengo. — Me sinto honrado, mas não posso aceitar.

Ushikawa estreitou os olhos e fitou Tengo, o cigarro soltando fumaça entre os dedos.

— Como?

— Em primeiro lugar, não quero receber dinheiro de quem não conheço. Em segundo, no momento, não estou passando por dificuldades financeiras. Três vezes por semana dou aulas na escola preparatória e nos demais dias posso me concentrar em escrever o romance e, até agora, ele está indo bem. Não tenho a intenção de mudar meu estilo de vida. Esses são os dois motivos.

"O terceiro, sr. Ushikawa, é que eu, pessoalmente, não quero me envolver com o senhor. E o quarto é que essa história de auxílio financeiro está cheirando muito mal. Tudo é perfeito demais. Deve haver alguma coisa por trás. Posso não ser a pessoa mais intuitiva do mundo, mas isso eu consigo farejar." É claro que Tengo não disse nada disso para Ushikawa.

— Realmente — disse Ushikawa e, após tragar o cigarro, soltou a fumaça com prazer. — Realmente. Acho que entendo muito bem o que está pensando. O que disse faz sentido. Mas, senhor Kawana, saiba que, apesar de tudo, não é preciso dar a resposta agora. Que tal voltar para casa e pensar com calma durante dois ou três dias? Pense bem antes de dar a resposta definitiva. Nós não temos pressa. Pense com calma, pois não se trata de uma proposta ruim.

Tengo discordou, balançando a cabeça num rápido e breve movimento.

— Agradeço a consideração, mas prefiro decidir aqui e agora para não perder inutilmente o tempo e o esforço mútuos. Estou muito honrado de ter sido escolhido para o auxílio financeiro. Sinto muito o incômodo de fazê-lo vir até aqui. Mas, desta vez, prefiro recusar. É a minha decisão final, não pretendo mudar de opinião.

Ushikawa balançou várias vezes a cabeça, como se concordasse com a decisão de Tengo, e apagou o cigarro, que tragara apenas duas vezes, pressionando-o contra o cinzeiro com uma expressão de quem sente dó de ter de apagá-lo.

— Está bem. Entendo a sua opinião, respeito sua decisão. Eu é que peço desculpas por tê-lo incomodado. Por hoje, infelizmente, vou me retirar resignado.

No entanto, Ushikawa não parecia querer se levantar. Apenas se limitou a coçar a nuca e estreitou os olhos para observar Tengo.

— Pois então, senhor Kawana, acho que você ainda não deve ter percebido, mas a expectativa de que se tornará um escritor é grande. Você possui talento. A matemática e a literatura não estão intrinsecamente relacionadas, mas suas aulas de matemática são como histórias. Aquilo que você consegue fazer nas aulas não é para qualquer um. Você possui algo especial, que precisa ser dito. Até mesmo uma pessoa como eu consegue perceber isso claramente. Por isso, procure cuidar de si. Sei que não é da minha conta, mas não se intrometa em coisas alheias e tome a firme decisão de seguir o seu próprio caminho.

— Coisas alheias? — Tengo perguntou.

— Digamos que você possui alguma ligação com Eri Fukada que escreveu *Crisálida de ar*. Ou seja, vocês se encontraram algumas vezes. Não é? E, segundo os jornais de hoje, que por acaso acabei de ler, ela está desaparecida. A mídia, certamente, em questão de dias, começará a fazer alvoroço em torno desse assunto. Há de se convir que é um assunto apetitoso.

— Qual é o problema se me encontrei com ela?

Ushikawa mostrou novamente a palma da mão para Tengo. A mão era pequena, mas os dedos eram grossos.

— Por favor, não fique assim tão alterado. Não digo isso por maldade. O que estou tentando dizer é que vender parte do talento e do tempo para sobreviver não trará bons resultados. Sei que vai parecer presunçoso dizer isso, mas eu não gostaria de ver uma pessoa tão talentosa como você, que basta ser polida para se tornar uma pedra preciosa, se envolver em coisas insignificantes e deixar passar a oportunidade. Se descobrirem que existe uma relação entre você e Eri Fukada, com certeza virão atrás de você e não o deixarão em paz. Irão te incomodar muito. Indagarão o que existe entre vocês. Serão muito insistentes.

Tengo ficou em silêncio, observando o rosto de Ushikawa, que estreitou os olhos e começou a coçar a orelha — apesar de pequena, ela tinha o pavilhão auricular estranhamente grande. A estrutura do corpo daquele homem era tão esquisita que Tengo jamais se cansava de olhar para ele.

— Não. Não se preocupe. Eu não vou falar nada — disse Ushikawa, fazendo um gesto de fechar a boca com zíper. — Prometo. Pode não parecer, mas saiba que sei guardar segredos. Dizem que fui uma ostra em outra encarnação. Vou guardar o segredo a sete chaves. Considere esse compromisso como um gesto de que simpatizei com você.

Após dizer isso, Ushikawa finalmente se levantou do sofá e passou várias vezes a mão sobre os pequenos amassados do paletó. Mesmo tentando alisá-los, os vincos não desapareceram. Muito pelo contrário, ficaram ainda mais salientes.

— Se você mudar de opinião, basta ligar quando quiser no número que está no cartão. Ainda temos muito tempo. Se este ano não der, temos o ano que vem — disse Ushikawa, fazendo um gesto

com os indicadores, mostrando que a Terra gira em torno do Sol.
— Não temos pressa. O importante é que tivemos a oportunidade de conversar e que você entendeu a nossa mensagem.

Ushikawa abriu um sorriso e, após exibir durante um tempo os dentes arruinados, deu meia-volta e saiu da sala.

Até a hora de começar a aula seguinte, Tengo ficou repetindo mentalmente as palavras de Ushikawa. Aquele homem, pelo visto, sabia que Tengo estava envolvido no projeto de refazer a *Crisálida de ar*. O modo de falar e o que ele disse insinuavam isto: **Vender parte do talento e do tempo para sobreviver não trará bons resultados.**

"Nós sabemos" era a mensagem que eles queriam transmitir.

O importante é que tivemos a oportunidade de conversar e que você entendeu a nossa mensagem.

Será que foram eles que mandaram Ushikawa procurar Tengo e oferecer o auxílio financeiro de três milhões de ienes, com o intuito de transmitir *somente essa* mensagem, nada mais além dela? Era improvável. Se fosse isso, não haveria a necessidade de elaborar um plano tão complexo. Eles sabem o ponto fraco de Tengo. Se a intenção deles era ameaçá-lo, bastava dizer desde o começo. Ou será que queriam comprar Tengo com esse auxílio financeiro? De qualquer modo, aquilo tudo parecia muito teatral. Afinal, quem eram *eles*? Será que a "Nova Fundação Japão para a Promoção das Ciências e das Artes" tinha alguma relação com o grupo Sakigake? Será que a fundação realmente existe?

Tengo pegou o cartão de Ushikawa e se dirigiu à secretária.

— Será que você poderia me fazer mais um favor? — disse ele.

— O que seria? — perguntou ela. Estava sentada e voltou os olhos para Tengo.

— Preciso que ligue para este número e pergunte se é da Nova Fundação Japão para a Promoção das Ciências e das Artes. E se o diretor Ushikawa se encontra. Provavelmente, a pessoa que atender vai responder que ele não está. Pergunte então a que horas ele deve voltar. Se a pessoa perguntar o seu nome, invente algum. Eu poderia fazer isso, mas se reconhecerem a minha voz ficarei em apuros.

Ela apertou as teclas do telefone. Ao atenderem do outro lado da linha, um diálogo de perguntas e respostas se deu conforme o combinado. Um diálogo breve e conciso, de profissionais.

— A Nova Fundação Japão para a Promoção das Ciências e das Artes realmente existe. Quem atendeu foi uma garota da recepção. Ela deve ter entre 20 e 25 anos e o jeito de falar condiz com o cargo. A pessoa chamada Ushikawa realmente existe e trabalha lá. A previsão é de ele retornar por volta das quinze e trinta. Ela não perguntou o meu nome. Eu, com certeza, perguntaria.

— É claro — disse Tengo. — De qualquer modo, muito obrigado.

— De nada — disse ela, devolvendo o cartão de Ushikawa a Tengo. — Por falar em Ushikawa, por acaso era aquele homem que estava aqui?

— Ele mesmo.

— Eu só o vi de relance, mas não me pareceu ser uma boa pessoa.

Tengo guardou o cartão na carteira.

— Mesmo com mais tempo, essa impressão provavelmente não iria mudar.

— Não quero julgar as pessoas pela aparência. Eu já tive a experiência de julgar errado e depois me arrepender. Mas só de ver aquele homem, a impressão que tive é de que ele não é confiável. Mesmo agora, continuo achando isso.

— Você não é a única a pensar assim — disse Tengo.

— Não sou a única? — ela repetiu, confirmando a precisão da frase de Tengo.

— Sua jaqueta é bem bonita — disse Tengo. O comentário era sincero, não tinha a intenção de agradá-la. Depois de ver o paletó todo amassado de Ushikawa, a jaqueta de linho de bom corte parecia uma linda vestimenta enviada pelos céus no início de uma tarde plácida.

— Muito obrigada — disse ela.

— O fato de alguém atender o telefone e confirmar que é da Nova Fundação Japão para a Promoção das Ciências e das Artes não é garantia de que ela exista de verdade.

— Tem razão. Pode ser uma farsa bem-feita. Basta instalar um telefone e adquirir uma linha. Como no filme *Golpe de mestre*.

Mas por que eles fariam isso? Não me leve a mal, mas você não parece ser uma pessoa endinheirada, que possa ser extorquida.

— Eu não tenho nada — disse Tengo. — A não ser minha alma.

— Como naquelas histórias em que Mefistófeles aparece — disse ela.

— Talvez o melhor seja ir até lá e verificar se o escritório realmente existe.

— Se souber de algo, me avise, está bem? — disse ela, estreitando os olhos para examinar o esmalte das unhas.

A "Nova Fundação Japão para a Promoção das Ciências e das Artes" realmente existia. Após a aula, Tengo pegou um trem para Yotsuya e caminhou até Kôjimachi. Ao chegar ao endereço indicado no cartão, encontrou um prédio de três andares com uma placa de metal onde estava escrito "Nova Fundação Japão para a Promoção das Ciências e das Artes". O escritório ficava no segundo andar. No térreo ficavam a editora musical Mikimoto e o escritório de contabilidade Kôda. Pelo tamanho do prédio, o escritório não parecia muito grande. Nenhum dos negócios naquele edifício parecia próspero. É claro que, observando de fora, era impossível saber a situação interna dos escritórios. Tengo pensou em pegar o elevador, subir até o segundo andar e ver o escritório, ainda que somente a porta, mas desistiu por achar que seria um transtorno encontrar Ushikawa no corredor.

Tengo pegou o trem de volta e, ao chegar em casa, telefonou para a empresa de Komatsu. Excepcionalmente, Komatsu estava na editora e logo o atendeu.

— Agora não é uma boa hora — disse Komatsu, com um tom de voz mais alto e mais rápido que o normal. — Sinto muito, mas aqui eu não vou conseguir conversar direito.

— Mas, Komatsu, é um assunto muito importante — disse Tengo. — Hoje, um cara muito estranho apareceu na escola. Esse homem parece que sabe alguma coisa sobre a minha relação com *Crisálida de ar*.

Komatsu ficou quieto por alguns segundos.

— Daqui a vinte minutos eu te ligo. Você está em casa?

Tengo disse que sim. Em seguida, Komatsu desligou o telefone. Enquanto aguardava a ligação, Tengo afiou duas facas de cozinha com a pedra de amolar, esquentou água e preparou um chá preto. Após exatos vinte minutos o telefone tocou. Em se tratando de Komatsu, a pontualidade era algo raro.

Desta vez, ele estava bem mais tranquilo, e sua voz, bem mais calma. Ele devia ter mudado de lugar e agora telefonava de um mais sossegado. Tengo contou para Komatsu de modo resumido o que Ushikawa lhe dissera na sala de visitas.

— Nova Fundação Japão para a Promoção das Ciências e das Artes? Nunca ouvi falar. E oferecer três milhões de ienes como auxílio financeiro também não tem fundamento. É claro que eu também reconheço que você tem futuro como escritor. Mas até agora você não tem nenhum livro publicado. É uma conversa sem pé nem cabeça. Há algo por trás disso.

— Foi o que pensei.

— Me dê um tempo. Vou verificar o que vem a ser essa tal fundação. Assim que souber de algo, eu te falo. Então quer dizer que esse Ushikawa sabe de sua relação com Fukaeri?

— Parece que sabe.

— Isso é um problema.

— Algo começou a se mexer — disse Tengo. — O problema não é levantar a rocha com uma alavanca, e sim as coisas horríveis que estão começando a sair de lá.

Komatsu suspirou do outro lado do telefone.

— Eu também estou sendo perseguido. As revistas semanais estão em alvoroço. E os programas de TV também vivem me importunando. Hoje pela manhã, a polícia esteve aqui atrás de informações. Eles já sabem da relação de Fukaeri com a Sakigake. E também já descobriram que os pais dela estão desaparecidos. A mídia deve revelar isso em breve.

— E como está o professor Ebisuno?

— Faz tempo que não falo com ele. Não consigo contato por telefone, e ele não me retorna. Para ele também não deve estar sendo fácil. Ou talvez esteja tramando algo.

— Mudando um pouco de assunto, você comentou com alguém que estou escrevendo um longo romance?

— Não. Nunca disse isso a ninguém — respondeu Komatsu, mais que depressa. — Por que eu falaria?

— Tudo bem. Perguntei por perguntar.

Komatsu ficou um tempo quieto.

— Tengo, sei que dizer isso agora não tem nenhum cabimento, mas acho que entramos numa área perigosa.

— Independentemente de onde tenhamos pisado, uma coisa é certa: agora é tarde demais para voltar atrás.

— Se não temos como retornar, a única saída é seguir em frente. Mesmo que apareçam essas *coisas horríveis* que você diz.

— É melhor prender o cinto de segurança — disse Tengo.

— É isso aí — disse Komatsu, para em seguida desligar o telefone.

Foi um dia longo. Tengo se sentou à mesa e, enquanto tomava o chá preto que já estava frio, pensou em Fukaeri. O que ela faz o dia inteiro, sozinha naquele esconderijo? Era óbvio que ninguém tinha como saber o que fazia.

Fukaeri disse na fita-cassete que o conhecimento e a força do Povo Pequenino poderiam causar algum mal ao professor e a Tengo. **Tome cuidado quando estiver andando pela floresta.** Tengo instintivamente olhou ao redor. Realmente, nas profundezas da floresta é que ficava o *mundo deles*.

3
Aomame
Não decidimos como nascer, mas podemos decidir como morrer

Numa noite perto do final de julho, quando as densas camadas de nuvem que durante muito tempo cobriam o céu finalmente se dissiparam, as duas luas pairavam nítidas no firmamento. Aomame observava o céu da pequena varanda de seu quarto. Sua vontade era de telefonar imediatamente para alguém e perguntar: "Será que você poderia esticar o pescoço para fora da janela e dar uma olhada no céu? E então? Quantas luas você está vendo? Eu vejo nitidamente duas. De onde você está, quantas são?"

Mas Aomame não tinha ninguém para pedir isso. Talvez pudesse ligar para Ayumi, mas temia aprofundar ainda mais a amizade. Ayumi era uma policial da ativa e, muito em breve, Aomame pretendia matar um homem, mudar o rosto, mudar a identidade, mudar-se para outro local, deixaria de existir. E não poderia mais se encontrar nem entrar em contato com ela. Uma vez que você passa a considerar uma pessoa querida, romper esse vínculo de amizade é muito triste.

Aomame voltou para o quarto, fechou a porta de vidro e ligou o ar-condicionado. Fechou a cortina para servir de escudo entre ela e as luas. As duas luas pairando no céu a deixavam perturbada. Elas pareciam desequilibrar sutilmente a força gravitacional da Terra, provocando em seu corpo um efeito colateral. Apesar de faltar muito tempo para a chegada do seu período menstrual, sentia o corpo estranhamente lento e pesado. A pele estava ressecada; a pulsação, anormal. Aomame achou melhor não pensar mais nas luas; ainda que fosse *algo em que necessariamente devesse pensar*.

Para afugentar o desânimo, começou a fazer exercícios de alongamento sobre o carpete. Exercitou sistematicamente todos os músculos pouco usados nas atividades do dia a dia. Os músculos queixavam-se em silêncio, o suor respingava no chão. Era um programa de alongamento que ela mesma criara e que, à medida que foi aperfeiçoando, tornou-se radical e muito eficaz. Exercícios programados exclusivamente para ela, que não podiam ser aplicados nas aulas do clube esportivo. As pessoas comuns jamais suportariam tamanha dor e sofrimento. Mesmo entre os instrutores, a maioria se queixava ao praticá-los.

Durante a sessão, Aomame escutava o disco da *Sinfonietta* de Janáček, sob a regência de George Szell. A *Sinfonietta* tinha a duração de aproximadamente vinte e cinco minutos, tempo suficiente para castigar todos os músculos do corpo. Nem pouco nem muito. O tempo era ideal. No momento em que a música terminava, o toca-discos parava de girar e o braço voltava automaticamente para a base, Aomame já sentia o corpo e a mente totalmente torcidos, como um pano de chão.

Aomame sabia de cor a *Sinfonietta*, de ponta a ponta. Escutar a música enquanto esticava ao máximo o corpo, estranhamente, fazia com que se sentisse calma. Era o momento em que ela torturava e, ao mesmo tempo, se sentia torturada. Forçava e, ao mesmo tempo, se sentia forçada. O que mais desejava era provar a si mesma sua capacidade de autocontrole interno, pois isso a deixava calma. E a música de fundo ideal para essas horas era a *Sinfonietta* de Janáček.

Às dez horas da noite tocou o telefone. Era Tamaru.
— Como está o seu dia amanhã? — ele perguntou.
— Trabalho até as seis e meia da tarde.
— Depois do expediente, você pode passar aqui?
— Posso — respondeu Aomame.
— Ótimo — disse Tamaru. Dava para ouvi-lo anotar com a caneta na agenda.
— Conseguiu encontrar um cachorro novo? — perguntou Aomame.
— Cachorro? Ah! Consegui. Escolhi outra fêmea de pastor-alemão. Ainda não deu tempo para conhecer traços específicos de sua personalidade, mas já passou por um treinamento básico e parece ser obediente. Faz dez dias que está aqui e até agora está se adaptando bem. Com a vinda da cadela, as mulheres do abrigo também estão mais tranquilas.

— Que bom.
— Este cachorro come ração comum. Não dá trabalho.
— Normalmente, um pastor-alemão não come espinafre.
— Aquela cadela realmente era diferente. Dependendo da época, o espinafre ficava muito caro — resmungou Tamaru, saudoso. Após alguns segundos em silêncio, mudou de assunto. — Hoje a lua está linda.

Aomame franziu levemente as sobrancelhas, o fone na mão.
— Por que, de repente, você resolveu falar da lua?
— De vez em quando também faço comentários sobre a lua.
— É claro — disse Aomame. Mas ela sabia que Tamaru não era do tipo que costumava fazer comentários sobre as belezas naturais por telefone sem que houvesse algum motivo.

Tamaru guardou um breve silêncio e disse:
— Outro dia, você comentou sobre a lua num telefonema, está lembrada? Pois desde então, não sei por quê, isso não me sai da cabeça. E, agora mesmo, ao olhar para o alto, vi que ela estava lá, linda, num céu totalmente límpido.

Aomame pensou em perguntar quantas luas havia no céu, mas se conteve. Era muito arriscado. Outro dia, Tamaru contara algumas coisas sobre sua vida pessoal: que não conheceu os pais e que foi criado como órfão. Contou também sobre sua nacionalidade. Aquela foi a primeira vez que ele conversou demoradamente com Aomame. Normalmente, não costumava falar sobre si mesmo. Isso significava que Tamaru tinha um apreço pessoal por Aomame e, nesse sentido, também confiava nela. Mas, como profissional, era devidamente treinado a escolher o caminho mais curto para alcançar um objetivo. Sendo assim, Aomame achou melhor não comentar assuntos desnecessários.

— Provavelmente devo estar aí por volta das sete — disse Aomame.
— Ótimo — disse Tamaru. — Você vai estar com fome. Amanhã é o dia de folga do cozinheiro. Não sei cozinhar bem, mas, se você não se importar, posso preparar alguns sanduíches.
— Obrigada — disse Aomame.
— Vou precisar da sua carteira de habilitação, passaporte e o cartão da previdência social. Traga-os sem falta amanhã. Traga

também uma cópia da chave do seu apartamento. Consegue providenciar isso tudo até amanhã?

— Acho que consigo.

— Mais uma coisa. Preciso falar em particular com você sobre aquele assunto que conversamos outro dia. Reserve um tempo após seu encontro com a madame.

— Assunto de outro dia?

Tamaru calou-se. O silêncio era pesado como um saco de areia.

— Acho que você me pediu algo. Esqueceu?

— É claro que me lembro — Aomame respondeu rapidamente. No canto de sua mente ela ainda pensava nas luas.

— Amanhã às sete — disse Tamaru antes de desligar o telefone.

Na noite do dia seguinte, a quantidade de luas continuava a mesma. Após o trabalho, Aomame tomou um banho rápido e, ao deixar o clube esportivo, as duas luas acinzentadas estavam alinhadas na parte leste de um límpido céu ainda claro. Aomame parou no meio da passarela que cruzava a avenida Gaien-nishi e, durante um tempo, contemplou as duas luas com o corpo apoiado no parapeito. Ninguém mais, a não ser ela, parecia estar interessado em contemplar as luas. Os demais transeuntes apenas lançavam um rápido olhar de estranhamento ao vê-la observando o céu, postada sobre a passarela. Eles caminhavam com passos ligeiros em direção à estação de trem e não pareciam interessados em observar o céu, tampouco a lua. Enquanto as contemplava, Aomame sentiu a mesma sensação de desânimo do dia anterior. Foi então que achou melhor parar de olhar para elas. Aquilo não lhe estava fazendo bem. Mas, por mais que evitasse confrontá-las, ela sentia na pele o olhar diligente que elas lhe lançavam. Aomame podia deixar de vê-las, mas elas continuavam a observá-la. Elas sabiam o que Aomame estava para fazer.

Aomame e a velha senhora tomaram um café bem forte e quente em xícaras com ornamentos típicos do período clássico. A velha senhora colocou um fiozinho de leite pela borda da xícara e bebeu o café sem misturá-lo, sem adicionar açúcar. Aomame, como sempre, tomou o café puro. Como havia prometido, Tamaru serviu os sanduíches que ele mesmo preparou. Estavam cortados em pequenos pedaços para serem comidos numa única bocada. Aomame comeu alguns pedaços. Eram sanduíches bem simples, feitos de pão preto, pepino e queijo, mas o sabor era muito gostoso. Tamaru preparou um prato relativamente simples, com destreza e toques de requinte. Notava-se que ele manuseava habilmente a faca — os ingredientes estavam cortados no tamanho e na espessura adequadas. Ele sabia exatamente como proceder em cada etapa da preparação do prato. Esse detalhe, por si só, tornava muito diferente o sabor dos alimentos que preparava.

— Você já arrumou suas coisas? — perguntou a velha senhora.

— Já doei os livros e as roupas que não usava. Guardei numa caixa, bem fácil de transportar, algumas coisas que vou levar para começar a vida nova. As únicas coisas que ainda estão no apartamento são os aparelhos elétricos, os utensílios de cozinha, cama, cobertor e louças.

— Daremos um jeito depois nisso. Você também não precisa se preocupar com o contrato de aluguel ou outros detalhes. Na hora de ir embora, leve apenas o necessário.

— Será melhor avisar o pessoal lá do trabalho? Se eu sumir de repente, podem desconfiar.

A velha senhora pousou a xícara de café sobre a mesa.

— Quanto a isso, você também não precisa se preocupar.

Aomame concordou sem dizer nada. Pegou mais um pedaço de sanduíche e tomou um gole de café.

— Você tem alguma poupança no banco? — perguntou a velha senhora.

— Na conta corrente tenho uns seiscentos mil ienes. E dois milhões num investimento de prazo fixo.

A velha senhora avaliou com cuidado o montante.

— Você pode retirar até quatrocentos mil ienes de sua conta corrente, divididos em vários saques, e não haverá problemas. Mas não mexa na aplicação. Rescindir o contrato agora, de repente, não é uma boa ideia. Eles podem estar examinando sua vida pessoal. Precisamos redobrar a atenção. Não se preocupe, essa quantia eu posso perfeitamente cobrir depois. Você tem algum outro patrimônio?

— O dinheiro que recebi até agora está intacto, guardado no cofre do banco.

— Retire o dinheiro, mas não o deixe no apartamento. Pense em algum lugar seguro para guardá-lo.

— Entendi.

— Por enquanto, é somente isso que eu quero que faça. De resto, continue a agir normalmente. Não mude o seu estilo de vida e não faça nada que chame a atenção. Evite falar assuntos importantes por telefone.

Após dizer isso, a velha senhora afundou-se no sofá como se toda a sua reserva de energia acabasse de se exaurir.

— Já temos uma data definida? — perguntou Aomame.

— Infelizmente, ainda não — disse a velha senhora. — Estamos esperando que entrem em contato. As condições do encontro estão definidas, mas a agenda do outro só pode ser confirmada praticamente na última hora. Isso quer dizer que pode ser daqui a uma semana ou um mês. O local também é desconhecido. Sei que isso é um transtorno, mas só nos resta aguardar.

— Não me importo de esperar — disse Aomame. — Apenas gostaria de ter uma ideia das circunstâncias em que irei atuar.

— Você vai fazer uma sessão de alongamento muscular — disse a velha senhora. — É algo que você já está acostumada a fazer. Parece que ele tem *algum* tipo de problema físico. Ele não corre risco de vida, mas ouvi dizer que esse problema tem lhe causado muito sofrimento. Ele andou fazendo vários tipos de tratamento para tentar resolver esse "problema". Além dos tratamentos indicados pela medicina convencional, procurou métodos alternativos como shiatsu, acupuntura e massagens. Mas, até hoje, nenhum deles trouxe resultados satisfatórios. Esse "problema" físico é o ponto fraco desse líder, e é através dele que entraremos no campo inimigo.

As cortinas cobriam a janela atrás da velha senhora, ocultando as luas. No entanto, Aomame sentia em sua pele o gélido olhar que elas lhe lançavam. E o silêncio no qual conspiravam parecia se infiltrar na sala.

— Agora nós temos uma pessoa infiltrada no grupo. Através dela fiz com que chegasse a ele a informação de que você é uma excelente especialista em alongamento muscular. Quanto a isso, não tivemos nenhuma dificuldade, pois você realmente é. Eles ficaram muito interessados em te conhecer. No começo, queriam que você fosse até a sede do grupo em Yamanashi, mas dissemos que, por causa do trabalho, você não poderia se ausentar de Tóquio. Essa foi a desculpa que demos. De qualquer modo, ele costuma vir uma vez por mês a Tóquio para resolver alguns assuntos e se hospeda num hotel da cidade sem chamar a atenção. É nesse quarto de hotel que você fará uma sessão de alongamento nele. Nesse lugar você deve fazer *o que sempre fez*.

Aomame tentou imaginar a cena. Quarto de hotel. Um homem deitado na mesa de massagem e ela alongando seus músculos. Ela não pode ver o rosto. A nuca está totalmente exposta. Ela estica o braço e tira da bolsa o picador de gelo.

— Vamos ficar sozinhos no quarto? — perguntou Aomame.

A velha senhora concordou.

— O líder esconde seu problema físico dos demais membros do grupo. Por isso, creio que ninguém estará presente. Somente você e ele.

— Eles já sabem o meu nome e onde trabalho?

— Eles são extremamente cuidadosos. Creio que já investigaram detalhadamente todo o seu histórico, mas, pelo visto, não encontraram nada que te desabonasse. Ontem, recebemos um comunicado para você ir até o local em que estarão hospedados. Eles ficaram de informar o lugar e a hora.

— Mas o fato de eu frequentar a sua casa não vai levantar alguma suspeita?

— Eles sabem que sou sócia do clube esportivo em que você trabalha e que te contratei para ser a minha *personal trainer*. Eles não têm motivos para pensar que temos alguma relação além dessa.

Aomame concordou, balançando a cabeça.

A velha senhora continuou:

— Toda vez que esse tal líder deixa a sede, dois guarda-costas sempre o acompanham. Eles são fiéis ao grupo e possuem alta graduação no caratê. Não temos como saber se portam armas, mas certamente são exímios lutadores. Treinam diariamente. Mas, segundo Tamaru, eles não passam de amadores.

— Não são como Tamaru?

— Não são como Tamaru. Tamaru era do grupo de elite das Forças de Autodefesa. Foi treinado para agir rapidamente e fazer o que deve ser feito sem hesitar, cumprir o objetivo almejado. São homens que não hesitam. Os que hesitam são amadores. Principalmente se estiverem lidando com mulheres jovens.

A velha senhora inclinou a cabeça para trás, apoiou as costas e respirou fundo. Depois, endireitou a coluna e olhou o rosto de Aomame.

— Enquanto você estiver com o líder, os guarda-costas estarão aguardando em algum outro quarto. Portanto, você ficará sozinha com ele durante uma hora. Por enquanto, este é o nosso plano. É imprevisível o que realmente poderá acontecer na hora. É tudo muito instável. O líder somente revela na última hora o que realmente pretende fazer.

— Quantos anos ele tem?

— Cerca de 55 anos e, pelo que ouvi dizer, é um homem grande. Infelizmente, são as únicas informações que temos.

Tamaru a aguardava no terraço. Aomame entregou a chave do seu apartamento, a carteira de habilitação, o passaporte e o cartão da previdência social. Ele se retirou para os fundos da casa para providenciar as cópias dos documentos e, após verificar que todas foram tiradas, devolveu os originais para Aomame. Depois, levou-a até o seu escritório que ficava numa das extremidades do terraço. O local era pequeno, quadrado e sem decoração. Uma janela simples e estreita voltada para o jardim estava aberta, e o ar-condicionado na parede emitia um leve zumbido. Tamaru ofereceu uma cadeira pequena de madeira para Aomame se sentar enquanto ele se acomodava em outra cadeira de frente para a mesa. Na parede havia quatro monitores enfileirados que, conforme a necessidade, podiam transmitir diferentes ângulos de monitoramento das câmeras. Havia também a mesma quantidade de aparelhos de videocassete para gravar as imagens. Os monitores mostravam as imediações do lado de fora dos muros. O da extrema direita exibia a entrada do abrigo das mulheres e o novo cão de guarda descansando num canto. Era um pouco menor que o anterior.

— A morte da cadela não foi filmada — disse Tamaru, antecipando a pergunta de Aomame. — Naquela hora, ela não estava presa na corrente e, supondo que ela não poderia se soltar sozinha, isso significa que alguém a soltou.

— Alguém para quem a cadela não latiria, caso se aproximasse dela.

— Suponho que sim.

— Que estranho.

Tamaru concordou balançando a cabeça, sem dizer nada. Inúmeras possibilidades deviam ter passado por sua mente, mas nenhuma que, de imediato, pudesse compartilhar com alguém.

Em seguida, estendeu o braço, abriu uma das gavetas da mesa e tirou um plástico preto volumoso. Dentro do pacote havia um objeto envolto em uma toalha azul desbotada. Ao abri-la, surgiu um objeto metálico, preto e reluzente. Uma pequena pistola automática. Ele a entregou para Aomame sem dizer nada. Com o mesmo silêncio Aomame pegou a pistola e verificou seu peso. Era muito mais leve do que pensava. Um objeto tão leve, capaz de matar uma pessoa.

— Você acabou de cometer dois erros graves. Sabe quais são? — perguntou Tamaru.

Aomame refez mentalmente os movimentos, mas não descobriu onde foi que errara. O que ela fez foi apenas pegar a arma que Tamaru lhe entregara.

— Não sei — respondeu Aomame.

Tamaru explicou:

— O primeiro erro foi não reparar se a arma estava carregada; se estivesse, verificar se a trava de segurança estava acionada. O segundo é direcionar a arma para mim, ainda que por questão de segundos. São duas coisas que você jamais deve fazer. Se você não tem intenção de atirar, é melhor não colocar o dedo no gatilho.

— Entendi. De agora em diante vou tomar mais cuidado.

— Exceto em caso de emergência, a regra básica é nunca mexer, entregar ou transportar uma arma carregada. Portanto, se você estiver diante de uma arma, aja como se ela estivesse carregada até ter a certeza de que não está. A arma é fabricada para ferir ou matar pessoas. Todo cuidado é pouco. Tem gente que dá risada por eu ser tão cauteloso, mas o fato é que muitos acidentes ocorrem por descuido. Os que normalmente morrem ou se ferem são os que costumam rir das pessoas cautelosas.

Tamaru pegou do bolso do paletó um saco plástico com sete balas. Ele as tirou e dispôs sobre a mesa.

— Como você pode ver, a arma não está carregada. O pente está vazio. E a câmara também.

Aomame concordou.

— É um presente. Mas, se você não a usar, gostaria que me devolvesse.

— Pode deixar — disse Aomame, a voz seca. — Deve ter sido muito cara.

— Quanto a isso, não se preocupe — disse Tamaru. — Existem outras coisas muito mais importantes para você se preocupar. Vamos falar disso. Você já atirou alguma vez?

Aomame balançou a cabeça negativamente.

— Nenhuma.

— Na verdade, é bem mais fácil usar um revólver do que uma automática. Principalmente para um amador. O revólver tem um mecanismo simples, é fácil de manusear e dificilmente costuma dar problemas. Mas o inconveniente é que um revólver razoavelmente bom costuma ser *volumoso*, difícil de transportar. Por isso, acho melhor você usar uma automática. Esta é uma Heckler & Koch HK4. É de fabricação alemã e, sem as munições, pesa quatrocentos e oitenta gramas. Apesar de pequena e leve, comporta balas de calibre 9 milímetros de alto impacto e o coice é pequeno. Ela não é muito precisa para atingir um alvo a longa distância, mas é ideal para o que você pretende fazer. Heckler & Koch é o nome de uma empresa de armas que surgiu no pós-guerra, mas o HK4 foi inspirado no modelo Mauser HSc que, antes da guerra, era considerada a melhor arma. A HK4 é fabricada desde 1968 e até hoje é muito usada. Portanto, uma arma confiável. A que te dei não é nova, mas foi usada por uma pessoa experiente e está bem-conservada. A arma é como um carro. Se estiver bem-conservado, é até mais confiável que um carro novo.

Tamaru pegou de volta a arma e explicou como manuseá-la: o modo de acionar e liberar a trava de segurança, como soltar o retém do carregador e tirar e recolocar o pente.

— Ao tirar o pente, certifique-se de que a trava de segurança está acionada. Após soltar o retém do carregador e retirar o pente, puxe o ferrolho e a bala saltará para fora da câmara. Agora a arma não está carregada, por isso não vai sair nada dela. Feito isso, o ferrolho se manterá aberto e, então, você puxa o gatilho deste jeito, está vendo? Ao fazer isso, o ferrolho fecha. Mas o martelo continuará levantado. Se você puxar o gatilho novamente, o martelo cai. E aí você encaixa um pente novo.

Tamaru fez a sequência de movimentos com extrema agilidade, como quem está habituado a manusear a arma. Em seguida, repetiu a sequência, só que, desta vez, atendo-se a explicar calmamente passo a passo. Aomame observava tudo com muita atenção.

— Tente fazer.

Aomame tirou cuidadosamente o pente, puxou o ferrolho, esvaziou a câmara, baixou o martelo e recolocou o pente.

— Está ótimo — disse Tamaru. Em seguida, ele pegou de volta a arma, tirou o pente, carregou com extremo cuidado as sete balas e, ao empurrar o pente, armou a pistola fazendo um clique alto e seco. Depois, puxou o ferrolho e posicionou a bala na câmara. Por fim, abaixou a alavanca do lado esquerdo da arma e acionou a trava de segurança.

— Tente fazer novamente o que treinamos. Desta vez, a arma está carregada e com uma bala na câmara. A trava de segurança está acionada, mas, mesmo assim, nunca aponte a arma para alguém — disse Tamaru.

Ao pegar de volta a arma municiada, Aomame notou que estava bem mais pesada e emanava uma incontestável intenção de morte. Um instrumento fabricado com precisão para matar pessoas. Aomame sentiu o suor nas axilas.

Após verificar se a trava de segurança estava acionada, ela soltou o retém do carregador, tirou o pente e o colocou sobre a mesa. Em seguida, puxou o ferrolho e tirou a bala da câmara. A bala caiu no assoalho de madeira com um barulho seco. Puxou o gatilho para fechar o ferrolho e, na sequência, puxou novamente o gatilho para o martelo voltar à posição inicial. Depois, com as mãos trêmulas, Aomame se abaixou para pegar a bala de 9 milímetros que havia caído próxima a seus pés. A garganta estava seca, e toda vez que ela respirava sentia uma incômoda ardência.

— Nada mau para a primeira vez — disse Tamaru, colocando a bala que havia caído no pente. — Mas você ainda precisa praticar muito. Suas mãos estão tremendo. Pratique esse movimento de tirar e colocar o pente várias vezes por dia até o seu corpo se acostumar com a arma. Treine até conseguir fazer esses movimentos de modo rápido e automático como te mostrei. Mesmo no escuro. No seu caso, provavelmente você não vai precisar trocar o pente, mas, mesmo assim, isso faz parte de um conhecimento básico para quem vai manusear uma arma. Você precisa aprendê-los.

— Não vou aprender a atirar?

— Você não vai usar a arma para atirar em alguém. Vai usá-la em você mesma, não vai?

Aomame assentiu.

— Se é para isso, não há necessidade de treinar a pontaria. Basta aprender como carregar a arma, soltar a trava de segurança e sentir o gatilho. Aliás, onde você acha que poderia fazer um treinamento de tiros?

Aomame balançou a cabeça em negativa. Não tinha ideia de onde poderia fazer isso.

— Pois então, me diga, como é que você pretende atirar em você mesma? Mostre-me como pretende fazê-lo.

Tamaru colocou o pente carregado na arma e a entregou para Aomame, após verificar que a trava estava acionada.

— A trava de segurança está acionada — disse Tamaru.

Aomame pegou a arma e posicionou o cano em sua têmpora. Ela sentiu o metal frio em sua pele. Ao ver esse gesto, Tamaru balançou lentamente a cabeça, discordando.

— Acho melhor não atirar na têmpora. Disparar contra a cabeça para atingir o cérebro é muito mais difícil do que você imagina. Quando se tenta fazer isso, a mão normalmente treme e desvia a trajetória da bala. Conheço muitos casos em que a bala passou de raspão no crânio e a pessoa não morreu. Você não quer passar por isso, quer?

Aomame meneou a cabeça sem nada dizer.

— No final da guerra, quando os americanos estavam prestes a capturar o general Hideki Tojo, ele apontou o cano da arma para o próprio coração e puxou o gatilho, mas a bala desviou e atingiu o estômago, de modo que ele não conseguiu se suicidar. É triste constatar que mesmo o líder supremo dos militares não pôde se matar com a própria arma. O general Tojo foi levado na mesma hora ao hospital, recebeu todos os cuidados de uma equipe de médicos americanos e, quando recuperou a saúde, foi julgado e condenado à forca. Uma morte terrível. O momento da morte é muito importante. Não decidimos como nascer, mas podemos decidir como morrer.

Aomame mordeu o lábio.

— O único jeito de não dar errado é colocar o cano dentro da boca e estourar os miolos de baixo para cima. Assim...

Tamaru pegou a arma de Aomame e fez uma demonstração prática. Apesar de a trava de segurança estar acionada, a cena deixou Aomame muito nervosa, a ponto de se sentir sufocada, como se algo estivesse preso em sua garganta.

— Mas isso também não é cem por cento seguro. Conheço um homem que não conseguiu morrer e ficou gravemente ferido. Ele trabalhava comigo nas Forças de Autodefesa. Colocou o cano do rifle dentro da boca e, com uma colher, puxou o gatilho com os dedões dos pés. Mas o rifle se deslocou um pouco e ele acabou não morrendo, ficou em estado vegetativo durante dez anos. Tirar a própria vida não é tão fácil como parece. Não é como nos filmes, onde todos morrem sem dificuldade. E ainda parecem morrer sem dor. A realidade é outra. Muitos não conseguem se matar e terminam numa cama por dez anos, defecando e urinando sem controle.

Aomame assentiu sem dizer nada.

Tamaru tirou o pente e as balas e os guardou dentro do saco plástico; em seguida, entregou a arma e a munição em pacotes separados para Aomame.

— Não está carregada.

Aomame assentiu e pegou os embrulhos.

— Não me leve a mal, mas acho mais prudente você tentar sobreviver. É a solução mais prática. É o meu conselho.

— Entendi — disse Aomame, com a voz seca. Embrulhou num cachecol a Heckler & Koch HK4, aquele rude artefato mecânico, e a acomodou no fundo da bolsa. Em outro compartimento, guardou o saco plástico com as balas. A bolsa ficou meio quilo mais pesada, mas o formato não se alterou. Era uma pistola pequena.

— Não é uma arma para amadores — disse Tamaru. — Por experiência, sei que isso é problema na certa. Mas você vai conseguir se sair bem. Nós temos uma coisa em comum: em último caso, colocamos as regras acima dos nossos interesses.

— Talvez por não existir um "eu" de verdade.

Tamaru não comentou nada.

— Você fazia parte das Forças de Autodefesa? — perguntou Aomame.

— Eu era da unidade mais *dura*. Nos faziam comer ratos, cobras e gafanhotos. Não que fosse uma comida intragável, mas estava longe de ser apetitosa.

— E o que você fez depois disso?

— Várias coisas. Trabalhei na área de segurança, principalmente como guarda-costas. O mais correto seria dizer que algumas vezes fui capanga. Não tenho perfil para trabalhar em equipe e, por isso, prefiro agir sozinho. Durante um período, ainda que curto, atuei no submundo. Vi muitas coisas nessa época. Coisas que uma pessoa comum jamais precisaria ver durante a vida. De alguma forma, não caí no fundo do poço. Sempre tomei cuidado para não pisar onde não devia. Sou uma pessoa cautelosa, não gosto da Yakuza. Por isso, como eu já te disse, não tenho antecedentes criminais. Depois, vim parar aqui — Tamaru apontou o dedo para o chão —, e é aqui que espero passar o resto da minha carreira. Não é apenas uma questão de estabilidade, mas gostaria de manter essa vida de agora. Não é fácil encontrar um bom trabalho.

— Tem razão — disse Aomame. — Não preciso te pagar?

Tamaru negou com a cabeça.

— Não. Mais do que o dinheiro, o mundo é movido pelas trocas de favor. Prefiro sempre fazer mais favores do que devê-los.

— Obrigada — disse Aomame.

— Se, por acaso, você for interrogada sobre essa arma, não quero que diga o meu nome. Se a polícia me procurar, negarei com veemência. Mesmo apanhando, não vou dizer nada. Mas, se a madame for envolvida, ficarei numa situação difícil.

— Pode deixar, não vou dizer nada.

Tamaru tirou do bolso um papel dobrado e o entregou a Aomame. Nele estava escrito o nome de um homem.

— Em todo caso, no dia 4 de julho você esteve com esse homem no café Renoir, próximo à estação Sendagaya. Adquiriu uma pistola com sete balas e pagou quinhentos mil ienes em dinheiro. Você estava querendo adquirir uma arma e esse homem entrou em contato com você. Se a polícia interrogá-lo, ele vai admitir e passará um tempo na prisão. Você não precisa entrar em detalhes. Se ficar claro e for comprovado como você adquiriu a arma, a reputação da polícia estará garantida e, provavelmente, você passará pouco tempo na prisão por violar a lei de porte de armas cortantes e de fogo.

Aomame memorizou o nome escrito no papel e o devolveu a Tamaru. Ele rasgou-o em pedacinhos e os jogou no cesto de lixo.

— Como eu lhe disse há pouco, sou uma pessoa cautelosa. Raramente confio nas pessoas e, mesmo quando o faço, permaneço sempre atento. Não sou de deixar as coisas fluírem ao sabor das circunstâncias. Mas o que eu realmente desejo é que você me devolva a pistola sem usá-la. Assim ninguém ficará numa situação incômoda. Ninguém vai morrer, nem se machucar ou ir para a cadeia.

Aomame concordou.

— Quer dizer que eu devo transgredir as regras literárias de Tchekhov.

— Isso mesmo. Tchekhov é um escritor brilhante, mas suas regras não são as únicas a serem seguidas. Nem todas as armas que surgem numa história precisam ser usadas — disse Tamaru. Em seguida, lembrou-se de algo que o fez franzir a testa. — Ah! Ia me esquecendo de algo importante. Preciso te entregar um bipe.

Ele pegou na gaveta um aparelho pequeno e o colocou sobre a mesa. Tinha uma presilha metálica para ser preso à roupa ou ao cinto. Tamaru pegou o telefone e apertou três números de discagem rápida. Após chamar três vezes, o bipe começou a tocar intermitentemente. Tamaru ajustou o volume ao nível máximo e, após apertar um botão, o bipe parou de tocar. Depois de verificar se o número da chamada estava registrado na tela, entregou-o a Aomame.

— Procure sempre andar com ele — disse Tamaru. — Ou, pelo menos, deixe-o ao alcance da vista e da mão. Se tocar, é porque tenho um recado para você. Um recado importante. Não vou te ligar para falar sobre o tempo. Assim que tocar, telefone imediatamente para o número registrado na tela. Use sempre um telefone público. E mais uma coisa: se você tem alguma bagagem, deixe-a num armário da estação de Shinjuku.

— Estação Shinjuku — repetiu Aomame.

— Não preciso dizer que, quanto menos coisa tiver de carregar, melhor.

— Entendido — disse Aomame.

Ao voltar ao apartamento, Aomame fechou a cortina e tirou da bolsa a Heckler & Koch HK4 e a munição. Sentou na mesa da cozinha e treinou várias vezes os movimentos de carregar e descarregar o pente. Quanto mais praticava, mais rápidos e ritmados eram os movimentos, e as mãos deixaram de tremer. Após treinar durante um tempo, enrolou a pistola numa camiseta velha, escondeu-a numa caixa de sapatos e colocou-a no fundo do guarda-roupa. A munição ela acomodou no bolso da capa de chuva pendurada no cabide. Como estava com muita sede, tirou da geladeira uma jarra de chá de cevada e tomou três copos seguidos. Os músculos dos ombros estavam rígidos por conta da tensão, e o suor nas axilas exalava um odor diferente do normal. A maneira de ver o mundo parecia diferente só pelo fato de possuir uma arma. Era como se o ambiente estivesse impregnado de uma estranha tonalidade, distinta da habitual.

Aomame tirou a roupa, tomou um banho quente e eliminou o desagradável cheiro de suor.

Nem todas as armas precisam ser usadas, disse a si mesma no chuveiro. A arma era apenas um instrumento. E o mundo em que ela vivia não era o da ficção. Era um mundo real, repleto de fissuras, incoerências e situações decepcionantes.

Passaram-se duas semanas sem novidades. Como de costume, Aomame foi trabalhar no clube esportivo e deu suas aulas de artes marciais e de alongamento, seguindo à risca o conselho da velha senhora de que era preciso fazer o possível para não alterar a rotina. Depois voltou para casa, jantou sozinha, fechou as cortinas e, sentada ao lado da mesa da cozinha, praticou o manuseio da Heckler & Koch HK4. O peso, a rigidez e o cheiro de óleo de máquina, assim como sua força destruidora e sua quietude, foram gradativamente se tornando parte dela.

Às vezes, manuseava a arma com os olhos vendados por um cachecol. Ela já conseguia tirar e recolocar o pente, deslocar a trava de segurança e puxar o ferrolho rapidamente, sem enxergar nada. Cada movimento emitia um som breve e cadenciado, que repercutia de modo agradável em seus ouvidos. No escuro, a diferença entre o som do artefato e o som que seus ouvidos esperavam captar se tornou cada vez menos perceptível. A linha que existia entre ela e seus movimentos foi gradativamente se diluindo, até finalmente deixar de existir.

Uma vez ao dia, ela ficava de frente para o espelho do banheiro e colocava o cano da pistola na boca. Enquanto sentia o metal rígido encostado na extremidade do dente, imaginava o momento em que seu dedo puxaria o gatilho. Com esse único gesto, acabaria com sua vida. No momento seguinte, deixaria de existir neste mundo. Ela explicava alguns pontos importantes para a imagem refletida no espelho: não tremer a mão; aguentar o impacto do coice; não ter medo e, principalmente, não hesitar.

Se quisesse, poderia fazer isso naquele instante. Bastava mover o gatilho um centímetro para dentro. Simples. Chegou até a sentir o ímpeto de fazê-lo. Mas voltou atrás. Tirou o cano da boca, desarmou o martelo, acionou a trava de segurança e colocou a pistola sobre a pia, entre a pasta de dentes e a escova de cabelo. Não. Ainda era cedo. Antes, ela tinha uma coisa a fazer.

Seguindo as instruções de Tamaru, Aomame mantinha sempre o bipe na cintura. Quando dormia, deixava-o ao lado do despertador. Sempre o tinha à mão, de modo que pudesse rapidamente atender um chamado. No entanto, o bipe não tocara nenhuma vez. E já se passara uma semana.

•

A pistola na caixa de sapatos, as sete balas no bolso da capa de chuva, o bipe silencioso, o picador de gelo especial com sua ponta fina, afiada e mortal, seus pertences numa maleta de viagem. O futuro rosto novo e a vida nova que a aguardavam. Os maços de notas guardadas na estação Shinjuku. Aomame passava seus dias de verão em meio a tudo isso. As pessoas já estavam no clima das férias, muitas lojas estavam fechadas, e nas ruas havia poucos transeuntes. A quantidade de carros também diminuíra, a cidade parecia pesadamente silenciosa. De vez em quando, Aomame tinha a impressão de que não sabia onde estava, e se perguntava *se estava realmente vivendo no mundo real*. Mas, se aquele não era o mundo real, por onde devia começar a procurá-lo? No momento, só lhe restava admitir que aquela era a única realidade plausível, que deveria lutar com todas as forças para tentar superá-la de algum modo.

Ela não tinha medo de morrer, reiterou para si. O que realmente temia era que a realidade a pegasse desprevenida. Temia ser abandonada pela realidade.

Suas coisas estavam prontas. Emocionalmente, também se sentia preparada. Assim que Tamaru entrasse em contato, ela podia deixar o apartamento. Mas ele não o fez. O calendário indicava que estavam no final de agosto. Faltava pouco para terminar o verão e, lá fora, as cigarras emitiam com veemência seu último canto. Como era possível que um mês já tivesse passado se os dias eram assim tão longos?

Ao voltar do clube após um dia de trabalho, Aomame tirou a roupa suada, colocou-a no cesto de roupa suja e vestiu shorts e uma blusa leve. Após o meio-dia, caiu um aguaceiro. O céu escureceu, e granizos caíam com estrépito no chão em meio a trovoadas concentradas. Depois da tempestade, as ruas ficaram encharcadas. O sol voltou a brilhar e evaporou as poças das ruas, cobrindo a cidade com uma camada de vapor d'água tremeluzente como ondas de calor. Ao entardecer, as nuvens voltaram a cobrir o céu, como um véu espesso. Não se podia ver a lua.

Antes de preparar o jantar, Aomame precisava descansar um pouco. Bebeu um copo de chá de cevada e, enquanto comia a soja verde previamente cozida, abriu o jornal da tarde sobre a mesa da cozinha. Começou pelas manchetes e seguiu lendo página por página. Nenhum artigo em especial lhe chamou a atenção. Era o jornal de sempre. Mas, quando abriu as notícias locais, a foto do rosto de Ayumi saltou aos olhos. Aomame conteve a respiração e franziu as sobrancelhas.

"Não pode ser", pensou inicialmente. Devia estar equivocada; a foto podia ser de alguém muito parecida com ela. Afinal, não havia motivo para Ayumi sair numa matéria tão grande, ainda mais com foto. Mas, apesar de sua resistência, aquela era a imagem da jovem policial que ela conhecia tão bem. Era o mesmo rosto da companheira que animava suas esporádicas escapadas sexuais. Na foto, ela sorria de modo discreto. Um sorriso muito artificial e sem graça. A Ayumi de verdade tinha um sorriso aberto, espontâneo, que se irradiava pelo rosto. A foto do jornal parecia tirada de um álbum oficial. E o sorriso emanava algo inquietante.

Aomame não queria ler o artigo. Só de ver a manchete, em letras garrafais ao lado da foto, dava para entender o que havia acontecido. Mas ela precisava ler. Aquela era a realidade e, fosse o que fosse, não podia ignorá-la. Aomame respirou fundo e começou a ler.

Ayumi Nakano, 26 anos, solteira, residente no distrito de Shinjuku, Tóquio.

A matéria dizia que ela fora assassinada num quarto de hotel em Shibuya, estrangulada com o cinto de um roupão de banho. Estava completamente nua, com as mãos algemadas na cabeceira da cama e uma peça de roupa enfiada na boca para que não pudesse gritar. Um funcionário do hotel encontrou o corpo ao checar o quarto, pouco antes do meio-dia. Na noite anterior, perto das onze, ela e um homem foram vistos indo para o quarto, e ele saíra sozinho ao amanhecer. O quarto foi pago antecipadamente. Numa cidade grande como Tóquio, aquele tipo de acontecimento não era excepcional. Era comum que, nas grandes metrópoles, a convivência intensa entre as pessoas exaltasse alguns ânimos, levando às vezes à violência. Os jornais estavam cheios de eventos daquele tipo. Mas este incidente em particular tinha um detalhe distinto: a vítima era uma policial que trabalhava na polícia metropolitana de Tóquio, e as algemas, que supostamente estavam sendo usadas no jogo sexual, eram as fornecidas oficialmente pelo governo. Não eram algemas de brinquedo, vendidas a preços módicos nas sex shops. Naturalmente, era uma notícia que chamava a atenção das pessoas.

4
Tengo
Talvez fosse melhor não desejar isso

Onde ela está, e o que estaria fazendo agora? Será que ainda é Testemunha de Jeová?

Tengo esperava que não. Ele sabia que aquilo não era da sua conta, pois todos são livres para seguir uma crença. No entanto, as lembranças que tinha daqueles tempos de criança lhe diziam que aquela menina não parecia nem um pouco feliz em ser Testemunha de Jeová.

Na faculdade, Tengo fazia bico num depósito de bebidas. O salário não era ruim, mas, como tinha de carregar mercadorias pesadas, era um trabalho penoso. No final do expediente, mesmo ele, que tinha a seu favor um físico robusto e forte, sentia dores nas articulações. Às vezes trabalhavam com ele dois rapazes da segunda geração dos Testemunhas de Jeová. Eram educados e causavam boa impressão. Tinham a mesma idade de Tengo e se empenhavam no trabalho. Não faziam corpo mole nem reclamavam do serviço. Certo dia, no final do expediente, os três saíram para tomar uma cerveja. Os rapazes eram amigos de infância e, segundo eles, alguns motivos os levaram a abandonar a religião alguns anos antes. Haviam decidido se afastar do grupo e fincar os pés no mundo real. Mas parecia a Tengo que eles ainda não tinham conseguido se adaptar a esse novo mundo. O fato de, desde a infância, terem vivido numa comunidade pequena e fechada tornava difícil entender e aceitar as regras de um mundo muito mais amplo. Muitas vezes, hesitavam e perdiam a confiança no próprio poder de julgamento. Viviam numa constante dicotomia entre o gosto da liberdade e a dúvida sobre se haviam tomado a decisão certa ao abandonar a religião.

Tengo não podia deixar de sentir pena deles. Se tivessem largado a religião ainda pequenos, as chances de se integrarem à sociedade teriam sido bem maiores. No entanto, uma vez perdida a oportunidade, o jeito era viver na comunidade dos Testemunhas de

Jeová conforme os valores apregoados. Ou tentar, por esforço próprio, mudar conscientemente os costumes e as atitudes. Enquanto conversava com eles, Tengo se lembrou daquela menina e, ao pensar nela, desejou que não estivesse passando pelo mesmo sofrimento.

Quando aquela menina finalmente soltou sua mão e saiu às pressas da sala de aula sem olhar para trás, Tengo ficou um bom tempo petrificado, sem poder fazer nada. Ela a havia segurado com muita força, e ele ainda sentia nitidamente na mão esquerda o toque de seus dedos. Toque que perdurou por alguns dias. Mesmo após deixar de senti-lo na pele, tornou-se uma marca no seu coração.

Um tempo depois, ele ejaculou pela primeira vez. A ponta de seu pênis rígido expeliu uma pequena quantidade de líquido. Um líquido mais viscoso que a urina, acompanhado de uma pontada. Ele não sabia que aquilo era o prenúncio do líquido seminal. Como isso nunca tinha acontecido antes, Tengo ficou apreensivo. Temia que algo ruim estivesse acontecendo com ele. Mas não podia falar disso com seu pai nem com os amigos. Ao despertar durante a noite (não conseguia se lembrar do sonho), sua cueca estava ligeiramente molhada. Tengo chegou a pensar que o fato de a menina ter segurado sua mão havia tirado à força aquilo de dentro dele.

Depois daquilo, ele nunca mais teve contato com aquela menina. Aomame mantinha-se isolada da turma, não conversava com ninguém e recitava suas orações estranhas antes das refeições. Mesmo quando passava por ele, a expressão de seu rosto mantinha-se inalterada, como se não tivesse acontecido nada. A impressão era de que ela nunca reparava em Tengo.

Em contrapartida, sempre que podia, Tengo a observava discretamente, sem chamar a atenção dos outros. Ao mirá-la, notava que seu rosto era bonito. Um rosto que despertava uma certa empatia. Ela era magra e sempre vestia roupas desbotadas que não eram do seu tamanho. Quando usava roupas de ginástica, notava-se que seus seios ainda não eram salientes. Era carente de expressão, falava pouco e tinha um olhar sempre distante. Um olhar desprovido de vitalidade. Tengo achava isso estranho, porque naquela vez em que seus olhos se encontraram, o dela era límpido e cheio de brilho.

Desde o dia em que ela segurou sua mão, Tengo sabia que dentro daquela menina magricela se ocultava uma força acima do normal. Não se tratava apenas de uma tremenda força física, mas também de uma gigantesca força interior. Uma energia incomum, que ela procurava ocultar dos colegas. Durante as aulas, quando os professores a chamavam, ela respondia apenas o necessário (às vezes nem isso), mas suas notas não eram ruins. Tengo achava que, se ela quisesse, com certeza conseguiria tirar notas bem mais altas, mas, para não chamar a atenção, ao fazer as provas não dava tudo de si. Talvez fosse uma estratégia — desenvolvida por crianças em situações parecidas com a dela — para evitar os danos que as pessoas poderiam lhes causar, e assim sobreviverem. Elas procuravam ficar, na medida do possível, encolhidas; na medida do possível, invisíveis.

Tengo chegou a pensar em como seria bom se ela tivesse uma vida normal e pudesse conversar à vontade. Talvez tivessem sido bons amigos. De qualquer forma, não é fácil que um garoto e uma garota de 10 anos se tornem amigos. Não mesmo. Talvez seja uma das tarefas mais difíceis do mundo. Mas, de vez em quando, era perfeitamente possível encontrar uma ocasião em que pudessem conversar amigavelmente. No final, isso não aconteceu. A situação em que ela se encontrava não era normal, e isso fez com que se mantivesse isolada, ignorada pelos demais, guardada num silêncio obstinado. Tengo, por outro lado, em vez de insistir no relacionamento de carne e osso com Aomame, preferiu manter um vínculo silencioso em seu mundo de reminiscências e imaginação.

O Tengo de 10 anos ainda não tinha uma imagem concreta sobre sexo. Seu único desejo era estarem em algum lugar a sós para que ela pudesse novamente segurar sua mão com força. E que ela lhe contasse qualquer coisa de si. Que ela contasse em voz baixa algum segredo, de como era ser uma menina de 10 anos. Ele faria de tudo para tentar entendê-la. E, a partir de então, algo poderia acontecer. *Algo* que Tengo não tinha ideia do que seria.

Em abril, quando Tengo passou para a quinta série, ele e Aomame estudaram em classes separadas. De vez em quando, eles se encontravam no corredor da escola ou no ponto de ônibus. Mas ela continuava a ignorá-lo. Pelo menos essa era a impressão de Tengo. Quando ele estava por perto, ela nem sequer movia a sobrancelha. Às vezes, desviava o olhar. Um olhar sem profundidade ou brilho. Tengo se perguntava o que teria acontecido na sala de aula naquele dia. Às vezes chegava a pensar que tudo não passara de um sonho, que nada daquilo acontecera. Por outro lado, a sua mão continuava a sentir nitidamente o aperto de mão dela. Para Tengo, o mundo era cheio de mistérios.

E então descobriu que Aomame não frequentava mais a escola. Ela havia se mudado, ele não sabia dos detalhes. Ninguém sabia dizer para onde tinha ido. Provavelmente a única pessoa de toda a escola que sentiu sua falta foi Tengo.

Depois, durante um bom tempo, Tengo lamentou sua atitude. Ou melhor, lamentou sua *falta de atitude*. Agora ele sabia o que deveria ter dito a ela. Sabia exatamente o que queria dizer e o que precisava dizer. Em seguida, passou a achar que não teria sido tão difícil pará-la em algum lugar para que pudessem conversar. Era só uma questão de aproveitar uma situação e se munir de certa dose de coragem. Mas Tengo fora incapaz de agir. A oportunidade havia se perdido para sempre.

Mesmo após concluir o primário e seguir para o ginásio numa escola pública, Tengo continuava pensando em Aomame. Passara a ter ereções mais frequentes e, às vezes, se masturbava pensando nela. Sempre usava a mão esquerda; a mão que ainda sentia a pressão de seus dedos. A Aomame de suas lembranças era magra, ainda sem seios. Mesmo assim, ele conseguia ejacular ao imaginá-la com a roupa de ginástica.

Ao entrar no colegial, começou a sair com garotas da mesma idade. Elas usavam roupas que marcavam nitidamente o novo formato dos seios. Quando Tengo olhava para eles, sentia falta de ar. Mas, ao deitar-se para dormir, ele usava a mão esquerda imaginando os seios lisos de Aomame, ainda desprovidos das futuras curvas. Nessas horas, sentia uma culpa intensa por achar que havia nele algo de pervertido e indecente.

Ao entrar na faculdade, ele já não pensava nela com tanta frequência, pois começara a sair e ter relações sexuais com garotas de carne e osso. Fisicamente, já era um adulto, e a imagem daquela menina magra de 10 anos e roupa de ginástica estava bem distante de seus objetos de desejo.

Tengo nunca mais experimentou uma sensação tão intensa como naquele dia em que ela segurara sua mão na sala de aula da escola primária. Na faculdade, e mesmo depois de formado, nenhuma garota com quem se relacionou deixou marcas tão profundas em seu coração. Ele não conseguia encontrar nelas o que realmente desejava. Algumas eram bonitas, outras muito afetuosas; algumas foram muito carinhosas com ele. Mas, no final, todas vinham e partiam como pássaros de asas belamente coloridas, que pousam brevemente num galho para voar em seguida. Não conseguiam satisfazer Tengo, e ele tampouco conseguia satisfazê-las.

Mesmo agora, com quase 30 anos, quando não tinha nada para fazer e se sentia ocioso, ele se surpreendia ao perceber que, sem querer, pensava naquela garota de 10 anos. Em suas lembranças, eles estavam na sala após o horário das aulas, e ela segurava firmemente sua mão fitando com seus olhos límpidos e reluzentes os olhos de Tengo. Às vezes, lembrava-se daquele dia em que ela usava roupa de ginástica. Ou seguindo a mãe pelas ruas comerciais de Ichikawa num domingo de manhã. Seus lábios estavam sempre cerrados e seus olhos, a esmo, olhavam para lugar nenhum.

Nessas horas, Tengo achava que seu coração jamais conseguiria se desvencilhar daquela menina. Ainda se arrependia muito de não ter falado com ela, mesmo que fosse no corredor da escola. Se tivesse tido a coragem, sua vida provavelmente seria bem diferente agora.

O que o fez pensar em Aomame foi ter comprado edamame, soja verde, no supermercado. Enquanto escolhia a soja, começou a pensar casualmente nela. Sem se dar conta, deixou-se levar pela imaginação. Perdeu a noção de quanto tempo ficou parado ali, pensando nela. Só voltou a si quando ouviu a voz de uma mulher pedindo licença. Ele estava diante da barraca de soja com seu corpo grande impedindo a passagem.

Tengo caiu em si, pediu desculpas e, após colocar na cesta o maço de soja, junto com os demais ingredientes — camarão, leite, queijo de soja, alface e biscoito de água e sal —, dirigiu-se ao caixa. Aguardou na fila com as mulheres que moravam nas redondezas. Era justamente o horário de pico, bem no final da tarde, e, como a atendente era nova e inexperiente, formou-se uma longa fila; Tengo não se importou com isso.

Se Aomame estivesse naquela fila, será que ele a reconheceria? Será? Afinal, haviam se passado cerca de vinte anos. A chance de eles se reconhecerem era muito pequena. Se ele passasse por ela na rua e, de repente, a reconhecesse, será que teria coragem de chamá-la? Tengo não tinha tanta certeza. Provavelmente, não teria coragem e passaria por ela sem dizer nada. Depois, ficaria profundamente arrependido, pensando por que não falara com ela.

Komatsu costumava dizer que Tengo carecia de força de vontade e iniciativa. Tengo admitia que Komatsu tinha razão. Quando hesitava, ele logo pensava "deixa pra lá" e, prontamente, optava por desistir. Era uma característica sua.

No entanto, se por acaso a encontrasse e tivesse a sorte de o reconhecimento ser mútuo, ele possivelmente confessaria tudo, de modo direto e com sinceridade, sem esconder nada. Ele a convidaria para ir a um café (se ela estivesse com tempo para aceitar o convite) e conversariam tomando algo, um de frente para o outro.

Tinha muitas coisas a dizer: que ainda se lembrava do dia em que apertara sua mão; que queria muito ser amigo dela; que queria conhecê-la melhor, mas nunca conseguira. Dentre os vários motivos, o principal era sua covardia. Falaria também que havia se arrependido, que mesmo hoje continuava arrependido. Diria o quanto pensava nela. Mas, é claro, omitiria as masturbações. Esse assunto pertencia a uma dimensão que excedia o âmbito da sinceridade.

Mas talvez fosse melhor não desejar isso. Talvez fosse melhor não reencontrá-la. O reencontro poderia decepcioná-lo. Ela podia ser apenas uma funcionária entediada, visivelmente cansada, ou uma mãe frustrada que briga com seus filhos pequenos. Poderiam não ter nenhum assunto em comum. Sem dúvida, isso seria plausível. Se isso acontecesse, Tengo perderia para sempre algo muito importante que cultivara em seu coração. Por outro lado, Tengo nutria uma esperança de que nada disso aconteceria. O olhar seguro daquela garota de 10 anos e o perfil daquele rosto, de uma intensa força de vontade, revelavam uma postura resoluta, de quem não se deixa abater pelas vicissitudes impostas pela vida.

Em contrapartida, qual seria a situação de Tengo?

Ao pensar nisso, foi tomado de insegurança.

Se eles se reencontrassem, provavelmente Aomame é que ficaria decepcionada. O Tengo da época do primário era considerado o gênio da matemática, tirava boas notas em quase todas as matérias, era grande, forte, um excelente atleta. Todos os professores o respeitavam e apostavam que ele teria um futuro brilhante. Aos olhos de Aomame, ele devia ser um herói. No entanto, hoje ele era apenas um professor com contrato temporário, o que estava longe de ser considerado um emprego estável. Um trabalho cômodo para quem vive sozinho. Dava para se manter sem passar dificuldades, mas estava longe de ser considerado um pilar da sociedade. Além de trabalhar na escola preparatória, também escrevia romances, mas nunca foram publicados. Fazia serviços temporários para uma revista feminina e escrevia o que lhe vinha à cabeça na coluna de previsões astrológicas. A coluna era muito conhecida, mas, verdade seja dita, o que ele escrevia não passava de um monte de baboseiras. Não tinha amigos com quem se abrir, nem uma namorada. A única relação que mantinha era com uma mulher casada, dez anos mais velha, com quem se encontrava uma vez por semana em segredo. O único trabalho que realmente o deixava orgulhoso fora reescrever, no anonimato, o best-seller *Crisálida de ar*. Mas era algo que não podia revelar para ninguém, mesmo sob ameaça de morte.

Os pensamentos de Tengo haviam chegado a esse ponto quando a funcionária do caixa pegou sua cesta de compras.

Voltou ao apartamento carregando pacotes de papel com suas compras. Vestiu um calção, pegou uma lata de cerveja na geladeira e, enquanto bebia, colocou água para ferver numa panela grande. Enquanto aguardava, tirou as vagens de soja dos galhos e, sobre a tábua de carne, temperou-as com sal, espalhando-o uniformemente. Depois, despejou tudo dentro da panela com a água fervendo.

Tengo se perguntava por que a menina magra de 10 anos nunca deixara seu coração. Ela se aproximou dele após a aula e segurou sua mão. Não disse uma palavra. Apenas isso. Mas, naquela época, Aomame levou uma parte dele consigo. Alguma parte do coração ou de seu corpo e, em troca, deixou uma parte do coração ou do corpo dela. Uma troca num curto espaço de tempo.

Tengo cortou em pedaços bem pequenos uma porção grande de gengibre. Depois, fatiou o aipo e os cogumelos. Em seguida, picou a salsa crespa. Após tirar as cascas dos camarões, lavou-os em água corrente. Estendeu papel toalha e os dispôs enfileirados como se fossem soldadinhos. Quando a soja começou a flutuar na água, despejou-a no escorredor e deixou esfriar. Depois, pegou uma frigideira grande, untou-a com óleo de gergelim branco e fritou o gengibre em fogo baixo.

"Seria tão bom poder reencontrá-la agora", pensou. Não importava se um se decepcionaria com o outro. O que Tengo queria era vê-la novamente. Queria ao menos saber como foi a vida dela depois daquele dia, onde ela vivia agora, o que a fazia feliz ou a deixava triste. Por mais diferentes que fossem, ou que a chance de ficarem juntos estivesse perdida para sempre, em nada mudaria o fato de terem trocado algo importante naquele longínquo passado, após a aula do primário.

Tengo colocou o aipo e o cogumelo na frigideira e os fritou em fogo alto, girando às vezes a frigideira e misturando delicadamente os ingredientes com uma colher de bambu. Temperou com uma pitada de sal e pimenta do reino. Quando os legumes estavam perto do ponto, adicionou os camarões lavados e secos. Temperou novamente com uma pitada de sal e pimenta-do-reino e, desta vez, acrescentou uma pequena dose de saquê. Depois, adicionou um filete de molho de soja e, por fim, polvilhou a salsinha picada. Tengo preparou o prato sem pensar. Era como se estivesse no piloto automático, sem dar atenção ao que fazia. Aquele era um prato simples, que não requeria muito trabalho. Ele manuseava os alimentos com precisão, mas desde o início só pensava em Aomame.

Quando os camarões e os legumes estavam no ponto, tirou-os da frigideira e passou para um prato grande. Pegou uma outra cerveja na geladeira e, sentado à mesa da cozinha, jantou a comida que fumegava, envolto em pensamentos.

Tengo sabia que muitas coisas haviam mudado em sua vida nesses últimos meses. Podia dizer que, finalmente, próximo de completar 30 anos, estava desenvolvendo o seu lado mental e emocional. "Que formidável!", pensou, e, com a meia lata de cerveja na mão, balançou a cabeça rindo de si mesmo. "Realmente, é formidável. Se eu continuar neste ritmo, quantos anos serão necessários para eu alcançar um grau de amadurecimento considerado normal entre os adultos?"

De qualquer modo, o que provocou essa mudança interior foi a *Crisálida de ar*. Ao reescrever a história de Fukaeri com suas próprias palavras, a ideia de transformar em narrativa literária a história que existia dentro dele tornou-se intensa. Foi nesse momento que surgiu um sentimento que se poderia chamar de desejo. E, nesse novo sentimento, havia também o desejo de reencontrar Aomame. Não entendia o porquê de pensar tanto nela. Seus pensamentos sempre o levavam de volta à sala de aula daquela tarde de vinte anos atrás, como uma pessoa na orla da praia que sente os pés sendo levados pelas fortes ondas que retornam ao mar.

No final, Tengo bebeu a segunda lata de cerveja até a metade e comeu só parte do prato que preparou. Despejou a cerveja na pia da cozinha, transferiu a comida para um prato menor, envolveu-o com filme plástico e o guardou na geladeira.

Após a refeição, sentou-se na escrivaninha, ligou o processador de texto e abriu na tela o arquivo que estava escrevendo.

Tengo passou a achar que reescrever o passado não era tão importante. Era o que sua namorada mais velha havia lhe dito. Ela tinha razão. Por mais que se altere cuidadosamente os detalhes do passado, não significa que as circunstâncias do presente vão se alterar. O tempo possui uma força muito grande, capaz de anular todas as alterações realizadas artificialmente. Ele consegue corrigir e trazer de volta o fluxo original, o que se tentou alterar. Alguns fatos pequenos poderiam ser mudados, mas, no final, querendo ou não, Tengo seria sempre o mesmo.

O que precisava fazer era ficar em pé na encruzilhada do presente e olhar o passado com sinceridade; e escrever o futuro como se estivesse reescrevendo o passado. Não havia outra saída.

> Contrição e arrependimento
> Torturam meu coração culpado.
> Que minhas lágrimas se tornem
> um bálsamo para ti, fiel Jesus.

Era um trecho da ária de *A paixão segundo são Mateus*, que Fukaeri cantara outro dia. Como Tengo ficou curioso com a passagem, no dia seguinte pegara o disco que tinha em casa e o escutara com a tradução em mãos. A ária se referia ao trecho em que *Jesus é ungido em Betânia*, na primeira parte da Paixão. Estando Jesus em Betânia visitando a casa de um leproso, uma mulher derramou em sua cabeça um bálsamo precioso. Quando os discípulos viram isso, censuraram-na, dizendo que aquilo era um desperdício, pois o bálsamo poderia ter sido vendido bem caro, e o dinheiro distribuído aos pobres. Jesus, porém, percebendo isso, explicou aos indignados discípulos que aquela mulher praticara uma boa ação, pois ela "o fez para me sepultar".

A mulher sabia que em breve Jesus morreria. Por isso, precisava derramar o bálsamo precioso para verter seu copioso fluxo de lágrimas. Jesus também sabia que em breve trilharia o caminho da morte. E então falou: "Em verdade vos digo que, onde quer que venha a ser proclamado o Evangelho, em todo o mundo, também o que ela fez será contado em sua memória."

Nenhum deles, claro, podia mudar o futuro.

Tengo fechou novamente os olhos, respirou fundo e reorganizou em palavras os seus pensamentos. Ao alterar a ordem das palavras, as imagens tornavam-se mais nítidas. E o ritmo também se tornou mais preciso.

Movimentou os dedos no ar como se fosse o próprio Vladimir Horowitz diante das oitenta e oito teclas do seu piano. Em seguida, com o coração decidido, pôs-se a digitar as palavras no processador.

Começou a descrever um mundo em que, ao anoitecer, havia duas luas alinhadas na parte leste do céu. Escreveu como as pessoas viviam e como o tempo fluía naquele mundo.

"Em verdade vos digo que onde quer que for pregado em todo o mundo este Evangelho, também o que ela fez será contado para memória sua."

5
Aomame
O gato vegetariano se encontra com o rato

Depois de aceitar a morte de Ayumi como fato incontestável, Aomame precisou de tempo para processar a informação. Feito isso, desatou a chorar. Cobriu o rosto com as mãos e chorou em silêncio, com um discreto mover de ombros. Era como se ninguém no mundo pudesse saber que estava chorando.

As cortinas das janelas estavam totalmente fechadas, mas, mesmo assim, ela receava que alguém pudesse observá-la. Naquela noite, Aomame abriu o jornal sobre a mesa da cozinha e chorou ininterruptamente diante dele. Às vezes não conseguia conter o choro e soluçava alto, mas em seguida se controlava. As lágrimas contornavam as mãos e pingavam no jornal.

Desde que se entendia por gente, Aomame dificilmente chorava. Quando sentia vontade, ficava com raiva. Raiva de alguém ou de si mesma. Por isso, era muito raro que vertesse lágrimas. Mas, quando começava, não conseguia parar. A última tinha sido quando Tamaki se suicidou. Quantos anos teriam se passado? Não conseguia se lembrar. Havia se passado *muito* tempo. Naquela ocasião, Aomame chorou copiosamente durante vários dias, sem comer nem sair de casa. As únicas coisas que fazia eram tomar água, que perdia em forma de lágrimas, e dormir um pouco, como se desmaiasse. No resto do tempo chorava sem parar. Nunca mais tinha chorado daquele jeito.

Ayumi não existia mais neste mundo. Ela se transformara num cadáver frio, e a essa hora deviam estar fazendo sua autópsia. Depois, seria costurada e, após um funeral modesto, conduzida para o crematório. Ao ser incinerada, seu corpo se transformaria em fumaça e se mesclaria às nuvens. Por fim, voltaria à terra em forma de chuva, fazendo crescer a grama. Uma grama sem nome nem história. Aomame nunca mais veria Ayumi viva de novo. Isso era contra a ordem natural das coisas, algo injusto, um acontecimento terrível.

Depois que Tamaki Otsuka partiu, a única pessoa pela qual Aomame sentiu algo parecido foi Ayumi. Mas, infelizmente, havia um empecilho na amizade. Ayumi era uma policial, e Aomame uma assassina. Apesar de ser uma assassina de princípios, uma assassina seria sempre uma assassina. Sob o ponto de vista da lei, era uma criminosa. Aomame estava do lado de quem é preso, e Ayumi do lado de quem prende.

Por isso, mesmo que Ayumi quisesse estreitar os laços de amizade, Aomame precisava endurecer o coração e se esforçar para não corresponder a essa expectativa. Caso se tornassem amigas íntimas, a ponto de compartilhar assuntos do cotidiano, surgiriam inúmeras contradições e reparações a serem feitas, e isso seria fatal para Aomame, que, a princípio, era uma pessoa honesta e direta. Jamais conseguiria manter uma íntegra relação de amizade com alguém se tivesse de mentir ou esconder algo importante. Essa condição deixava Aomame confusa, e meter-se em confusão era algo que ela queria evitar a qualquer custo.

Ayumi, de certa forma, já devia ter percebido isso. Ela sabia que Aomame tinha algum segredo que não podia revelar e, por isso, mantinha conscientemente uma certa distância. Ayumi tinha uma intuição excepcional. De fato, metade daquele seu jeito expansivo não passava de encenação e, no fundo, era uma pessoa delicada e muito sensível. Aomame sabia disso. Sabia, também, que sua atitude de defesa devia deixá-la triste. Ayumi devia achar que Aomame a rejeitava, que a evitava. Só de pensar nisso, sentiu alfinetadas no coração.

E então Ayumi fora assassinada. Ela provavelmente encontrara um desconhecido em algum lugar da cidade, beberam juntos e foram a um hotel. Depois, trancados no quarto escuro, começaram um apurado jogo erótico com direito a algemas, mordaças e vendas nos olhos. Aomame conseguia imaginar a cena: um homem que estrangula uma mulher com o cinto do roupão e, ao vê-la em agonia, fica excitado até que ejacula. Mas o homem exagera e aperta a faixa com muita força. Era para soltá-la em cima da hora, mas não o fez.

A própria Ayumi devia temer que isso acontecesse algum dia. Ela precisava periodicamente dessas sessões de sexo violento. Seu corpo — e provavelmente o seu lado psicológico — necessitava disso. Não queria ter um namorado sério. Um relacionamento estável a deixava sufocada e insegura. Era por isso que ela preferia transar com homens que encontrava casualmente, e uma única vez. Nesse sentido, era muito parecida com Aomame. A única diferença é que Ayumi tinha a propensão de ir muito mais fundo. Ela gostava de fazer sexo arriscado, selvagem, e talvez desejasse inconscientemente ser machucada. Aomame não era assim. Ela era extremamente cuidadosa e jamais deixaria que a ferissem. Se alguém ousasse machucá-la, ela certamente resistiria. Mas Ayumi tinha a tendência de aceitar as vontades do outro, não importava o que fosse. Nutria uma expectativa do que o outro lhe poderia dar em troca. Uma tendência perigosa. Sobretudo por serem homens que encontrava ao acaso. Só dava para saber que tipo de desejo eles tinham ou que tipo de intenção ocultavam na hora do ato. Ayumi sabia muito bem dos riscos que corria. Por isso, precisava de uma parceira mais equilibrada, como Aomame. Uma parceira que impusesse limites e a protegesse.

Aomame também precisava de Ayumi. Ayumi tinha certas habilidades que ela não possuía. Uma personalidade extrovertida e alegre, que deixava as pessoas à vontade. Era gentil, tinha uma curiosidade natural, um espírito de iniciativa semelhante ao de uma criança, e suas conversas eram divertidas. E seios enormes, que chamavam a atenção. Ao seu lado, bastava Aomame esboçar um sorriso misterioso que os homens ficavam curiosos. Assim, formavam uma dupla perfeita. Uma máquina sexual invencível.

Aomame achava que, apesar de tudo, ela devia ter deixado Ayumi se aproximar. Devia ter aceitado seu sentimento, abraçando-a carinhosamente, pois era o que desejava. Ser aceita incondicionalmente e, ainda que por um curto espaço de tempo, se sentir relaxada. Mas Aomame não podia corresponder a esse pedido. Seu instinto de autoproteção era mais forte, além de seu desejo consciente de não manchar a memória de Tamaki Otsuka.

Ayumi saiu sozinha, sem Aomame, e andando só pela noite foi estrangulada até a morte, as mãos presas a algemas frias e verdadeiras, com olhos vedados e a meia ou a calcinha obstruindo sua boca. O que Ayumi sempre temeu acabou acontecendo. Se Aomame tivesse sido mais receptiva e mais gentil, provavelmente naquela noite Ayumi não teria saído sozinha. Com certeza, ela telefonaria para Aomame e a convidaria para saírem juntas. Teriam ido a um local mais seguro, cuidado uma da outra enquanto os homens as abraçavam. Mas, ao que parece, Ayumi não quis incomodá-la. E Aomame nunca tinha telefonado para ela convidando-a para sair.

Um pouco antes das quatro da manhã, Aomame não aguentou mais a solidão. Calçou as sandálias e decidiu sair. Usando apenas shorts e uma blusinha, caminhou sem rumo pela cidade em plena madrugada. Alguém lhe dirigiu a palavra, mas ela nem se deu ao trabalho de se virar. Enquanto caminhava ficou com sede e entrou numa loja de conveniência. Comprou um suco de laranja de um litro e bebeu tudo ali mesmo. Depois, voltou para casa e chorou de novo. Descobria como gostava de Ayumi. Muito mais do que pensava. Se ela queria tocá-la, devia tê-la deixado fazer o que desejava.

No jornal do dia seguinte também havia uma matéria sobre a "Policial estrangulada no hotel de Shibuya". A polícia tentava encontrar o homem que esteve com ela. Segundo o artigo, os companheiros de serviço estavam perplexos. Ayumi era uma pessoa alegre, querida por todos, responsável, eficiente, e tinha um excelente currículo. Muitos parentes trabalhavam na polícia, a começar pelo pai e pelo irmão, e o vínculo entre eles era forte. Estavam inconformados com o crime.

"Ninguém sabia", pensou Aomame, mas ela sim. Ayumi tinha um enorme vazio dentro dela. Como um deserto nos confins do mundo. Por mais que recebesse água, ela era sugada pelas profundezas da terra sem deixar vestígios. Nenhum ser vivo seria capaz de sobreviver ali. Nem mesmo os pássaros sobrevoariam a área. Somente Ayumi poderia dizer como essa aridez fora criada dentro dela. Não; talvez nem ela soubesse o que realmente provocara isso. Uma coisa era certa: um dos principais motivos foi a violência e a insistência dos homens, que a forçavam a aceitar seus desejos pervertidos. Ela procurava cercar esse terrível vazio, e para isso criara aquela identidade tão amigável. Mas, se arrancasse os adornos daquela personalidade, restariam apenas o vazio do abismo e a intensa aridez que o acompanhava. Por mais que tentasse esquecê-lo, aquele vazio a visitava periodicamente — num solitário entardecer chuvoso ou ao acordar de um pesadelo. Nessas horas, ela precisava ser abraçada por *qualquer um, fosse quem fosse.*

    Aomame tirou a Heckler & Koch da caixa de sapatos e, com destreza, armou o carregador, destravou o dispositivo de segurança, puxou o ferrolho, posicionou uma bala na câmara, levantando o martelo, e segurou a pistola firmemente, mirando em um ponto na parede. A pistola não se moveu um centímetro. Suas mãos não tremiam mais. Aomame prendeu o ar, concentrou-se e soltou-o lentamente. Baixou a arma e acionou de novo a trava de segurança. Sopesou a arma, observou seu brilho intenso. A pistola parecia fazer parte de seu corpo.

    Preciso conter a emoção, disse a si mesma. Caso punisse o pai e o irmão de Ayumi, eles com certeza não saberiam o motivo. Independentemente do que ela fizesse agora, Ayumi não voltaria mais. Era lamentável constatar que aquilo teria acontecido cedo ou tarde. Ayumi se aproximava lentamente, porém de modo inevitável, do redemoinho fatal. Mesmo que Aomame tivesse decidido se aproximar dela, também haveria um limite. Aomame decidiu conter o choro. O importante era se recompor, priorizar as regras e deixar os interesses pessoais de lado. Como Tamaru havia dito.

O bipe tocou numa manhã, cinco dias após a morte de Ayumi. Aomame escutava o noticiário da manhã na cozinha enquanto esquentava água para o café. O bipe estava sobre a mesa. O número indicado no pequeno visor do aparelho não lhe era familiar, mas não havia dúvidas de que era uma mensagem de Tamaru. Ela foi até um telefone público próximo à sua casa e discou o número. Tamaru atendeu no terceiro toque.

    — Já está tudo pronto? — perguntou Tamaru.
    — Está — respondeu Aomame.
    — Tenho uma mensagem da madame. Hoje à noite, às sete horas, na entrada principal do hotel Ôkura. Esteja preparada para fazer o serviço de sempre. Desculpe avisá-la agora, mas é que as coisas foram definidas em cima da hora.
    — Hoje à noite, às sete horas, na entrada principal do hotel Ôkura — repetiu Aomame mecanicamente.

— Vou rezar para que tudo dê certo, mas creio que não vai adiantar nada.

— Você não acredita na sorte.

— Mesmo que eu quisesse, não sei bem o que significa isso — respondeu Tamaru. — Nunca vi acontecer.

— Não precisa rezar. Mas eu gostaria de te pedir uma coisa. Tenho um vaso de fícus no quarto. Você poderia cuidar? Não consegui me desfazer dele.

— Pode deixar.

— Obrigada.

— Um pé de fícus é bem mais fácil de cuidar do que gatos ou peixinhos tropicais. Mais alguma coisa?

— Mais nada. Pode jogar todo o resto fora.

— Após terminar o *serviço*, vá para a estação Shinjuku e ligue para esse mesmo número. Darei as próximas instruções.

— Após terminar o serviço ligo para você da estação Shinjuku para este mesmo telefone — repetiu Aomame.

— Creio que você já sabe, mas não anote o número. E, ao sair de casa, quebre o bipe e jogue-o em algum lugar.

— Entendi. Vou fazer isso.

— Tudo está preparado nos mínimos detalhes. Não precisa se preocupar. Deixe o resto com a gente.

— Não estou preocupada — disse Aomame.

Tamaru ficou em silêncio durante um tempo.

— Posso dizer o que realmente penso?

— Por favor.

— Não tenho a intenção de dizer que o que vocês fazem é em vão. Isso é um assunto entre vocês, não é da minha conta. Mas, no mínimo, é imprudente. É algo que nunca vai ter *fim*.

— Pode ser — disse Aomame. — Mas não dá mais para mudar.

— Como avalanches na primavera.

— Talvez.

— Mas uma pessoa sensata não vai a um local onde pode haver uma avalanche, e tampouco numa estação do ano em que isso pode ocorrer.

— Uma pessoa sensata não teria esse tipo de conversa com você.

— Acho que não — Tamaru admitiu. — A propósito, você tem algum familiar que eu deva avisar, caso seja pega por uma avalanche?

— Não tenho família.

— Você realmente não tem ou *tem, mas não quer ter.*

— Tenho, mas não quero ter — disse Aomame.

— Ótimo — disse Tamaru. — A melhor coisa é não ter encargos. Como família, o fícus é ideal.

— Depois de ver os kinguios na casa da madame fiquei com vontade de ter um. Achei que seria bom ter um daqueles em casa. É pequeno, não fala e necessita de poucos cuidados. No dia seguinte, fui até uma loja em frente à estação, mas ao vê-los dentro do tanque não quis mais. Foi então que, em vez do peixinho dourado, resolvi comprar um pobre pé de fícus que estava encalhado na loja.

— Acho que você fez a escolha certa.

— Pode ser que eu nunca mais possa comprar um kinguio.

— Pode ser — disse Tamaru. — Melhor comprar um outro pé de fícus.

Houve um breve silêncio.

— Hoje à noite, às sete horas, na entrada principal do hotel Ôkura — disse novamente Aomame, para se certificar.

— Basta ficar sentada no hall aguardando. A pessoa é que vai te encontrar.

— A pessoa é que vai me encontrar.

Tamaru deu uma leve tossida para limpar a garganta.

— Por falar nisso, você conhece a história do gato vegetariano que se encontrou com o rato?

— Não.

— Quer ouvir?

— Muito.

— Um rato deu de cara com um gato bem grande no sótão. O rato ficou acuado no canto, sem ter para onde fugir, e disse: "Por favor, senhor gato, não me coma. Preciso voltar para junto dos meus familiares. Meus filhos estão com fome, à minha espera. Deixe-me ir." O gato respondeu: "Não se preocupe. Não vou te comer. Não posso falar muito alto, mas, na verdade, sou vegetariano. Não como carne. Sorte sua ter me encontrado." O rato disse: "Que dia maravilhoso! Sou um rato afortunado. Encontrei um gato vegetariano." No instante seguinte, o gato atacou o rato, fincou a unha no corpo para imobilizá-lo e mordeu seu pescoço com os dentes afiados. O rato, em agonia, indagou, momentos antes de morrer: "Você não disse que era vegetariano, senhor gato, que não comia carne? Era tudo mentira?" O gato lambeu os beiços e respondeu: "Pois é... Eu realmente não como carne. Quanto a isso, não menti. Vou levá-lo comigo e trocá-lo por uma alface."

Aomame parou para pensar.

— O que essa história nos ensina?

— Não ensina nada. É que acabamos de falar da sorte, e me lembrei da história. Só isso. Mas isso não te impede de tentar encontrar uma moral.

— Que história comovente.

— Mais uma coisa. Creio que vão revistar seu corpo e sua bolsa, pois são muito cautelosos. Não se esqueça disso.

— Não vou me esquecer.

— Então é isso — disse Tamaru. — Vamos nos encontrar de novo por aí.

— Vamos sim — respondeu Aomame, instintivamente.

Tamaru desligou. Aomame olhou por um momento o fone, franziu levemente as sobrancelhas e colocou-o no gancho. Depois de memorizar o número indicado no bipe, apagou-o. "Vamos nos encontrar de novo", repetiu mentalmente Aomame. Mas ela sabia que, possivelmente, jamais veria Tamaru de novo.

Aomame folheou de ponta a ponta o jornal matutino, mas não encontrou nada sobre o assassinato de Ayumi. Pelo visto, até o momento as investigações pareciam não ter evoluído. Dentro em breve, todas as revistas semanais começariam a explorar o assunto de modo grotesco, enfatizando que uma jovem policial fazia jogos sexuais com algemas num motel de Shibuya e que fora estrangulada e encontrada completamente nua. Mas Aomame não queria ler esses artigos sensacionalistas, típicos para satisfazer a curiosidade. Deixou também de assistir à televisão. Não queria escutar a voz aguda e artificial dos apresentadores falando da morte de Ayumi.

Ela queria, claro, que o criminoso fosse encontrado e punido. Mas, caso fosse detido, julgado, e os detalhes do crime fossem esclarecidos, o que aconteceria a seguir? Nada daquilo traria Ayumi de volta. Era evidente que não. A sentença provavelmente seria leve, pois a defesa alegaria não ter havido assassinato, mas homicídio culposo. Mesmo que fosse requerida a pena de morte, não serviria de compensação. Aomame fechou o jornal e, com os cotovelos apoiados na mesa, cobriu o rosto com as mãos. Pensou em Ayumi. Mas, desta vez, as lágrimas não brotaram em seus olhos. Ela estava apenas com raiva.

Ainda faltava muito para as sete da noite e Aomame não sabia o que fazer até lá. Não tinha aula para dar no clube. A maleta de viagem e a bolsa estavam no armário da estação Shinjuku, como Tamaru havia sugerido. Dentro da maleta havia um maço de dinheiro e mudas de roupa para alguns dias. A cada três dias, ela ia até a estação, inseria moedas no contador automático e aproveitava para verificar os pertences. Não havia necessidade de limpar o apartamento e, mesmo que quisesse cozinhar, a geladeira estava praticamente vazia. No quarto não havia mais nada que lembrasse os ares de uma vida cotidiana, a não ser o vaso de fícus. Ela dera cabo de todos os seus objetos pessoais. As cômodas estavam vazias. No dia seguinte, não estaria mais ali e não deixaria nenhum rastro.

As roupas que usaria à noite estavam dobradas sobre a cama. Ao lado, uma bolsa de ginástica azul. Dentro havia alguns apetrechos necessários para a sessão de alongamento. Por precaução, Aomame verificou novamente se tudo estava em ordem: um conjunto de jérsei, uma esteira de ioga, uma toalha grande e outra pequena, e um estojo pequeno e rígido com um estreito picador de gelo. Tudo certo. Ela tirou do estojo o picador de gelo, removeu a rolha da ponta e tocou a extremidade com o dedo, para se certificar de que estava bem afiada. Como todo cuidado é pouco, resolveu amolar de leve a ponta da agulha com um esmeril bem pequeno. Imaginou a ponta penetrando numa parte específica da nuca do homem como se estivesse sendo sugada, sem fazer barulho. Como sempre, em questão de segundos tudo estaria acabado. Sem gritos, sem sangue. Apenas um breve instante de convulsão. Aomame espetou a ponta da agulha na rolha e com extremo cuidado guardou-a no estojo.

Em seguida, tirou da caixa de sapato a Heckler & Koch embrulhada numa camiseta velha e com mãos treinadas carregou sete cartuchos de 9 milímetros. Posicionou um dos cartuchos na câmara com um barulho seco. Soltou a trava de segurança e, em seguida, travou-a novamente. Embrulhou a arma num lenço branco e colocou-a dentro de uma bolsa de plástico com suas roupas íntimas.

"Tenho mais alguma coisa a fazer?", pensou Aomame.

Ela não conseguia se lembrar de nada. Foi para a cozinha e preparou o café com a água fervente. Sentou-se à mesa e o bebeu acompanhado de um croissant.

"Provavelmente este será o meu último trabalho", pensou. Era o trabalho mais importante e mais difícil. Ao terminá-lo, não precisarei mais matar ninguém.

Aomame não tinha objeção de perder sua identidade. Muito pelo contrário, aquilo era até motivo para festejar. Ela não tinha apego ao seu nome nem ao seu rosto e, tampouco, alguma coisa do passado que a fizesse se sentir triste por ter de perder. Seria um reinício da vida, algo que desejava havia muito tempo.

O estranho era que a única coisa que ela não queria perder era seu insignificante par de seios. Desde os 12 anos, Aomame sempre esteve insatisfeita com o tamanho e o formato de seus seios. Era comum pensar que, se eles fossem maiores, sua vida teria sido melhor. Mas, quando surgiu a oportunidade de mudá-los (uma escolha acompanhada de certa necessidade), é que, pela primeira vez, percebeu que não queria. Preferia mantê-los como eram. O tamanho era perfeito.

Ela apalpou os seios sobre a blusa. Eram os mesmos de sempre. O formato lembrava uma massa de pão que não cresceu por erro de proporção na mistura. E o tamanho de um era um pouco diferente do outro. Aomame balançou a cabeça. Mas não se importava com isso. *Ela era assim.*

Que mais ela teria, fora os seios?

A lembrança de Tengo, claro. O toque da sua mão. O intenso tremor em seu coração. O desejo de ser abraçada por ele. Mesmo que ela se torne outra pessoa, o sentimento por Tengo não poderá ser removido. Aomame achava que essa era a maior diferença entre ela e Ayumi. Não havia em seu âmago o vazio. Não era um local árido e seco. *O que existia em seu âmago era o amor.* Ela continuaria a pensar em sua força, inteligência e carinho. Ele não existe *aqui*. Mas o fato de o corpo físico não existir significa que ele jamais perecerá, e uma promessa que não foi feita não poderá ser rompida.

O Tengo de 30 anos que Aomame imaginava não era o Tengo real. Era apenas uma hipótese. Tudo fora criado por seus pensamentos. Ele ainda era forte, inteligente e carinhoso. Seria um adulto com braços musculosos, peito amplo e um pênis viril. Quando Aomame queria, ele sempre estava ao seu lado. Ele a abraçava, acariciava seus cabelos e a beijava. O quarto em que os dois ficavam era escuro e Aomame não podia enxergá-lo. A única coisa que ela via eram seus olhos. No meio da escuridão, Aomame conseguia enxergar seu olhar bondoso. Ela fitava aqueles olhos e conseguia enxergar neles o mundo que ele contemplava.

A terrível vontade que Aomame às vezes sentia de dormir com outros homens tinha o intuito de preservar a existência de Tengo, manter pura sua imagem. O contato sexual que mantinha com desconhecidos a libertava do desejo de seu corpo. Após se libertar, ela podia ficar sozinha com Tengo num mundo tranquilo e silencioso, curtindo horas de intimidade sem que nada pudesse importuná-los. Provavelmente, era isso o que Aomame tanto desejava.

Ela pensou em Tengo por algumas horas, sentada na cadeira de alumínio de sua pequena varanda, olhando o céu, ouvindo o barulho dos carros e, de vez em quando, mexendo com a ponta dos dedos nas folhas do pobre fícus. No céu do entardecer ainda não dava para ver a lua. Faltavam algumas horas até ela aparecer. Amanhã, onde será que ela estaria a essa hora? Não tinha a mínima ideia. Mas isso era o de menos, se comparado ao fato de Tengo existir neste mundo.

* * *

Aomame regou o fícus pela última vez e colocou a *Sinfonietta* de Janáček no toca-discos. Ela se desfizera de todos os discos, com exceção deste. Fechou os olhos e ouviu atentamente a música, imaginando o vento atravessando os campos da Boêmia. Pensou em como seria bom se pudesse caminhar por esses campos com Tengo. Os dois com certeza estariam de mãos dadas. A relva verde balançaria ao sabor dos ventos sem fazer barulho. Aomame sentiria o calor das mãos dele nas suas. E a cena desaparecia gradualmente, como nos filmes com final feliz.

Depois, Aomame deitou-se na cama e dormiu durante meia hora com o corpo encolhido como uma bola. Não sonhou. Era um sono que não requeria sonhos. Ao despertar, os ponteiros do relógio marcavam quatro e meia. Com as sobras da geladeira preparou uma omelete com presunto e manteiga. Tomou o suco de laranja direto da embalagem. O silêncio após a sesta estava estranhamente pesado. Ligou o rádio e o deixou numa estação de FM que transmitia um concerto para instrumentos de sopro de Vivaldi. O flautim tocava um trecho de leve trinado que lembrava um gorjeio de passarinhos. Aomame sentiu como se aquela música enfatizasse a irrealidade da situação em que vivia.

Após lavar a louça, tomou um banho e vestiu a roupa que havia várias semanas estava separada para usar nesse dia. Era uma roupa simples e confortável. Um agasalho de algodão azul-claro e uma blusa branca sem adornos. Fez um coque no alto da cabeça e prendeu os cabelos com um pente. Não colocou nenhum acessório. Em vez de jogar as roupas sujas na máquina de lavar, acomodou-as em um saco plástico preto e deu um nó. Tamaru daria um jeito no resto. Cortou as unhas e escovou os dentes com capricho. Limpou os ouvidos e acertou a sobrancelha com uma tesoura. Espalhou uma leve camada de creme no rosto e colocou um pouquinho de colônia na nuca. De frente para o espelho, examinou o rosto de diversos ângulos para se certificar de que estava tudo em ordem. Em seguida, pegou a bolsa de ginástica da Nike e deixou o quarto.

Na porta, olhou para trás uma última vez, pensando que jamais voltaria àquele lugar. Nesse momento, o quarto lhe pareceu muito mais pobre. Era como uma prisão que se fecha por dentro. Não havia sequer um quadro ou um vaso de flores. Apenas o fícus na varanda, que comprara em liquidação, em vez de um kinguio. Ela não conseguia entender como fora capaz de viver tantos anos naquele lugar sem se sentir especialmente insatisfeita, sem questionamentos.

— Adeus — disse ela bem baixinho. Não era uma despedida do apartamento, mas um adeus a ela mesma, à pessoa que até então vivera ali.

6
Tengo
Nós temos braços muito longos

Durante um tempo, não houve novidades. Ninguém entrou em contato com Tengo. Não recebeu sequer uma mísera notícia de Komatsu, do professor Ebisuno, muito menos de Fukaeri. Talvez tivessem se esquecido dele e resolveram partir para a lua. Tengo não teria nenhum problema com isso se fosse mesmo verdade, mas as coisas nunca aconteciam de forma tão simples assim com ele. O mais provável era que estivessem assoberbados com os afazeres do dia a dia e, por isso, não tinham tempo nem disposição de conversar com ele.

Tengo lia assiduamente o jornal, seguindo à risca as orientações de Komatsu, mas, ao menos naquele que costumava ler, não se falava mais do desaparecimento de Fukaeri. O jornal é um meio que lida prontamente com os fatos "ocorridos", mas adota uma atitude relativamente indiferente em relação aos assuntos "em curso". Nesse sentido, o silêncio trazia uma mensagem subliminar de que "no momento, não há novidades". Como Tengo não tinha televisão, ele não sabia como o assunto estava sendo veiculado pelos noticiários.

Em compensação, praticamente todas as revistas semanais falavam do caso. Tengo, porém, não chegou a ler nenhuma delas. Ele apenas passava os olhos nas propagandas publicadas no jornal, que destacavam manchetes sensacionalistas, como "Tudo sobre o misterioso desaparecimento da bela escritora que se tornou best-seller", "Onde está Fukaeri (17), autora da *Crisálida de ar*?" ou "A história 'oculta' da jovem e bela escritora desaparecida". Algumas estampavam a foto de Fukaeri, a mesma tirada no dia da coletiva. Tengo tinha curiosidade de ler aquelas reportagens, mas seu interesse não chegava a ponto de desembolsar dinheiro para adquiri-las. Se veiculassem algo que o comprometesse, certamente Komatsu entraria em contato. Sendo assim, o fato de ele não dar notícias significava que, por enquanto, não havia nenhuma novidade. Em outras palavras, ninguém descobrira que quem escreveu a *Crisálida de ar* foi (ou poderia ter sido) um *ghostwriter*.

As manchetes indicavam que, por hora, a atenção da mídia estava voltada para outros assuntos: que o pai de Fukaeri era um famoso ativista de um grupo extremista; que ela crescera numa comuna nas montanhas de Yamanashi, longe da sociedade; e que atualmente seu tutor era o professor Ebisuno (outrora famoso intelectual). E que, a despeito de não se saber o paradeiro da bela e misteriosa escritora, a *Crisálida de ar* continuava a liderar a lista dos mais vendidos. Assuntos que, naquele momento, eram o bastante para atrair a atenção do público.

Mas, se o desaparecimento de Fukaeri perdurasse, seria apenas uma questão de tempo para que a mídia começasse a investigar outras áreas e trazer à tona novas e comprometedoras informações. Por exemplo, se alguém resolvesse buscar informações sobre Fukaeri na escola em que ela estudava, viria a público que tinha dislexia e por isso não frequentava assiduamente as aulas. As notas de língua japonesa e redação — caso tivesse escrito alguma — também se tornariam públicas. Diante dessa constatação, as pessoas passariam a indagar se realmente era possível que uma garota disléxica escrevesse um texto tão bom. Uma vez instaurada a dúvida, não seria preciso ser um gênio para desconfiar de que alguém a ajudara a fazer o romance.

Komatsu seria o primeiro a ser procurado. Afinal, ele era o editor responsável pela publicação da *Crisálida de ar*. Ele com certeza se faria de desentendido. Lavaria as mãos, dizendo tranquilamente que apenas encaminhara o texto para a comissão julgadora e, com a maior cara de pau, afirmaria que desconhecia o processo de redação da obra. Komatsu era excepcionalmente talentoso em mentir sem sequer alterar a expressão do rosto, habilidade que, em maior ou menor grau, todo editor adquire com alguns anos de experiência. Em seguida, telefonaria imediatamente para Tengo para dizer algo como "Pois então, Tengo, a coisa está começando a ficar preta", com o tom teatral de quem se diverte vendo o circo pegar fogo.

Às vezes, Tengo tinha a impressão de que Komatsu não só se divertia com as desgraças, como também possuía um instinto autodestrutivo. No fundo, Komatsu parecia desejar que o plano fosse descoberto para criar um tremendo e suculento escândalo que, ao explodir, mandaria tudo pelos ares. Ele seria bem capaz de desejar isso. Mas, ao mesmo tempo, Komatsu era imparcial e realista. Ele não colocaria tudo a perder.

Komatsu parecia ter algum trunfo para se safar. Tengo, porém, não sabia como ele pretendia se desvencilhar dos possíveis desdobramentos da situação. Komatsu era capaz de reverter qualquer coisa a seu favor, escândalo por fraude ou mesmo a destruição da carreira profissional. Era astuto o suficiente para reconhecer que não tinha o direito de criticar o professor Ebisuno. Mas, quando uma nuvem de suspeita pairasse sobre *Crisálida de ar*, Komatsu entraria em contato com Tengo. Isso estava claro. Até então, Tengo era uma espécie de instrumento eficaz e conveniente para Komatsu, mas, agora, era o seu tendão de aquiles. Se Tengo resolvesse revelar a verdade, não havia dúvidas de que Komatsu ficaria em maus lençóis. Portanto, Tengo era alguém que ele não podia ignorar e, sendo assim, a única coisa que Tengo precisava fazer era aguardar. Se Komatsu não telefonava, era porque a coisa ainda não estava preta.

Mas o que Tengo realmente queria saber eram os planos do professor Ebisuno. Ele possivelmente insistia com a polícia que o grupo Sakigake estava envolvido no desaparecimento de Fukaeri. Tentaria romper a rígida casca de proteção de Sakigake usando essa situação como alavanca. Será que a polícia estava investigando essa hipótese? Era provável. A relação entre Fukaeri e Sakigake já estava sendo explorada pela mídia. Se a polícia não averiguasse a hipótese e, posteriormente, fatos importantes viessem à tona nessa linha de investigação, ela seria alvo de duras críticas, seria tachada de negligente. De qualquer modo, as investigações seguiam de forma discreta, sem publicidade. Era por isso que as revistas e os telejornais não divulgavam informações novas ou relevantes sobre o caso.

Um dia, ao voltar da escola preparatória, Tengo notou um envelope volumoso em sua caixa de correio. O remetente era Komatsu e, no envelope com a logomarca da editora, havia seis carimbos do serviço postal expresso. Assim que entrou no apartamento, Tengo abriu o envelope e retirou cópias de vários artigos sobre a *Crisálida de ar* e uma carta de Komatsu, com seus costumeiros garranchos, difíceis de decifrar.

Tengo,

    Por enquanto não há grandes novidades. O paradeiro de Fukaeri ainda é desconhecido. O principal assunto das revistas e dos programas de TV gira em torno de seu passado. Felizmente estamos fora de perigo. O livro continua vendendo bem. Não sei se, a essa altura, isso deve ser motivo de orgulho, mas o pessoal da empresa está tão contente que o próprio presidente me deu um diploma de agradecimento e um bônus em dinheiro. Trabalho nesta firma há mais de vinte anos, e é a primeira vez que o presidente me elogia. Confesso que gostaria de ver a cara deles quando descobrirem a verdade.

    Estou te enviando cópias das críticas e artigos relacionados a *Crisálida de ar*. Quando tiver um tempo, leia o material, como aprendizado. Acho que pode te interessar. Se estiver com vontade de rir, encontrará também algumas coisas engraçadas.

    Sobre aquele assunto que você comentou outro dia, pedi para um conhecido verificar a "Nova Fundação Japão para a Promoção das Ciências e das Artes". A associação, fundada há alguns anos, está devidamente licenciada e em plena atividade. Possui um escritório e emite um balanço anual. Todo ano, eles selecionam alguns pesquisadores, artistas e escritores e oferecem auxílio financeiro. Pelo menos, é isso que a fundação alega. Não se sabe de onde vem o dinheiro. De qualquer modo, a opinião sincera desse meu colega é que isso cheira mal. Eles podem ser uma empresa fantasma, criada para amortizar os impostos. Uma investigação minuciosa poderá revelar outras informações, mas agora não disponho de tempo para me empenhar nisso. Enfim, como já te disse outro dia, não consigo engolir a história de oferecerem três milhões de ienes a um escritor totalmente desconhecido. Deve haver alguma coisa por trás disso. Não se deve ignorar a possibilidade de Sakigake estar envolvida. Caso esteja, significa que desconfiam de que você tem alguma participação em *Crisálida de ar*. Seja como for, acho que o mais sensato é você não se envolver com a fundação.

Tengo guardou a carta de Komatsu no envelope. Por que será que decidira escrevê-la? Podia ter apenas aproveitado a remessa, mas não era do seu feitio. Se quisesse conversar, bastava telefonar, como sempre fazia. Uma carta como aquela poderia ser usada como prova, evidência. Uma pessoa cautelosa como Komatsu certamente sabia disso. Ou será que ele desconfiava que o telefone de Tengo estivesse grampeado e, na dúvida, achou melhor arriscar e enviar a carta?

Tengo olhou o telefone. Grampeado? Jamais lhe passou pela cabeça que o aparelho pudesse estar grampeado. Mas, pensando bem, ele não havia recebido nenhuma ligação desde a semana anterior. Todo mundo devia saber que seu telefone estava grampeado. Aliás, mesmo sua namorada, que gostava de conversar ao telefone, estranhamente não telefonara uma só vez.

Como se isso não bastasse, na sexta anterior ela não viera ao apartamento. Isso nunca tinha acontecido. Se algum imprevisto a impedisse, ela sempre dava um jeito de avisá-lo de antemão. Geralmente os imprevistos se resumiam à filha, que havia se gripado e faltara na escola, ou à sua menstruação, que havia se adiantado. Mas, na sexta anterior, ela simplesmente não apareceu nem deu satisfação. Tengo preparou uma refeição leve e ficou aguardando, mas sua espera foi em vão. Possivelmente ocorrera algum imprevisto, mas a falta de notícias era muito estranha. E havia um porém: ele não podia entrar em contato com ela.

Tengo parou de pensar na namorada e no telefone e foi para a mesa da cozinha ler o material enviado por Komatsu, seguindo a ordem em que estavam agrupados. Os artigos estavam organizados por data e, na margem superior esquerda, estavam anotados à caneta o nome do veículo e a data de publicação. Provavelmente Komatsu instruiu alguma de suas estagiárias para que organizasse o material, pois ele jamais teria paciência de fazer algo tão trabalhoso. As resenhas, em sua maioria, eram favoráveis. Muitos críticos a elogiavam como uma obra ousada e rica, e reconheciam a precisão do estilo, a ponto de alguns comentarem que era difícil acreditar que o livro tivesse sido escrito por uma garota de 17 anos.

Nada mau, pensou Tengo.

Uma resenha comparava a autora a uma "Françoise Sagan que houvesse absorvido os ares do realismo mágico". Em determinados trechos, assumia um tom reticente e incluía algumas ressalvas que tornavam o texto ambíguo, mas, em linhas gerais, elogioso.

Mas, quando o assunto era o significado da crisálida de ar e do Povo Pequenino, os críticos hesitavam, ou não conseguiam se posicionar. Um deles escreveu que "A história é muito interessante, e o leitor a segue até o fim, mas, sobre o significado da crisálida de ar e do Povo Pequenino, nós, leitores, ficamos imersos numa piscina de insondáveis mistérios. Podemos até supor que isso tenha sido intencional, mas não devem ser poucos os leitores que interpretarão essa postura como um 'descuido' da autora. Por ser uma obra de estreia, pode ser considerada *boa*. Mas, se a autora pretende seguir carreira, seria melhor rever seriamente esse seu processo enigmático".

Ao ler esse artigo, Tengo inclinou a cabeça em dúvida. Se "A história é muito interessante, e o leitor a segue até o fim", significa que, de algum modo, a autora teve êxito. Como alguém pode dizer que foi descuidada?

A verdade era que Tengo não tinha opinião formada sobre aquilo. Talvez estivesse equivocado, e o crítico é que tivesse razão. Estivera tão concentrado em reescrever a *Crisálida de ar* que era impossível assumir uma postura objetiva e distanciada. Hoje a crisálida de ar e o Povo Pequenino faziam parte dele, mas ele mesmo não sabia exatamente o que significavam. Para ele, isso era o de menos. O importante era se o leitor seria capaz ou não de aceitá-los. A aceitação de Tengo fora imediata. Por isso ele conseguira se dedicar de corpo e alma à reescritura da *Crisálida de ar*. Caso contrário, ele jamais concordaria em colaborar com essa fraude, não importa o dinheiro que oferecessem ou a ameaça que fizessem.

Mas isso era apenas uma opinião pessoal. Ele não poderia impor as suas ideias a terceiros. Por isso, Tengo não podia deixar de sentir compaixão pelos dedicados leitores "imersos numa piscina de insondáveis mistérios". Imaginou a cena: eles flutuando a esmo numa piscina enorme, agarrando-se a boias coloridas, sob um sol irreal a iluminar seus rostos apreensivos. Tengo sabia que, em parte, ele era o responsável por estarem naquela situação.

"Mas, afinal", pensou Tengo, "será que alguém seria capaz de salvar todas as pessoas do mundo? Mesmo reunindo em um só lugar todos os deuses existentes no mundo, dificilmente conseguiriam destruir as armas nucleares ou acabar com o terrorismo. Ou então interromper a seca na África ou ressuscitar John Lennon. Muito pelo contrário. O mais provável era que ocorresse uma cisão entre eles, e uma tremenda disputa. O mundo se tornaria ainda mais caótico. Em comparação com o sentimento de impotência diante dessa situação catastrófica, deixar as pessoas 'imersas numa piscina de insondáveis mistérios' não era um pecado tão grave."

Tengo leu metade dos artigos enviados por Komatsu e os devolveu ao envelope. Mesmo sem ler os restantes, já podia ter uma ideia do que estava escrito. A história da *Crisálida de ar* estava cativando muita gente. Cativara Tengo, cativara Komatsu e até o professor Ebisuno. E continuava a cativar uma extraordinária quantidade de leitores. Precisava mais?

O telefone tocou um pouco depois das nove da noite de uma terça-feira. Tengo escutava música e lia um livro. Era seu momento preferido do dia: ler até se cansar e depois dormir.

Havia tempos que o telefone não tocava; ao ouvi-lo, teve um mau pressentimento. A ligação não era de Komatsu. Se fosse, o toque seria outro. Hesitou se deveria ou não atendê-lo. Após o quinto toque, levantou a agulha do disco e pegou o fone. Poderia ser sua namorada.

— É da residência do senhor Kawana? — perguntou uma voz de homem de meia-idade, suave e firme. Uma voz desconhecida.

— É — respondeu Tengo, cauteloso.

— Desculpe incomodá-lo tão tarde. Sou Yasuda — disse o homem, num tom de voz neutro; nem amistoso nem hostil. Nem profissional nem íntimo.

Yasuda? Tengo não se lembrava de ninguém com esse nome.

— Estou entrando em contato para lhe dar uma informação — disse o homem, fazendo uma breve pausa como se estivesse colocando um *marcador* entre as páginas de um livro. — Minha esposa não poderá mais frequentar sua casa. Estou telefonando para lhe dar essa informação.

Foi então que, de súbito, Tengo se deu conta de que Yasuda era o sobrenome de sua namorada. Kyôko Yasuda. Quando eles se encontravam, ela não precisava dizer o nome e, por isso, Tengo levou tempo para fazer a associação. O homem que telefonara era o marido dela. Tengo sentiu um nó na garganta.

— Será que o senhor entendeu? — perguntou o homem. A voz era desprovida de sentimento. Pelo menos essa era a impressão de Tengo. A única coisa que reparou foi um sotaque, possivelmente da região de Hiroshima ou da área de Kyûshû. Não tinha como distingui-lo.

— Não poderá mais vir — repetiu Tengo.

— Isso mesmo. Ela está *impossibilitada* de visitá-lo.

Tengo tomou coragem e perguntou:

— Aconteceu alguma coisa?

Houve silêncio. A pergunta de Tengo pairou no ar sem resposta. Um tempo depois, o homem continuou:

— Isso mesmo. O senhor nunca mais vai se encontrar com ela. Era isso o que eu gostaria de informar.

O homem sabia que Tengo dormia com a mulher dele. Sabia que eles se encontravam havia um ano. Uma vez por semana. Tengo tinha consciência disso. O estranho, porém, era que o marido não demonstrava raiva nem ressentimento. O que se percebia em sua voz era alguma coisa diferente. Mais do que um sentimento, era como se descrevesse a paisagem de um jardim seco e abandonado, ou o leito de um rio após uma grande enchente.

— Não estou entendendo...

— Então é melhor deixar as coisas como estão — disse o homem para cortar o assunto. Tengo notou na voz uma sombra de fadiga. — Quero deixar clara uma coisa. Minha esposa está completamente perdida e não existe nenhuma possibilidade de vocês se encontrarem novamente. É isso.

— Está perdida — repetiu Tengo, atordoado.

— Senhor Kawana, saiba que eu não queria ter de telefonar para lhe dizer isso, mas eu ficaria com remorsos se deixasse o assunto sem lhe avisar. Saiba que não me agrada ter de falar disso com o senhor.

Dito isso, não se ouviu nenhum som através do fone. Ele devia estar falando de um lugar bem silencioso. Ou seu sentimento funcionava como uma espécie de vácuo, sugando o som ambiente.

Tengo sabia que precisava perguntar mais. Se não o fizesse, as coisas acabariam repletas de insinuações sem sentido. Não podia deixar a conversa acabar. Mas, no final das contas, o homem não tinha a intenção de revelar detalhes. O que ele devia perguntar a uma pessoa que se recusava a contar a verdade? Que frase deveria ser dita para o vácuo? Enquanto Tengo tentava desesperadamente encontrar palavras adequadas para formular uma pergunta, o homem desligou o telefone sem avisar. Colocou o fone no gancho e, sem dizer nada, partiu. Possivelmente para sempre.

Tengo ficou durante um bom tempo segurando o fone sem vida. Se o telefone estivesse grampeado, talvez pudesse ouvir algo. Ele conteve a respiração e aguçou os ouvidos, mas não conseguiu identificar nenhum som suspeito.

A única coisa que podia ouvir era o seu próprio coração. Enquanto ouvia as batidas, sentiu como se fosse um ladrão que invade a casa de alguém durante a noite. Alguém que se esconde num canto e, contendo a respiração, aguarda os moradores dormirem para poder agir.

Para tentar se acalmar, Tengo esquentou água na chaleira e preparou uma infusão de chá verde. Depois, sentou-se na mesa da cozinha com a xícara e tentou repassar a conversa que tivera ao telefone.

"Minha esposa está completamente perdida e não existe nenhuma possibilidade de vocês se encontrarem novamente", foi o que o homem disse. *Não existe nenhuma possibilidade*: esta era a frase que deixava Tengo particularmente confuso. Nela havia algo de negro, úmido e viscoso.

O que esse Yasuda realmente queria dizer era que, independentemente de sua mulher desejar encontrar Tengo, ela estaria impossibilitada de fazê-lo. Quais seriam as circunstâncias dessa impossibilidade? O que significava "estar completamente perdida"? Tengo imaginou Kyôko Yasuda gravemente ferida após um acidente, ou então acometida por uma doença incurável, ou com o rosto totalmente deformado, vítima de violência. Imaginava também ela sentada numa cadeira de rodas ou sem uma parte do corpo, totalmente enfaixada e sem poder se mover. Também imaginou-a presa com correntes grossas num porão. No entanto, aquelas eram possibilidades muito pouco prováveis.

    Kyôko Yasuda (Tengo passou a pensar nela com o nome completo) quase nunca falou sobre o marido. Tengo não sabia absolutamente nada: qual era sua profissão, onde ele trabalhava, sua idade, o rosto, a personalidade, onde os dois se conheceram e quando se casaram. Não sabia se o marido era gordo ou magro, alto ou baixo, bonito ou feio, e se o casal se dava bem. A única coisa que Tengo sabia era que ela não tinha dificuldades financeiras (na verdade, parecia ter uma vida bem confortável) e não estava muito satisfeita com a quantidade (ou qualidade) das relações sexuais que mantinha com o marido. Mas eram meras especulações de Tengo. Nas tardes em que costumavam se encontrar, passavam horas agradáveis na cama conversando sobre diversos assuntos, mas nunca chegaram a falar sobre o marido. O próprio Tengo não tinha nenhum interesse nisso. Ele preferia não saber como era o homem de quem ele roubava a mulher. Para Tengo, era uma questão de educação. Mas, agora, ele se arrependia de não ter perguntado nada sobre ele (se o tivesse feito, ela certamente teria respondido sem rodeios). Será que o marido era muito ciumento? Será que tinha uma personalidade possessiva? Será que era um tipo violento?

    Tengo tentou se colocar no lugar do marido. O que sentiria se fosse ele? Suponhamos que tivesse uma esposa, duas crianças pequenas e que sua vida conjugal fosse normal e tranquila. Mas um belo dia ele descobre que a esposa está dormindo com um homem uma vez por semana. O outro é dez anos mais jovem. Descobre também que o relacionamento entre eles já dura mais de um ano. Se estivesse no lugar do marido, o que pensaria a respeito disso? Que tipo de sentimento dominaria seu coração? Uma intensa raiva? Uma profunda desilusão? Uma vaga tristeza? Abriria um sorriso sarcástico e indiferente? Perderia o senso de realidade? Ou uma mistura indistinta de tudo isso?

Por mais que tentasse, Tengo não conseguia imaginar o que sentiria nessa situação. A única coisa em que pensava era na mãe, de camisola branca, dando os seios para que um jovem desconhecido os chupasse. Os seios estão cheios, e os mamilos, grandes e duros. O rosto da mãe emana sensualidade. A boca está entreaberta e os olhos fechados. Os lábios sutilmente trêmulos lembram a vagina úmida. Tengo dorme perto deles. É como se o ciclo de causa e efeito estivesse completo, pensou Tengo. Aquele jovem desconhecido é o Tengo de hoje, e a mulher em seus braços, Kyôko Yasuda. A estrutura é a mesma, apenas os personagens mudam. "Sendo assim", pensou, "será que minha vida é apenas um processo de reprodução, de materialização, de uma imagem latente que guardo em mim? Até que ponto eu sou responsável por ela estar *completamente perdida*?"

Tengo não conseguiu dormir. A voz do sujeito chamado Yasuda continuava a reverberar em seu ouvido. As insinuações repercutiam pesadamente em sua memória, e as palavras emanavam uma estranha realidade. Tengo pensou em Kyôko Yasuda. Lembrou seu rosto e detalhes de seu corpo. A última vez que a viu foi numa sexta-feira, duas semanas antes. Como sempre, eles passaram a tarde juntos e transaram. Mas, após receber o telefonema do marido, sentia que aquilo era parte de um passado longínquo. De um período histórico da antiguidade.

Na estante de discos havia alguns que ela trouxera de casa para que pudessem ouvir juntos na cama. Eram discos de jazz bem antigos. Louis Armstrong, Billie Holliday (também com a participação de Barney Bigard) e Duke Ellington dos anos 1940. Ela os escutava assiduamente, tinha um imenso carinho por eles. As capas estavam ligeiramente desbotadas pela ação do tempo, mas os discos continuavam em perfeito estado, como novos. Tengo pegou as capas uma a uma e, ao observá-las, sentiu uma intensa emoção que o fez pensar que jamais a veria de novo.

Tengo, na verdade, não amava Kyôko Yasuda no sentido estrito da palavra. Ele nunca pensara em viver para sempre com ela, ou que seria penoso dizer-lhe adeus. Nunca sentiu uma paixão arrebatadora, mas, como estava acostumado com sua presença, passara a nutrir por ela um carinho natural. Uma vez por semana ele a recebia no apartamento, e as horas que passavam juntos eram uma parte de sua vida que prezava muito. Para Tengo, ela era um caso especial. Com a maioria das mulheres, ele era incapaz de manter um relacionamento tão íntimo. Ou seja, com essas outras mulheres ele não se sentia à vontade, independentemente de manter ou não relações sexuais. Para controlar esse desconforto, ele precisava proteger um determinado espaço dentro de si. Em outras palavras, precisava trancar cuidadosamente alguns cômodos de seu coração. Mas, quando estava com Kyôko Yasuda, não precisava fazer esse tipo de coisa. Ela sabia exatamente o que Tengo queria ou deixava de querer. Nesse sentido, ele achava que tê-la encontrado fora um golpe de sorte.

Mas algo aconteceu, e ele a perdeu. Por algum motivo, *não existe nenhuma possibilidade* de ela vir a seu apartamento. E, segundo o marido, seria melhor Tengo continuar sem saber os motivos e as futuras consequências.

Sem conseguir dormir, Tengo estava sentado no chão escutando bem baixinho o disco de Duke Ellington quando o telefone tocou. O relógio de parede marcava 10h12. A única pessoa que ele podia imaginar ligando àquela hora era Komatsu. Mas aquele tipo de toque não era o dele. O de Komatsu era mais impaciente e irritante. Talvez seja o tal Yasuda, que se lembrou de algo a dizer. Se pudesse escolher, Tengo preferia não ter de atendê-lo. Por experiência própria, um telefonema àquela hora nunca era coisa boa. Mas, na situação em que se encontrava, não havia opção.

— É o senhor Kawana? — perguntou um homem que não era Komatsu nem Yasuda. Não havia dúvidas de que era a voz de Ushikawa. O jeito de ele falar dava a impressão de que estava com a boca cheia de água ou qualquer outro líquido. Um ato reflexo trouxe-lhe à mente o rosto esquisito e o formato desengonçado de sua cabeça achatada.

— Desculpe-me incomodá-lo tarde da noite. Aqui é o Ushikawa. Desculpe-me tê-lo importunado naquele dia, procurando-o no serviço sem avisar e tomando seu precioso tempo. Hoje a minha intenção era ligar mais cedo, mas tive que resolver um imprevisto e, quando percebi, já era tarde. Bem, eu sei que o senhor costuma dormir cedo e acordar cedo. Isso é digno de admiração. Afinal, ficar acordado até tarde sem ter o que fazer não traz nenhum benefício. Não tem coisa melhor do que entrar nas cobertas assim que escurece, dormir e acordar junto com o sol. Mas é que a minha intuição dizia que esta noite o senhor ainda estaria acordado. Por isso, mesmo correndo o risco de ser inconveniente, resolvi telefonar. Será que estou incomodando?

Tengo não gostou do que Ushikawa disse. E também não gostou de saber que ele tinha o número de seu telefone residencial. Intuição que nada. Ele sabia que Tengo não estava conseguindo dormir e por isso é que resolvera ligar. Ele devia saber que a luz de seu quarto estava acesa. Será que alguém está vigiando o apartamento? Tengo imaginou um investigador dedicado e competente com um par de binóculos de última geração observando atentamente o seu quarto.

— Esta noite, realmente, ainda estou acordado — disse Tengo. — Sua intuição está correta. Acho que é porque tomei muito chá verde forte.

— É mesmo? Isso não é nada bom. Quando não se consegue dormir, a gente acaba pensando besteira. Será que podemos conversar um pouco?

— Espero que não seja um assunto de tirar ainda mais o sono.

Ushikawa deu uma sonora gargalhada. Do outro lado da linha — em algum lugar deste mundo — a cabeça de formato esquisito se mexia de forma esquisita: — Hahaha... O senhor é muito engraçado. Não posso dizer que o assunto é reconfortante como uma canção de ninar, mas também não é algo tão grave a ponto de não se poder dormir. Não se preocupe. É apenas uma questão de sim ou não. É sobre aquele auxílio financeiro. O auxílio anual de três milhões de ienes. Não acha uma proposta interessante? Então, o que me diz? Estamos chegando na reta final e precisamos ter a sua resposta definitiva.

— Sobre o auxílio financeiro, creio que deixei bem claro naquele dia que não vou aceitar. Agradeço a proposta, mas, no momento, não me falta nada. Não estou com dificuldades financeiras e, se possível, quero continuar a viver do meu jeito.

— Está querendo dizer que não quer aceitar a ajuda de ninguém.

— Simplificando, é isso mesmo.

— Essa sua postura é admirável, senhor Kawana — disse Ushikawa, fazendo um som que parecia o de uma ligeira tosse. — O senhor quer fazer tudo sozinho e, na medida do possível, não quer se envolver com nenhum tipo de organização. Entendo perfeitamente a sua postura, mas o senhor deve saber muito bem em que mundo vivemos e, por isso, eu me preocupo com o senhor. É imprevisível o que nos pode acontecer. E é por isso que precisamos nos assegurar. É preciso ter algo em que se apoiar, algo para protegê-lo contra o vento. Desculpe a franqueza, mas, no momento, o senhor não tem nenhum porto seguro. Não tem ninguém que irá apoiá-lo. Se acontecer alguma coisa ou se a situação piorar, as pessoas que estão ao seu redor serão as primeiras a fugir, deixando-o para trás. Não é mesmo? Dizem que é melhor prevenir do que remediar. Prevendo o pior, a melhor coisa a fazer é se assegurar. Não se trata apenas de dinheiro. O dinheiro, no final das contas, é apenas um *símbolo*.

— Não entendo o que o senhor quer dizer — disse Tengo, que começava a sentir aquela mesma intuição desagradável que tivera ao se encontrar pela primeira vez com Ushikawa.

— Tem razão. O senhor ainda é jovem e saudável e, portanto, creio que seja difícil entender esse tipo de coisa. O que estou tentando dizer é o seguinte: quando se passa de uma certa idade, a vida se transforma em uma sequência de perdas. Coisas que consideramos importantes em nossas vidas começam a escapar uma por uma de nossas mãos como os dentes do pente que se quebram com o tempo. A substituição nunca deixará de ser uma medíocre imitação. Todas as coisas e as pessoas que estimamos desaparecerão uma por uma: a capacidade muscular, os desejos, os sonhos, os ideais, a confiança, o sentido das coisas e as pessoas que amamos. Enquanto algumas irão se despedir antes de partir, outras desaparecerão de repente, sem aviso. Uma vez que as perdemos, jamais as teremos de volta. Em nada vai adiantar tentar substituí-las. Realmente, é muito triste. Às vezes, a dor é tão intensa como se estivessem arrancando uma parte do nosso corpo. Senhor Kawana, dentro em breve, o senhor vai completar 30 anos. Aos poucos o senhor estará adentrando a fase crepuscular da vida. Em outras palavras, isso significa que irá envelhecer. O senhor já deve estar começando a vivenciar a dor de *perder algo*. Será que estou equivocado?

"Esse homem parece insinuar algo sobre Kyôko Yasuda", pensou Tengo. Ele sabia dos encontros secretos semanais em seu apartamento e que, por algum motivo, ela o deixara.

— Parece que o senhor sabe muita coisa sobre a minha vida pessoal — disse Tengo.

— Não. De jeito nenhum — respondeu Ushikawa. — Tenho apenas um conhecimento geral sobre a vida. Acredite. Nada sei sobre a sua vida pessoal.

Tengo se calou.

— Senhor Kawana, por favor, aceite o auxílio financeiro — disse Ushikawa, mesclando na fala um tom de queixume. — Sinceramente, o senhor está numa situação um tanto perigosa. Se ficar em apuros, temos como ajudá-lo. Jogaremos uma boia salva-vidas. Caso contrário, não terá saída.

— Não terei saída — disse Tengo.

— Isso mesmo.

— De forma objetiva, o que significa "não terei saída"?

Ushikawa fez um breve silêncio antes de prosseguir:

— Pois então, senhor Kawana, há coisas que é melhor não saber. Certos conhecimentos podem tirar o sono e isso nem se compara aos efeitos do chá verde. O senhor nunca mais terá um sono tranquilo. O que estou querendo dizer é o seguinte. Tente pensar da seguinte forma: o senhor abriu uma torneira especial, sem saber as consequências desse ato, e deixou escorrer algo especial. Algo que está repercutindo nas pessoas ao seu redor. Uma repercussão que não se pode chamar de boa.

— O Povo Pequenino tem algo a ver com isso?

Foi um tiro no escuro, mas Ushikawa permaneceu calado. Era um silêncio pesaroso, como uma única pedra negra afundando em águas profundas.

— Senhor Ushikawa, gostaria de saber o que realmente está acontecendo. Pare com essas insinuações e vamos conversar de modo objetivo. Afinal, o que aconteceu com ela?

— Com ela? Não sei do que está falando.
Tengo suspirou. Era um assunto muito delicado para falar ao telefone.
— Sinto muito, senhor Kawana, sou apenas um subordinado, um mensageiro do meu cliente. No momento, a função que me atribuíram foi a de falar somente o básico, e cuidando para dizê-lo do modo mais indireto possível — disse Ushikawa, num tom sério.
— Peço desculpas por deixá-lo irritado, mas só posso falar disso de modo vago. Para falar a verdade, meus conhecimentos sobre esses assuntos são muito limitados. De qualquer modo, realmente não sei nada sobre *ela*. Será que o senhor poderia ser um pouco mais específico?
— Então me fale: quem é o Povo Pequenino?
— Senhor Kawana, veja bem, eu também não sei absolutamente nada sobre *esse tal* Povo Pequenino. A não ser, obviamente, que eles aparecem naquele romance *Crisálida de ar*. Pois então, levando em consideração a nossa conversa, vejo que o senhor, sem querer, andou revelando coisas que não deveriam ser ditas. Dependendo da situação, pode ser algo muito perigoso. O meu cliente sabe muito bem o quanto e como isso pode ser perigoso. Mas, de certa forma, ele possui conhecimentos para resolver a situação. É por isso que estamos estendendo a mão para ajudá-lo. Para dizer a verdade, nós temos braços muito longos. Braços longos e fortes.
— Quem são essas pessoas que o senhor chama de clientes? Têm alguma relação com Sakigake?
— Infelizmente não estou autorizado a revelar seu nome — disse Ushikawa, como se realmente lamentasse o fato. — Mas, seja quem for, posso garantir que o meu cliente é poderoso, e o seu poder não deve ser menosprezado. Nós podemos ser a sua retaguarda. Senhor Kawana, preste atenção, esta é a última oferta. O senhor tem toda a liberdade de aceitá-la ou não, mas, uma vez decidido, não será fácil voltar atrás. Por isso, pense muito bem. Se o senhor optar por não querer estar do lado deles, infelizmente os braços compridos podem se estender à revelia contra o senhor, e isso pode lhe trazer consequências não muito agradáveis.
— Quais seriam as consequências não muito agradáveis que esses braços compridos poderiam trazer?

Ushikawa calou-se por um tempo sem dar resposta. Tengo ouviu um leve barulho do outro lado da linha. Era como se ele estivesse chupando a saliva acumulada nos cantos da boca.

— Eu também não sei exatamente quais seriam — disse Ushikawa. — Não me deram nenhuma informação, e é por isso que falo apenas em termos gerais.

— Afinal, o que foi que eu revelei publicamente? — perguntou Tengo.

— Não sei dizer — respondeu Ushikawa. — Volto a dizer que sou apenas um representante designado a fazer a negociação. Não conheço os pormenores dessa situação. Eles me passam apenas o mínimo necessário. Todas as informações contidas na nascente do rio chegam a mim a conta-gotas, *pingo por pingo*. Eu apenas transmito o que o meu cliente me orienta a dizer, e dentro dos limites da restrita autorização que eles me concedem. O senhor deve indagar o porquê de eles precisarem de um homem como eu para fazer a intermediação; seria mais fácil o próprio cliente entrar em contato com o senhor, não é mesmo? Pois, então, por que será? Eu também não sei.

Ushikawa deu uma leve tossida e aguardou a pergunta de Tengo. Mas, como Tengo manteve-se calado, Ushikawa continuou:

— O senhor indagou o que teria revelado, não é?

Tengo confirmou.

— O senhor há de concordar que a resposta do tipo "Ah! Foi isso" não cabe a terceiros. É o senhor quem deve buscar a resposta, procurando-a com afinco. O único porém é que, enquanto estiver buscando aqui e ali e, finalmente, encontrá-la, pode ser tarde demais. Na minha opinião, o senhor possui um talento especial. Um maravilhoso e extraordinário talento que as pessoas em geral não possuem. Isto é um fato incontestável. É por isso que o senhor realizou algo poderoso que não se pode ignorar. O meu cliente valoriza muito esse seu potencial, e é por isso que está lhe oferecendo o auxílio financeiro. Mas, por mais que se tenha talento, isso não basta. Dependendo de como se olha, ter um talento excepcional pode ser muito mais perigoso do que não tê-lo. Essa é a minha opinião, ainda que vaga, sobre o assunto.

— Está querendo dizer que o seu cliente está devidamente instruído e capacitado a falar sobre isso?

— Não. Isso eu não posso afirmar. Ninguém seria capaz de afirmar que alguém está ou não devidamente instruído e capacitado. Vamos fazer uma analogia, imaginando essa situação como se ela fosse uma nova epidemia. Digamos que eles possuem o conhecimento, ou seja, estão de posse da vacina e que, por enquanto, essa vacina possui um certo grau de eficácia. No entanto, os vírus são seres vivos e, como tal, se modificam, tornando-se mais resistentes. Os vírus são persistentes e tentam sobrepujar os anticorpos. É difícil prever até quando a vacina será eficaz. É igualmente difícil prever se o estoque de vacina será suficiente. É por isso que o meu cliente está temeroso.

— Por que eles precisam de mim?

— Por favor, não me leve a mal se eu usar a mesma analogia sobre a epidemia, mas creio que vocês são os principais portadores da moléstia.

— *Vocês?* — indagou Tengo. — Está se referindo a Eriko Fukada e eu?

Ushikawa não respondeu a essa pergunta.

— Bem, se me permite usar uma expressão clássica, creio que vocês abriram a caixa de Pandora. E dela saíram muitas coisas para este mundo. Em síntese, acho que é isso que o meu cliente pensa. Vocês dois se encontraram por acaso e juntos formaram uma dupla poderosa. Vocês conseguiram se unir de modo eficaz, completando o que faltava no outro.

— Legalmente, isso não é crime.

— Tem razão. Juridicamente e pelo senso comum isso não é um crime. Mas, se me permite citar o monumental clássico de George Orwell — ou melhor, de sua narrativa como uma grandiosa fonte de citações — o que vocês fizeram foi algo muito próximo a um *crimepensar*. Curiosamente, estamos em 1984. Será uma coincidência do destino? Mas, enfim, senhor Kawana, acho que já falei demais por esta noite. Grande parte do que eu disse são meras especulações. Especulações minhas. Não possuem nenhum embasamento concreto. Apenas respondi às suas indagações com base no que penso.

Ushikawa se calou e Tengo pensou: "Não passam de especulações? Sendo assim, até que ponto devo confiar no que ele disse?"

— Daqui a pouco, preciso desligar — disse Ushikawa. — Como se trata de um assunto importante, aguardarei mais um tempo. Mas não muito. O relógio está marcando o tempo sem parar: tique-taque, tique-taque. Pense novamente, com muita calma, sobre a nossa oferta. Dentro em breve entrarei novamente em contato. Boa noite. Foi muito bom poder conversar com o senhor. Ah, senhor Kawana, tomara que o senhor consiga dormir bem.

Após dizer isso, Ushikawa desligou o telefone. Tengo ficou um tempo olhando o fone sem vida em sua mão. Parecia um agricultor observando a verdura murcha colhida em plena estiagem. Ultimamente, muitas pessoas que conversavam com Tengo encerravam o assunto unilateralmente.

Como era de se esperar, naquela noite Tengo não conseguiu ter um sono reparador. Até a tênue luz da manhã tingir as cortinas da janela e os passarinhos anunciarem vigorosamente o amanhecer de um novo dia de trabalho, Tengo ficou sentado no chão, encostado na parede, pensando na namorada e nos braços longos e fortes que se estendiam de algum lugar. Os pensamentos giravam e giravam sem levá-lo a lugar nenhum.

Tengo deu uma olhada ao redor e suspirou. Percebeu que estava completamente só. Ushikawa tinha razão. Ele não tinha em quem confiar.

7
Aomame
O lugar em que você está para pisar

O saguão do hotel Ôkura era amplo, de pé-direito alto, e a luminosidade reduzida o assemelhava a uma colossal caverna sofisticada. As vozes indistintas daqueles que conversavam sentados nos sofás ecoavam pelo salão como suspiros de animais estripados. O carpete espesso e macio lembrava musgos pré-históricos de alguma ilha do extremo norte, absorvendo o som dos passos ao longo dos séculos. As pessoas que caminhavam pelo salão eram como um grupo de fantasmas que, desde tempos imemoriais, era mantido preso àquele lugar, repetindo ininterruptamente as mesmas funções impostas por um feitiço. Os homens vestiam ternos impecáveis que lembravam armaduras, e as mulheres, jovens e esbeltas, em seus elegantes vestidos pretos, pareciam participar de alguma cerimônia realizada num dos salões. Elas usavam acessórios pequenos, porém caros, que absorviam os reflexos da tênue luz ambiente como morcegos ávidos de sangue. Um casal de estrangeiros idosos e enormes, que havia tempos deixara para trás o auge da juventude, estava sentado em poltronas num canto do salão como um velho soberano e sua rainha.

Naquele ambiente lendário e altamente sugestivo, Aomame destoava com suas calças de algodão azul-claras, a singela blusa branca, o tênis branco e a bolsa esportiva da Nike. "Provavelmente, devem achar que sou uma babá contratada por algum hóspede do hotel", pensou, sentada na enorme poltrona esperando a hora passar. Paciência. Ela não estava naquele lugar para uma visita social. Enquanto aguardava, sentiu uma leve impressão de que *alguém a observava*, mas, por mais que olhasse ao redor, não encontrou ninguém. "Deixa pra lá", pensou Aomame. "Que vejam o quanto quiserem."

Quando os ponteiros do relógio de pulso marcavam seis horas e cinquenta minutos, Aomame se levantou e foi ao toalete com sua bolsa esportiva a tiracolo. Lavou as mãos com sabonete e verificou novamente se sua aparência estava em ordem. De frente para o enorme espelho impecavelmente limpo, respirou fundo várias vezes. O banheiro era enorme e não havia ninguém. Provavelmente era maior que o seu apartamento.

— Este é o meu último trabalho — disse Aomame bem baixinho mirando-se no espelho. "Farei o serviço com perfeição e depois vou desaparecer. Vou sumir como um fantasma, como num sopro: *fuuuu*. Agora estou aqui. Amanhã não estarei mais. Daqui a alguns dias vou ter um outro nome, um outro rosto", pensou.

Aomame voltou para o saguão e, ao sentar novamente na poltrona, colocou a bolsa sobre a mesa ao lado. Dentro dela havia uma pistola pequena de sete tiros e uma agulha bem pontuda para espetar a nuca do homem. Ela sabia que precisava se acalmar. Era o último trabalho. Um trabalho muito importante. Precisava ser a Aomame de sempre: inabalável e segura de si.

Porém, ela não podia ignorar o fato de que não estava em seu estado normal. Sentia-se estranhamente sufocada, e o batimento cardíaco estava acelerado. O suor brotava nas axilas e ela sentia a pele pinicar. Isso não era apenas uma questão de tensão. Ela pressentia *algo*. Algo que insistentemente batia na porta de sua consciência para avisá-la de que *"ainda dava tempo de ir embora e esquecer tudo"*.

Se pudesse, bem que Aomame gostaria de dar ouvidos à advertência. Bastava desistir de tudo e deixar o saguão do hotel. Havia algo de agourento naquele lugar. Pairavam no ar indícios de uma morte iminente. Uma morte silenciosa e lenta da qual não poderia escapar. Mas ela não podia meter o rabo entre as pernas e fugir. Isso não era do seu feitio.

Foram dez longos minutos. O tempo parecia não passar. Ela conseguiu controlar a respiração mantendo-se sentada no sofá. Os fantasmas do salão de entrada continuavam a emitir sons vazios. As pessoas andavam sobre o carpete espesso sem fazer barulho, como almas perdidas procurando o seu derradeiro lugar de descanso. O único som real que, de vez em quando, chegava aos seus ouvidos era o do copeiro passando com a bandeja de café. Mas até mesmo esse som secundava algo de estranho. E não era algo bom. Se continuasse tensa, não conseguiria fazer as coisas na hora certa. Aomame fechou os olhos e instintivamente começou a rezar. Desde que se entendia por gente, ela fora obrigada a orar antes das três refeições.

Isso tinha sido há muito tempo, mas ela ainda se lembrava de cada palavra:

Pai nosso que estais no Céu, santificado seja o Vosso Nome; venha a nós o Vosso Reino. Perdoai nossos pecados. Conceda-nos a Vossa bênção em nossa humilde caminhada. Amém.

Aomame não podia deixar de admitir — ainda que a contragosto — que aquela prece, outrora um martírio, agora lhe servia de amparo. O som que ecoava daquelas palavras tinha o poder de acalmar e impedir que o medo a dominasse e, consequentemente, isso ajudava a controlar o ritmo de sua respiração. Apertou as pálpebras com os dedos, pondo-se a repetir várias vezes a oração.

— É a senhorita Aomame? — perguntou alguém. A voz era de um rapaz.
Ao ouvir a voz, Aomame abriu os olhos e levantou lentamente o rosto em direção à pessoa que acabara de emitir aquele som. Dois jovens estavam em pé diante dela. Ambos vestiam ternos escuros muito parecidos. Ao reparar no tecido e no corte, logo se percebia que não eram produtos de qualidade. Provavelmente, eram ternos comprados prontos em alguma loja de venda no atacado. Havia uma pequena diferença de tamanho, mas estavam admiravelmente bem passados e sem nenhum *amassado*. Mas talvez tivessem passado apenas as mangas antes de vesti-los. Nenhum dos dois usava gravata. Um deles tinha a camisa branca fechada até o último botão e o outro vestia uma camisa cinza de gola redonda sob o paletó. Os dois calçavam modestos sapatos pretos sem nenhum atrativo.
O rapaz de camisa branca media cerca de um metro e oitenta e cinco e prendia o cabelo num rabo de cavalo. As sobrancelhas eram longas e levemente arqueadas num belo traçado, como o de um gráfico linear. O rosto era bonito e de feição serena. Poderia perfeitamente se passar por ator. O outro media um metro e sessenta e cinco e tinha os cabelos cortados bem curtos, à escovinha. O nariz era pequeno e batatudo e, na ponta do queixo, ele mantinha uma

pequena barbicha que mais parecia um sombreado erroneamente pintado. No canto direito do olho havia uma pequena cicatriz. Os dois eram magros, de rosto chupado e pele bronzeada. Não se via nenhum excesso de gordura. O volume sob o paletó na altura dos ombros sugeria a existência de músculos avantajados. Deviam ter uns 25 anos. Os dois tinham um olhar profundo e perspicaz. Como um animal selvagem no momento da caça, seus olhos não se movimentavam sem necessidade.

Aomame se levantou da poltrona instintivamente e lançou um rápido olhar no relógio de pulso. Os ponteiros indicavam sete horas. Eram pontuais.

— Sim — respondeu Aomame.

Eles não esboçavam nenhum tipo de expressão facial. Olharam rapidamente para ela e para a bolsa azul ao lado.

— Você só trouxe isso? — perguntou o rapaz de cabelo rente.

— Só isso — respondeu Aomame.

— Está bem. Vamos. Está pronta? — perguntou novamente o rapaz de cabelo rente. O de rabo de cavalo apenas observava atentamente.

— Estou — disse Aomame. O rapaz de menor estatura devia ser mais velho e era uma espécie de líder, cogitou Aomame.

O rapaz de cabelo rente tomou a dianteira e, calmamente, atravessou o saguão em direção ao elevador social. Aomame pegou a bolsa e o seguiu. O outro veio logo atrás, deixando uma distância de uns dois metros entre eles. Aomame estava retida entre os dois. Eles estavam habituados a fazer isso, pensou. Os rapazes mantinham a postura ereta e seus passos eram firmes e precisos. A velha senhora havia dito que sabiam caratê. Se ela fosse lutar com os dois ao mesmo tempo, provavelmente não conseguiria vencê-los. Aomame estava ciente disso, por praticar artes marciais por muito tempo. Mas, por outro lado, eles não tinham um ar destemido e ameaçador como o de Tamaru. Sendo assim, talvez não fossem adversários *tão imbatíveis* como se faziam crer. Numa luta corpo a corpo, teria de dominar primeiro o rapaz menor de cabelo rente, que era a torre de comando. Se fosse enfrentar apenas o de rabo de cavalo, Aomame poderia dar um jeito e conseguir escapar.

Os três pegaram o elevador. O rapaz de rabo de cavalo apertou o botão do sétimo andar. O de cabelo rente posicionou-se ao lado de Aomame enquanto o outro ficou de frente para os dois no canto diagonalmente oposto. Agiam em silêncio. Eram sistemáticos como um jogador da segunda base e o da interbase que, em dupla, almejam fazer um duplo passe e mandar dois jogadores para fora do campo.

Enquanto pensava nisso, Aomame percebeu que tanto o ritmo de sua respiração quanto as batidas do coração estavam controlados e normalizados. Agora estava tudo bem, pensou. Ela era a mesma de sempre: *serena e forte*. Sentia que tudo ia dar certo; já não tinha mais aquele pressentimento ruim.

A porta do elevador se abriu sem fazer barulho. Enquanto o rapaz de rabo de cavalo pressionava o botão "abrir", o de cabelo rente saiu na frente, seguido de Aomame e, por último, ele próprio desceu, após soltar o botão. No corredor, o rapaz de cabelo rente foi na frente, seguido de Aomame, e o de rabo de cavalo manteve-se na retaguarda. No amplo corredor não havia vivalma. Prevalecia o silêncio e tudo estava impecavelmente limpo. Como todo hotel de primeira classe que se preza, tudo estava em ordem e não havia carrinhos de comida com pratos sujos deixados durante horas no corredor à espera de serem recolhidos. No cinzeiro em frente ao elevador não havia nenhuma guimba, e as flores do vaso pareciam recém-colocadas e exalavam um agradável frescor. Os três passaram por vários corredores e pararam em frente a uma porta. O rapaz de rabo de cavalo tomou a frente e bateu duas vezes e, sem aguardar resposta, passou o cartão para abri-la. Entrou no quarto, examinou o local e, após se certificar de que não havia nada de errado, fez um discreto sinal para o rapaz de cabelo rente.

— Por favor, entre — disse o de cabelo rente, com a voz seca.

Aomame entrou no quarto. O rapaz de cabelo rente entrou logo em seguida, fechou a porta e o trinco. O quarto era muito grande, diferente dos quartos convencionais. Havia uma sala de estar enorme e uma mesa de trabalho. A televisão e a geladeira também eram grandes. Era uma suíte especial. Da janela tinha-se uma privilegiada vista noturna de Tóquio. Certamente devia ser uma suíte muito cara. O rapaz de cabelo rente olhou para o relógio de pulso e pediu que Aomame se sentasse. Ela assim o fez, colocando a bolsa de ginástica azul ao lado.

— Você vai se trocar? — perguntou o rapaz de cabelo rente.

— Se for possível — disse Aomame. — É mais fácil trabalhar com roupas de ginástica.

O rapaz de cabelo rente concordou e disse:

— Mas, antes, peço a permissão para revistar você. Desculpe o incômodo, mas faz parte do nosso serviço.

— Fique à vontade. Reviste o quanto quiser — respondeu Aomame. Sua voz não tinha nenhum sinal de tensão. Dava a impressão de que ela até se divertia com o nervosismo deles.

O rapaz de rabo de cavalo se aproximou dela e com as duas mãos revistou o corpo para ver se não havia nenhum objeto suspeito. Ela vestia apenas uma calça leve de algodão e uma blusa. Não havia o que revistar, não dava para esconder nada embaixo dessas roupas. Eles apenas seguiam uma regra estabelecida. As mãos do rapaz pareciam rijas, como se estivesse tenso. Nem por educação se poderia dizer que ele era bom nisso. Talvez não estivesse acostumado a revistar uma mulher. O rapaz de cabelo rente ficou encostado na mesa observando o trabalho do outro.

Após a revista, ela abriu a bolsa. Dentro havia uma blusa leve de verão, roupas de ginástica e duas toalhas, uma grande e uma pequena. Havia também alguns produtos de maquiagem, um livro de bolso e uma bolsa pequena de miçangas com carteira, porta-moedas e uma chave. Aomame tirou tudo, um a um, e entregou para o rapaz de rabo de cavalo. Por último, pegou uma bolsa de vinil preta e, ao abrir o zíper, tirou um conjunto de sutiã e calcinha, um tampão e um absorvente íntimo.

— Preciso de roupas para troca, porque costumo suar muito durante o trabalho — comentou Aomame. Em seguida, tirou as peças íntimas com rendinhas brancas, e quando estava para abrir as peças e mostrá-las, o de rabo de cavalo, ligeiramente ruborizado, balançou sutilmente a cabeça, como que a dizer que estava tudo bem e que ela não precisava mostrá-las. Aomame começou a desconfiar que ele talvez fosse mudo.

Ela guardou calmamente as peças íntimas e os absorventes na bolsa preta e fechou o zíper. Como se nada tivesse acontecido, colocou-a de volta dentro da bolsa esportiva. Eles são amadores, pensou Aomame. Um guarda-costas de verdade não ficaria ruborizado só de ver uma peça de lingerie bonita e produtos de higiene pessoal.

Se Tamaru estivesse no lugar dele, mesmo sendo a Branca de Neve, ele a revistaria meticulosamente da cabeça aos pés. E vasculharia tudo: sutiã, combinação e shorts; não deixaria de verificar o fundo da bolsa de vinil. Para ele, isso tudo — talvez pelo fato de ser gay assumido — não passava de pedaços de tecido. Mas, mesmo que não revistasse tudo, ao menos ele pegaria a bolsa na mão para sentir o peso; e, com isso, certamente encontraria a pistola Heckler & Koch (com cerca de quinhentos gramas) embrulhada no lenço e o pequeno picador de gelo especial guardado dentro de um estojo rígido.

Não passavam de amadores. Podiam ser exímios lutadores de caratê, com juramento de fidelidade ao Líder. Mas, mesmo assim, amadores não passam de amadores. Foi o que a velha senhora havia previsto. Aomame achou que não revistariam o fundo da bolsa, e estava certa. Foi uma aposta; ela não chegou a pensar seriamente no que faria se estivesse equivocada. A única coisa que podia fazer era rezar. E ela sabia. Sabia que se rezasse *daria certo*.

Aomame foi ao toalete e vestiu o conjunto de ginástica. Dobrou a blusa e a calça de algodão e as guardou na bolsa. Assegurou-se de que os cabelos estavam bem presos. Borrifou a boca com um spray para evitar o mau hálito. Tirou a Heckler & Koch da bolsa de vinil e, abrindo a torneira da pia para abafar o som, puxou o ferrolho e posicionou a bala na câmara. Agora bastava soltar a trava de segurança. Colocou o estojo com o picador de gelo por cima das coisas para que pudesse pegá-lo com facilidade. Após organizar tudo, voltou-se para o espelho e cuidou para apagar os vestígios de tensão do rosto. Estava dando certo. Até agora ela estava conseguindo transpor os obstáculos com tranquilidade.

Ao deixar o toalete, o rapaz de cabelo rente estava falando alguma coisa bem baixinho ao telefone, com as costas eretas voltadas para Aomame. Assim que a viu, interrompeu a conversa e, sem dizer nada, colocou o fone de volta no gancho. Ele fitou Aomame — que agora estava com um conjunto de ginástica da Adidas — para se certificar de que não havia nada de errado.

— Está pronta? — ele perguntou.
— Quando quiser — respondeu Aomame.

— Antes, gostaria de pedir um favor — disse o rapaz de cabelo rente.

Aomame abriu um sorriso como que concordando.

— Por favor, não comente com ninguém sobre esta noite — disse o rapaz de cabelo rente. Em seguida, aguardou para que Aomame processasse a informação. Um breve intervalo de tempo, como jogar água na terra seca e esperar que fosse absorvida sem deixar vestígios. Enquanto isso, Aomame apenas olhava em silêncio para ele. O rapaz de cabelo rente prosseguiu: — Perdoe-me a franqueza, mas nossa intenção é lhe dar uma remuneração generosa, e podemos solicitar os seus serviços periodicamente. Por isso, quero que esqueça tudo o que vai acontecer aqui. Deve esquecer o que viu, ouviu, enfim, tudo.

— O meu trabalho está diretamente relacionado ao corpo — disse Aomame, séria. — Estou ciente de que devo guardar a privacidade dos meus clientes. Faz parte do segredo profissional. Não importa o que seja, as informações relacionadas ao estado físico do meu cliente jamais sairão daquela porta. Se a preocupação é essa, garanto que é desnecessária.

— Ótimo. Era isso que queríamos ouvir — disse o rapaz de cabelo rente. — Mas gostaria de ressaltar que o segredo profissional deve ser respeitado no amplo sentido da palavra. O lugar que você está para pisar é, por assim dizer, um local sagrado.

— Local sagrado?

— Pode parecer exagerado, mas não é. O que você está para ver e tocar são *coisas sagradas*. Não tenho outra palavra mais adequada para descrevê-lo.

Aomame concordou sem dizer nada. Na situação em que se encontrava, achou melhor não se intrometer.

O rapaz de cabelo rente continuou:

— Queira desculpar, mas fizemos uma investigação sobre você. Espero que não se sinta ofendida, mas era algo que precisávamos fazer. Temos motivos para ser precavidos.

Aomame olhou para o rapaz com rabo de cavalo enquanto ouvia a conversa. Ele estava sentado numa cadeira ao lado da porta. Mantinha as costas eretas, as mãos sobre o colo e o queixo retraído. Parecia posar para uma fotografia, sem mexer um milímetro a posição. O olhar dele estava sempre voltado para Aomame.

O rapaz de cabelo rente olhou para os próprios sapatos pretos de couro, como se estivesse verificando o estado deles, para em seguida voltar novamente os olhos para Aomame.

— A conclusão a que chegamos é que não havia nada que a desabonasse. Por isso é que a convidamos para vir aqui. Você é uma instrutora muito competente e constatamos que sua reputação é muito boa entre as pessoas que a conhecem.

— Muito obrigada — disse Aomame.

— Ouvi dizer que, antes, você era Testemunha de Jeová. Essa informação é correta?

— É. Meus pais eram fiéis e, naturalmente, desde que nasci tive de segui-los — disse Aomame. — Não era fiel por vontade própria, e faz tempo que não sigo essa religião.

Será que haviam também descoberto que, de vez em quando, ela e Ayumi saíam à caça de homens em Roppongi? Não, isso era o de menos. Mesmo que soubessem, não deviam ter considerado o fato relevante, caso contrário não estaria ali.

O homem prosseguiu:

— Também sabemos disso, mas você viveu durante um tempo entre os fiéis. Foi durante a infância, um período em que a sensibilidade é maior e a pessoa é mais receptiva. Por isso, creio que você deve entender o significado de *algo* que se considera *sagrado*. O conceito de sagrado é único para todas as religiões, é uma questão de fé. Existem locais em que não podemos nem devemos nos atrever a pisar. O primeiro passo de um fiel é admitir, aceitar e respeitar a existência desse espaço sagrado. Você entende o que estou dizendo?

— Creio que sim — disse Aomame. — Mas aceitar isso é outra questão.

— É claro — disse o rapaz de cabelo rente. — É claro que você não precisa aceitar, pois isso faz parte da nossa fé, e não da sua. Mas hoje, acreditando ou não, você vai estar diante de algo muito especial. *Um ser que não é comum.*

Aomame manteve-se calada. *Um ser que não é comum.*

O rapaz de cabelo rente estreitou os olhos e, durante um tempo, observou o seu silêncio. Depois, disse calmamente:

— Independentemente do que venha a presenciar, jamais comente sobre isso, seja lá onde for. Se a informação vazar, o sagrado será profanado para sempre, como um lago puro contaminado por um corpo estranho. Não importa o que a sociedade pensa ou o que ditam as leis deste mundo, é assim que expressamos nossos sentimentos. Espero que você entenda isso. Se você conseguir entender e cumprir a promessa, podemos remunerá-la muito bem, como já foi dito.

— Entendi — disse Aomame.

— Somos um pequeno grupo religioso, mas possuímos um coração forte e braços muito longos — disse o rapaz de cabelo rente.

"Vocês possuem braços longos", pensou Aomame, "e, pelo visto, eu é que vou comprovar o quanto eles podem ser longos".

O rapaz de cabelo rente fitava-a atentamente, mantendo os braços cruzados e o corpo apoiado na mesa. Era um olhar como o de alguém que está verificando se a moldura do quadro pendurado na parede está torta. O de rabo de cavalo mantinha a mesma postura, sem tirar os olhos dela. Um olhar constante e ininterrupto.

— Então vamos — disse ele, dando uma leve tossida para limpar a garganta. Em seguida, caminhou lentamente pela sala com passos cautelosos, como um asceta andando sobre a superfície de um lago. Deu dois toques na porta de ligação para o quarto. Sem aguardar resposta, abriu a porta, fez uma breve reverência e entrou. Aomame pegou a bolsa e o seguiu. Enquanto caminhava sobre o carpete, percebeu que sua respiração estava normal. Mentalmente, mantinha o dedo posicionado no gatilho da pistola imaginária. Não havia perigo. Seria como sempre. Mas, mesmo assim, ela estava com medo. Sentia como se um bloco de gelo estivesse grudado em suas costas. Levaria muito tempo para o gelo derreter. Ela estava fria e calma, mas, ao mesmo tempo, *profundamente temerosa*.

O rapaz de cabelo rente havia dito que neste mundo existem locais em que não podemos e não devemos nos atrever a pisar. Aomame sabia o que isso significava. Ela própria, antigamente, vivia num mundo em que o sagrado ocupava um lugar central. Não, *na verdade*, mesmo agora, ela estaria vivendo naquele mundo. Talvez só ela não tivesse percebido isso.

Aomame repetiu a oração mentalmente, sem proferi-la. Respirou fundo e, decidida, pisou no quarto contíguo.

8
Tengo
A hora em que os gatos aparecem

Tengo passou pouco mais de uma semana envolto num estranho silêncio. Certa noite, um homem chamado Yasuda telefonou para informar que sua esposa estava totalmente perdida e não poderia mais se encontrar com ele. Uma hora depois foi a vez de Ushikawa ligar para dizer que Tengo e Fukaeri formavam uma dupla e eram portadores de uma bactéria responsável pela prática do *crimepensar*. Tanto Yasuda quanto Ushikawa traziam (Tengo só podia achar que traziam) mensagens profundamente significativas. Eles lembravam aqueles romanos de toga que, em pé sobre uma plataforma no centro do Fórum, anunciavam algum decreto aos cidadãos aglomerados ao redor, curiosos para saber do que se tratava. Tanto um quanto o outro, após dizerem o que precisava ser dito, desligavam na cara de Tengo.

Depois de receber os telefonemas durante a noite, ninguém mais entrou em contato com Tengo. O telefone não tocou, não recebeu nenhuma correspondência, ninguém bateu na porta e nenhum pombo-correio inteligente lhe trouxe uma mensagem. A impressão era a de que ninguém — nem Komatsu nem o professor Ebisuno, nem Fukaeri nem mesmo Kyôko Yasuda — tinha algo a lhe dizer.

Tengo, por sua vez, também parecia ter perdido o interesse nelas. Não. O desinteresse não era apenas com elas, mas em relação a tudo. Não se importava mais com as vendas da *Crisálida de ar* ou onde estaria a autora, Fukaeri, e o que ela estaria fazendo; os desdobramentos estratégicos do projeto do talentoso editor Komatsu; se o meticuloso plano do professor Ebisuno estaria ou não dando certo; até que ponto a mídia conseguira farejar a verdade; que tipo de ação o misterioso grupo Sakigake estaria tramando. Se o barco em que ele estava avançava rumo à ribanceira, na iminência de despencar, o jeito era se conformar e deixá-lo cair. Àquela altura, não adiantava espernear, pois isso não mudaria o fluxo do rio.

Mas, obviamente, estava preocupado com Kyôko Yasuda. Apesar de não saber exatamente o que se passava com ela, Tengo não mediria esforços para tentar ajudá-la. Porém, independentemente do que ela estivesse enfrentando naquele momento, estava fora do alcance de Tengo. Na prática, ele estava com as mãos atadas.

Tengo também parou de ler o jornal. O mundo seguia seu rumo sem estabelecer relação com ele. Seu corpo estava envolto por uma particular bruma de apatia. Deixou de frequentar as livrarias porque detestava se deparar com as pilhas de *Crisálida de ar* nas vitrines. Fazia apenas o trajeto escola-casa. Muitos já aproveitavam as férias de verão, mas, como a escola preparatória mantinha cursos nessa época, Tengo ficava muito mais ocupado que o normal. Naquele momento, isso era algo bem-vindo. Pelo menos, enquanto dava aulas, a única coisa em que ele realmente precisava pensar era como resolver os problemas de matemática.

Tengo também parou de escrever seu romance. Ele se sentava à mesa, ligava o processador e, quando a tela abria, não sentia nenhuma motivação. Toda vez que tentava pensar em algo, lembrava trechos da conversa que tivera com o marido de Kyôko Yasuda, e a parte final da conversa com Ushikawa. Ele não conseguia se concentrar no romance.

Minha esposa está completamente perdida e não existe nenhuma possibilidade de vocês se encontrarem novamente.

Foi o que disse o marido de Kyôko Yasuda.

Bem, se me permite usar uma expressão clássica, creio que vocês abriram a caixa de Pandora. E dela saíram muitas coisas para este mundo. Vocês dois se encontraram por acaso e juntos formaram uma dupla poderosa. Vocês conseguiram se unir de modo eficaz, completando o que faltava no outro.

Foi o que disse Ushikawa.

O que eles disseram era ambíguo. A mensagem principal era vaga e dissimulada. Mas ambos queriam falar a mesma coisa: Tengo despertara, sem perceber, um tipo de força (possivelmente, de repercussão não muito boa), que estaria influenciando objetivamente o mundo ao seu redor. Tengo desligou o processador, sentou-se no chão e ficou um bom tempo olhando o telefone. Ele precisava de mais pistas, de mais peças do quebra-cabeça. Mas ninguém lhe daria isso. A bondade era uma das coisas que ultimamente (ou sempre) estavam em falta no mundo.

    Pensou em telefonar para alguém. Ligar para Komatsu, o professor Ebisuno ou Ushikawa. Mas faltava-lhe a disposição para tanto. Tengo estava farto das conversas sem pé nem cabeça, repletas de insinuações. Quando conseguia obter uma pista para desvendar um mistério, eles lhe ofereciam outro mistério. Não podia mais continuar nesse jogo. *Tengo e Fukaeri eram um par poderoso.* Se estão dizendo isso, que assim seja. Tengo e Fukaeri, como Sonny e Cher. Uma dupla poderosa. *The beat goes on.*

Os dias foram passando. Finalmente Tengo cansou de ficar enfurnado no apartamento aguardando passivamente algo acontecer. Enfiou a carteira e um livro nos bolsos, colocou o boné de beisebol, os óculos escuros e saiu. Caminhou com passos firmes até a estação, mostrou o passe e pegou um trem expresso da linha Chûô em direção a Tóquio. Não tinha um destino certo. Apenas resolveu pegar o primeiro trem que apareceu. Estava vazio. Naquele dia, Tengo não tinha nenhum compromisso. Estava livre para fazer (ou não fazer) o que bem entendesse. Eram dez da manhã de um dia claro de verão, com muito sol e sem vento.

    Tengo começou a prestar atenção ao redor, achando que algum daqueles "pesquisadores" de Ushikawa estaria seguindo-o. Durante o trajeto até a estação, parava de repente para olhar para trás. Não havia nenhum suspeito. Na estação, propositalmente, foi para a plataforma errada e, como se tivesse mudado de ideia, deu meia-volta e desceu rapidamente as escadas, mas ninguém fez o mesmo trajeto que ele. Era uma típica mania de perseguição. Ninguém o estava seguindo. Ele não era uma pessoa tão importante e tampouco eles deviam ter tanto tempo assim. O fato é que o próprio Tengo não sabia para onde ir e o que fazer. A única pessoa que realmente deveria observá-lo a distância, com curiosidade, era ele próprio.

    O trem passou pelas estações de Shinjuku, Yotsuya, Ochanomizu e parou em Tóquio, o ponto final. Todos os passageiros desceram, ele fez o mesmo. Ao desembarcar, sentou-se no banco da plataforma para decidir o que fazer. Para onde deveria ir? "Estou na estação de Tóquio. Hoje não tenho nada a fazer. Se eu quiser, posso ir para qualquer lugar. O dia promete esquentar. Acho que vou à praia", pensou Tengo. Ergueu o rosto e viu o painel de informação das linhas de trem.

Foi então que Tengo percebeu *o que estava tentando fazer.*

Balançou a cabeça várias vezes, mas esse gesto de negação não era capaz de apagar seu pensamento. Ao que tudo indicava, no momento em que ele desceu na estação Kôenji e pegou a linha Chûô, em direção a Tóquio, já havia decidido para onde ir, ainda que inconscientemente. Tengo suspirou, levantou-se da cadeira, desceu as escadas da plataforma e foi para a área de embarque da linha Sôbu. Ao perguntar para o funcionário da estação os horários dos trens expressos para Chikura, este folheou o guia de horários e informou que às onze e meia sairia um trem expresso em direção a Tateyama e que, de lá, pegando um trem comum, chegaria a Chikura pouco depois das duas horas. Tengo comprou os bilhetes de ida e volta de Tóquio a Chikura e reservou os assentos no trem expresso. Em seguida, entrou num restaurante da estação e pediu um prato de arroz com curry e uma porção de salada. Após a refeição, matou o tempo bebendo um café fraco.

Visitar o pai o deixava deprimido. Tengo nunca gostou dele e o pai também não parecia nutrir por ele um carinho especial. Tengo não saberia dizer se o pai gostaria de vê-lo. Desde aquela época em que cursava o primário, e se recusou terminantemente a acompanhar o pai nas cobranças da NHK, a indiferença permeou a relação entre os dois. Com o passar do tempo, esse clima de constante frieza fez com que Tengo fosse se distanciando cada vez mais, até chegar o ponto em que ele somente dirigia a palavra ao pai quando estritamente necessário. Quatro anos antes, seu pai se aposentara na NHK e, logo depois, se internara numa casa de saúde especializada em tratar pacientes com quadro de demência senil. Tengo visitou o local somente duas vezes. A primeira foi logo depois da internação, pois, sendo o único parente, precisou tratar de assuntos administrativos. A segunda vez também foi para tratar de assuntos igualmente burocráticos.

A casa de repouso ficava num terreno grande, em uma rua paralela à praia. Antigamente, era uma casa de veraneio de um megaempresário de uma *Zaibatsu*, um grupo financeiro, e, posteriormente, foi adquirida por uma empresa de seguros de saúde para abrigar uma casa de assistência social e, de uns anos para cá, fora transformada numa casa de saúde para pacientes com problemas cognitivos. Por isso, no mesmo terreno havia uma antiga e elegante construção de madeira e um prédio novo de concreto armado, de três andares, que, para os que olhavam o conjunto, davam a impressão de serem incompatíveis arquitetonicamente. Mas o ar era limpo e, tirando o barulho das ondas, era um local quieto. Quando os ventos não sopravam muito forte, podia-se caminhar pela praia. No jardim havia fileiras de belíssimos pinheiros para barrar os ventos. Havia também instalações médicas.

Graças ao seguro-saúde, à gratificação paga por ocasião da aposentadoria, à poupança e à pensão, seu pai podia viver o resto de seus dias naquela casa de repouso sem passar por dificuldades financeiras. Isso tudo, graças à sorte de ele ter sido funcionário registrado da NHK. Em termos de patrimônio, não deixaria grande coisa, mas, em compensação, o fato de seu pai poder arcar com as próprias despesas era, para Tengo, gratificante. Independentemente de esse homem ser seu pai biológico ou não, ele não tinha nenhuma intenção de receber algo dele e, tampouco, oferecer-lhe alguma coisa, qualquer que fosse. Eles eram indivíduos que vieram de locais diferentes e olhavam para direções diferentes e que, por acaso, viveram juntos alguns anos. Apenas isso. Tengo achava lamentável o que estava acontecendo, mas não havia nada o que pudesse fazer.

Tengo sabia que já estava na hora de visitá-lo. Estava ciente disso. A ideia não lhe agradava; se pudesse, daria meia-volta e iria para casa. Mas as passagens do trem regular e do trem expresso já estavam compradas e dentro do bolso. Tudo estava encaminhado.

Ele se levantou, pagou a conta do restaurante e, em pé na plataforma, aguardou a chegada do trem expresso para Tateyama. Olhou atentamente ao redor, mas não encontrou nenhum suposto pesquisador. Havia somente famílias alegres e felizes que passariam o fim de semana na praia. Tengo tirou os óculos de sol e guardou-os no bolso, ajeitou o boné de beisebol. "E daí", pensou. "Se eles querem me vigiar, que vigiem à vontade. Eu vou para uma cidade praiana na província de Chiba visitar meu pai, que sofre de demência senil. Ele pode ou não se lembrar de mim. Da última vez que o vi, sua memória já estava bem debilitada. Agora deve estar pior. A demência é uma doença progressiva e não existe recuperação. Foi o que me disseram. É como uma engrenagem que só avança para a frente." Isso era uma das poucas coisas que Tengo sabia sobre a demência.

Quando o trem partiu de Tóquio, Tengo tirou o livro do bolso e começou a ler. Era uma antologia de contos sobre viagem. Uma das histórias era de um jovem que ia a uma cidade dominada por gatos. O título era "A cidade dos gatos". Uma história fantástica de um escritor alemão de quem Tengo nunca tinha ouvido falar; segundo a nota editorial, fora escrito no período entreguerras.

O jovem viajava sozinho, com apenas uma mala, sem destino certo. Ele seguia de trem e, se encontrasse um local interessante, descia. Procurava um alojamento, conhecia a cidade e ficava no local o tempo que quisesse. Quando enjoava, pegava novamente o trem. Era assim que costumava aproveitar as férias.

Um dia ele viu um rio muito bonito da janela do trem. O rio serpenteava graciosamente por entre as colinas verdejantes, e no sopé de uma delas havia uma pequena cidade que parecia ser muito tranquila, com uma antiga ponte de pedra sobre o rio. O cenário era muito convidativo. "Aqui devem servir uma truta deliciosa", pensou o rapaz. Quando o trem parou na estação, o jovem pegou a mala e desceu. Foi o único passageiro a descer. Tão logo ele saiu, o trem partiu.

Não havia nenhum funcionário na estação. "Por aqui deve ser tudo muito calmo", pensou o rapaz. Atravessou a ponte de pedra e foi para a cidade. Nela imperava o mais absoluto *silêncio*. Não havia vivalma. Todas as lojas estavam com as portas fechadas e não havia ninguém na prefeitura. No único hotel da cidade também não havia ninguém na recepção. O rapaz tocou a campainha e, mesmo assim, ninguém apareceu. Era como uma cidade fantasma. Ou, talvez, todos estivessem fazendo a sesta. Mas ainda eram dez e meia da manhã; muito cedo para repousar. Ou, quem sabe, acontecera alguma coisa, e todos tiveram que abandonar a cidade. Como o próximo trem só passaria na manhã seguinte, o jeito era passar a noite lá. O rapaz caminhou pela cidade para passar o tempo.

Mas, na verdade, aquela era uma cidade de gatos. Ao anoitecer, muitos atravessavam a ponte de pedra, de volta para a cidade. Gatos de vários tipos e cores. Eram bem maiores que um gato normal, mas não havia dúvidas de que eram gatos. O rapaz ficou apavorado ao presenciar a cena e se escondeu rapidamente no alto de um campanário no centro da cidade. Os gatos agiam com a maior naturalidade: alguns abriam as lojas enquanto outros começavam a trabalhar na prefeitura, ocupando suas mesas de trabalho. Mais e mais gatos continuaram chegando pela ponte. Eles faziam compras nas lojas, iam para a prefeitura resolver assuntos administrativos e comiam no restaurante do hotel. Os gatos também tomavam cerveja no bar e cantavam alegremente as músicas de gato. Um deles tocava acordeão e outros dançavam ao compasso da música. Como os gatos enxergam no escuro, praticamente não havia necessidade de luz, mas, naquela noite, a lua cheia iluminava toda a cidade, e o rapaz, mesmo escondido no campanário, conseguiu observar tudo, do começo ao fim. Quando o dia estava prestes a raiar, os gatos fecharam as lojas, terminaram os seus respectivos afazeres e, em bando, atravessaram a ponte retornando para o local de onde vieram.

Ao amanhecer, os gatos já haviam partido e a cidade ficou novamente deserta. O rapaz desceu do campanário, foi para o hotel, escolheu uma cama e pegou no sono. Ao sentir fome foi para a cozinha do hotel e comeu os restos de pão e de peixes que os gatos haviam deixado para trás. Quando começou a escurecer, o rapaz se escondeu novamente no campanário e observou os gatos até o amanhecer do dia seguinte. O trem parava na estação um pouco antes do meio-dia e um pouco antes do anoitecer. Se o rapaz quisesse seguir viagem era só pegar o trem da manhã; se quisesse voltar para a estação anterior, era só pegar o trem da tarde. No entanto, ninguém descia ou pegava o trem naquela estação; mesmo assim, o trem parava sistematicamente e partia um minuto depois. Por isso, caso desejasse, era só pegar o trem e deixar para trás aquela estranha cidade dos gatos. Mas o rapaz não fez isso. Ele era jovem, tinha muita curiosidade, ambição e um enorme espírito aventureiro. Queria conhecer um pouco mais aquela estranha cidade. Queria saber como, e desde quando, ela se tornara dos gatos. Queria descobrir como eles se organizavam e o que faziam. Enfim, queria saber coisas desse tipo. Certamente ninguém mais, a não ser ele, vira o que de fato ocorria naquela cidade.

Na terceira noite, ocorreu uma pequena discussão na praça embaixo do campanário. "Vocês não acham que por aqui está cheirando a gente?", disse um dos gatos. "Já que falou nisso, há dias que venho sentindo um cheiro esquisito", disse outro, fungando o nariz. "Para falar a verdade, eu também estou sentindo", comentou um outro. "Isso é muito estranho. É impossível um ser humano conseguir chegar até aqui", disse outro. "É mesmo. Nenhum humano conseguiria chegar na cidade dos gatos." "Mas, com certeza, é o cheiro deles."

Os gatos se organizaram e começaram a fazer uma busca por toda a cidade, como grupos de patrulheiros. Quando necessário, o olfato deles pode se tornar extremamente aguçado e, por isso, não levou muito tempo para descobrirem que o cheiro vinha do campanário. O rapaz escutou os toques macios das patinhas subindo delicadamente os degraus. "Estou perdido", pensou. Os gatos estavam extremamente agitados e muito irritados com o cheiro humano. Suas garras eram grandes e afiadas, e seus dentes brancos e pontudos. Naquela cidade não era permitida a presença de humanos, por isso o rapaz não tinha ideia do que poderia acontecer com ele, caso o encontrassem. E sabia que os gatos jamais o deixariam partir tranquilamente, levando o segredo deles.

Três gatos subiram no campanário e começaram a farejar o local. "É muito estranho", disse um deles, mexendo rapidamente os longos bigodes. "O cheiro vem daqui, mas não tem ninguém." "Realmente, é muito estranho", disse o outro gato. "Mas, de qualquer modo, não tem ninguém aqui. Vamos procurar em outro lugar." "Não consigo entender." Após dizerem isso, os gatos foram embora indignados, balançando a cabeça. O rapaz escutou os passos descendo as escadas e viu os gatos sumindo no breu da escuridão noturna. Ele respirou aliviado, mas também estava confuso. Afinal, o espaço era pequeno, e os gatos ficaram praticamente frente a frente com ele, quase que os narizes se tocaram. Era impossível que não o tivessem visto. Mas o estranho era que os gatos não o viram. O rapaz olhou para as próprias mãos e constatou que podia vê-las. Elas não estavam invisíveis. Estranho. De qualquer modo, logo de manhã pegaria o trem e deixaria a cidade. Era muito perigoso permanecer ali. Nem sempre a sorte poderia estar ao seu lado.

No entanto, no dia seguinte, o trem da manhã não parou naquela estação. O trem passou diante de seus olhos sem reduzir a velocidade. O mesmo aconteceu com o trem da tarde. Ele chegou a ver o maquinista sentado na cabine. Chegou a ver os rostos dos passageiros pela janela. Mas o trem não fez menção de parar. Eles pareciam não enxergá-lo na plataforma. Quando o trem da tarde passou por ele, o entorno ficou ainda mais silencioso e começou a anoitecer. Logo chegaria a hora de os gatos aparecerem. O rapaz sabia que estava perdido. Foi então que finalmente percebeu que ali não era a cidade dos gatos. Ali era o local em que ele se perderia. Um lugar preparado para ele, e que não existia neste mundo. O trem jamais pararia naquela estação para levá-lo de volta ao mundo de onde viera.

Tengo leu o conto duas vezes. Chamou-lhe a atenção o trecho *local em que ele se perderia*. Depois, fechou o livro e ficou à toa observando a paisagem sem graça da zona costeira industrial que passava pela janela: as chamas das refinarias de petróleo, os gigantescos tanques de gasolina, as grandes e gordas chaminés que pareciam canhões de longa distância, filas de caminhões de grande porte e de caminhões--tanque rodando pelas estradas. Uma paisagem bem diferente daquela da "cidade dos gatos". Mas ela também continha a sua porção de fantasia. O seu subterrâneo mundo dos mortos alimentava a vida das metrópoles.

Após observar a paisagem durante um bom tempo, Tengo fechou os olhos e imaginou Kyôko Yasuda presa num *local em que* ela mesma *se perdeu*. Um local em que o trem não para, e onde não existe telefone nem caixa de correio. Um local em que, durante o dia, reinava a mais absoluta solidão e, durante a escuridão da noite, os gatos saíam obstinadamente no seu encalço travando uma eterna busca. Enquanto pensava nisso, Tengo, sem querer, dormiu recostado na poltrona. Um sono breve e profundo que o fez acordar suado. Em pleno verão, o trem passava pela orla da praia de Minamibôsô.

Tengo deixou o trem expresso em Tateyama e pegou a linha regular para Chikura. Ao descer na estação, sentiu um saudoso cheiro de maresia e notou que as pessoas estavam bronzeadas. Pegou um táxi na frente da estação e foi para a casa de saúde. Identificou-se na recepção dizendo o seu nome e o de seu pai.

— O senhor avisou que viria hoje? — perguntou com uma voz seca a enfermeira de meia-idade na recepção. Era baixinha, usava óculos de aro dourado e seus cabelos eram curtos e levemente grisalhos. Usava um anel no dedo anular curto que, provavelmente, teria comprado para fazer par com os óculos. No crachá estava escrito "Tamura".

— Não. Hoje de manhã me ocorreu de vir para cá e peguei o trem — Tengo respondeu com sinceridade.

A enfermeira o fitou com uma expressão de surpresa e disse:

— As visitas devem ser agendadas com antecedência; é a regra. Temos várias atividades programadas e, também, há de se considerar as condições do paciente.

— Sinto muito, eu não sabia.

— Quando foi a última vez que esteve aqui?

— Faz dois anos.

— Dois anos — disse a enfermeira Tamura enquanto verificava a lista de visitas com uma caneta na mão. — Quer dizer que, durante esses dois anos, não veio nenhuma vez.

— Isso mesmo — respondeu Tengo.

— Segundo os registros, você é o único parente do senhor Kawana.

— Exatamente.

A enfermeira colocou a lista sobre a mesa e, sem dizer nada, olhou rapidamente para Tengo. O olhar não era de censura. Era apenas um olhar de confirmação. Pelo visto, a situação de Tengo não era uma exceção.

— Agora o seu pai está participando de um grupo de reabilitação. Deve terminar daqui a meia hora. Depois, o senhor poderá visitá-lo.

— Como está o meu pai?

— Fisicamente ele está bem. Não apresenta nenhum problema. *De resto*, ora está bem, ora está mal — disse a enfermeira, apertando a têmpora com o indicador. — Sobre o significado dessa oscilação, por favor, veja com seus próprios olhos.

Tengo agradeceu e aguardou na sala de espera ao lado do hall de entrada. Sentou num sofá que cheirava a coisa antiga e continuou a ler o livro que trazia no bolso. De vez em quando, sentia o vento com cheiro de maresia, e os galhos dos pinheiros balançavam emitindo sons de frescor. Cigarras, agarradas em seus galhos, cantavam energicamente. Em pleno verão, elas possivelmente intuíam a brevidade da estação e se empenhavam em emitir intensamente o seu canto para sublinhar o pouco tempo de vida que lhes restava.

Finalmente, a enfermeira de óculos, Tamura, aproximou-se para avisá-lo de que a sessão de reabilitação terminara e que ele poderia visitar o pai.

— Vou acompanhá-lo até o quarto — disse a enfermeira. Tengo levantou-se do sofá e, ao passar por um espelho de parede, notou que estava com uma aparência extremamente desleixada. Vestia uma camiseta da turnê de Jeff Beck pelo Japão, uma camisa de brim desbotada com botões faltando, uma bermuda com uma pequena mancha de molho de pizza na altura do joelho, um tênis cor cáqui que há tempos não lavava e o boné de beisebol. Realmente, não era um traje adequado para um filho de 30 anos visitar o pai que não via fazia dois anos. Não trouxe sequer uma lembrancinha. A única coisa que carregava era um livro de bolso. Não era de estranhar que a enfermeira o olhasse com certa indignação.

Eles atravessaram o jardim e, enquanto caminhavam em direção ao pavilhão em que ficava o quarto de seu pai, a enfermeira explicou sucintamente como funcionava a casa. Havia três pavilhões e, de acordo com o grau de evolução da doença, o paciente era transferido para o pavilhão correspondente. O pai de Tengo estava atualmente no de "grau intermediário". Normalmente, as pessoas entravam no pavilhão de "grau leve", passavam para o "intermediário" e, finalmente, para o de "grau grave". Não havia o percurso inverso. Era como uma porta que se abre numa única direção. Depois do pavilhão de "grau grave", não havia mais para onde ir. Obviamente, a enfermeira não disse que dali só restava o crematório. Ela, porém, deixava claro que havia uma margem para essa interpretação.

O pai dividia o quarto com outro paciente, que no momento participava de outra atividade. A casa oferecia vários tipos de aulas de reabilitação: cerâmica, jardinagem e ginástica. Apesar de serem chamadas de aulas de reabilitação, na prática não eram exatamente isso. Elas serviam apenas para retardar a evolução da doença. Ou para passar o tempo. Seu pai estava sentado numa cadeira ao lado de uma janela aberta e observava a paisagem. As mãos estavam posicionadas cuidadosamente sobre o colo. Perto dele havia uma mesa com um vaso de pequeninas flores de pétalas amarelas. O piso era revestido de material macio, para evitar contusões por queda. Havia duas camas simples de madeira, duas escrivaninhas e armários para roupas e objetos diversos. Ao lado da mesa havia uma pequena estante de livros, e as cortinas estavam amareladas pela ação do tempo.

Tengo não reconheceu, de imediato, que aquele velho sentado ao lado da janela era seu pai. Ele parecia bem menor. Não. Talvez o certo seria dizer que ele parecia ter *encolhido*. Os cabelos haviam sido cortados bem curtos e estavam brancos como o gramado após a geada. As bochechas encovadas davam a impressão de que a cavidade ocular estava bem maior do que antes. Na testa havia três rugas bem marcadas. A cabeça parecia um pouco deformada, mas isso devia ser por causa dos cabelos curtos que ressaltavam seu formato. As sobrancelhas eram grandes e compridas, e tufos de cabelo branco saíam das orelhas. Orelhas bem maiores e mais afuniladas, como se fossem asas de morcego. O formato do nariz era a única coisa que permanecia como antes. Ao contrário da orelha, ele era saliente e redondo, e tinha um tom vermelho-escuro. As extremidades caídas da boca davam a impressão de que a qualquer momento escorreria dali um fio de baba. A boca estava ligeiramente aberta, e dava para ver os dentes tortos. A imagem de seu pai sentado na janela o fez lembrar do autorretrato de Van Gogh no final da vida.

Quando Tengo entrou no quarto, o homem lançou-lhe um rápido olhar e voltou a observar a paisagem pela janela. Ao vê-lo de longe, mais do que um ser humano, ele parecia uma espécie de rato ou esquilo. Um ser vivo não muito asseado, mas dotado de certa inteligência. Todavia, *sem dúvida nenhuma*, era o pai de Tengo. Ou melhor, o que sobrara de seu pai. Durante os dois últimos anos seu corpo foi perdendo muitas coisas, como se um cobrador de impostos, sem dó nem piedade, roubasse os pertences de uma casa humilde. O pai de que Tengo se lembrava era um homem dinâmico e trabalhador. A introspecção e a criatividade não faziam parte do seu universo, mas, em compensação, era um homem de princípios e possuía uma simples mas intensa força de vontade. Tengo nunca o escutara apresentando desculpas ou se lamentando. No entanto, essa pessoa diante dele era apenas uma concha vazia. Um quarto vazio e desprovido de todo o calor.

— Sr. Kawana — disse a enfermeira para o pai de Tengo. A voz era nítida e agradável. Ela devia ser treinada para falar daquele jeito com os pacientes. — Sr. Kawana. Vamos, anime-se. Seu filho está aqui.

O pai novamente fitou Tengo. Seus olhos, desprovidos de emoção, o fizeram pensar em dois ninhos vazios de andorinhas sob o beiral do telhado.

— Boa tarde — disse Tengo.

— Sr. Kawana, seu filho veio de Tóquio para lhe fazer uma visita.

O pai guardou silêncio enquanto fitava Tengo. Era como se estivesse tentando ler algum anúncio em língua estrangeira.

— O jantar será servido às seis horas — disse a enfermeira — Até lá, fique à vontade.

Após a enfermeira deixar o quarto, Tengo hesitou um pouco antes de se aproximar do pai e se sentar na cadeira à sua frente. A cadeira era de tecido e estava desbotada. Parecia bem velha, e as partes de madeira estavam riscadas. O pai observou Tengo se sentar.

— Tudo bem? — perguntou Tengo.

— Tudo bem, obrigado — respondeu o pai, com um tom de voz cerimonioso.

Tengo não sabia o que dizer e começou a mexer no terceiro botão de sua camisa de brim. Após olhar pela janela para a fileira de pinheiros, dirigiu o olhar para o pai.

— O senhor veio de Tóquio? — perguntou o pai, que parecia não reconhecê-lo.

— Sim. Vim de Tóquio.

— Pegou o trem expresso?

— Sim — respondeu Tengo. — Peguei o expresso até Tateyama e depois peguei um trem comum até Chikura.

— Veio tomar banho de mar? — perguntou o pai.

Tengo disse:

— Sou o Tengo. Tengo Kawana. Seu filho.
— Você é de que lugar de Tóquio? — perguntou o pai.
— Kôenji, bairro de Suguinami.
As três rugas da testa do pai ficaram ainda mais vincadas.
— Muitas pessoas se recusam a pagar a taxa de recepção da NHK, e é por isso que preciso mentir.
— Pai — chamou Tengo. Fazia muito tempo que ele não pronunciava essa palavra. — Sou Tengo, seu filho.
— Eu não tenho filho — disse o pai sem titubear.
— Você não tem filho — Tengo repetiu a frase mecanicamente.
O pai concordou.
— Nesse caso, o que eu sou? — perguntou Tengo.
— Você não é nada — respondeu o pai, balançando rapidamente a cabeça duas vezes.
A resposta inesperada fez com que Tengo perdesse a fala. O pai também se calou. Os dois ficaram em silêncio, cada qual tentando encontrar uma saída para os pensamentos confusos.
"Este homem provavelmente está falando a verdade", pensou Tengo. As lembranças foram destruídas e sua consciência deve estar perturbada. Mas o que diz deve ser verdade. Tengo sabia disso, ainda que intuitivamente.
— O que o senhor quer dizer? — perguntou Tengo.
— Você não é nada — o pai repetiu, com a voz desprovida de emoção. — Você nunca foi nada, não é nada e nunca será nada.
"*Já basta*", pensou Tengo.
Nessa hora, Tengo teve ímpetos de se levantar da cadeira, ir para a estação e voltar para Tóquio. Ele já tinha ouvido o que precisava ouvir. Mas não conseguiu se levantar. Sentiu como se estivesse no lugar daquele jovem viajante que foi para a cidade dos gatos. Estava curioso. Queria saber as verdadeiras circunstâncias por trás disso. Queria uma resposta mais clara. Isso implicaria ter de correr o risco. Mas, se Tengo perdesse a oportunidade, nunca mais teria a chance de descobrir os segredos de sua vida, eles ficariam imersos no caos, para sempre.
Tengo ordenou e reordenou mentalmente as palavras e, finalmente, tomou coragem de perguntar uma coisa que desde pequeno quis saber, mas nunca teve coragem:

— O senhor quer dizer que não é o meu pai biológico? Quer dizer que, entre nós, não existe nenhuma relação de sangue?

O pai olhou para Tengo sem dizer nada. Pela expressão de seu rosto era difícil saber se ele estava entendendo a pergunta.

— É contra a lei roubar os sinais de transmissão — disse o pai, encarando Tengo. — É como roubar o dinheiro e os bens de alguém. Você não acha?

— Creio que sim — respondeu Tengo, resignado.

O pai balançou a cabeça afirmativamente, demonstrando estar satisfeito.

— Os sinais de transmissão não caem de graça do céu como a chuva e a neve — disse o pai.

Tengo mantinha-se calado, olhando as mãos do pai alinhadas sobre os joelhos. A mão direita sobre o joelho direito e a esquerda sobre o esquerdo. As mãos estavam completamente imóveis. Eram pequenas e escuras, como se o bronzeado tivesse se infiltrado no âmago de seu corpo. Eram mãos de quem trabalhou muito tempo ao ar livre.

— Minha mãe não morreu quando eu era pequeno, não é? — Tengo perguntou calma e pausadamente.

O pai não respondeu. A expressão do rosto não se alterou e as mãos continuaram na mesma posição. Seus olhos fitavam Tengo como se estivessem mirando um objeto desconhecido.

— Minha mãe o deixou. Ela o abandonou e me largou com você. Provavelmente, acabou fugindo com outro homem. Estou errado?

O pai concordou e disse:

— Roubar as ondas de transmissão não é uma coisa boa. Não se pode fazer o que se bem entende e, depois, simplesmente fugir.

"Este homem está entendendo o significado da minha pergunta. Apenas não consegue conversar sobre isso de modo direto", pensou Tengo.

— Pai — chamou Tengo. — O senhor pode não ser o meu pai de verdade, mas, por enquanto, vou chamá-lo assim. Não sei chamá-lo de outro jeito. Para falar a verdade, nunca gostei de você. Aliás, muitas vezes, cheguei até a odiá-lo. O senhor deve saber disso, não é? Mas se, por acaso, você não é o meu pai biológico, e entre nós não há nenhuma relação de sangue, não terei mais motivos para odiá-lo. Não sei se vou conseguir gostar de você, mas, pelo menos, creio que vou entendê-lo muito melhor do que hoje. O que eu sempre desejei é saber *a verdade*. Quero saber quem sou eu e de onde vim. É o que quero saber. Mas *ninguém* me diz isso. Se você me contar a verdade, não vou mais ter raiva ou ódio de você. Seria muito bom eu não precisar mais ter raiva ou ódio de você.

O pai continuava quieto, apenas observando os olhos de Tengo sem demonstrar qualquer tipo de reação. Mas Tengo teve a impressão de que, no fundo daqueles olhos de ninho vazio de andorinha, algo minúsculo chegou a brilhar.

— Eu *não sou nada* — disse Tengo. — O senhor tem razão. Fui jogado no mar e estou boiando sozinho, de noite. Por mais que eu estique os braços, não há ninguém por perto; por mais que eu grite, ninguém irá me responder. Não tenho ligação com ninguém. Bem ou mal, o senhor é a única pessoa a quem posso chamar de família. É a única pessoa que conhece o meu segredo e, mesmo assim, se recusa terminantemente a revelá-lo. Enquanto o senhor vive nesta cidade costeira, sua memória — que vem e vai — está inexoravelmente se deteriorando a cada dia. E, juntamente com a sua memória, a minha verdade também irá se perder para sempre. Se a verdade não vier à tona, eu não sou nada e, possivelmente, continuarei a não ser nada. Nesse sentido, o senhor está coberto de razão.

— O conhecimento é um capital de extrema importância para a sociedade — disse o pai, num tom monocórdio e um pouco mais baixo. Era como se alguém, atrás dele, mexesse no botão de volume. — Esse capital deve ser armazenado e usado com muito cuidado. É preciso dispor de forma frutífera esses conhecimentos para a geração seguinte. E é por isso que a NHK conta com a colaboração de todos para o pagamento da taxa de transmissão...

"O que este homem diz é como um mantra", pensou Tengo. "Durante todos esses anos, ele recitou essas palavras no intuito de se proteger." Tengo precisava vencer aquelas obstinadas palavras. Precisava tirar de dentro daquela cerca o ser humano de carne e osso.

Tengo interrompeu o pai.

— Como era a minha mãe? Para onde ela foi? E o que aconteceu depois?

O pai imediatamente se calou. Parou de recitar o mantra. Tengo continuou:

— Estou cansado de ter de detestar, odiar ou ter raiva de alguém. Também estou farto de viver sem poder amar alguém. Não tenho nenhum amigo, *um único sequer*. E o pior é que não consigo amar a mim mesmo. Por que eu não consigo me amar? É porque não consigo amar ninguém. Amar e ser amado é que nos ensina a amar a nós mesmos. O senhor deve entender o que estou dizendo, não é? Se não se consegue amar alguém é impossível amar honestamente a si próprio. Não. Não estou te culpando. Pensando bem, o senhor também é uma vítima. Possivelmente, não consegue amar a si próprio. Estou certo?

O pai abrigou-se no âmago de seu silêncio. Os lábios mantinham-se bem cerrados. Pela expressão de seu rosto, era impossível saber até que ponto ele entendia o que Tengo estava lhe dizendo. Tengo também se afundou na cadeira. O vento que soprava pela janela virava as pontas das cortinas descoloridas, balançava as minúsculas pétalas do vaso e seguia para o corredor pela porta aberta. O cheiro de maresia estava bem mais intenso do que antes, e o canto das cigarras se mesclava ao farfalhar das folhas dos pinheiros.

Tengo prosseguiu com a voz serena:

— Eu sempre tenho uma visão. A mesma visão que sempre se repete desde que eu era pequeno. Acho que não é exatamente uma visão, mas a lembrança de um fato que realmente aconteceu. Tenho um ano e meio e ao meu lado está a minha mãe. Ela está abraçada a um homem jovem. E esse homem não é *você*. Não sei quem é, mas tenho certeza de que *não* é você. Não sei por quê, mas essa imagem ficou gravada na minha memória e não consigo tirá-la de dentro de mim.

O pai não disse nada, mas seus olhos certamente estavam vendo alguma coisa diferente. Alguma coisa que não existia ali. Os dois mantiveram-se em silêncio. Tengo prestava atenção ao barulho do vento, repentinamente mais intenso. Mas sobre o que seu pai poderia estar ouvindo, ele não tinha como saber.

— Será que você poderia ler alguma coisa? — perguntou o pai após um longo silêncio, com um tom de voz formal. — Minha vista não está muito boa e, por isso, não consigo ler. Não consigo acompanhar as palavras por muito tempo. Há livros naquela estante. Escolha algum que lhe agrade.

Tengo, ainda que inconformado, levantou-se e deu uma rápida olhada nas lombadas dispostas na estante. A maioria era de romances históricos. Tinha uma coleção completa do romance *A espada do destino*. Mas Tengo não se animou a ler em voz alta uma narrativa antiga, escrita em linguagem arcaica.

— Se o senhor não se importar, gostaria de ler a história sobre a cidade dos gatos. Pode ser? — indagou Tengo. — É um livro que eu trouxe para eu mesmo ler.

— Uma história sobre a cidade dos gatos — disse o pai. Durante um bom tempo, analisou aquelas palavras. — Se não for incômodo, gostaria de ouvir.

Tengo olhou rapidamente o relógio de pulso.

— Não é nenhum incômodo. Ainda tenho tempo até a hora do trem. É uma história esquisita, não sei se o senhor vai gostar.

Tengo tirou o livro do bolso e começou a ler "A cidade dos gatos". O pai continuou sentado ao lado da janela e, sem mudar de posição, ouviu atentamente a história. Tengo procurou ler devagar e de modo claro e audível. Interrompeu umas duas ou três vezes para descansar e tomar fôlego. A cada pausa olhava o pai, mas não conseguiu perceber nenhum tipo de reação. Não dava sequer para saber se ele estava ou não gostando. Quando terminou, seu pai estava completamente imóvel, com os olhos fechados. Parecia até que tinha dormido. Mas não tinha. Ele apenas estava profundamente mergulhado no mundo da história. Precisava de um tempo para sair de dentro dela e Tengo esperou pacientemente que ele retornasse. A luz do entardecer estava ficando cada vez mais fraca e o entorno começava a escurecer. Os ventos que vinham do mar balançavam as folhas dos pinheiros.

— Será que nessa cidade dos gatos existe televisão? — foi a primeira pergunta que seu pai fez, como um profissional.

— A história foi escrita na década de 1930 na Alemanha e, naquela época, ainda não existia televisão. Somente rádio.

— Eu já estive na Manchúria e lá nem rádio tinha. Também não havia estação de transmissão. Era difícil conseguir jornais e o que se lia eram jornais de quinze dias atrás. Quase não se tinha o que comer e também não havia mulheres. De vez em quando, apareciam lobos. Era um fim de mundo.

O pai se calou e ficou um tempo pensativo. Possivelmente, recordava a vida sofrida de quando, ainda jovem, fora para a Manchúria como imigrante colonizador. Mas aquelas lembranças logo se turvavam e eram engolidas pelo vácuo. Tengo conseguia perceber essas atividades cerebrais através das mudanças de expressão do rosto do pai.

— A cidade foi construída pelos gatos? Ou foram os homens que a construíram e depois os gatos passaram a viver nela? — perguntou o pai, olhando para a janela como se estivesse falando sozinho, mas, ao mesmo tempo, parecendo dirigir a pergunta a Tengo.

— Não sei — disse Tengo. — Parece que foi construída pelos homens muito tempo atrás. Por algum motivo, os homens deixaram a cidade e os gatos passaram a viver nela. Poderia, por exemplo, ter acontecido uma epidemia e matado todo mundo.

O pai concordou:

— Quando se cria um espaço vazio, alguma coisa precisa preenchê-lo. Todo mundo faz isso.

— Todo mundo faz isso?

— Exato — o pai afirmou categoricamente.

— Que tipo de vazio o senhor está preenchendo?

O pai esboçava contrariedade. Os cílios compridos desceram, escondendo os olhos. Com uma pitada de sarcasmo, disse:

— Você não sabe?

— Não — respondeu Tengo.

O pai estufou as narinas e arqueou uma das sobrancelhas. Ele costumava fazer essa expressão quando ficava aborrecido.

— Se você não consegue entender alguma coisa sem receber explicações, significa que continuará não entendendo, apesar das explicações.

Tengo estreitou os olhos para tentar decifrar a expressão do pai. Ele nunca falara de modo tão estranho e com tantas insinuações. Suas palavras sempre foram curtas e grossas. Para ele, a definição de diálogo era falar pouco e apenas o necessário. Tengo percebeu que não havia o que decifrar naquela expressão.

— Entendi. De qualquer modo, o senhor está preenchendo *algum tipo* de vazio — disse Tengo. — Se é assim, quem vai preencher o vazio que *você deixou*?

— Você — respondeu o pai de modo conciso, apontando o indicador em direção a Tengo. — Isso está mais que claro. Eu preenchi o vazio que alguém deixou e você vai preencher o vazio que vou deixar. É como um revezamento.

— Como os gatos que ocuparam a cidade abandonada.

— Sim. Perde-se como na cidade — disse o pai, olhando para o próprio indicador como um objeto estranho e fora do lugar.

— Perde-se como na cidade — Tengo repetiu as palavras do pai.

— A mulher que te deu à luz não existe mais em lugar nenhum.

— *Não existe em lugar nenhum*. Perdeu-se como a cidade. Isso significa que ela morreu?

O pai não respondeu.

Tengo suspirou.

— Afinal, quem é o meu pai?

— Não passa de um vazio. Sua mãe se envolveu com o vazio e deu à luz. Eu é que preenchi esse vazio.

Após dizer isso, o pai fechou os olhos e se calou.

— Envolveu-se com o vazio.

— Isso mesmo.

— E foi você que me criou. É isso?

— Eu já não te disse? — comentou o pai, limpando a garganta uma única vez, de modo cerimonioso. Era como se estivesse ensinando um raciocínio simples para uma criança com dificuldades de aprendizado.

— Eu saí desse vazio? — perguntou Tengo.

Não houve resposta.

Tengo cruzou os dedos sobre os joelhos e olhou frontalmente para o pai. Pensou: "Este homem não é uma concha vazia. Não é apenas um quarto vazio. É um homem de carne e osso que vive paulatinamente o seu dia a dia numa cidade à beira-mar carregando uma alma limitada, inflexível, e lembranças sombrias. Ele era forçado a conviver com o vazio que se expande gradativamente em seu interior. Por enquanto, o vazio e a memória estão se confrontando, mas, por fim, queira ou não, esse vazio irá engolir todas as suas lembranças. É apenas uma questão de tempo. O vazio para onde o pai está sendo conduzido será o mesmo vazio de onde eu saí?"

Tengo pensou ter ouvido o bramido de um mar distante, mesclado ao som dos ventos do entardecer soprando por entre as copas dos pinheiros. Mas podia ser apenas uma ilusão.

9
Aomame
O preço a pagar por uma graça recebida

Assim que Aomame entrou no quarto contíguo, o rapaz de cabelo rente fechou a porta e passou por trás dela. O quarto estava totalmente escuro. Pesadas cortinas cobriam as janelas e todas as luzes estavam apagadas. Um pequeno feixe de luz penetrava pela fresta da cortina apenas o suficiente para ressaltar ainda mais a escuridão.

Como costuma acontecer ao se entrar numa sala de cinema ou no planetário, seus olhos levaram um tempo para se habituar à escuridão. A primeira coisa que ela conseguiu ver foi o mostrador do relógio digital sobre uma mesa baixa. Os números verdes indicavam 19:20. Um tempo depois, notou que havia uma cama grande na parede oposta. O relógio estava ao lado dessa cama, na altura da cabeceira. O quarto era um pouco menor que a ampla sala anexa, mas, comparado aos quartos dos hotéis comuns, era relativamente espaçoso.

Sobre a cama havia alguma coisa preta cujo formato parecia com o de uma pequena colina. Aomame precisou novamente aguardar um tempo para descobrir que essa forma de contorno indefinido — que não apresentava nenhum movimento e parecia sem vida — era o corpo de uma pessoa. Não se escutava sequer sua respiração. O único som audível era o da ventilação suave do ar-condicionado instalado próximo ao teto. Mas *isso* não significava que a coisa estivesse morta, pois o rapaz de cabelo rente agia como se fosse algo vivo.

Era uma pessoa grande. Provavelmente um homem. Seria impossível afirmar categoricamente, mas dava a impressão de que seu rosto não estava voltado para o lado dela, e tampouco parecia estar debaixo das cobertas, mas deitado de bruços sobre a cama arrumada. Parecia um animal de grande porte entocado no fundo de uma caverna, aguardando uma ferida cicatrizar.

— Está na hora — disse o rapaz olhando para a sombra. A voz continha uma tensão até então inexistente.

Não dava para saber se o homem escutara a voz do rapaz. A pequena colina escura sobre a cama continuou imóvel, sem dar sinal de vida. O rapaz permaneceu rígido diante da porta. O quarto emanava um silêncio tão profundo e pesado que dava até para ouvir o som de alguém engolindo a saliva. Foi então que Aomame percebeu que ela fizera aquilo. Ela segurava a bolsa de ginástica na mão direita e, assim como o rapaz, aguardava algo acontecer. O relógio digital que indicava 19:21 passou a indicar 19:22 e depois mudou para 19:23.

Finalmente, a silhueta sobre a cama começou a se mexer. A princípio, o movimento era sutil, mas logo se tornou contundente. Ao que parece, a pessoa dormia profundamente. Ou estava imersa em algo parecido com o sono. Os músculos e a consciência começaram a despertar e a parte superior do corpo ergueu-se lentamente. A sombra se endireitou na cama e sentou-se com as pernas cruzadas. "Sem dúvida, é um homem", pensou Aomame.

— Está na hora — disse novamente o rapaz de cabelo rente.

O homem soltou uma grande quantidade de ar. Uma lenta e profunda respiração que parecia vir de dentro de um poço profundo. Na sequência, ele inspirou sonoramente. Parecia um vendaval passando ruidosamente por entre as árvores da floresta. Eram dois tipos de sons distintos que se alternavam, intercalados por um longo intervalo de silêncio. Esse movimento rítmico e cheio de significados deixou Aomame perturbada. Era como pisar em um local até então desconhecido. Era como, por exemplo, estar nas profundezas de uma fossa oceânica ou na superfície de um asteroide. Um local a que, de algum modo, é possível chegar, mas do qual jamais se pode sair.

Seus olhos ainda não haviam conseguido se adaptar à escuridão. Podia enxergar somente até um certo ponto, e nada além disso. Naquele momento, a única coisa que seus olhos conseguiam captar era a silhueta escura do homem e, mesmo assim, não conseguia ver para que lado o rosto estava virado nem o que estaria vendo. A única coisa que dava para saber era que o homem era enorme e seus ombros se movimentavam lentamente, para cima e para baixo, no ritmo de sua respiração. Uma respiração que não era normal. Ela envolvia integralmente o corpo e possuía objetivo e função especiais. A omoplata e o diafragma se estendiam enormemente, marcados por um movimento de expansão e distensão. Uma pessoa comum seria incapaz de respirar com tamanha intensidade. Era um tipo específico de respiração, que só se atinge após um treino longo e rigoroso.

O rapaz de cabelo rente continuava em pé ao lado de Aomame, mantendo a postura ereta e o queixo levemente retraído. Ao contrário daquele homem sobre a cama, a respiração dele era curta e rápida. O rapaz procurava não chamar a atenção enquanto aguardava o término daquela série de respirações profundas. Respirações que pareciam ser uma prática cotidiana para a manutenção do corpo. Assim como o rapaz, Aomame também aguardava a finalização daquele processo que parecia necessário para o homem despertar.

Finalmente, tal qual uma enorme máquina que finaliza uma operação, a respiração diminuiu gradativamente. Os intervalos foram ficando cada vez maiores e, por fim, como a expulsar todo o ar contido nos pulmões, ele expirou longamente. De novo, um profundo silêncio preencheu o quarto.

— Está na hora — disse o rapaz de cabelo rente pela terceira vez.

O homem moveu a cabeça lentamente. Parecia olhar o rapaz.

— Pode se retirar — disse o homem. A voz de barítono era clara e profunda. Uma voz firme que não denotava hesitação. O corpo parecia estar totalmente desperto.

O rapaz fez uma breve reverência no breu e, prontamente, retirou-se do quarto do mesmo jeito que entrou, sem movimentos desnecessários. A porta se fechou e Aomame ficou sozinha com o homem.

— Desculpe a escuridão — disse o homem. Possivelmente olhando para Aomame.

— Eu não me importo — respondeu Aomame.

— Precisava deixá-lo escuro — disse o homem com a voz serena. — Não se preocupe. Não vou lhe fazer mal.

Aomame apenas assentiu sem dizer nada. Mas ao se lembrar de que estava no escuro respondeu:

— Está tudo bem. — Sua voz parecia um pouco mais séria e mais alta do que o normal.

Durante um bom tempo, o homem parecia observar Aomame no escuro. Ela sentia que ele a fitava atentamente. Um olhar seguro e atento. Mais do que "ver", o certo seria dizer que ele a "examinava minuciosamente". O homem parecia observar todas as partes de seu corpo, de cima a baixo. Era como se, em questão de segundos, ele conseguisse arrancar tudo, deixando-a completamente nua. Um olhar que perscrutava para além da pele, adentrando músculos, órgãos e, inclusive, o útero. "Este homem consegue *enxergar* no escuro", pensou Aomame. "Ele consegue *enxergar* além do que os olhos podem ver."

— As coisas podem ser melhor vistas no escuro — disse o homem, como se lesse os pensamentos de Aomame. — Mas, quando se fica muito tempo nele, torna-se difícil voltar para o mundo em que a luz impera. Chega uma hora em que é preciso deixar a escuridão.

Após dizer isso, ele permaneceu mais um tempo fitando-a atentamente. Um olhar desprovido de intenções sexuais. Ele a *observava* como a um objeto, tal qual um passageiro no convés do navio observando os contornos de uma ilha passando diante de si. Porém, não era um passageiro comum. Ele observava a ilha em sua *totalidade*. Ao ficar exposta a esse olhar aguçado e implacável ao extremo, Aomame sentiu na pele o quanto seu corpo era medíocre e impreciso. Ela nunca se sentira assim. A não ser pelo tamanho de seus seios, ela sempre tivera orgulho de seu corpo. Tinha por hábito exercitá-lo e mantê-lo atraente. Os músculos eram firmes e flexíveis, sem gordura excedente. Mas, ao ser observada por esse homem, seu corpo parecia um saco de carne velho e miserável.

O homem parecia ler seus pensamentos e parou de observá-la. Ela sentiu a intensidade do olhar gradativamente diminuir. Era como se alguém esguichasse água com uma mangueira e a torneira fosse aos poucos fechada.

— Por gentileza, será que você poderia abrir um pouco a cortina? — disse o homem com a voz serena. — No escuro vai ser difícil você trabalhar.

Aomame colocou a bolsa no chão, aproximou-se da janela, puxou o cordão para abrir a cortina grossa e pesada e, em seguida, abriu a cortina de renda branca. A paisagem noturna de Tóquio invadiu o quarto. As luzes da torre de Tóquio, os postes da autoestrada, os faróis dos carros que cruzavam as ruas, o brilho das janelas dos arranha-céus, os anúncios multicoloridos em néon nas coberturas dos edifícios. As luzes noturnas típicas de uma grande metrópole, profusamente mescladas, invadiram o quarto. Não era uma luz muito forte. Apenas o suficiente para distinguir os móveis dispostos no cômodo. Para Aomame, era uma luz saudosa. O brilho proveniente do mundo ao qual ela pertencia. Foi então que Aomame percebeu o quanto necessitava daquela luz. Mas, mesmo tênue, ela parecia muito intensa para os olhos do homem. Sentado na cama com as pernas cruzadas, ele cobriu o rosto com as mãos enormes.

— O senhor está bem? — perguntou Aomame.
— Não se preocupe — respondeu o homem.
— Quer que eu feche um pouco mais a cortina?
— Deixe como está. Tenho problemas na retina. Preciso de um tempo para me acostumar à luminosidade. Daqui a pouco estarei bem. Poderia, por favor, aguardar sentada?

"*Problema na retina*", repetiu mentalmente Aomame. A maioria das pessoas com problemas na retina corria o sério risco de perder a vista. De qualquer modo, aquilo não era de sua alçada. O que ela precisava tratar não era a capacidade visual daquele homem.

Enquanto ele cobria o rosto com as mãos e aguardava seus olhos se acostumarem à luminosidade, Aomame sentou-se no sofá de frente para ele. Agora era a vez de ela observá-lo atentamente.

Era um homem grande, mas não gordo. Alto e robusto. Parecia muito forte. A velha senhora já lhe havia dito que era um homem grande, mas não o imaginava daquele tamanho. Obviamente, não havia razões para que um líder religioso não pudesse ser gigante. Ao imaginar as meninas de 10 anos sendo estupradas pelo homenzarrão, Aomame, sem querer, fez uma careta. Imaginou a cena dele nu, debruçado sobre o corpo das crianças. Elas não teriam como se defender. Não; mesmo para uma mulher adulta seria impossível se desvencilhar dele.

Ele vestia um tipo de calça de malha de algodão canelada no tornozelo e uma camisa de manga comprida. A camisa era lisa e tinha um leve brilho de seda. Era folgada e com botões, os dois primeiros abertos. A calça e a camisa eram brancas, ou num tom de creme bem claro. Não era exatamente um pijama, mas uma roupa confortável, para ficar à vontade no quarto. Parecia adequada para deitar à sombra das árvores em algum país tropical. Seus pés descalços eram realmente enormes. Os ombros largos como um muro de pedra o faziam parecer um mestre nas artes marciais.

— Muito obrigado por vir — disse o homem, como se aguardasse Aomame terminar suas observações.

— Faz parte do meu serviço. Vou para qualquer lugar em que sou requisitada — respondeu ela, com a voz desprovida de emoção. Mesmo falando assim, ela se sentia como uma prostituta, chamada para estar lá. Talvez por ter se sentido nua ao ser detidamente observada na escuridão.

— O que você sabe sobre mim? — perguntou o homem, mantendo a mão sobre o rosto.

— O que eu sei sobre o senhor?

— Isso.

— Quase nada — respondeu Aomame, escolhendo cuidadosamente as palavras. — Nem mesmo sei o seu nome. A única coisa que sei é que o senhor é o líder de um grupo religioso de Nagano ou de Yamanashi, e que está com um problema físico que eu talvez consiga resolver.

O homem assentiu, balançando algumas vezes a cabeça, tirou as mãos do rosto e, em seguida, ficou de frente para Aomame.

Seus cabelos eram compridos, de corte reto, fartos até a altura do ombro, entremeados por vários fios brancos. Aparentava ter entre 45 e 55 anos. O nariz era grande e ocupava boa parte do rosto. Um nariz retilíneo e bem definido, que lembrava aqueles calendários com fotos dos Alpes — uma montanha de base larga, o que lhe conferia dignidade. O que saltava aos olhos de quem o via pela primeira vez era seu nariz. Em contrapartida, os olhos, de tão encovados, dificultavam entrever o que as pupilas observavam. O rosto era igualmente largo e grande, proporcional ao corpo. A barba estava bem-feita e não havia nenhuma cicatriz ou pinta no rosto. O conjunto criava um ar de serenidade e inteligência. Porém, nesse rosto havia alguma coisa de especial, algo fora do comum, que não inspirava confiança. Seu rosto tinha alguma coisa que, numa primeira impressão, fazia com que as pessoas se sentissem acuadas. Talvez, pelo fato de o nariz ser muito grande, o rosto perdia o equilíbrio harmônico e provocava inquietude. Ou, talvez, a inquietude fosse provocada por aqueles olhos profundos e reservados, que irradiavam um brilho gélido, imemorial. Ou por seus lábios finos, aparentemente maldosos, capazes de lançar, de uma hora para outra, palavras inesperadamente cruéis.

— Mais alguma coisa? — perguntou o homem.

— Fora isso, não me disseram mais nada. Apenas me instruíram a vir aqui preparada para fazer uma sessão de alongamento. Minha área de especialização são os músculos e as articulações. Não preciso saber detalhes quanto ao status social ou a personalidade do cliente.

"Como as prostitutas", pensou Aomame.

— Entendo — disse o homem, com uma voz grave. — Mas, no meu caso, creio que devo lhe dar algumas explicações.

— Claro. Estou à sua disposição.

— As pessoas me chamam de Líder, mas dificilmente saio em público. Mesmo morando com o grupo, a maioria dos fiéis nunca me viu.

Aomame assentiu.

— Mas, para você, estou mostrando o meu rosto. Creio que seria difícil você fazer o tratamento no escuro, ou eu tendo de esconder o meu rosto, não é? Além disso, é uma questão de educação.

— Não é exatamente um tratamento — disse Aomame, com uma voz que denotava serenidade. — É apenas uma sessão de alongamento. Não tenho licença para ministrar tratamentos médicos. O que eu faço é alongar à força os músculos que são pouco usados no dia a dia, ou aqueles que as pessoas comumente sentem dificuldades de usar. Com isso, procuro evitar a perda do tônus muscular.

O homem parecia ter esboçado um sorriso. Mas poderia ser apenas uma falsa impressão causada por um ligeiro movimento dos músculos faciais.

— Estou ciente disso. Apenas usei o termo "tratamento" para agilizar a conversa. Não se preocupe. O que eu estou tentando dizer é que você está diante de algo que as pessoas normalmente não podem ver. Gostaria que soubesse disso.

— Sobre o nosso encontro de hoje, fui devidamente instruída a não divulgá-lo a ninguém — disse Aomame, apontando a porta de ligação para a sala contígua. — Não se preocupe. Não importa o que eu veja ou ouça aqui, jamais comentarei isso com alguém. Profissionalmente, preciso tocar no corpo de muitas pessoas. A situação do senhor pode ser especial, mas, para mim, trata-se apenas de uma dentre várias outras que possuem um problema muscular. A única coisa que me interessa são os músculos.

— Ouvi dizer que você, quando pequena, foi Testemunha de Jeová.

— Não foi por escolha própria. Apenas fui criada para ser uma seguidora. É bem diferente.

— Realmente, existe uma grande diferença — disse o homem. — Mas as pessoas jamais conseguem se distanciar da imagem plantada durante a infância.

— Para o bem ou para o mal — disse Aomame.

— A doutrina dos Testemunhas de Jeová é muito diferente da do grupo a que pertenço. Na minha opinião, todas as doutrinas apocalípticas, que pregam o fim do mundo, são, em maior ou menor grau, uma fraude. Na minha opinião, o fim do mundo nunca deixaria de ser uma questão de interpretação pessoal. Mas, deixando isso de lado, há de se convir que os Testemunhas de Jeová são um grupo extremamente atuante. Sua história não é tão longa, mas já enfrentou várias provações, e a quantidade de fiéis tem aumentado progressivamente. Há muitas coisas que se pode aprender com isso.

— Creio que seja uma prova do quanto são intolerantes. Quanto menor e mais limitada for a visão de mundo de um grupo, maior será a união entre eles para resistir às forças externas.

— Você pode estar com a razão — disse o homem, fazendo uma breve pausa. — De qualquer modo, não estamos aqui para falar de religião.

Aomame manteve-se calada.

— O que eu gostaria que você entendesse é o fato de que muitas *coisas especiais* acontecem no meu corpo — disse o homem.

Aomame escutou em silêncio, sentada na poltrona.

— Como eu já disse, meus olhos não suportam a luz intensa. Esse sintoma surgiu há alguns anos. Até então, nunca tivera problemas. É em grande parte por isso que não posso me expor diante das pessoas. Passo praticamente o dia todo dentro de um quarto escuro.

— Problemas relacionados à visão estão fora do meu alcance — disse Aomame. — Como já expliquei, minha especialidade são os músculos.

— Já sei. Consultei médicos especialistas. Fui a vários oftalmologistas famosos, fiz inúmeros exames. Até agora, não há solução. As minhas retinas estão sofrendo algum tipo de dano, mas ninguém sabe dizer o que está causando isso. Os sintomas estão piorando lentamente. Se continuar assim, dentro em breve devo perder a visão. É claro que você tem razão em dizer que isso não tem relação com os músculos. Mas, de qualquer modo, vou expor uma lista de problemas físicos para que depois você me diga o que pode ou não fazer por eles.

Aomame concordou.

— Outro problema é que os meus músculos se retesam com frequência — disse o homem. — Eles simplesmente ficam imobilizados. Ficam literalmente como pedras, e esse estado se prolonga por algumas horas. Quando isso acontece, a única coisa que me resta é deitar. Não sinto dores. Todos os músculos do corpo ficam completamente imobilizados. Não consigo mover sequer um dedo. Quando muito, consigo mexer os olhos. Isso acontece uma a duas vezes por mês.

— Há algum sintoma antes de isso acontecer?

— Tenho câimbras e os músculos começam a tremer. Isso dura de dez a vinte minutos. Depois, como se alguém tivesse desligado o interruptor, todos os músculos morrem por completo. Por isso, durante esse intervalo de dez a vinte minutos, vou para algum local para ficar deitado. Fico escondido até passar esse estado de paralisia, como um barco que aguarda na enseada a tempestade passar. Apesar de o corpo ficar completamente paralisado, minha consciência se mantém desperta. Ou melhor, devo dizer que o estado de consciência torna-se claramente muito mais aguçado que o normal.

— Não sente nenhuma dor física?

— Perco todas as sensações. Se me espetarem com uma agulha, não sentirei nada.

— O senhor procurou algum médico para tratar desse assunto?

— Fui a hospitais de renome e consultei vários médicos, mas a única conclusão a que chegaram é que minha doença é rara, sem precedentes. E que, no momento, os conhecimentos da medicina não são suficientes para tratar desse problema. Também procurei vários tratamentos alternativos: medicina chinesa, osteopatia, quiropraxia, acupuntura, moxibustão, massagem, tratamentos termais... enfim, tudo o que se possa imaginar.

Aomame franziu levemente a testa.

— O que eu faço é ativar as funções do corpo para que elas possam desempenhar satisfatoriamente as tarefas cotidianas. Se o problema é tão grave assim, creio que eu não posso ajudá-lo.

— Também estou ciente disso. Eu apenas estou tentando todas as possibilidades. Mesmo que o seu jeito de trabalhar não dê resultados, não será culpa sua. Quero que faça o que você está acostumada a fazer. Quero ver como o meu corpo vai reagir.

Aomame imaginou o corpo enorme daquele homem num local escuro, deitado e completamente imóvel como um animal em hibernação.

— Quando foi a última vez que ocorreu essa paralisia?

— Faz dez dias — respondeu o homem. — E tem mais uma coisa, uma coisa que me deixa constrangido de dizer, mas acho melhor deixá-la informada.

— Por favor, não faça cerimônia.

— Durante esse estado de morte aparente fico o tempo todo em ereção.

Aomame franziu ainda mais a testa.

— O seu pênis fica duro por várias horas?

— Isso mesmo.

— E o senhor não sente nada.

— Não sinto nada — disse o homem. — Não tenho desejo sexual. Apenas fico duro. Duro que nem uma pedra, como os demais músculos.

Aomame balançou sutilmente a cabeça e tentou amenizar a expressão do rosto.

— Quanto a isso, creio que tampouco poderei fazer alguma coisa. É algo que está bem longe da minha especialidade.

— Para mim, é um assunto difícil, e creio que você nem queira ouvir, mas posso contar um pouco mais?

— Por favor, fique à vontade. Guardarei segredo.

— Enquanto estou nesse estado, tenho relações sexuais com algumas mulheres.

— *Algumas* mulheres?

— Ao meu redor existem muitas mulheres. Quando eu fico nesse estado, elas se revezam e fazem sexo comigo montando em meu corpo imóvel. Eu não sinto nada. Não sinto nenhum prazer. Mas, mesmo assim, ejaculo. Ejaculo várias vezes.

Aomame manteve-se em silêncio.

O homem continuou:

— Tenho ao todo três mulheres, na faixa dos 10 aos 20 anos. Você deve estar se perguntando por que essas meninas estão comigo e por que fazem sexo comigo, não é?

— Bem, acho que... faz parte de alguma prática religiosa?

Sentado sobre a cama e com as pernas cruzadas, o homem soltou um grande suspiro.

— Acredita-se que esse meu estado de paralisia é uma graça divina. Por isso, quando isso acontece, elas fazem sexo comigo. Elas querem engravidar. Querem dar à luz meu herdeiro.

Aomame continuou quieta, olhando seu rosto. O homem também se calou.

— Elas querem engravidar. Querem conceber um filho durante esse estado — disse Aomame.

— Isso mesmo.

— Durante esse estado, o senhor faz sexo com as três meninas e ejacula três vezes?

— Isso mesmo.

Aomame não pôde deixar de perceber que estava metida numa situação extremamente complicada. Ela pensava em apagar aquele homem. Estava *prestes a mandá-lo para o outro lado*. E ele revelava os estranhos mistérios de seu corpo.

— Não estou entendendo qual seria, de fato, o problema nisso tudo. O seu corpo inteiro fica paralisado uma ou duas vezes por mês e, durante algumas horas, três namoradas jovens mantêm relações sexuais com o senhor. Pelo senso comum, isso *não é normal*, claro, mas mesmo assim...

— Elas não são minhas namoradas — o homem interrompeu. — A função delas é serem minhas vestais. E uma das tarefas é justamente fazer sexo comigo.

— Tarefa?
— É uma tarefa predeterminada. Esforçar-se para conceber o meu herdeiro.
— Quem foi que estabeleceu essa tarefa? — perguntou Aomame.
— É uma longa história — disse o homem. — O problema é que isso está claramente destruindo o meu corpo.
— E elas engravidaram?
— Nenhuma delas ainda ficou grávida. E não há possibilidade de isso acontecer, porque ainda não menstruaram. Mesmo assim, elas esperam receber a graça divina.
— Ninguém ainda engravidou. Elas não têm menstruação — disse Aomame. — E o seu corpo está definhando.
— O tempo de paralisia está se tornando cada vez maior. A frequência também. Isto começou há uns sete anos e, inicialmente, ocorria uma vez a cada dois ou três meses. Hoje acontece uma ou duas vezes por mês. Quando a paralisia acaba, sinto dores intensas e fico exausto. Convivo durante uma semana com a dor e a exaustão. Sinto como se alguém tivesse perfurado todo o meu corpo com uma agulha bem grossa. Além disso, sinto fortes dores de cabeça e muita fraqueza. Não consigo sequer dormir. Não existe nenhum medicamento capaz de amenizar essas dores.

O homem respirou fundo. E continuou:

— Na segunda semana, o sofrimento se torna um pouco menor que na primeira, mas mesmo assim isso não significa que a dor sumiu. Sinto uma onda de dor várias vezes por dia. É tão intensa que mal consigo respirar. Os órgãos internos também não funcionam bem. As articulações do corpo começam a ranger como uma máquina que perdeu a lubrificação. A impressão que eu tenho é que a minha carne está sendo devorada e todo o meu sangue sugado. Posso sentir isso na pele. Mas o que está me devorando não é um câncer ou um parasita. Fiz vários exames detalhados, não encontraram nada. Os médicos disseram que o meu corpo é sadio. A medicina não consegue explicar o que está me torturando. Isso é o preço que devo pagar pela graça recebida.

"Realmente, este homem está sendo destruído", pensou Aomame. Mas não dava para perceber nenhum sinal de definhamento. Seu corpo era forte e robusto, parecia treinado para suportar as dores. Mesmo assim, Aomame conseguia notar que o corpo estava sendo destruído. "Este homem está doente. Não sei que tipo de doença ele tem. Mas, com certeza, mesmo que eu deixe de fazer o serviço, ele vai acabar morrendo com a destruição gradual de seu corpo, consumido pelas intensas dores", pensou Aomame.

— Não se pode interromper o avanço — disse o homem, como se lesse os pensamentos de Aomame. — Serei devorado até os ossos e morrerei imerso em dor. E eles vão apenas jogar fora um veículo que perdeu a utilidade.

— *Eles*? — perguntou Aomame. — Quem são *eles*?

— Estou me referindo a essa coisa que devora a minha carne — respondeu o homem. — Mas vamos deixar esse assunto de lado. Agora, o que eu preciso é diminuir, ainda que apenas um pouco, essa dor que sinto. Mesmo que não seja uma solução definitiva, preciso tentar. É uma dor insuportável. Às vezes, em certos momentos, a dor atinge um grau tão profundo que é como se estivesse conectada ao centro da Terra. É um tipo de dor que ninguém conseguiria sequer imaginar. Essa dor roubou de mim muitas coisas, mas em compensação me ofereceu muitas outras. Ao se receber uma dor especialmente profunda, recebe-se também uma graça profunda. Mas isso não significa que a dor se torne menor, ou que se possa evitar a destruição.

Após dizer isso, um silêncio pesado preencheu o ambiente. Aomame finalmente conseguiu retomar a palavra:

— Me desculpe por ser repetitiva, mas acho que, diante do problema exposto, não posso fazer quase nada, tecnicamente falando. Especialmente se isso é o preço a *pagar por uma graça recebida*.

O Líder corrigiu a postura e fitou Aomame com seus pequenos e profundos olhos glaciais. Depois, disse com seus lábios finos e compridos:

— Não. Você pode, sim, fazer algo. Algo que *somente* você pode fazer.

— Espero que o senhor tenha razão.

— Eu sei — disse o homem. — Sei de muitas coisas. Se você concordar, podemos começar. Isso que você está acostumada a fazer.

— Vou tentar — disse Aomame. Sua voz estava tensa e vazia. "*Fazer o que estou acostumada*", pensou Aomame.

10
Tengo
Você recusou nossa oferta

Tengo se despediu do pai um pouco antes das seis. Enquanto aguardava o táxi, os dois ficaram sentados um de frente para o outro, ao lado da janela, em silêncio. Tengo permaneceu absorto em seus pensamentos enquanto o pai olhava a paisagem pela janela com a cara aborrecida. O sol estava se pondo e o céu azul-claro tingia-se lentamente de azul-escuro.

Ele ainda tinha muitas perguntas, mas sabia que o pai não as responderia. Bastava ver seus lábios fortemente cerrados, convictos a não mais se abrirem. Diante dessa atitude, Tengo achou melhor não questioná-lo mais. Segundo seu pai: "Se você não consegue entender coisa alguma sem receber explicações, significa que continuará não entendendo, apesar das explicações."

Quando se aproximava a hora de partir, Tengo disse:

— Hoje você disse muitas coisas. Falou de um modo difícil de entender e de forma evasiva, mas creio que seja seu modo de abordar as coisas honestamente.

Tengo olhou o rosto do pai, sua expressão continuava inalterada. Continuou:

— Queria perguntar muitas coisas, mas sei que isso lhe causaria sofrimento. Por isso, só me resta deduzir as respostas a partir do que você me disse. Provavelmente, não sou seu filho de sangue. Esta é a minha hipótese. Desconheço os detalhes, mas, em linhas gerais, tudo me leva a crer que é isso. Se eu estiver errado, poderia me dizer?

O pai não respondeu.

Tengo continuou:

— Se a minha hipótese estiver correta, isso tornaria as coisas mais simples para mim. Não porque não gosto do senhor. Como já disse, é porque não vou mais precisar te odiar. Pelo que entendi, você cuidou de mim mesmo sabendo que não era seu filho de sangue. Sou grato por isso. A nossa relação de pai e filho não foi muito boa, mas isso é uma outra questão.

O pai continuava olhando a paisagem sem dizer nada. Era como um vigia observando atentamente uma colina distante para não deixar escapar nenhum sinal de fumaça enviado por uma tribo selvagem. Tengo seguiu o olhar do pai para descobrir o que ele via, mas não encontrou nada, nenhum sinal. A única coisa que viu foram os pinheiros tingidos pela coloração do anoitecer.

— Sinto muito, mas não há nada que eu possa fazer por você. A não ser desejar que o processo de esvaziamento que se expande em seu interior ocorra da maneira menos dolorosa possível. O senhor já sofreu o bastante. Suponho que o amor que o senhor sentia por minha mãe deva ter sido muito profundo. Mas ela se foi para algum lugar. Não sei se meu pai biológico é aquele homem ou algum outro, mas sei que o senhor não tem nenhuma intenção de me revelar isso. De qualquer modo, ela o deixou e me abandonou ainda pequeno. Talvez o senhor tenha planejado ficar comigo para que assim, quem sabe, um dia ela resolvesse voltar. No final, ela não voltou. Não voltou nem para o senhor nem para mim. Deve ter sido muito difícil para o senhor. Seria como viver numa cidade vazia. Mesmo assim, o senhor ficou nessa cidade cuidando de mim. Permaneceu nela para preencher o vazio.

O pai continuava impassível. Tengo não sabia se ele acompanhava a conversa, se estaria escutando o que acabara de dizer.

— Pode ser que a minha hipótese esteja errada. Talvez fosse melhor assim. Melhor para nós dois. Mas, com essa hipótese, as coisas parecem se encaixar melhor dentro de mim. Soluciono grande parte das dúvidas que tenho.

Um bando de corvos cortou o céu grasnando. Tengo olhou o relógio de pulso. Estava na hora de ir. Levantou-se da cadeira, aproximou-se do pai e colocou a mão em seu ombro.

— Adeus, pai. Em breve voltarei.

Ao segurar a maçaneta da porta e voltar-se para uma última olhada, Tengo se surpreendeu ao ver que um fio de lágrima escorria dos olhos do pai. O reflexo da lâmpada fluorescente no teto iluminava-a num prateado intenso. Para liberar aquela lágrima, seu pai precisou extrair, usando toda a sua força, os poucos sentimentos que ainda lhe restavam. A lágrima escorreu pela face e caiu no colo. Tengo abriu a porta e deixou o quarto. Pegou um táxi até a estação e, em seguida, o trem que acabara de chegar.

O trem expresso de Tateyama em direção a Tóquio estava mais cheio e animado do que na ida. Os passageiros, na sua grande maioria, eram famílias que voltavam da praia. Ao vê-los, Tengo se lembrou de sua época de primário. Ele nunca teve a experiência de fazer uma excursão ou uma viagem em família. Nos feriados de finados e ano-novo, seu pai costumava ficar o dia todo em casa sem fazer nada, apenas deitado e descansando. Nessas horas, ele parecia um aparelho ligeiramente sujo e desligado da tomada.

Sentado no trem, Tengo pensou em continuar a ler o livro, mas percebeu que o havia esquecido no quarto do pai. Suspirou e, resignado, se convenceu de que fora melhor assim. A despeito de querer lê-lo, não conseguiria se concentrar. E "A cidade dos gatos" era uma história muito mais adequada para ficar no quarto de seu pai do que com ele.

A paisagem que passava pela janela era a mesma da ida, só que em ordem inversa. A costa litorânea, desolada e escura, pressionada pela proximidade das montanhas, foi cedendo lugar à ampla zona industrial costeira. Muitas fábricas continuavam operando durante a noite. O bosque de chaminés se erguia soberano na escuridão, cuspindo labaredas vermelhas como cobras a mostrar suas línguas compridas e rubras. Os caminhões de grande porte trafegavam na rodovia com seus faróis poderosos. O mar ao longe estava negro como um lamaçal.

Tengo chegou em casa um pouco antes das dez. A caixa de correio estava vazia. Ao abrir a porta, seu quarto parecia bem mais vazio que o normal. Nele havia o vazio que deixara naquela manhã: a camisa jogada no chão, o processador desligado, a cadeira giratória com a concavidade do peso de seu corpo no assento e, sobre a mesa, os restos de borracha de lápis. Tengo tomou dois copos d'água, tirou a roupa e meteu-se na cama. O sono não demorou a chegar e, como havia tempos não fazia, dormiu profundamente.

* * *

Na manhã seguinte, Tengo despertou depois das oito e se sentiu uma nova pessoa. Acordou bem-disposto, sentindo os músculos dos braços e das pernas descontraídos, o corpo revigorado e com saúde. Não havia nenhum resquício de fadiga física. Ele se sentia como na época em que, quando criança, abria os livros novos que recebia no começo do semestre. Ainda não compreendia o conteúdo, mas sentia que eles o ajudariam a obter novos conhecimentos. Foi para o banheiro e fez a barba. Enxugou o rosto com a toalha, passou uma loção pós-barba e se olhou no espelho com a convicção de que era uma nova pessoa.

Tudo o que acontecera no dia anterior parecia um sonho. Não parecia ter acontecido de verdade. Tudo estava muito nítido, mas os contornos gradativamente apresentavam aspectos de irrealidade. Ele pegara o trem para "A cidade dos gatos" e conseguira retornar. Felizmente, ao contrário do que aconteceu com o protagonista, ele pôde pegar o trem da volta. A experiência adquirida naquela cidade provocou profundas transformações no ser humano chamado Tengo.

Obviamente, a situação real em que ele se encontrava não havia mudado. Ele continuava caminhando por um terreno perigoso, cheio de obstáculos e mistérios. A situação se desenvolvia de um modo inesperado e ele nem sequer desconfiava o que poderia acontecer. Mesmo assim, o Tengo de agora sentia-se capaz de superar o perigo.

"Agora, finalmente, estou no ponto de partida", pensou. Não significava que os fatos tivessem sido totalmente esclarecidos, mas, levando em consideração tanto o que seu pai lhe dissera como sua atitude, Tengo conseguia visualizar, ainda que vagamente, a verdade sobre a sua origem. Aquela "imagem" que durante muito tempo o atormentara e o deixara confuso não era uma fantasia sem sentido. Ele não saberia dizer ao certo até que ponto era um reflexo da verdade, mas, possivelmente, aquela era a única informação que sua mãe lhe deixara e, bem ou mal, era um alicerce para sua vida. Só pelo fato de isso ter ficado claro, Tengo sentiu como se tirasse um peso das costas. Somente após tirar esse peso é que ele percebeu o quanto aquilo o incomodava.

* * *

Chegava a ser estranho a calma e a tranquilidade com que os dias transcorreram nas duas semanas seguintes. Duas semanas de completa bonança. Durante as férias, Tengo deu aulas quatro dias por semana na escola preparatória e, no restante dos dias, dedicou-se a escrever seu romance. Ninguém entrou em contato com ele. Tengo estava totalmente desatualizado sobre a situação do desaparecimento de Fukaeri e se a *Crisálida de ar* continuava vendendo. Tampouco queria saber. Por ele, o mundo podia seguir seu trajeto do jeito que lhe conviesse. Se precisassem dele, com certeza o procurariam.

Agosto terminou e começava setembro. Enquanto preparava o café da manhã, Tengo pensou — sem, contudo, ousar proferir — o quanto seria bom se essa tranquilidade perdurasse para sempre. Se ousasse dizê-lo em voz alta, temia que algum espírito maligno pudesse escutar. Por isso rezou mentalmente pela continuidade da paz. Mas, como sempre, nem tudo seguia conforme o desejado. O mundo parecia saber muito bem o que Tengo *não desejava*.

Nesse mesmo dia, pouco depois das dez da manhã, o telefone tocou. Tengo deixou tocar sete vezes e, resignado, esticou o braço para atender.

— Posso ir aí agora — disse a pessoa do outro lado da linha, com a voz contida. Tengo só conhecia uma pessoa no mundo capaz de fazer uma pergunta sem usar a interrogação. Ao fundo, podia se ouvir algum tipo de anúncio de propaganda e o som dos escapamentos dos carros.

— Onde você está? — perguntou Tengo.

— Na entrada de um lugar chamado Marushô.

O apartamento de Tengo ficava a duzentos metros desse supermercado. Ela falava de um telefone público no local.

Tengo deu instintivamente uma olhada ao redor.

— Você não acha arriscado vir aqui? Alguém pode estar vigiando o apartamento. E, a princípio, para a sociedade, você está desaparecida.

— Alguém pode estar vigiando o apartamento — Fukaeri repetiu as palavras de Tengo.

— Isso mesmo — disse Tengo. — Ultimamente, estão acontecendo muitas coisas estranhas ao meu redor. Acho que isso deve estar relacionado com a *Crisálida de ar*.

— Tem gente brava.

— Acho que sim. Eles estão bravos com você e, por extensão, com uma certa raiva de mim. Raiva por eu ter reescrito a *Crisálida de ar*.

— Eu não me importo — disse Fukaeri.

— *Você não se importa* — Tengo repetiu as palavras de Fukaeri. Esse hábito realmente era contagioso. — Com o quê?

— Que o seu apartamento esteja sendo vigiado.

Durante um tempo, Tengo ficou mudo.

— Mas eu posso me importar — falou por fim.

— É melhor ficarmos juntos — disse Fukaeri. — Vamos unir nossas forças.

— Sonny e Cher — disse Tengo. — Um par poderoso.

— Poderoso do quê?

— Esquece. É coisa minha — disse Tengo.

— Estou indo aí.

Quando Tengo ia voltar a falar, escutou o som do telefone sendo desligado. Todo mundo desligava sem lhe dar satisfação. Era como cortar o cabo de uma ponte suspensa com o machado.

Dez minutos depois, Fukaeri apareceu carregando sacolas de plástico do supermercado em ambos os braços. Ela vestia uma camisa listrada e um jeans azul de corte reto. A camisa era masculina e estava toda amarrotada. Parecia ter sido lavada, estendida de qualquer jeito e vestida sem passar. Carregava no ombro uma bolsa de lona. Usava óculos escuros bem grandes para esconder o rosto, mas eles não ajudavam no disfarce. Muito pelo contrário, chamavam ainda mais a atenção.

— Achei melhor estocar comida — disse Fukaeri, transferindo o conteúdo das sacolas para a geladeira. Grande parte das compras era de comidas prontas que bastavam ser aquecidas no micro-ondas. Havia também biscoitos de água e sal, queijo, maçã e tomate. O restante eram enlatados.

— Onde está o micro-ondas? — perguntou Fukaeri, olhando de um lado a outro a pequena cozinha.
— Não tenho micro-ondas — respondeu Tengo.
Fukaeri franziu a sobrancelha pensativa, sem expor seus pensamentos. Parecia não conseguir imaginar um mundo sem micro-ondas.
— Vou passar um tempo aqui — disse Fukaeri, como se estivesse comunicando um fato objetivo.
— Até quando? — perguntou Tengo.
Fukaeri balançou a cabeça. Ela não sabia.
— O que aconteceu com o seu esconderijo?
— Não quero estar sozinha quando acontecer algo.
— Você acha que vai acontecer algo?
Fukaeri não respondeu.
— Sei que estou sendo redundante, mas já disse que aqui não é um local seguro — disse Tengo. — Acho que estou sendo vigiado por certas pessoas. Ainda não sei quem são.
— Não existe um lugar seguro — disse Fukaeri, estreitando os olhos e tocando levemente a ponta da orelha, num gesto aparentemente cheio de sentidos. Tengo, porém, não sabia o significado daquela linguagem gestual. Talvez não significasse nada.
— Ou seja, tanto faz onde você está — disse Tengo.
— Não existe um lugar seguro — repetiu Fukaeri.
— Você tem razão — disse Tengo resignado. — Após ultrapassar um certo nível, o grau de perigo é praticamente invariável. De qualquer modo, daqui a pouco preciso sair para trabalhar.
— Vai para o curso preparatório.
— É.
— Vou ficar aqui — disse Fukaeri.
— Você vai ficar aqui — repetiu Tengo. — É melhor. Não saia daqui e, se alguém bater na porta, não abra; se tocar o telefone, não atenda.
Fukaeri concordou, balançando a cabeça.
— Então, como vai o professor Ebisuno?
— Ontem, Sakigake aceitou a inspeção.
— Quer dizer que, por causa do seu desaparecimento, a polícia começou a fazer uma inspeção na sede do grupo religioso Sakigake? — perguntou Tengo, surpreso.

— Você não lê os jornais.

— Não estou lendo os jornais — repetiu Tengo. — Ultimamente, perdi a vontade, por isso não estou a par do assunto. Mas, se chegou a esse ponto, o grupo deve estar passando por um tremendo transtorno.

Fukaeri concordou.

Tengo suspirou profundamente.

— Devem estar muito mais furiosos do que antes. É como cutucar um ninho de vespas.

Fukaeri estreitou os olhos e permaneceu em silêncio durante um tempo. Devia estar imaginando um bando de vespas furiosas saindo de sua toca.

— Acho que sim — respondeu Fukaeri baixinho.

— Já descobriram alguma coisa sobre os seus pais?

Fukaeri balançou a cabeça. Ela parecia não saber de nada.

— Bem, de qualquer modo, o grupo deve estar furioso — disse Tengo. — Se descobrirem que o seu desaparecimento foi uma farsa, com certeza a polícia também vai ficar com raiva de você. E, por extensão, vão ficar com raiva de mim. De eu ter te acobertado.

— É justamente por isso que precisamos unir as nossas forças — disse Fukaeri.

— Você acabou de dizer *"justamente por isso"*?

Fukaeri assentiu.

— Errei as palavras — perguntou Fukaeri.

Tengo balançou a cabeça.

— Não. Não é isso. É que suas palavras soaram muito contundentes.

— Se for incômodo, vou para outro lugar — disse Fukaeri.

— Pode ficar aqui — disse Tengo, resignado. — Você não tem nenhum outro lugar para ir, tem?

Fukaeri balançou a cabeça negativamente, num gesto rápido e preciso.

Tengo tirou da geladeira um chá de cevada e o bebeu.

— Não consigo deter as vespas furiosas, mas, de você, acho que consigo cuidar.

Fukaeri fitou Tengo durante um tempo e disse:

— Você está diferente.

— No que estou diferente?

Fukaeri entortou os lábios num ângulo incomum e depois os fez voltar ao normal. Ela não conseguia explicar.

— Não precisa explicar — disse Tengo. *Se você não consegue entender coisa alguma sem receber explicações, significa que continuará não entendendo, apesar das explicações.*

Antes de sair, Tengo instruiu Fukaeri:

— Quando eu telefonar, vou deixar tocar três vezes e desligar. Depois, torno a ligar. Aí você atende, entendeu?

— Entendi — disse Fukaeri, e repetiu a instrução: — Vai tocar três vezes e desligar. Depois, vai ligar de novo. E aí eu atendo. — Era como se estivesse traduzindo em voz alta as inscrições contidas num monumento de pedra antigo.

— Isso é importante, não se esqueça — disse Tengo.

Fukaeri concordou, balançando duas vezes a cabeça.

Após terminar suas duas aulas, Tengo foi para a sala dos professores e se preparava para ir embora. Nesse momento, a moça da recepção aproximou-se dele e o avisou de que uma pessoa chamada Ushikawa o aguardava. Ela se dirigiu a Tengo em tom de desculpa, como uma mensageira bondosa que, a contragosto, cumpria a incumbência de lhe trazer uma notícia não muito agradável. Tengo sorriu e agradeceu. Não podia censurar a mensageira.

Ushikawa estava na lanchonete, ao lado do saguão de entrada, tomando um *café au lait* enquanto aguardava Tengo. *Café au lait* era uma bebida que realmente não combinava com aquela figura. Sua aparência esquisita chamava a atenção no meio daqueles estudantes jovens e cheios de vitalidade. O lugar em que ele se encontrava parecia ter uma gravidade, uma densidade e um ângulo de refração luminosa diferentes. Vendo-o a distância, dava impressão de que trazia notícias ruins. Era a hora do intervalo e a lanchonete estava lotada, mas ninguém compartilhava a mesa de seis lugares em que ele se sentava. Os estudantes, instintivamente, se distanciavam dele, como antílopes fugindo de um cão selvagem.

Tengo comprou um café no balcão, pegou a bebida, levou-a para a mesa e se sentou de frente para Ushikawa. Ele parecia ter acabado de comer um pão doce de creme. O papel da embalagem estava amassado sobre a mesa e, no canto de sua boca, havia migalhas de pão. O pão doce era outro alimento que não combinava com ele.

— Há quanto tempo, senhor Kawana! — cumprimentou Ushikawa, levantando-se sutilmente da cadeira assim que o viu. — Como sempre, perdoe-me por ter vindo sem avisar.

Tengo começou a falar sem retribuir os cumprimentos.

— O senhor deve ter vindo aqui para saber a minha resposta, não é? Ou seja, quer saber a minha resposta sobre a oferta daquele dia.

— É isso mesmo — disse Ushikawa. — Resumindo, é isso.

— Senhor Ushikawa, será que hoje o senhor poderia falar as coisas de um modo mais objetivo e direto? Afinal, o que é que vocês querem de mim? O que querem em troca dessa "ajuda financeira"?

Ushikawa olhou atentamente ao redor, mas não havia ninguém perto deles e, com a algazarra dos estudantes, não havia risco de alguém escutar a conversa.

— Tudo bem. Como parte da minha gentileza, serei sincero — disse Ushikawa, debruçando-se sobre a mesa, com um tom de voz um pouco mais baixo que o habitual. — O dinheiro é apenas um pretexto, apesar de a soma não ser muito grande. A coisa mais importante que o meu cliente pode lhe oferecer é proteção. Em outras palavras, ele não vai deixar que nenhum mal lhe aconteça. Isso é algo que podemos garantir.

— E em troca? — perguntou Tengo.

— Em troca, eles querem o silêncio e o esquecimento. O senhor participou desse esquema, mas o fez sem conhecer os objetivos e as circunstâncias envolvidas. Foi apenas um soldado cumprindo ordens. Não temos a intenção de atribuir-lhe responsabilidades sobre isso. Portanto, basta esquecer tudo o que aconteceu, como se nunca tivesse acontecido. O público não ficará sabendo que foi o senhor que reescreveu a *Crisálida de ar*. É como se nunca tivesse tido relação com aquele livro. E, daqui pra frente, continuará a não ter. É isso que gostaríamos que fizesse. Creio que isso também é vantajoso para o senhor.

— Não vai acontecer nenhum mal comigo. Ou seja... — disse Tengo. — Está querendo dizer que pode acontecer algo de ruim aos outros?

— Isso, na verdade, vai depender de cada caso — disse Ushikawa, um pouco constrangido. — Não sou eu quem toma as decisões, não posso afirmar nada, mas suponho que, em maior ou menor grau, deva ser necessário tomar algumas providências.

— E vocês possuem braços compridos e fortes.

— Isso mesmo. Como eu já disse, temos braços *muito* longos e *muito* fortes. Pois então, qual seria a resposta que você tem a nos dar?

— A começar pela conclusão, digo que não posso aceitar o dinheiro de vocês.

Ushikawa, sem dizer nada, pegou os óculos, tirou-os, limpou cuidadosamente as lentes com o lenço que trazia no bolso e, por fim, colocou-os de volta. Era como se acreditasse haver algum tipo de relação entre sua acuidade auditiva e a visual.

— Quer dizer que você está recusando a nossa oferta?

— Isso mesmo.

Do fundo dos óculos, Ushikawa fitou Tengo como se estivesse olhando para uma nuvem de excêntrico formato.

— Por que tomou essa decisão? Do meu humilde ponto de vista, não creio que seja uma oferta ruim.

— Estou no mesmo barco que os demais envolvidos. Não posso largar todo mundo e descer sozinho — disse Tengo.

— Mas que estranho! — disse Ushikawa, fingindo surpresa. — Eu mesmo não consigo entender. Eu não devia dizer isso, mas saiba que os outros não estão nem um pouco preocupados com você. Estou dizendo a verdade. O senhor está recebendo uns trocados e eles o usam do jeito que querem. É por isso que está numa tremenda enrascada. Se fosse comigo, eu certamente ficaria com raiva. Não deixaria que eles me levassem na brincadeira e me fizessem de bobo. Mas vejo que o senhor os está protegendo. Fica dizendo que não pode escapar sozinho e que o barco é isso e aquilo. Não consigo entender. Por quê?

— Uma das razões é uma mulher chamada Kyôko Yasuda.

Ushikawa pegou a xícara de *café au lait* frio e bebeu como se fosse algo ruim. Em seguida, indagou:

— Kyôko Yasuda?

— Vocês sabem algo sobre Kyôko Yasuda — disse Tengo.

Ushikawa ficou um bom tempo com a boca entreaberta, sem entender do que se tratava.

— Não. Sinceramente, nunca ouvi falar no nome dessa mulher. Juro que é verdade. Quem é ela?

Tengo permaneceu quieto por um tempo fitando Ushikawa, mas não conseguiu ler as entrelinhas de sua expressão.

— Uma mulher que conheço.

— O senhor por acaso tem um relacionamento mais profundo com ela?

Tengo não respondeu. Depois disse:

— O que eu quero saber é se vocês fizeram algo com ela.

— Fizemos algo? Nunca. Não fizemos nada — disse Ushikawa. — Não estou mentindo. Como acabei de dizer, não sei nada sobre ela. Se eu não a conheço, como posso fazer-lhe algo?

— Mas vocês contrataram "pesquisadores" competentes para fazer uma investigação minuciosa sobre mim. Descobriram que reescrevi a obra de Eriko Fukada. Sabem de muita coisa sobre minha vida pessoal. Por isso, acho plausível que vocês saibam de minha relação com ela.

— Realmente, nós costumamos contratar pesquisadores competentes. Um deles realizou investigações detalhadas sobre a sua pessoa. Nesse sentido, talvez o senhor tenha razão de achar que ele deva saber sobre sua relação com a senhora Yasuda. Mas, mesmo que ele tenha essa informação, não fui informado sobre isso.

— Eu mantinha um relacionamento com Kyôko Yasuda — disse Tengo. — Nos encontrávamos uma vez por semana, em segredo, porque ela é casada. Mas, certo dia, ela sumiu de repente da minha vida, sem dizer nada.

Ushikawa limpou o suor da ponta do nariz com o lenço que acabara de usar nos óculos.

— O senhor Kawana está achando que nós, de alguma maneira, estamos envolvidos com o desaparecimento dessa mulher casada. É isso?

— Acho que alguém revelou para o marido os nossos encontros.

Ushikawa fechou os lábios, franzindo-os de forma a ficarem arredondados, demonstrando estar confuso.

— Com que finalidade fariam uma coisa dessas?

Tengo apertou com força suas mãos sobre o colo.

— Estou intrigado com o que o senhor disse outro dia no telefone.

— O que foi que eu disse?

— Quando se passa de uma certa idade, a vida se transforma em uma sequência de perdas. Coisas que consideramos importantes em nossas vidas começam a escapar uma por uma de nossas mãos, como os dentes do pente que se quebram com o tempo. As pessoas que amamos vão desaparecendo de nossas vidas. Algo assim. Lembra-se?

— Sim. Eu me lembro. Realmente, naquele dia eu disse isso. Mas saiba, senhor Kawana, que isso faz parte do consenso geral. Foi apenas uma modesta opinião sobre quão triste e difícil é envelhecer. Não tive a intenção de fazer uma referência concreta a essa mulher chamada... alguma coisa Yasuda.

— Mas, para mim, soou como uma ameaça.

Ushikawa balançou várias vezes a cabeça energicamente.

— Que absurdo! Não foi uma ameaça. Tratava-se apenas de uma opinião pessoal. Juro que realmente não sei nada sobre a senhora Yasuda. Ela sumiu?

Tengo prosseguiu:

— E o senhor também disse que, se eu não escutar o que vocês estão dizendo, pode ser que aconteçam coisas não muito agradáveis às pessoas ao meu redor.

— Sim. Realmente foi o que eu disse.

— Isso não foi uma ameaça?

Ushikawa guardou o lenço no bolso do paletó e suspirou.

— Realmente, pode parecer uma ameaça, mas isso também não passa de uma afirmação generalista. Pois então, senhor Kawana, eu não sei nada sobre essa mulher. Nunca tinha sequer ouvido falar no nome dela. Juro por todas as divindades.

Tengo fitou Ushikawa. Ele de fato não parecia conhecer Kyôko Yasuda. A expressão de perplexidade estampada em seu rosto parecia real. Porém, ainda que este homem não soubesse de nada, isso não significava que *eles* não tivessem feito algo. Talvez aquele homem não tivesse sido informado.

— Senhor Kawana, sei que não é da minha conta, mas manter um relacionamento com uma mulher casada é sempre arriscado. O senhor é jovem, saudável e solteiro. Não vejo por que se envolver em algo tão perigoso se certamente há muitas outras mulheres, jovens e solteiras, com quem poderia ficar — disse Ushikawa e, em seguida, lambeu habilmente os restos de pão doce grudados nos cantos de sua boca.

Sem dizer nada, Tengo continuou a olhar o rosto de Ushikawa.

Ushikawa continuou:

— Obviamente, o relacionamento entre um homem e uma mulher não é tão lógico como parece. O sistema monogâmico possui várias contradições, mas, se o senhor permite a opinião de um velho, se essa mulher o deixou, não seria melhor manter as coisas como estão? O que estou querendo dizer é que no mundo há coisas que é melhor não saber. Coisas, por exemplo, sobre sua mãe. A verdade pode magoá-lo. Ao descobrir a verdade, terá de se responsabilizar por ela.

Tengo franziu as sobrancelhas e conteve a respiração por alguns segundos.

— O senhor sabe alguma coisa sobre a minha mãe?

Ushikawa deu uma leve lambida nos lábios.

— Sei até certo ponto. Nossos pesquisadores investigaram minuciosamente esse assunto. Se você quiser saber, posso entregar todos os relatórios que contenham informações sobre a sua mãe. Pelo que entendi, o senhor cresceu sem saber nada sobre ela. Mas saiba que, dentre as informações, algumas não são muito agradáveis.

— Senhor Ushikawa — disse Tengo, afastando a cadeira e se levantando. — Por favor, se retire. Eu me recuso a falar com o senhor. Não quero mais vê-lo. Mesmo que aconteça algo de ruim comigo, ainda prefiro isso a ter de encontrá-lo. Não quero ajuda financeira nem garantia de proteção. A única coisa que eu quero é nunca mais vê-lo.

Ushikawa não esboçou reação. Ele já devia ter escutado coisas muito piores. Havia até um leve brilho no fundo de seus olhos, como se estivesse rindo.

— Tudo bem — disse Ushikawa. — Creio que já obtive a sua resposta. A resposta é não. *Você recusou nossa oferta.* Uma resposta clara, fácil de entender. Vou comunicar a decisão aos meus superiores. Sou apenas um simples mensageiro. Sua resposta negativa não implica que em breve acontecerá algo de ruim com o senhor. Apenas quis informá-lo de que isso *pode acontecer.* Mas pode ser que não aconteça nada. Tomara que não. Acredite, não estou mentindo. Realmente, desejo-lhe isso, pois eu gosto do senhor. Sei que não se importa de eu gostar ou não, isso não tem jeito. Afinal, sou apenas um homem *inoportuno*, com uma conversa despropositada. Como se vê, a minha aparência também é lamentavelmente desagradável. Mas nunca fui um tipo que sofre por não ser adorado pelas pessoas. Senhor Kawana, apesar de saber que isso não lhe agrada, saiba que simpatizei com o senhor. Desejo, realmente, que nada de ruim lhe aconteça e que tudo corra bem e seja coroado de sucesso.

Ao dizer isso, Ushikawa olhou suas próprias mãos. Seus dedos eram curtos e grossos. Após virar e desvirar as mãos várias vezes, ele se levantou.

— Bem, preciso ir. A propósito, creio que esta é a última vez que nos vemos. Vou zelar para que o seu desejo seja cumprido. Vou rezar pela sua felicidade. Adeus.

Ushikawa pegou a pasta de couro sobre a cadeira ao lado e desapareceu em meio à multidão na lanchonete. Por onde ele passava, os estudantes — tanto homens quanto mulheres — abriam caminho afastando-se para o lado. Assim como crianças de um vilarejo procuram se esquivar do temido traficante.

Tengo telefonou para casa do telefone público no saguão da escola. Enquanto aguardava o terceiro toque, Fukaeri atendeu no segundo.

— Combinamos que eu desligaria no terceiro toque e ligaria de novo — disse Tengo, desanimado.

— Esqueci — disse Fukaeri, como se não desse a mínima importância para aquilo.

— Pedi para você não se esquecer do nosso trato.

— Vamos começar de novo — perguntou Fukaeri.

— Não. Não precisa. Você já atendeu. Na minha ausência, aconteceu alguma coisa diferente?

— Nenhum telefonema, ninguém veio.

— Então está bem. Acabei o trabalho e estou voltando.

— Há pouco, apareceu um corvo grande e ficou chorando do lado de fora da janela — disse Fukaeri.

— Esse corvo sempre aparece no final do dia. Não precisa se preocupar. É como uma visita social. Devo estar de volta lá pelas sete horas.

— É melhor se apressar.

— Por quê? — perguntou Tengo.

— Os homens pequeninos estão revoltados.

— Os homens pequeninos estão revoltados — Tengo repetiu as palavras de Fukaeri. — Estão no meu apartamento?

— Não. Em algum outro lugar.

— Outro lugar.

— Bem longe.

— Mas você consegue ouvir.

— Eu consigo ouvir.

— Isso tem algum significado? — perguntou Tengo.

— Está para acontecer algo *discomum*.

— *Discomum* — repetiu Tengo. Só um tempo depois percebeu que ela queria dizer "incomum". — Que tipo de coisa incomum está para acontecer?

— Não sei dizer.

— Será que os homens pequeninos é que pretendem fazer isso?

Fukaeri balançou a cabeça. Através do telefone dava para intuir que ela balançava a cabeça. Ela *não sabia*.

— Melhor voltar antes de começar a trovejar.

— Trovejar?

— Se o trem parar, ficaremos separados.

Tengo se virou para ver o céu através do vidro da janela. Era um sereno entardecer de final de verão, sem nuvens.

— Não parece que vai trovejar.

— As aparências enganam.

— Vou me apressar — disse Tengo.

— Melhor se apressar — disse Fukaeri e, em seguida, desligou o telefone.

Tengo deixou o saguão da escola e olhou novamente o céu ensolarado de fim de tarde. Depois, apertou os passos e se dirigiu à estação Yoyogui. Durante o trajeto, as palavras de Ushikawa reverberavam em sua mente como uma fita cassete em reprodução automática:

O que estou querendo dizer é que no mundo há coisas que é melhor não saber. Coisas, por exemplo, sobre sua mãe. A verdade pode magoá-lo. Ao descobrir a verdade, terá de se responsabilizar por ela.

"Em algum lugar, o Povo Pequenino está alvoroçado. Devem estar envolvidos com essa anormalidade que está para acontecer. O céu está lindo e ensolarado, mas as aparências enganam. Vai trovejar, chover e o trem pode parar. É preciso voltar logo para casa. A voz de Fukaeri denotava uma estranha força de persuasão."

— Precisamos juntar as nossas forças — disse Fukaeri.

De algum lugar, os braços compridos estão se esticando. "Precisamos juntar as nossas forças. Afinal, somos o par mais poderoso da face da Terra."

The beat goes on.

11
Aomame
O bom é o equilíbrio

Aomame estendeu sobre o carpete do quarto o colchonete azul que havia levado consigo e pediu que o homem tirasse a parte de cima da roupa. Ele se levantou da cama e tirou a camisa. Seu corpo parecia bem maior do que quando a vestia. O peito era robusto e os músculos firmes e protuberantes, sem gorduras sobressalentes. Aparentemente, um corpo saudável.

Seguindo as instruções de Aomame, ele se deitou de bruços no colchonete. Antes de começar a sessão de alongamento, ela pegou seu pulso e mediu a frequência. Os batimentos cardíacos eram regulares, firmes e fortes.

— Costuma praticar algum exercício regularmente? — perguntou Aomame.

— Nenhum em especial. Apenas faço respirações.

— Apenas respirações?

— Um tipo de respiração um pouco diferente — disse o homem.

— Como aquela que acabou de fazer no escuro? Aquela respiração profunda e repetitiva que utiliza todos os músculos do corpo?

O homem assentiu levemente com a cabeça, ainda de bruços.

A explicação não a convenceu. Uma respiração tão intensa como aquela certamente exigia um tremendo esforço físico, mas ela se indagava se só a respiração seria suficiente para manter um corpo tão firme e forte, sem excesso de gordura, como o dele.

— O que vou fazer agora vai doer muito — disse Aomame, com uma voz desprovida de entonação. — Se não doer, não estará sendo eficaz. Mas posso controlar a intensidade da dor. Por isso, me avise se ela ficar insuportável.

O homem respondeu um tempo depois:

— Se existe alguma dor que eu ainda não tenha sentido, gostaria de experimentar — disse com certo sarcasmo.

— Ninguém aprecia a dor.

— Mas um método que provoca dor é mais eficaz, não é? Se há um sentido para a dor, posso perfeitamente suportá-la.

Na semiescuridão, Aomame esboçou aprovação e disse:

— Entendi. De qualquer modo, vou ficar atenta.

Como de costume, Aomame começou a alongar os músculos da omoplata. A primeira coisa que ela reparou ao tocar naquele corpo foi o quanto seus músculos eram flexíveis. Excelentes e saudáveis. Condição diametralmente oposta às rígidas e fatigadas musculaturas dos executivos que ela costumava atender no clube esportivo. Ao mesmo tempo, teve a forte impressão de que alguma coisa estava obstruindo o fluxo natural. Era como se a correnteza de um rio estivesse represada temporariamente por troncos de madeira e entulhos.

Usando seu cotovelo como alavanca, Aomame comprimiu os ombros do homem. No começo levemente, e aos poucos aplicou mais força. Ela percebeu que ele sentia dor. Uma dor intensa. Qualquer um teria ao menos soltado um gemido, mas ele não emitiu um único som. A respiração também se manteve regular. Tampouco contorceu o rosto. "É um homem resistente", pensou. Resolveu, então, testar até que ponto ele conseguiria aguentar. Aplicou toda a sua força, sem dó, até que, finalmente, as articulações da omoplata relaxaram, emitindo um clique semelhante ao som da mudança das agulhas dos trilhos de trem. O homem conteve a respiração, mas ela logo retomou seu ritmo calmo e silencioso.

— A região da omoplata estava muito contraída — explicou Aomame. — Agora que a tensão se dissipou, o fluxo voltou ao normal.

Ela posicionou o dedo anular por baixo da omoplata, na altura da segunda articulação. Nessa região, os músculos são flexíveis por natureza e, uma vez eliminadas as tensões, tendem a se recuperar rapidamente.

— Estou me sentindo muito melhor — disse o homem num tom bem baixinho.

— A dor deve ter sido muito intensa.

— Mas não a ponto de ser insuportável.

— Também sou do tipo resistente, mas, se fizessem isso comigo, com certeza soltaria pelo menos um gemido.

— Muitas vezes uma dor é aliviada e eliminada por meio de outra. A sensibilidade é algo relativo.

Aomame colocou a mão sobre a omoplata esquerda, apalpou os músculos com os dedos e descobriu que estavam nas mesmas condições que os da direita, que acabara de corrigir. Pensou em testar até que ponto a dor era, de fato, relativa.

— Agora vou trabalhar o lado esquerdo. Possivelmente vai doer tanto quanto o direito.

— Confio em você. Não se preocupe comigo.

— Isso significa que eu não preciso restringir a dor?

— Não será necessário.

Aomame seguiu os mesmos procedimentos para aliviar os músculos e as articulações em torno da omoplata esquerda, sem se preocupar em amenizar a dor, como havia dito o homem. Uma vez que ela estava decidida a não se preocupar com a dor, Aomame passou a agir sem hesitação. A reação dele foi ainda mais tranquila que anteriormente. Ele reagiu à dor com extrema naturalidade, apenas emitindo um som indefinível no fundo da garganta. "Muito bem, vamos ver até onde ele pode aguentar", pensou Aomame.

Ela foi esticando todos os músculos em sequência. Tinha na cabeça uma lista de todos os pontos que deveriam ser checados. Bastava seguir esse roteiro metódica e ordenadamente, como um vigia noturno experiente e sem medo que faz a ronda no prédio com uma lanterna.

Os músculos estavam *retesados* em maior ou menor grau. Parecia um solo atingido por uma calamidade, cujos cursos de água haviam sido obstruídos, e os diques, destruídos. Se uma pessoa comum passasse por essa mesma situação, provavelmente não conseguiria sequer se levantar. Nem tampouco respirar direito. Aquele homem possuía um corpo resistente e uma grande força de vontade. E, a despeito de ele ter praticado atos abomináveis, o fato de conseguir suportar em silêncio tamanha dor era algo que, do ponto de vista profissional, Aomame não podia deixar de admirar.

Ela comprimiu cada músculo, movendo-os à força, torcendo-os e os esticando até o limite. A cada movimento, as articulações emitiam um som abafado. Aomame estava ciente de que esses exercícios eram muito próximos à tortura. Ela já havia feito esse tipo de alongamento muscular em vários atletas. Pessoas que estavam acostumadas a conviver com a dor física. Mas, por mais fortes que fossem, ao passarem por suas mãos, era inevitável que, em algum momento, acabassem por se queixar ou emitir algo semelhante a um gemido. Um deles, inclusive, chegou a urinar. No entanto, aquele homem não soltava sequer um gemido. Era realmente incrível. Mas, pelo suor que brotava na sua nuca, Aomame podia imaginar a dor que ele estaria sentindo. Ela também começava a transpirar.

Levou cerca de trinta minutos para relaxar os músculos das costas. Ao terminar, Aomame descansou um pouco e enxugou o suor da testa com a toalha.

"Que estranho", pensou ela. "Eu vim até aqui para matar este homem. Trago dentro da minha bolsa um picador de gelo especial, com uma agulha extremamente fina. Se eu enfiar essa ponta num determinado lugar de sua nuca e dar uma leve batida no cabo, estará tudo terminado. A pessoa, sem se dar conta, deixará de viver em questão de segundos e será transferida para o outro mundo. Seu corpo, afinal, será libertado de todo sofrimento. No entanto, estou me empenhando para tentar aliviar, ainda que minimamente, a dor que este homem sente no mundo real."

Aomame cogitou a seguir: "Talvez eu esteja fazendo isso porque é *o trabalho que me foi atribuído*. Diante de um dever, não posso deixar de fazê-lo com empenho. Eu sou assim. Se o meu trabalho é corrigir um problema muscular, vou me empenhar em realizá-lo. Se o meu trabalho é matar uma pessoa, e houver uma justificativa para isso, vou me empenhar em fazê-lo."

Evidentemente, ela não podia realizar as duas coisas ao mesmo tempo. Eram ações com objetivos antagônicos, e cada qual exigia métodos incompatíveis entre si. Por isso, caberia praticar *apenas uma* tarefa de cada vez. A Aomame de agora empenhava-se em recuperar, ainda que um pouco, o tônus muscular daquele homem. Estava concentrada na tarefa e mobilizava toda a sua força para cumpri-la. Quanto à outra, decidiria o que fazer após terminar esta.

Ao mesmo tempo, Aomame não conseguia conter a curiosidade. A doença do homem que *não era comum* e, por isso, seus músculos saudáveis e bem-torneados estavam danificados; um corpo vigoroso, e uma força de vontade capaz de resistir a uma *dor intensa*, que ele dizia ser o "preço pela graça recebida", eram coisas que atiçavam sua curiosidade. Ela queria saber o que poderia fazer por aquele homem, e como o corpo dele reagiria às suas técnicas. Era uma curiosidade profissional e, ao mesmo tempo, pessoal. Se ela o matasse naquele momento, teria de escapar logo. E, se o serviço terminasse muito rápido, os rapazes no quarto contíguo poderiam suspeitar de algo. Ela havia dito que a sessão duraria pelo menos uma hora.

— Terminei a primeira parte e agora vou começar a segunda. Poderia, por favor, deitar-se de costas? — disse Aomame.

O homem girou o corpo lentamente e acomodou-se como um enorme animal aquático içado da água e trazido para a terra.

— Realmente, a dor diminuiu muito — disse ele, após suspirar longamente. — De todos os tratamentos que fiz, nenhum foi tão eficaz.

— Seus músculos estão *afetados* — disse Aomame. — Não sei os motivos, mas estão seriamente danificados. Estou tentando fazer com que essa parte afetada fique mais próxima do estado normal. Não é nada fácil e será muito dolorido. Mas acho que vou conseguir. A qualidade dos seus músculos é boa, e você consegue aguentar a dor. Mas, seja como for, trata-se apenas de um método paliativo, não vai resolver o problema em si. Enquanto não souber os motivos que acarretam isso, creio que o problema será recorrente.

— Sei disso. Não há solução definitiva. Sei que o problema será recorrente e, toda vez que isso acontecer, meu estado deve piorar ainda mais. Mas, mesmo que seja um tratamento paliativo, é muito bom sentir menos dor. Você não sabe o quanto isso é gratificante. Pensei em usar morfina, mas prefiro evitar os remédios. Seu uso continuado pode danificar as funções do cérebro.

— Vou começar a trabalhar a outra parte — disse Aomame.
— Posso continuar sem me preocupar em dosar a dor, certo?

— É desnecessário perguntar — disse o homem.

Aomame esvaziou a mente e se concentrou em trabalhar os músculos daquele homem. Em sua memória profissional estava registrada toda a estrutura muscular do ser humano. Ela conhecia as funções de cada um deles, como se ligavam aos ossos, suas características e que tipo de sensibilidade provocavam. Aomame examinou ordenadamente cada músculo e suas articulações, movendo-os e comprimindo-os de modo eficaz, como inquisidores buscando pontos dolorosos no corpo do acusado.

Trinta minutos depois, os dois estavam suados e com a respiração agitada, como um casal de namorados que acabou de transar de maneira intensa, extraordinária. Durante um tempo, o homem não disse nada, e tampouco Aomame tinha algo a falar.

— Não quero exagerar — disse finalmente o homem —, mas sinto como se as partes do meu corpo tivessem sido trocadas de lugar.

Aomame disse:

— Esta noite, pode haver uma recaída. Durante a noite, os músculos podem ficar extremamente contraídos, a ponto de você gemer de dor. Mas não se preocupe. Amanhã de manhã, estará se sentindo melhor.

"Se houver o amanhã", pensou Aomame.

O homem sentou-se com as pernas cruzadas no colchonete e respirou fundo, como se testasse as condições do corpo. Disse:

— Você realmente possui um talento especial.

Aomame respondeu, limpando o suor do rosto:

— O que faço é apenas algo prático. Aprendi na faculdade a estrutura e as funções de cada musculatura e fui me aperfeiçoando. Aprimorei alguns detalhes técnicos e criei o meu próprio sistema de trabalho, com base nos conhecimentos empíricos. Com esta técnica, a "verdade" pode ser vista e comprovada. Apesar de, obviamente, isso envolver uma considerável dor.

O homem abriu os olhos e fitou Aomame com interesse.

— É isso o que você pensa.

— Como? — disse Aomame.

— Que a verdade é aquilo que se pode ver e comprovar.

Aomame entortou levemente os lábios.

— Não quis dizer que todas as verdades funcionam dessa maneira. *Estou me referindo apenas à área em que atuo profissional-*

mente. É claro que, se isso se aplicasse a todas as áreas, seria bem mais fácil entender as coisas.

— Não creio — disse o homem.

— Por quê?

— A maioria das pessoas não busca a comprovação da verdade. A verdade quase sempre traz consigo uma intensa dor, como você mesma acabou de dizer. Elas não buscam a verdade que vem acompanhada da dor. O que as pessoas querem é uma história bonita e agradável, que as faça enxergar um sentido em suas vidas. É por isso que existem as religiões.

O homem virou o pescoço algumas vezes e prosseguiu:

— Se a teoria "A" mostrar que a existência de um homem ou de uma mulher possui algo de significativamente profundo, essa teoria será considerada verdadeira. Por outro lado, se a teoria "B" mostrar que a existência desse homem e dessa mulher é impotente e insignificante, ela será considerada falsa. Isso está bem claro. Se alguém insistir que a teoria "B" é a verdadeira, as pessoas provavelmente vão odiá-la, criticá-la e, dependendo do caso, atacá-la. Para essas pessoas, não importa se a teoria "B" possui algum tipo de lógica que se possa provar. A maioria das pessoas se recusa a enxergar sua própria imagem como impotente e insignificante e, ao negar isso, tenta manter, de um modo ou de outro, sua própria saúde mental.

— Mas o corpo da pessoa, de todas as pessoas, a despeito das diferenças, não deixa de ser algo impotente e insignificante. Não é óbvio? — indagou Aomame.

— Você tem razão — disse o homem. — Todos os corpos, apesar das diferenças, não passam de algo impotente, insignificante, condenado a se deteriorar e desaparecer. É uma verdade incontestável. Mas e a alma?

— Procuro não pensar na alma.

— Por quê?

— Porque não vejo necessidade de pensar nisso.

— Por que não há necessidade de pensar nisso? Pensar na própria alma, independentemente de ser algo prático ou não, não seria uma tarefa essencial na vida de uma pessoa?

— Eu tenho o amor — disse Aomame, resoluta.

"Não é possível! O que estou dizendo?", pensou Aomame. "Estou falando de amor com um homem que pretendo matar."

Como o vento a formar ondulações na superfície de águas calmas, o homem esboçou um sorriso espontâneo, que denotava simpatia.

— Basta sentir amor? — perguntou o homem.

— Isso mesmo.

— Quando você se refere ao amor, está se referindo a uma pessoa em particular?

— Estou — disse Aomame. — Me refiro a um homem real.

— Um corpo impotente e insignificante e um amor absoluto e imaculado — disse o homem, com a voz serena. E, um tempo depois, prosseguiu: — Pelo visto, você não precisa de religião.

— Acho que não.

— Sua maneira de ser é por si só uma religião.

— Você acabou de dizer que a religião oferece uma hipótese muito melhor que a verdade. Como é o grupo religioso que você lidera?

— Para falar a verdade, eu não acho que o que faço seja uma atividade religiosa — disse o homem. — Apenas escuto algumas vozes e as transmito aos demais. Sou o único que consegue escutar essas vozes. E o que escuto, evidentemente, é a verdade. Mas não existe nenhuma prova de que essa mensagem *seja verdadeira*. A única coisa que posso fazer é materializar as pequenas graças que recebo.

Aomame mordeu levemente os lábios e colocou a toalha no chão. Teve ímpetos de perguntar que tipo de graça seria, mas achou melhor se conter. A conversa ficaria longa e ela ainda precisava terminar uma tarefa importante.

— Você poderia ficar novamente de bruços? Para finalizar, gostaria de fazer um relaxamento nos músculos do pescoço — disse Aomame.

O homem deitou seu enorme corpo sobre o colchonete e mostrou a nuca grossa para Aomame.

— De qualquer modo, você possui um toque mágico — disse ele.

— Toque mágico?

— Seus dedos possuem um poder fora do comum. As pontas de seus dedos têm uma perspicaz sensibilidade, capaz de encontrar pontos específicos no corpo de uma pessoa. É uma qualidade especial, que somente algumas pessoas têm. Não é um conhecimento que se aprende na escola ou com a prática. Eu também possuo algo assim, apesar de ser algo muito diferente. Mas, como toda graça recebida, há de se pagar um preço por ela.

— Nunca pensei desse modo — disse Aomame. — Eu apenas estudei e treinei muito por conta própria até conseguir aprimorar a técnica. Não recebi isso de ninguém.

— Não tenho intenção de discutir isso. Mas é bom que você saiba que os deuses dão e os deuses tiram. Mesmo que você não saiba que recebeu, os deuses sabem exatamente o que lhe deram. Eles jamais esquecem. O importante é usar cuidadosamente essa habilidade que lhe foi dada.

Aomame observou os dedos de suas mãos e os colocou sobre a nuca do homem. Concentrou-se nas pontas. *Os deuses dão e os deuses tiram.*

— Falta mais um pouco. Por hoje, falta apenas este último detalhe — disse Aomame com a voz seca, olhando as costas do homem.

Aomame pensou ter escutado um relâmpago ao longe. Levantou o rosto e olhou para fora da janela. Não conseguiu ver nada, apenas o céu escuro. Mas, logo em seguida, ouviu novamente o mesmo som que soou vazio no silêncio do quarto.

— Vai começar a chover — disse o homem com a voz desprovida de emoção.

Aomame colocou a mão sobre a enorme nuca do homem para encontrar aquele ponto específico. Isso exigia uma concentração especial. Fechou os olhos, conteve a respiração e aguçou os ouvidos para ouvir o fluxo sanguíneo. Os dedos tentaram interpretar as informações detalhadas que a elasticidade da pele e a temperatura lhe transmitiam. Havia apenas um único ponto, e este era muito pequeno. Em algumas pessoas esse ponto era facilmente identificável; em outras, nem tanto. O homem a quem chamavam de líder se enquadrava indubitavelmente no segundo caso. Em sentido figurado, era como encontrar uma única moeda, num quarto totalmente escuro, apalpando as coisas com o devido cuidado para não fazer barulho.

Apesar da dificuldade, Aomame finalmente conseguiu encontrar o ponto. Colocou o dedo sobre ele e registrou mentalmente o toque e a posição correta, como se estivesse marcando um local num mapa. Ela tinha uma capacidade especial para fazer isso.

— Por favor, mantenha-se nessa posição — disse Aomame para o homem de bruços. Em seguida, estendeu o braço para pegar a bolsa que estava ao lado, e tirou de dentro dela um estojo com o pequeno picador de gelo.

— Existe apenas um ponto na nuca que ainda está bloqueando o fluxo sanguíneo — disse Aomame serenamente. — É um ponto que não consigo desbloquear com a força dos dedos. Se eu conseguir desobstruir esse ponto, creio que a dor irá diminuir, e muito. Vou enfiar uma agulha no local. É uma área delicada, mas já fiz isso várias vezes e não há com o que se preocupar. Você me permite?

O homem respirou fundo.

— Estou totalmente em suas mãos. Se for para eliminar a dor que sinto, não importa o que faça, eu concordo.

Aomame tirou o picador de gelo do estojo e removeu a pequena cortiça da ponta. A extremidade da agulha continuava mortal como sempre. Em seguida, pegou o picador com a mão esquerda e, com o indicador da mão direita, tentou encontrar o ponto que localizara havia pouco. Não havia erro. Era o ponto, o único. Ela colocou a ponta da agulha sobre ele e respirou fundo. Agora só faltava bater o cabo com a mão direita, como um martelo, e deixar que aquela agulha extremamente pontuda *penetrasse* deslizando até o fundo. Com isso estava tudo terminado.

Mas *alguma coisa* a impediu de fazê-lo. Aomame não conseguia descer a mão direita que estava suspensa no ar. "Fazendo isso estava tudo terminado", pensou. Com apenas um golpe, ela o mandaria para o "outro lado". Depois, sairia do quarto como se nada tivesse acontecido, mudaria o rosto e o nome e assumiria uma nova identidade. Ela era capaz de fazer isso. Não tinha medo nem culpa. Aquele homem, sem dúvida, merecia morrer pela prática recorrente de atos repulsivos. Mas, por alguma razão, ela não conseguia fazê-lo. O que a fazia hesitar era uma dúvida inoportuna e sem nexo.

Sua intuição lhe dizia que *as coisas estavam se encaminhando de modo muito fácil.*

Estava ciente de que não havia motivo para se preocupar, mas havia algo de errado, algo de anormal. Inúmeros sentimentos contraditórios colidiam em sua mente, atacando-se uns aos outros. Aomame contraiu intensamente o rosto na penumbra.

— O que aconteceu? — o homem perguntou. — Estou esperando... Esse último detalhe.

Ao ser indagada, Aomame finalmente entendeu o motivo de hesitar fazer *aquilo*. *Aquele homem sabia* o que ela pretendia fazer.

— Não precisa hesitar — disse o homem com a voz serena. — Está tudo bem. O que você quer fazer é exatamente o que eu quero que faça.

O ribombar das trovoadas continuava, mas não se viam os relâmpagos. A única coisa que se ouvia era um som de uma artilharia distante. O campo de batalha ainda estava longe. O homem prosseguiu:

— Isso sim é um *tratamento* perfeito. Você fez um alongamento muscular muito bem-feito. O meu respeito por sua habilidade é sincero. Mas, como você mesma disse, é apenas um tratamento paliativo. Minha dor evoluiu a tal ponto que somente deixará de existir ao romper a raiz da vida. O único jeito é descer ao porão e desligar a chave principal. E você está prestes a fazer isso.

Aomame segurava a agulha com a mão esquerda, a extremidade apoiada no ponto especial da nuca, a mão direita suspensa no ar. Ela não podia continuar nem desistir.

— Se eu quisesse impedi-la de fazer isso, eu o faria de qualquer modo. Isso seria fácil — disse o homem. — Tente abaixar a mão direita.

Aomame tentou baixar a mão conforme sugerido, mas não conseguia mexê-la de jeito nenhum. A mão direita parecia uma estátua de pedra congelada no ar.

— Não foi porque eu quis, mas tenho esse poder. Agora você já pode mexer a sua mão direita e, com isso, a minha vida estará novamente em suas mãos.

Aomame sentiu que podia mexer livremente a mão direita, abrindo-a e fechando-a. Não sentiu nenhum incômodo. Podia ser uma espécie de hipnotismo, mas, fosse o que fosse, a força era muito poderosa.

— Eu recebi esse tipo de poder especial, mas, por outro lado, eles me forçaram a fazer muitas coisas. O desejo deles acabou se tornando o meu desejo. Eram desejos implacáveis, impossíveis de contrariar.

— *Eles?* — disse Aomame. — Está se referindo ao Povo Pequenino?

— Você já sabe sobre *eles?* Muito bem. Assim a conversa fica mais fácil.

— Só sei o nome deles. Não sei quem é esse Povo Pequenino.

— Provavelmente, não existe ninguém capaz de dizer exatamente o que é esse Povo Pequenino — disse o homem. — A única coisa que as pessoas sabem é que eles existem. Você já leu *O ramo de ouro*, de Frazer?

— Não.

— É um livro interessante, que nos ensina muitas coisas. Numa época muito remota de nossa história, em várias regiões do mundo, o rei era morto quando terminava o seu mandato. O reinado durava de 10 a 12 anos. Quando se encerrava, as pessoas o procuravam para matá-lo de modo cruel. Para a vida em comunidade, isso era algo necessário, e o rei voluntariamente o aceitava. A morte tinha de ser cruel e sangrenta, e ser sacrificado dessa forma era uma grande honra para o rei. Por que ele precisava ser morto? Porque, naquela época, o rei, *aquele que ouvia as vozes*, era o representante dos homens. O rei, por vontade própria, tinha a função de servir de elo entre *eles* e *nós*. Após terminar seu mandato, era imprescindível para a comunidade matar *quem ouvia as vozes* com requintes de crueldade. Para manter o equilíbrio entre a consciência dos homens que viviam na Terra e o poder desencadeado pelo Povo Pequenino. Antigamente, governar era o mesmo que ouvir a voz de deus. Obviamente esse sistema foi abolido e o rei deixou de ser morto. A monarquia se tornou um governo secular e hereditário. Foi assim que os homens deixaram de ouvir a voz de deus.

Aomame, inconscientemente, pôs-se a abrir e fechar a mão direita suspensa no ar enquanto ouvia o que o homem lhe contava.

Ele prosseguiu.

— *Eles* já tiveram vários nomes, às vezes nem nome tiveram. *Eles apenas estavam lá*. A denominação Povo Pequenino é apenas uma nomenclatura adotada por conveniência. Naquela época, minha filha ainda era pequena e foi ela que passou a chamá-los de "homens pequeninos". Foi ela que os trouxe para cá, e eu passei a chamá-los de "Povo Pequenino".

— E você se tornou o rei.

O homem inspirou intensamente e reteve o ar nos pulmões durante um tempo para, em seguida, soltá-lo lentamente.

— Não sou rei. Mas aquele *que escuta as vozes*.

— E agora quer ser cruelmente morto.

— Não. Não precisa ser uma morte cruel. Estamos em 1984, no centro de uma grande metrópole. Não é necessária uma morte sanguinolenta. Basta tirar a minha vida.

Aomame balançou a cabeça e tentou relaxar os músculos do corpo. A extremidade da agulha continuava apoiada sobre um determinado ponto da nuca, mas ela não tinha vontade de matar aquele homem.

— Você andou estuprando várias crianças. Crianças em torno dos 10 anos — disse Aomame.

— Isso mesmo — o homem concordou. — Em linhas gerais, é isso mesmo. Pela lei dos homens, sou um criminoso por manter relações sexuais com garotas impúberes. Apesar de eu não desejar isso.

Aomame se limitou a respirar fundo. Ela não sabia como aplacar o fluxo de intensas emoções que se agitavam dentro de seu corpo. Ela contraiu os músculos faciais, e a mão direita e a esquerda pareciam desejar coisas diferentes.

— Gostaria que você tirasse minha vida — disse o homem. — Independentemente das implicações que isso possa suscitar, acho melhor eu não viver mais neste mundo. Para manter o equilíbrio deste mundo, sou uma pessoa que deve ser eliminada.

— O que vai acontecer se eu te matar?

— O Povo Pequenino perde aquele que ouve suas vozes. E não tenho um herdeiro.

— Como você consegue acreditar numa coisa dessas? — disse Aomame, como que jogando as palavras por entre os lábios.

— Você não passa de um pervertido sexual que está tentando se justificar e legitimar uma conduta abominável. Nunca existiu o Povo Pequenino, nem a voz de deus nem a graça divina. Você é só mais um impostor sem-vergonha se passando por profeta ou líder religioso.

— Preste atenção no relógio de mesa — disse o homem sem erguer o rosto. — Ele está sobre a cômoda da direita.

Aomame se virou para a direita e viu um relógio numa moldura de mármore sobre a cômoda. O relógio parecia ser bem pesado.

— Veja o relógio e não tire os olhos dele.

Aomame seguiu as instruções, observando-o atentamente. Sob os seus dedos, ela sentiu os músculos daquele homem enrijecerem como pedra. Era inacreditável quão intenso era o poder daquela energia. Como resposta, o relógio levantou cerca de cinco centímetros da cômoda e tremia, hesitante, flutuando no ar por cerca de dez segundos. Então, os músculos começaram a perder a força e o relógio caiu sobre a cômoda, fazendo um barulho seco, como se lembrasse, de repente, que existia gravidade na Terra.

— Mesmo para fazer uma coisa tão simples assim é necessário concentrar muita energia — disse o homem, após soltar todo o ar contido em seu corpo. — O suficiente para encurtar uma vida. Mas espero que ao menos você tenha entendido que não sou um *impostor sem-vergonha*.

Aomame não disse nada. O homem respirou fundo várias vezes para recuperar as forças. O relógio de mesa continuava sobre a cômoda, marcando as horas impassível e silencioso. Somente a posição é que ficara um pouco torta. Aomame ficou em silêncio, observando atentamente o relógio mudar os segundos até completar uma volta.

— Você possui uma capacidade especial — disse ela, num tom sério.

— Como você acabou de ver.

— Se não me engano, em *Os irmãos Karamazov* temos uma história sobre Jesus e o diabo — disse Aomame. — Quando Jesus está no deserto passando por uma severa provação, o diabo pede que ele faça um milagre: transformar pedra em pão. Mas Jesus o ignora, pois o milagre é a tentação do diabo.

— Conheço esse episódio. Eu também li *Os irmãos Karamazov*. E você tem razão. Esse tipo de exibição não serve para nada. Mas como eu precisava te convencer num curto espaço de tempo, não tive escolha.

Aomame manteve-se em silêncio.

— Neste mundo não há um bem absoluto nem um mal absoluto — disse o homem. — O bem e o mal não são coisas fixas e estáticas, estão constantemente mudando de posição. Uma coisa boa pode no instante seguinte se tornar uma coisa má. O oposto também é válido. Dostoievski retrata em *Os irmãos Karamazov* essa condição que permeia o mundo. O importante é manter o equilíbrio entre o bem e o mal, que sempre mudam de lugar. Se a balança pender para um único lado, fica difícil manter os valores morais no plano da realidade. Pois então: *o bom é o equilíbrio*. E é justamente nesse sentido que, para que se possa manter o equilíbrio, devo morrer.

— Eu não vejo motivo para matá-lo — disse Aomame categoricamente. — Você já deve saber que vim aqui com essa intenção. Não consigo perdoar uma pessoa como você. Não importa o que aconteça, minha intenção era eliminá-lo deste mundo. Mas agora não tenho mais essa *intenção*. Você está sofrendo muito e dá para perceber isso. Você vai continuar a sofrer muito até morrer. Não tenho vontade de lhe proporcionar uma morte tranquila com as minhas mãos.

O homem concordou discretamente, ainda de bruços.

— Se você me matar, o meu pessoal vai te perseguir até conseguir te capturar. É um pessoal fanático, são poderosos e obstinados. Se eu deixar de existir, o grupo vai perder sua força. Mas, uma vez formada a estrutura, ela própria passa a ter autonomia.

Aomame continuou a escutar, enquanto ele falava de bruços.

— Eu fiz uma coisa muito ruim com a sua amiga — disse o homem.

— Minha amiga?

— A sua amiga das algemas. Como era o nome dela?

Uma repentina quietude tomou conta de Aomame. O conflito interior havia se dissipado. Pairou apenas um pesaroso silêncio.

— Ayumi Nakano — disse Aomame.

— Uma infelicidade.

— Foi você que fez *aquilo*? — perguntou Aomame com frieza. — Foi você que a matou?

— Não. Eu não a matei.

— Então como é que você sabe que ela foi assassinada.

— Foram nossos pesquisadores que fizeram uma investigação — disse o homem. — Não sabemos quem a matou. O que se sabe é que sua amiga policial foi estrangulada num hotel.

Aomame sentiu a mão direita novamente imobilizada.

— Mas você acabou de dizer que fez uma coisa muito ruim com a minha amiga.

— Quero dizer que não pude fazer nada para impedir. Seja lá quem for o assassino, o primeiro alvo deles é sempre a parte frágil. É como os lobos, que escolhem e atacam a ovelha mais fraca do rebanho.

— Está querendo dizer que Ayumi era o meu ponto fraco?

O homem não respondeu.

Aomame fechou os olhos.

— Mas por que eles a mataram? Ela era uma garota muito boa, que nunca fez mal a ninguém. Por quê? Por eu estar envolvida *nisso*? Se for isso, por que não acabaram de vez comigo?

O homem prosseguiu:

— Eles não querem acabar com você.

— Por quê? — perguntou Aomame. — Por que não conseguem acabar comigo?

— Porque você é um ser especial.

— Um ser especial — disse Aomame. — Em que sentido?

— Em breve você irá descobrir.

— Em breve?

— Quando chegar a hora.

Aomame contorceu novamente o rosto.

— Não consigo entender o que você está querendo dizer.

— Um dia você vai entender.

Aomame balançou a cabeça.

— De qualquer modo, agora eles não podem me atacar. Por isso, entre as pessoas do meu convívio, mataram o meu *ponto fraco*. Uma advertência para que eu não tire a sua vida.

O homem continuou calado. O silêncio era um sinal de afirmação.

— Que crueldade — disse Aomame. — O fato de matá-la não mudou em nada a realidade.

— Não. Eles não são assassinos. Eles não destroem a pessoa com as próprias mãos. Quem matou sua amiga, provavelmente, foi algo que ela guardava dentro de si. Cedo ou tarde, ia acontecer uma tragédia como aquela. A vida dela era pautada pelo risco. Eles apenas deram um estímulo, como se ajustassem um temporizador.

Um temporizador?

— Ela não era um forno elétrico. Era uma pessoa de carne e osso. Não importa se ela vivia de forma arriscada ou não, o que importa é que era uma amiga muito especial. Vocês tiraram a vida dela de forma leviana, sem nenhum motivo, e de modo muito cruel.

— A sua raiva é legítima — disse o homem. — Desconte essa raiva em mim.

Aomame balançou a cabeça.

— De que adianta tirar sua vida se isso não vai trazer Ayumi de volta?

— Mas com isso você estará revidando o Povo Pequenino. Seria uma espécie de vingança. Eles ainda não querem que eu morra. Se eu morrer aqui, cria-se um vácuo. Pelo menos temporariamente, até encontrarem meu sucessor. Para eles, será um golpe duro. E, para você, não deixa de ser um benefício.

— Alguém disse que "não existe algo mais oneroso e menos lucrativo do que a vingança" — Aomame falou.

— Winston Churchill. Se não me engano, ele falou isso para justificar o déficit orçamentário do Império Britânico. Não está embasado em preceitos morais.

— Não ligo para esses preceitos morais. Não importa o que eu faça, o fato é que o seu corpo está sendo carcomido por alguma coisa desconhecida que vai levá-lo a uma morte sofrida. Eu não tenho nenhum motivo para me apiedar de você. A culpa não será minha se o mundo perder a moralidade e se destruir por completo.

O homem novamente respirou fundo.

— Tudo bem. Entendi o que você quer dizer. Proponho o seguinte: vamos fazer uma espécie de acordo. Se você tirar minha vida, em troca salvarei a vida de Tengo Kawana. Pelo menos ainda me restam forças para isso.

— Tengo — disse Aomame. Seu corpo começou a perder a força. — Você também sabe *disso*.

— Eu sei tudo sobre você. Não disse? Sei *praticamente* tudo.

— Mas você não tinha como adivinhar isso. O nome de Tengo nunca saiu de dentro de mim. Eu mesma nunca pronunciei seu nome.

— Senhorita Aomame — disse o homem, soltando um suspiro desanimado. — Não existe nada neste mundo que não tenha saído do coração de alguém. Nesse momento, *por acaso*, Tengo Kawana tornou-se um ser muito importante para nós.

Aomame se calou, sem palavras.

— Para falar a verdade, não é um mero acaso. O fato de vocês se encontrarem aqui não se deve apenas aos rumos dos acontecimentos. Vocês precisavam pisar neste mundo. E, a partir do momento em que pisaram nele, queiram ou não, vocês precisam cumprir a função que lhes foi atribuída.

— Pisamos neste mundo?

— Isso mesmo. No ano de 1Q84.

— 1Q84? — disse Aomame, contorcendo novamente o rosto. *Mas essa palavra fui eu que inventei.*

— Isso. É uma palavra que você inventou — disse o homem, como se lesse os seus pensamentos. — Eu a estou apenas tomando emprestada.

Aomame balbuciou a palavra 1Q84.

— Não existe nada neste mundo que não tenha saído do coração de alguém — o Líder repetiu, com a voz serena.

12
Tengo
Não se pode contar nos dedos

Tengo conseguiu voltar para o apartamento antes de a chuva começar, caminhando a passos largos da estação até sua casa. Não havia uma única nuvem no céu de fim de tarde. Nem indícios de chuva ou de trovoadas. Olhou em volta e não viu ninguém com guarda-chuva. Era um agradável entardecer de final de verão, ideal para ir ao estádio de beisebol assistir a uma partida e tomar uma cerveja. No entanto, Tengo estava disposto a aceitar incondicionalmente o que Fukaeri lhe havia dito. Achou que acreditar nela seria melhor do que não acreditar. Mais do que a razão, neste caso, a experiência é que imperava.

Ao verificar sua caixa de correio, Tengo encontrou um envelope comercial sem remetente que resolveu abrir ali mesmo para ver do que se tratava. Era um aviso de que, em sua conta corrente, estava disponível o valor de 1.627.534 ienes. O depósito fora efetuado pela "Office ERI", possivelmente aquela empresa fantasma criada por Komatsu. Mas também poderia ter sido o próprio professor Ebisuno que providenciara o depósito. Komatsu já lhe havia dito que repassaria, a título de direitos autorais, uma percentagem das vendas de *Crisálida de ar*. O valor provavelmente seria a tal "parte" que lhe cabia. A discriminação do depósito devia estar especificada como "honorários de colaborador" ou "honorários de pesquisa". Após verificar novamente a quantia depositada, Tengo recolocou o comunicado no envelope e o guardou no bolso.

Para Tengo, 1,6 milhão de ienes era muito dinheiro (na verdade, ele nunca havia recebido uma bolada tão grande como esta em toda a sua vida), mas nem por isso estava feliz ou surpreso. Naquele momento, o dinheiro não era uma questão prioritária em sua vida. Para começar, ele tinha uma renda regular suficiente para manter seu padrão de vida, sem privações, e pelo menos naquele momento ainda não estava preocupado com o futuro. No entanto, todos queriam lhe oferecer quantias consideráveis de dinheiro. O mundo tinha suas esquisitices.

Por outro lado, achou que 1,6 milhão não compensava os *inúmeros* transtornos que o trabalho na *Crisálida de ar* estavam lhe causando. Se alguém lhe perguntasse diretamente: "Então, me diga, quanto você acha que seria o valor adequado?", Tengo não saberia o que responder. Para início de conversa, não sabia se havia um valor que pudesse considerar adequado para tamanho incômodo. No mundo devem existir inúmeros incômodos que não podem ser avaliados em termos monetários, além daqueles pelos quais ninguém se daria ao trabalho de pagar. Como a *Crisálida de ar* continuava vendendo, presumia-se que novos depósitos seriam feitos posteriormente em sua conta, mas, na medida em que fossem efetuados, outros problemas surgiriam. Quanto maior a soma das remunerações, mais concreto se tornaria o envolvimento de Tengo com a *Crisálida de ar*.

Tengo pensou em devolver o pouco mais de um milhão para Komatsu na manhã do dia seguinte. Assim evitaria ter de assumir uma certa responsabilidade e, de quebra, se sentiria mais aliviado. Em todo caso, o fato de ele recusar a remuneração seria formalizado. Mas isso não eliminaria sua responsabilidade moral e tampouco justificaria o que já havia feito. A única coisa que sua atitude proporcionaria seria, quando muito, uma "atenuação das circunstâncias", ou justamente o seu oposto, ou seja, tornaria a suspeita de fraude ainda maior, pois a devolução poderia ser interpretada como sendo motivada pelo peso na consciência.

Ao pensar nisso e naquilo, Tengo começou a sentir dor de cabeça e decidiu deixar o assunto de lado. Era uma questão em que poderia perfeitamente pensar depois, com calma. O dinheiro não era um ser vivo e, deixando-o onde estava, ele não sairia correndo. Talvez.

Enquanto subia as escadas até o segundo andar, Tengo pensou em que medida esse problema atual poderia de fato ajudá-lo a recomeçar a vida. Ao visitar o pai na península de Bôsô, ele praticamente pôde concluir que aquele homem não era o seu pai de verdade e, com isso, conseguira se colocar numa posição que seria o ponto de partida para uma nova vida. Era uma ótima oportunidade. Não seria nada mau cortar de vez tudo o que fosse relacionado com os problemas que vinha enfrentando ultimamente para começar uma nova fase em sua vida: um emprego novo, um lugar novo e relacionamentos novos. Apesar de ainda não se sentir totalmente confiante, sua intuição lhe dizia que ele seria capaz de ter uma vida um pouco mais coerente a partir de então.

Antes, porém, precisava colocar algumas coisas em ordem. Não podia simplesmente desaparecer, deixando para trás Fukaeri, Komatsu e o professor Ebisuno. Não que lhe coubesse algum tipo de obrigação ou responsabilidade moral; Ushikawa tinha razão ao dizer que, na atual situação, Tengo é que estava sendo constantemente incomodado. Mas, por mais que ele tivesse sido empurrado para a situação, e que desconhecesse as artimanhas por trás daquilo, na prática ele participara de tudo. Portanto, não caberia, a essa altura, dizer "não sei no que isso vai dar, mas, por mim, vocês podem fazer o que quiserem". Independentemente do lugar para onde pretendesse ir, Tengo queria de alguma forma resolver a situação, deixando em ordem os seus assuntos pessoais. Se não agisse dessa forma, sua nova vida estaria fadada a começar contaminada.

A palavra "contaminação" fez com que Tengo se lembrasse de Ushikawa. "Tinha de ser Ushikawa", pensou Tengo, suspirando. Aquele homem tinha informações sobre sua mãe, e chegou a dizer que poderia passá-las para Tengo.

Se o senhor quiser saber, posso entregar todos os relatórios que contenham informações sobre a sua mãe. Pelo que entendi, o senhor cresceu sem saber nada sobre ela. Mas saiba que, dentre as informações, algumas não são muito agradáveis.

Tengo nem se dera ao trabalho de responder. Ele se recusava a obter informações sobre a mãe da boca de Ushikawa. Quaisquer informações dadas por ele, independentemente do que fossem, se transformariam em algo contaminado. Não. Tengo se recusava a ouvi-las, não importava da boca *de quem* fosse. As notícias sobre sua mãe, caso alguém as fosse dar, não poderiam vir de modo fragmentado, mas como uma "revelação" completa. Uma revelação que, em questão de segundos, lhe desse uma compreensão de abrangência cósmica.

Ele não sabia, claro, se algum dia iria ter uma revelação de tal magnitude dramática. Talvez isso nunca viesse a acontecer. Mas sentia a necessidade de que algo grandioso lhe fosse revelado; algo capaz de questionar e abarcar aquele devaneio, aquela imagem vívida, que durante tantos anos o fizera se sentir confuso, vulnerável, constantemente angustiado. A revelação era necessária para que ele se sentisse purificado e, nesse sentido, dados parciais não adiantavam de nada.

Tengo pensava nisso enquanto subia as escadas até o segundo andar.

Parou em frente à porta do seu apartamento, tirou a chave do bolso e a colocou na fechadura. Bateu três vezes, aguardou um instante e bateu novamente duas vezes, para só então abri-la com cuidado.

Fukaeri estava sentada na mesa da cozinha e tomava suco de tomate num copo alto. Estava com a mesma roupa de quando chegara: uma camisa listrada masculina e uma calça jeans azul de corte reto. Porém ela parecia bem diferente de quando ele a vira naquela manhã. Era porque — Tengo levou tempo para perceber — ela estava com o cabelo preso, com as orelhas e o pescoço à mostra. O par de pequenas orelhas rosadas parecia ter acabado de ser feito e, para finalizar, uma escova de cerdas macias havia deixado a pele lisa, sem marcas. Pareciam ter uma finalidade puramente estética, e não a função objetiva de ouvir sons. Pelo menos era assim que Tengo as via. O pescoço elegante, fino e longo, resplandecia como o brilho das verduras que crescem sob os auspícios da abundante luz solar. Um pescoço imaculado, que combinava com o orvalho da manhã e as joaninhas. Apesar de ser a primeira vez que Tengo a via de cabelo preso, aquela imagem lhe transmitia beleza e uma sensação de milagrosa intimidade.

Tengo havia fechado a porta atrás de si, mas se mantinha parado na entrada. As orelhas e o pescoço dela o deixaram confuso e encabulado, como se estivesse diante de uma mulher totalmente nua. Como um explorador que acabou de descobrir uma fonte secreta na nascente do Nilo, permaneceu mudo, os olhos fixos em Fukaeri. Suas mãos continuavam segurando a maçaneta.

— Acabei de tomar banho — disse Fukaeri, olhando para Tengo, que seguia petrificado. Sua voz estava séria como se, de súbito, lembrasse de dizer algo importante. — Usei seu xampu e o condicionador.

Tengo assentiu e, após suspirar, finalmente tirou a mão da maçaneta para trancar a porta. Xampu e condicionador? Deu alguns passos e se afastou da porta.

— Depois que falei com você, alguém telefonou? — perguntou Tengo.

— Não tocou nenhuma vez — respondeu Fukaeri, balançando sutilmente a cabeça.

Tengo se aproximou da janela e abriu um pouco a cortina para ver como estava lá fora. A paisagem vista do segundo andar era a mesma de sempre. Na rua não havia ninguém suspeito e nenhum carro estranho estacionado. O que se via era apenas o cenário corriqueiro de uma pacata área residencial: as árvores que ladeavam a rua com seus galhos cobertos com uma camada cinzenta de pó, grades de proteção com vários amassados e bicicletas abandonadas, em processo de oxidação. Um slogan da polícia, "Dirigir bêbado é um caminho de mão única para destruir a vida", estava afixado no muro (será que a polícia tinha um setor especializado em criar aquelas mensagens?). Um velho mal-encarado passeava com um vira-lata que parecia pouco inteligente. Uma mulher de aparência aparvalhada dirigia um carro pequeno e feio. Postes de iluminação horrorosos suspendiam horrendos cabos de eletricidade. A paisagem que se via pela janela sugeria que o mundo era composto de uma variedade infinita de formas, retratando microcosmos situados entre a "miséria" e a "ausência de alegria".

Por outro lado, no mundo havia coisas incrivelmente belas, como as orelhas e o pescoço de Fukaeri. Difícil era discernir em qual daquelas duas realidades podia acreditar. Tengo soltou um discreto grunhido do fundo da garganta, como um cão enorme e confuso. Fechou a cortina e voltou ao seu modesto mundo particular.

— O professor Ebisuno sabe que você está aqui? — perguntou Tengo.

Fukaeri balançou a cabeça. O professor não sabia.

— Você pretende avisar?

Fukaeri balançou a cabeça e disse:

— Não tenho como avisar.

— É perigoso?

— O telefone pode estar grampeado, e a correspondência pode não chegar.

— Só eu sei que você está aqui?

Fukaeri fez que sim.

— Você trouxe roupas limpas?

— Poucas — disse Fukaeri, olhando uma bolsa de lona. Com certeza, não cabia muita coisa ali. — Mas eu não me importo — completou.

— Se você não se importa, eu também não vou me importar — disse Tengo.

Ele foi para a cozinha esquentar água na chaleira. Colocou folhas de chá preto no bule.

— A sua amiga vai vir aqui — perguntou Fukaeri.

— Ela não vem — respondeu Tengo, sem entrar em detalhes.

Fukaeri fitou Tengo em silêncio.

— Por ora — acrescentou ele.

— É por minha causa — perguntou Fukaeri.

Tengo negou com a cabeça.

— Não sei de quem é a culpa. Mas não deve ser por sua causa. Talvez eu é que seja o culpado e, de certo modo, ela também tenha sua parcela de culpa.

— De qualquer modo, ela não vai mais vir aqui.

— Isso mesmo. Ela não vai mais vir aqui. Creio eu. Por isso, você pode ficar o quanto quiser.

Fukaeri pensou um pouco no assunto.

— Ela era casada — perguntou Fukaeri.

— Sim. Era casada e tinha dois filhos.

— Os filhos não são seus.

— É claro que não. Ela já os tinha antes mesmo de eu a conhecer.

— Você gostava dela.

— Acho que sim — disse. "Considerando as limitadas condições", pensou.

— Ela também gostava de você.

— De certa forma, acho que gostava.

— Vocês faziam relação.

Tengo levou um tempo para perceber que a palavra "relação" queria dizer "sexo". E era difícil imaginar aquela palavra saindo da boca de Fukaeri.

— É claro que sim. Ela não vinha aqui uma vez por semana para jogar Banco Imobiliário.

— Banco Imobiliário — perguntou Fukaeri.

— Deixa pra lá — disse Tengo.

— Mas ela não vai mais vir aqui.

— Foi o que me disseram. Que ela não podia mais vir aqui.

— Ela disse isso — perguntou Fukaeri.

— Não. Não foi ela que me disse isso. Foi o marido dela. Ele disse que *ela estava perdida* e que não poderia mais vir aqui.

— Está perdida.

— Não sei exatamente o que isso significa. Perguntei, mas não obtive resposta. São muitas as perguntas e poucas as respostas. Uma negociação desigual. Você quer chá?

Fukaeri fez que sim.

Tengo colocou a água quente no bule, tampou e aguardou o tempo de infusão.

— Não há o que fazer — disse Fukaeri.

— O fato de não ter respostas? Ou de estar perdida?

Fukaeri não respondeu.

Tengo, resignado, serviu o chá nas xícaras.

— Açúcar?

— Uma colher rasa — disse Fukaeri.

— Limão ou leite?

Fukaeri recusou com a cabeça. Tengo colocou uma colher de açúcar na xícara, mexendo delicadamente antes de passá-la a Fukaeri. Depois, pegou a sua própria xícara, sem adicionar nada, e se sentou à sua frente.

— Você gostava de fazer relação — perguntou Fukaeri.

— Se eu gostava de fazer sexo com a minha namorada? — Tengo reformulou a frase em tom de interrogação.

Fukaeri assentiu.

— Creio que gostava — respondeu Tengo. — Fazer sexo com alguém do sexo oposto e com quem a gente se identifica é algo de que as pessoas costumam gostar.

"Ainda mais porque ela era muito boa nisso", Tengo pensou. Assim como em toda aldeia existe pelo menos um camponês exímio na irrigação, ela era exímia em fazer sexo. Sempre gostava de experimentar novas técnicas.

— Está triste por ela não vir — perguntou Fukaeri.
— Acho que sim — disse Tengo, e tomou um gole do chá.
— Porque não pode fazer relação.
— Também.

Fukaeri permaneceu durante um tempo em silêncio, observando o rosto de Tengo. Parecia estar pensando em algo relacionado a sexo. Mas é desnecessário dizer que ninguém seria capaz de descobrir o que ela realmente pensava.

— Está com fome? — perguntou Tengo.

Fukaeri assentiu.

— Não comi quase nada desde de manhã.
— Vou preparar alguma coisa — disse Tengo. Ele também praticamente não tinha comido nada e estava com fome. Para falar a verdade, não tinha mais nada a fazer a não ser preparar o jantar.

Tengo lavou o arroz e ligou a panela elétrica. Enquanto o arroz cozinhava, preparou uma sopa de missô com alga desidratada e cebolinha, assou uma cavala defumada e tirou um pedaço de queijo de soja da geladeira, temperando-o com gengibre. Ralou o nabo e requentou numa panela uma porção de legumes previamente cozidos. Como acompanhamento, pegou uma porção de nabo e ameixa azeda, ambos em conserva. A cozinha parecia ainda menor quando Tengo começou a se movimentar de um lado para outro com o seu corpo grande, mas isso não o incomodava. Já estava acostumado a viver com as coisas que tinha.

— Desculpe, mas só sei preparar coisas simples — disse Tengo.

Fukaeri observava atentamente a habilidade com que Tengo preparava a refeição e, após ver todos os pratos dispostos sobre a mesa, comentou:

— Você está acostumado a cozinhar.
— É que eu vivo sozinho há muito tempo. Tenho o hábito de preparar refeições simples e sempre como sozinho, rapidamente.

— Você sempre come sozinho.
— Pois é. É muito raro fazer uma refeição com alguém. Antes eu almoçava *com ela* uma vez por semana, mas, pensando bem, faz muito tempo que não janto com alguém.
— Está nervoso — perguntou Fukaeri.
Tengo balançou a cabeça negativamente.
— Não. Não estou nervoso. É somente um jantar. É apenas uma questão de estranhamento.
— Eu sempre comia com muitas pessoas. Desde pequena vivia cercada de pessoas. Quando fui para a casa do professor também comia com muitas pessoas. Na casa dele sempre havia visitas.
Era a primeira vez que Fukaeri falava tantas frases seguidas.
— Mas no esconderijo você comia sozinha — disse Tengo.
Fukaeri concordou.
— Onde ficava o esconderijo? — perguntou Tengo.
— Bem longe. O professor é que arranjou o lugar.
— Quando você estava sozinha, o que costumava comer?
— Comida instantânea. Aquelas de embalagem — disse Fukaeri. — Faz muito tempo que eu não como comida caseira.
Fukaeri levou um bom tempo para separar a espinha do peixe com a ponta dos hashis. Depois levou um pedaço de peixe à boca e mastigou-o demoradamente, como se estivesse comendo algo muito precioso. Em seguida, tomou um gole de sopa de soja, pareceu aprovar o sabor e pousou os hashis sobre a mesa, pensativa.

Um pouco antes das nove, Tengo teve a vaga impressão de ouvir o som de trovões vindos de longe. Ao abrir uma fresta na cortina, notou que sinistras nuvens passavam uma após a outra no céu escuro.
— Você tinha razão. As nuvens estão carregadas e ameaçadoras — disse Tengo, fechando as cortinas.
— É porque o Povo Pequenino está inquieto — disse Fukaeri, com uma expressão séria.
— Quando o Povo Pequenino está inquieto ocorre uma alteração climática?
— Depende da situação. O tempo é uma questão de como você o interpreta.
— Uma questão de como se interpreta?

Fukaeri balançou a cabeça e disse:

— Eu não sei direito.

Tengo também não sabia. Para ele, o tempo sempre fora uma condição objetiva e autônoma, mas discutir essa questão não levaria a nada, por isso achou melhor mudar de assunto.

— Será que o Povo Pequenino está bravo com alguma coisa?

— Está para acontecer algo — disse a garota.

— Tipo o quê?

Fukaeri balançou a cabeça:

— Logo saberemos.

Eles lavaram a louça, enxugaram e a guardaram na prateleira. Depois, tomaram chá na mesa da cozinha, sentados um de frente para o outro. Tengo queria tomar uma cerveja, mas desistiu ao pressentir algo de ruim no ar. Naquele dia achou prudente ficar sóbrio, para o caso de algo acontecer.

— Acho melhor dormir cedo — disse Fukaeri, e comprimiu as bochechas com as mãos como o homem gritando na ponte no quadro de Munch. Porém, Fukaeri não emitiu nenhum som. Estava apenas com sono.

— Está bem. Você dorme na cama e eu durmo no sofá, como da outra vez — disse Tengo. — Não se preocupe, eu consigo dormir em qualquer lugar.

Era verdade. Tengo conseguia dormir rapidamente em qualquer lugar. Era um talento que tinha.

Fukaeri concordou e ficou olhando durante um tempo para Tengo, sem expressar qualquer tipo de opinião. Depois, tocou de leve a sua bela orelha recém-saída do forno, como se procurasse se certificar de que ainda estava lá.

— Poderia me emprestar um pijama. Eu não trouxe.

Tengo abriu a gaveta da cômoda e entregou-lhe o pijama. Era o mesmo que ela usara da vez anterior. Um pijama de tecido de algodão liso e azul que ele havia lavado e guardado na gaveta. Tengo, por precaução, sentiu seu cheiro para se certificar de que não estava malcheiroso. Fukaeri o pegou, foi se trocar no banheiro e voltou para a mesa da cozinha. Ela havia soltado o cabelo e dobrado as mangas e as barras do pijama, como no outro dia.

— São quase nove da noite — disse Tengo, após olhar o relógio de parede. — Você sempre costuma dormir tão cedo assim?

Fukaeri negou com a cabeça.

— Hoje é exceção.

— É porque o Povo Pequenino está agitado?

— Não sei dizer. Só sei que agora estou com sono.

— Realmente, você parece sonolenta — admitiu Tengo.

— Se eu for para a cama você lê um livro ou conta uma história — perguntou Fukaeri.

— Tudo bem — disse Tengo. — Não tenho nada de especial para fazer.

A noite estava quente e úmida, mas, ao se deitar na cama e puxar o cobertor até o pescoço, uma nítida barreira entre o mundo de fora e o seu próprio mundo pareceu se instaurar. Uma vez dentro das cobertas, ela parecia uma garotinha. Não parecia ter mais que 12 anos. O ribombar dos trovões do lado de fora parecia bem mais intenso do que antes. Raios pareciam cair nas proximidades e, toda vez que isso acontecia, as janelas trepidavam ruidosamente. Mas o estranho é que não se viam relâmpagos. Na escuridão do céu só se propagava o som dos raios, e não havia indícios de que começaria a chover. Certamente, algo estava em desequilíbrio.

— Eles estão nos vendo — disse Fukaeri.

— O Povo Pequenino? — perguntou Tengo.

Fukaeri não respondeu.

— Eles sabem que estamos aqui — disse Tengo.

— É claro que sabem — disse Fukaeri.

— O que eles querem fazer conosco?

— Com a gente eles não podem fazer nada.

— Que bom — disse Tengo.

— Por enquanto.

— Por enquanto eles não podem mexer com a gente — repetiu Tengo, desanimado. — Até quando isso vai continuar?

— Ninguém sabe — respondeu Fukaeri, com um tom de voz categórico.

— Mas, mesmo não podendo fazer nada com a gente, eles podem fazer algo com os que estão ao nosso redor? — perguntou Tengo.

— É possível.

— Eles podem realmente prejudicar essas pessoas?

Fukaeri estreitou os olhos e ficou séria como um marinheiro escutando o canto vindo de um navio fantasma. Um tempo depois, comentou:

— Isso depende.

— O Povo Pequenino pode ter usado o poder que eles possuem contra a minha namorada. Para servir de aviso.

Fukaeri tirou a mão de debaixo das cobertas e coçou a orelha recém-fabricada. Depois, tornou a colocar a mão debaixo das cobertas, sem pressa.

— O Povo Pequenino possui limitações.

Tengo mordiscou os lábios.

— O que eles realmente podem fazer na prática?

Fukaeri parecia ter a intenção de dizer algo, mas reconsiderou. Sem se manifestar de maneira expressa, as palavras não ditas retornaram lentamente para as profundezas de um local desconhecido, escuro e profundo.

— Você disse que o Povo Pequenino é inteligente e possui força.

Fukaeri concordou.

— Mas existe uma limitação.

Fukaeri novamente assentiu.

— Isso porque eles moram no fundo da floresta e, quando se afastam dela, não conseguem usar todo o seu poder. Quer dizer que neste mundo existem coisas e certos valores capazes de enfrentar a inteligência e a força deles. É isso?

Fukaeri fitava Tengo com uma expressão de ambiguidade. Ela parecia não ter entendido a pergunta.

— Você já os viu com seus próprios olhos? — perguntou Tengo.

— Vi — respondeu Fukaeri.

— Quantos deles você já viu?

— Não sei. Não se pode contar nos dedos.

— Mas não foi somente um.

— Às vezes a quantidade é grande; em outras, é pequena. Mas nunca estão sozinhos.

— É como você descreve em *Crisálida de ar*?

Fukaeri assentiu com a cabeça.

Tengo tomou coragem de fazer uma pergunta que havia muito tempo queria fazer:

— Até que ponto é verdade o que aconteceu em *Crisálida de ar*?

— O que significa "verdade" — perguntou Fukaeri, sem a interrogação.

Tengo, obviamente, não soube responder.

Os trovões ribombavam no céu, fazendo trepidar as janelas. Mas ainda não havia relâmpagos nem o som da chuva. Tengo se lembrou de um filme sobre um submarino a que ele assistira muito tempo atrás. Atingido por torpedos consecutivos, o submarino sacolejava violentamente, mas as pessoas que estavam trancadas nos compartimentos escuros, revestidos de aço, não podiam enxergar nada. A única coisa que podiam fazer era escutar o ininterrupto som dos impactos e sentir o chacoalhar do submarino.

— Você pode ler um livro ou contar uma história — disse Fukaeri.

— Tudo bem — disse Tengo. — Mas agora não consigo me lembrar de um livro que seja legal ler em voz alta, mas posso te contar a história de "A cidade dos gatos", apesar de eu não ter o livro aqui.

— A cidade dos gatos.

— É a história de uma cidade dominada pelos gatos.

— Quero ouvir.

— Talvez seja um pouco amedrontador para contar antes de dormir.

— Não tem problema. Consigo dormir com qualquer história.

Tengo puxou a cadeira para perto da cama e, com os dedos entrecruzados, começou a narrar "A cidade dos gatos", tendo como som de fundo o barulho dos trovões. Era uma história que ele chegou a ler duas vezes durante o trajeto do trem expresso, além de ter lido para o seu pai quando estivera na casa de saúde. Por isso, ainda se lembrava do enredo. E não era uma história complexa, cheia de detalhes, e tampouco poderia se dizer que o texto possuía um estilo especialmente primoroso. Tengo, portanto, não se sentiu tolhido em contá-la para Fukaeri do seu jeito, omitindo partes repetitivas e acrescentando alguns episódios.

A história não era muito longa, mas terminá-la levou muito mais tempo do que ele havia previsto. Fukaeri o interrompia sempre que tinha uma dúvida. E, a cada interrupção, ele parava para explicá-las pacientemente. Contou detalhes sobre a cidade, sobre o comportamento dos gatos e o caráter do protagonista. Quando ela perguntava algo que não havia na história — e na maioria das vezes não havia —, ele inventava uma resposta apropriada, como quando reescrevera *Crisálida de ar*. Fukaeri parecia ter gostado muito de "A cidade dos gatos". Não estava mais com sono. Às vezes fechava os olhos e parecia imaginar a cena e, em seguida, os abria de novo e pedia que continuasse.

Quando Tengo terminou de contá-la, Fukaeri arregalou os olhos e, durante um tempo, fitou atentamente o rosto de Tengo, como os gatos que expandem a pupila para enxergar alguma coisa no escuro.

— Você foi para a cidade dos gatos — disse Fukaeri, com um tom de reprovação.

— Eu?

— *Você* foi para a sua cidade dos gatos e, depois, pegou o trem de volta.

— Você acha isso?

Fukaeri balançou a cabeça afirmativamente, puxando as cobertas até o queixo.

— Acho que você tem razão — admitiu Tengo. — Eu fui para a cidade dos gatos, consegui pegar o trem e voltar.

— E você já se purificou — perguntou Fukaeri.

— Purificar? — indagou Tengo. "Purificar?", pensou. — Não. Ainda não me purifiquei.

— Você precisa fazer isso.

— Que tipo de purificação?

Fukaeri não respondeu.

— Se você foi até a cidade dos gatos, não é bom deixar as coisas como estão.

O estrondo de um trovão pareceu partir o céu ao meio. Os sons estavam ficando cada vez mais fortes. Fukaeri se encolheu na cama.

— Venha aqui e me abrace — disse ela. — Precisamos ir juntos à cidade dos gatos.

— Por quê?

— O Povo Pequenino pode encontrar a entrada.

— Por eu não ter me purificado?

— Porque nós dois somos um — disse a garota.

13
Aomame
Sem o seu amor

— 1Q84 — disse Aomame. — O mundo em que vivo se chama 1Q84 e não é o ano de 1984 *real*. É isso?

— É muito difícil responder o que é um mundo real — disse o homem conhecido como Líder, ainda deitado de bruços. — Trata-se de uma questão metafísica. Mas não há dúvidas de que *aqui* é o mundo real. Neste mundo, a dor que sentimos é uma dor real. A morte que ocorre neste mundo igualmente é real. O sangue que escorre também é real. Esse não é um mundo *falso* nem imaginário e tampouco metafísico. Isso eu garanto. Mas saiba que este não é o mundo de 1984 que você conhece.

— É um mundo paralelo?

O homem riu, balançando sutilmente o ombro.

— Acho que você está lendo muita ficção científica. Não. Esse não é um mundo paralelo. Não é que existam um mundo de 1984 e outro de 1Q84 em desenvolvimento paralelo. O mundo de 1984 não existe mais em *nenhum* lugar. Tanto para mim quanto para você, agora só existe o ano de 1Q84.

— Nós é que *entramos* nesse fluxo temporal.

— Isso mesmo. Nós estamos nesse fluxo temporal. Ou melhor, esse fluxo temporal é que entrou em nós. A meu ver, a porta só se abre numa única direção. Não há um caminho de volta.

— Isso deve ter acontecido quando eu desci as escadas de emergência da rodovia metropolitana, não é?

— Rodovia metropolitana?

— Na altura da Sangenjaya — disse Aomame.

— Não importa o lugar — disse o homem. — Para você, pode ter sido na Sangenjaya. Mas a questão não é o lugar concreto. O que realmente importa é a noção de tempo. No seu caso, foi naquele momento em que as agulhas de mudança de trilhos foram acionadas, e o mundo passou a ser o de 1Q84.

Aomame imaginou vários homens pequeninos forçando o mecanismo para acionar as agulhas dos trilhos. Em plena madrugada, sob a pálida luz do luar.

— No mundo de 1Q84 há duas luas no céu, não é? — perguntou Aomame.

— Sim. Existem duas luas. Esse é o *sinal* de que ocorreu a mudança dos trilhos. A distinção entre os dois mundos se dá pelas luas. Mas isso não significa que todas as pessoas neste mundo sejam capazes de enxergá-las. Não. Não mesmo. O mais certo seria dizer que a maioria nem sequer percebe a existência delas. Em outras palavras, são poucas as pessoas que sabem que esse é o mundo de 1Q84.

— Quer dizer que a maioria não percebe a ocorrência dessa mudança temporal?

— Isso mesmo. A maioria pensa que aqui é o mundo normal, o mesmo de *sempre*. E é nesse sentido que eu disse que "aqui é o mundo real".

— As agulhas da linha férrea foram mudadas — disse Aomame. — Se não tivesse ocorrido a mudança de via, nós não teríamos nos encontrado. É isso que está querendo dizer?

— Isso ninguém pode responder. É apenas uma questão de probabilidade. Mas acredito que sim.

— O que você diz é uma verdade absoluta ou apenas uma suposição?

— É uma boa pergunta, mas extremamente difícil de responder. Você se lembra de uma antiga canção que diz "Without your love, it's a honkey-tonk parade"? — o homem cantarolou baixinho. — Sem o seu amor, isto não passa de um desfile de cabaré. Conhece essa música?

— "It's Only a Paper Moon".

— Exatamente. A princípio, tanto o ano de 1984 quanto o de 1Q84 funcionam basicamente da mesma maneira. Se você não acredita no mundo em que vive, e nele não existir o amor, esse mundo será apenas uma farsa. Nos dois mundos, ou em qualquer outro, a linha divisória que estabelece a diferença entre a hipótese e a verdade é, na maioria dos casos, invisível. Só se pode enxergá-la com os olhos do coração.

— Quem mudou as agulhas dos trilhos?

— Quem mudou as agulhas dos trilhos? É outra pergunta dificílima de responder. Neste caso, o raciocínio baseado nas leis de causa e efeito não me parece muito útil como explicação.

— Em todo caso, deve existir *algum propósito* para eu ter sido transportada para este mundo de 1Q84 — disse Aomame. — Um propósito que é alheio à minha vontade.

— Exatamente. Alguém mudou as agulhas dos trilhos para que o trem a trouxesse para cá.

— Foi o Povo Pequenino?

— Neste mundo existe o que chamamos de Povo Pequenino. Pelo menos esse é o nome pelo qual são conhecidos aqui. Mas eles sempre mudam de forma e nem sempre possuem um nome.

Aomame mordeu os lábios e parou para pensar no assunto.

— Eu acho que você está se contradizendo. Vamos imaginar que foi o Povo Pequenino que mudou os trilhos e me trouxe para cá. Nesse caso, se eles realmente não querem que eu faça o que vim fazer aqui, por que me trariam? Não teria sido melhor simplesmente me eliminar?

— É difícil explicar — disse o homem, com a voz neutra. — Mas há de se reconhecer que você tem um raciocínio rápido. Por isso, creio que entenderá o que vou dizer, ainda que intuitivamente. Como falei antes, a coisa mais importante que temos que preservar neste mundo em que vivemos é o equilíbrio entre o bem e o mal. O Povo Pequenino, ou *esse tal propósito* de que falamos há pouco, possui uma força excepcional. Mas, quanto mais eles utilizam essa força, surge uma força ainda maior para contrapô-la. É assim que o mundo garante o seu delicado equilíbrio. Trata-se de um princípio básico, válido em qualquer mundo. Neste mundo de 1Q84 ocorre o mesmo. Quando o Povo Pequenino começou a manifestar essa força poderosa, automaticamente começaram a surgir forças contrárias a ela. Foi exatamente no momento em que se manifestava essa reação que você foi transportada para 1Q84.

O homem respirou fundo, com o corpo enorme deitado sobre o colchonete azul como uma baleia encalhada na praia.

— Se fizermos uma analogia com os trilhos de um trem, seria o seguinte. O Povo Pequenino consegue mudar a alavanca e o trem passa a seguir a linha que vem para este mundo. É a linha

1Q84. Mas eles não conseguem distinguir e selecionar, um a um, todos os passageiros que viajam nesse trem. Isso significa que sempre haverá a possibilidade de existir passageiros que *não são bem-vindos.*

— Passageiros que não foram convidados — disse Aomame.

— Exato.

Escutou-se o som de um trovão. Desta vez, bem mais forte que da anterior, mas sem o brilho do relâmpago. Apenas se escutava a propagação de seu som. Aomame estranhou a queda de raios sem relâmpagos num local tão próximo, e sem estar chovendo.

— Até aqui, você entende o que estou dizendo?

— Estou prestando atenção — disse Aomame, com a ponta da agulha cuidadosamente voltada para cima, longe do ponto na nuca. Ela precisava se concentrar na conversa.

— Onde houver a luz existirá a sombra, e onde houver a sombra existirá a luz. Não existe sombra sem luz nem luz sem sombra. Jung cita em um de seus livros que a sombra é uma existência maléfica, do mesmo modo que o ser humano é uma existência boa. Quanto mais nos esforçamos para nos tornar seres humanos perfeitos e bondosos, mais claro fica o propósito de a sombra querer se tornar negra, malvada e destrutiva. Quando as pessoas querem superar sua própria capacidade, a sombra desce ao inferno e se transforma em demônio. Isso ocorre porque, no mundo natural, o fato de a pessoa querer se tornar um ser superior é tão pecaminoso quanto querer se tornar um ser inferior. Não se sabe se o que denominamos Povo Pequenino pode ser considerado bom ou ruim. De certa forma, é algo que está aquém de nossa capacidade de compreensão e definição. Convivemos com eles desde os tempos imemoriais, muito antes de existir a concepção do bem e do mal; desde o tempo em que se desconhecia a consciência humana. O mais importante nisso tudo é que, independentemente de eles serem bons ou maus, luz ou sombra, no momento em que se aciona a força, um mecanismo de compensação é igualmente acionado. No meu caso, no instante em que me tornei o representante do Povo Pequenino, minha filha se tornou a representante das forças que agem contra eles. E assim se manteve o equilíbrio.

— Sua filha?

— Sim. Foi a minha filha que trouxe o Povo Pequenino pela primeira vez. Naquela época ela tinha 10 anos. Hoje tem 17. Um dia eles apareceram no meio da noite e vieram para cá por meio de minha filha, e me elegeram seu representante. Minha filha é perceptiva — ela tem a capacidade de captar —, e eu sou o receptor — o que tem a capacidade de aceitar. Ao que parece, eu e minha filha casualmente tínhamos esse dom. De qualquer modo, foram eles que nos encontraram, e não nós que os encontramos.

— E você violentou sua própria filha.

— Tivemos uma *união* — disse ele. — Este termo é mais condizente com o fato. Na verdade, o que fiz foi me unir com o conceito do que seria minha filha. O termo união é polissêmico. O importante é que nos tornamos um: perceptiva e receptor.

Aomame balançou a cabeça.

— Não entendi. Afinal, você teve ou não relações sexuais com sua filha?

— A resposta a essa pergunta é, para todos os fins, sim e não.

— Isso também vale para Tsubasa?

— A princípio, sim.

— Mas o útero de Tsubasa estava *realmente* destruído.

O homem negou com a cabeça.

— O que você viu foi apenas uma manifestação do conceito. E não sua essência.

Aomame não conseguia acompanhar o raciocínio. Fez uma pausa para controlar o ritmo de sua respiração. Um tempo depois, prosseguiu:

— Está querendo dizer que o conceito se apropriou da imagem de uma pessoa e fugiu com suas próprias pernas?

— Dito de modo simples, sim.

— A Tsubasa que conheci não era a Tsubasa real?

— Foi por isso que ela foi resgatada.

— Resgatada — disse Aomame.

— Foi resgatada e está recebendo um tratamento. Um tratamento que lhe é necessário.

— Não acredito no que você diz — disse Aomame, categórica.

— Não posso obrigá-la a acreditar — disse o homem, com a voz desprovida de emoção.

Aomame ficou sem palavras. Em seguida, perguntou sobre outro assunto:

— Você se tornou o representante do Povo Pequenino após abusar de sua filha sob o ponto de vista conceitual e polissêmico. Mas, enquanto você se tornava o representante do Povo Pequenino, sua filha, para compensar, teve de se afastar de você e se tornar um ser hostil a eles. É isso que você está querendo alegar?

— Sim. E, para fazer isso, ela teve de abandonar sua própria *dohta* — disse o homem. — Mas, mesmo que eu lhe explique, creio que você não vai compreender, vai?

— *Dohta*? — disse Aomame.

— É como uma sombra viva. Há, porém, uma outra pessoa que está relacionada com isso tudo. Um amigo pessoal de longa data. Um homem digno de confiança, a cujos cuidados entreguei minha filha. E, há pouco tempo, uma pessoa que você deve conhecer muito bem também se envolveu nisso: Tengo Kawana. Tengo e minha filha se encontraram ao acaso e formaram uma dupla.

O tempo parecia ter parado repentinamente. Aomame não conseguia encontrar palavras adequadas para se expressar. Com o corpo tenso, aguardou pacientemente o tempo recomeçar a fluir.

O homem prosseguiu.

— Os dois possuíam cada qual um dom que complementava o outro. Eriko possuía algo que faltava a Tengo, e Tengo possuía algo que faltava a Eriko. Eles se complementaram, juntaram as forças e realizaram um trabalho conjunto. O resultado desse trabalho obteve um grande poder de influência. Como uma reação contra o Povo Pequenino.

— Eles formaram uma dupla?

— Eles não têm uma relação emocional ou física. Não se preocupe, caso você tenha pensado em algo assim. Eriko jamais terá um relacionamento amoroso com alguém. Ela está num nível que a coloca acima dessas coisas.

— Qual foi o resultado desse trabalho conjunto? Objetivamente falando?

— Para explicar isso, vou ter de fazer outra analogia. Digamos que os dois criaram anticorpos para combater um vírus. O Povo Pequenino seria o vírus, e eles criaram e distribuíram os anticorpos capazes de combatê-los. É claro que isso não passa de uma analogia unilateral. Do ponto de vista do Povo Pequenino, ocorre justamente o contrário, ou seja, os dois é que são o vírus. Todas as coisas são como espelhos colocados um em frente ao outro.

— Isso seria a tal compensação que você acabou de dizer?

— Exato. A pessoa que você ama e a minha filha juntaram as forças e realizaram essa tarefa. Em outras palavras, neste mundo, você e Tengo estão do mesmo lado.

— Mas você disse que isso *não era acidental*. Disse que eu fui conduzida para cá com um propósito, não disse?

— Exatamente. Você foi conduzida intencionalmente para cá com o objetivo de cumprir um propósito. Foi por isso que você veio para o mundo de 1Q84. Seja como for, não é por acaso que você e Tengo estão envolvidos nisso.

— Que propósito é esse, e qual o objetivo?

— Não é de minha alçada explicar isso — disse o homem. — Sinto muito.

— Por que você não pode explicar?

— Não é que eu não possa explicar; é que, no momento em que eu fizer isso, deixará de fazer sentido.

— Então vou fazer outra pergunta — disse Aomame. — Por que tinha de ser eu?

— Pelo visto, você realmente ainda não entendeu o motivo.

Aomame balançou várias vezes a cabeça.

— Não consigo entender. *De jeito nenhum*.

— É bem simples, na verdade. É pela forma tão intensa como você e Tengo atraíram um ao outro.

Aomame permaneceu em silêncio durante um longo tempo. Sentiu o suor brotar na testa. Era como se todo o seu corpo estivesse coberto com uma fina película invisível.

— Atraímos um ao outro — disse Aomame.

— Atraíram-se reciprocamente, e de modo poderoso.

Uma raiva irracional aflorou dentro dela, acompanhada inclusive de ânsia de vômito.

— Não acredito nisso. É *impossível* que ele ainda se lembre de mim.

— Não. Tengo não só sabe que você existe neste mundo como também a quer. Ele até hoje nunca amou outra mulher a não ser você.

Aomame ficou um tempo sem palavras. Enquanto isso, os trovões continuavam a ribombar em pequenos intervalos de tempo. A chuva finalmente começou a cair. As enormes gotas batiam no vidro da janela do quarto do hotel com impetuosidade. Mas Aomame nem sequer ouviu o som dessas batidas.

O homem prosseguiu:

— Você tem toda a liberdade de acreditar ou não. Mas acho melhor acreditar, pois é uma verdade incontestável.

— Está querendo dizer que ele ainda se lembra de mim, apesar de estarmos vinte anos sem nos ver? Mesmo sem nunca ter sequer conversado direito com ele?

— Numa sala de aula da escola primária você segurou firmemente a mão de Tengo. Você tinha 10 anos. Para fazer isso, você precisou de muita coragem.

Aomame franziu a testa com força.

— Como é que *você* sabe disso?

O homem não respondeu a essa pergunta. Disse:

— Tengo jamais esqueceu isso, e sempre esteve pensando em você. Mesmo hoje continua pensando. Acredite, eu sei de muitas coisas. Por exemplo, sei que ainda hoje você pensa nele na hora de se masturbar. Não é mesmo?

Aomame ficou com a boca entreaberta, perdendo completamente a fala. Sua respiração era imperceptível. O homem continuou:

— Não precisa ficar constrangida. Isso é uma coisa natural. Ele também faz isso. Naquela hora ele pensa em você. Ainda hoje.

— Mas *como é que* você...

— Como eu sei isso tudo? Basta ouvir atentamente. Meu trabalho é justamente ouvir as vozes.

Aomame ficou com vontade de gargalhar e, ao mesmo tempo, chorar. No entanto, não conseguiu fazer nem uma coisa nem outra. Ficou muda, imóvel, entre rir e chorar, sem condições de mover seu centro de gravidade para qualquer lado que fosse.

— Não tenha medo — disse o homem.

— *Medo*?

— Você está com medo. Um medo como o do Vaticano em aceitar a teoria copernicana. Não por considerarem a teoria geocêntrica infalível, mas unicamente por temerem as inúmeras implicações que a aceitação dessa nova teoria poderia ocasionar e, também, pelo medo de enfrentarem uma reorganização de sua própria consciência. De fato, a Igreja Católica nunca aceitou oficialmente a teoria de Copérnico. O mesmo se passa com você, que está com medo de tirar essa armadura resistente que a protegeu durante tanto tempo.

Aomame cobriu o rosto com as mãos e chorou copiosamente, com soluços entrecortados. Ela não queria chorar, mas, naquele momento, não conseguiu conter a emoção. Queria poder rir, mas não conseguiu.

— Pode-se dizer que os dois foram transportados para este mundo no mesmo trem — disse o homem com a voz serena. — O contra-ataque ao Povo Pequenino começou quando Tengo passou a ajudar minha filha e quando você, por outros motivos, resolveu me matar. Em outras palavras, cada um está fazendo coisas muito perigosas, num local igualmente perigoso.

— Está querendo dizer que existe *algum propósito* que nos fez agir assim?

— Possivelmente.

— Com que finalidade? — Após dizer isso, Aomame percebeu que sua pergunta era em vão. Obviamente ele não responderia.

— O melhor modo de solucionar este problema é você e Tengo se encontrarem e, juntos, de mãos dadas, saírem deste mundo — disse o homem sem responder à pergunta. — Mas isso não é fácil.

— Não é fácil — Aomame repetiu inconscientemente.

— Infelizmente, isso não será fácil, e falo isso sem nenhum exagero. Dito de modo claro, isso é praticamente impossível. O poder que vocês enfrentam, não importa a denominação que se dê a ele, é cruel e implacável.

— É por isso que... — disse Aomame com a voz seca, seguida de uma tosse. Naquele momento, ela já havia superado o seu estado de confusão. "Não é hora para ficar chorando", pensou. — Você tem uma proposta, não é? Em troca de eu lhe proporcionar uma morte indolor, você me oferece a oportunidade de eu escolher uma alternativa diferente.

— Você é muito inteligente — disse o homem, ainda de bruços. — Tem razão. Minha proposta é oferecer uma alternativa para você e Tengo. Creio não ser uma escolha agradável, mas ao menos haverá a possibilidade de escolher.

— O Povo Pequenino teme me perder — disse o homem. — Para eles, minha existência ainda é necessária. Como representante deles, sou uma pessoa útil, e encontrar o meu substituto não será fácil. Neste momento, eles ainda não prepararam o meu sucessor. Para se tornar seu representante é necessário preencher requisitos muito difíceis de ser encontrados; como eu preenchi todas as condições necessárias, sou considerado uma pessoa rara. Eles temem me perder, porque, se isso realmente acontecer, um vácuo se formará, ainda que temporariamente. Eles me querem vivo por mais algum tempo, e é por isso que tentam impedi-la de me matar. O trovão que se ouve lá fora é o sinal de que estão revoltados. Mas eles não podem fazer nada contra você. Tudo o que podem é avisá-la de que estão furiosos. Pela mesma razão, foram eles que, provavelmente, conseguiram conduzir habilmente a sua amiga até a morte. Nesse sentido, também tentarão fazer algo de ruim a Tengo.

— Algo de ruim a Tengo?

— Tengo escreveu uma história contando sobre o Povo Pequenino e suas atividades. Eriko ofereceu a história para Tengo e ele a reescreveu, transformando-a num texto efetivo. Um trabalho conjunto. A história deles tornou-se um anticorpo capaz de combater a ação do Povo Pequenino. Ela foi publicada em livro e se tornou um best-seller. Por isso o Povo Pequenino perdeu temporariamente várias oportunidades, teve de restringir sua liberdade de ação. Você já deve ter ouvido falar num livro chamado *Crisálida de ar*, não?

Aomame assentiu com a cabeça.

— Vi artigos sobre ele no jornal e alguns anúncios. Mas eu ainda não li.

— Quem realmente escreveu *Crisálida de ar* foi Tengo e, atualmente, ele está escrevendo a sua própria história. Ele *descobriu* essa sua nova história dentro daquele mundo de *Crisálida de ar* em que coexistem duas luas. Eriko, que possui um incrível dom de percepção, inspirou Tengo a fazer com que a história se tornasse um anticorpo. Tengo, por sua vez, possuía uma excepcional capacidade de receptor. Quem a colocou nesse trem e a trouxe até aqui, em outras palavras, foi essa inerente capacidade de Tengo.

Aomame franziu veementemente a sobrancelha, esboçando uma careta em meio à tênue escuridão. Precisava acompanhar o desenrolar da conversa.

— Quer dizer que fui transportada para 1Q84 graças à capacidade de Tengo de narrar a história e, de acordo com suas palavras, graças à força receptora existente nele?

— Ao menos é o que eu acho — disse o homem.

Aomame olhou suas mãos. Os dedos estavam molhados de lágrimas.

— Se continuar assim, a probabilidade de Tengo ser morto é grande. Queira ou não, esse é o mundo real. Um mundo em que o sangue que escorre é real e onde a morte igualmente é real e, obviamente, eterna.

Aomame mordeu os lábios.

— Quero que pense o seguinte — disse o homem. — Se você me matar aqui e eu for eliminado, o Povo Pequenino não terá motivos para prejudicar Tengo. Se eu, que sou o elo com o Povo Pequenino, desaparecer, as tentativas de Tengo e de minha filha de destruir esse elo não serão mais uma ameaça para eles. Com isso, vão deixá-los de lado e passarão a buscar um novo elo, em outro lugar. Um outro tipo de canal. Isso se tornará prioritário para eles. Entende o que estou dizendo?

— Teoricamente, sim — disse Aomame.

— Por outro lado, se eu for morto, a organização que criei não a deixará em paz. É certo que levarão tempo para encontrá-la, porque você vai mudar de nome, endereço e, possivelmente, de rosto. Mas, mesmo assim, um dia vão achá-la e puni-la severamente.

Fomos *nós* que criamos esse tipo de sistema fechado, violento e irreversível. Esta seria uma das opções de escolha.

Aomame organizou mentalmente o que ele acabara de dizer. Antes de prosseguir, o homem aguardou Aomame assimilar seu raciocínio:

— Por outro lado, vamos supor que você resolva não me matar e vá embora sem fazer nada. Eu vou sobreviver. Se isso acontecer, o Povo Pequenino, no intuito de me proteger, não medirá esforços para eliminar Tengo. A armadura que protege Tengo ainda não é forte. Eles vão procurar o ponto fraco dele e, de algum modo, conseguirão eliminá-lo. O Povo Pequenino não vai tolerar que ele continue distribuindo os anticorpos. Em contrapartida, você deixará de ser uma ameaça, e os motivos para puni-la deixarão de existir. Esta seria sua outra opção.

— Nesse caso, Tengo morreria e eu continuaria a viver. Neste mundo de 1Q84 — Aomame resumiu o que o homem acabara de dizer.

— Possivelmente — disse o homem.

— Para mim, não há sentido viver num mundo sem Tengo. A possibilidade de nos reencontrarmos se perderia para sempre.

— Pelo seu ponto de vista, isso pode acontecer.

Aomame mordeu os lábios ao imaginar um mundo sem Tengo.

— Mas isso *é o que você está dizendo* — ressaltou ela. — Existe alguma evidência ou uma prova para que eu possa acreditar nisso?

O homem meneou a cabeça num gesto negativo.

— Você tem razão. Não existe nenhum fundamento ou prova. São apenas palavras. Mas você já viu a energia especial que possuo. Saiba que não existe nenhuma linha presa naquele relógio. E saiba que ele é muito pesado. Vá até lá e verifique você mesma. A escolha é sua: ou você acredita em mim ou não. Mas saiba que não temos muito tempo.

Aomame fitou o relógio sobre a cômoda. Ele indicava alguns minutos antes das nove. O relógio estava fora do lugar, numa posição ligeiramente *torta*, ao cair abruptamente após o homem tê-lo feito levitar.

Ele prosseguiu:

— Por enquanto, neste mundo de 1Q84, não tenho como salvar os dois. Existem duas opções: a primeira seria você morrer e Tengo sobreviver. A segunda seria ele morrer e você sobreviver. Só existem essas duas opções. Como eu já lhe disse, não é uma escolha agradável.

— Não existe outra opção?

O homem balançou a cabeça negativamente.

— Neste momento só lhe cabe escolher uma dessas duas soluções.

Aomame soltou lentamente o ar contido nos pulmões.

— Sinto muito — disse o homem. — Se você tivesse ficado no ano de 1984, não precisaria fazer essa escolha. Por outro lado, jamais ficaria sabendo que ele sempre pensava em você. Seja como for, o fato de você ter sido transportada para 1Q84 é o que lhe possibilitou o acesso a essa informação: a de que seus corações estavam, de alguma forma, unidos.

Aomame fechou os olhos. "Não vou chorar", pensou. "Ainda não é hora de chorar."

— É verdade que Tengo realmente me quer? Pode afirmar isso categoricamente, sem blefar? — indagou Aomame.

— Até hoje, Tengo nunca amou ninguém de verdade, a não ser você. É um fato incontestável.

— Mesmo assim, ele não quis me procurar.

— Você também não fez nada para tentar encontrá-lo. Não é?

Aomame fechou os olhos e recordou vários anos de sua vida. Um olhar como o de quem observa a enseada do alto de um precipício. Ela sentia o cheiro de maresia e conseguia ouvir o denso som dos ventos.

Um tempo depois, disse:

— Devíamos ter tido a coragem de procurar um ao outro muito tempo atrás, não é? Se tivéssemos feito isso, estaríamos juntos no mundo original.

— Hipoteticamente, sim — disse o homem. — Mas, no mundo de 1984, você era *incapaz de pensar* nisso. A relação de causa e efeito tende a ser distorcida. E esse tipo de distorção jamais deixará de existir, independentemente de vários mundos se sobreporem.

Lágrimas escorreram dos olhos de Aomame. Ela chorava por todas as perdas que sofrera até então. E por tudo que estava para perder. Por fim — após um tempo que não pôde precisar —, atingiu um ponto em que não conseguia mais chorar. Como se os sentimentos tivessem esbarrado numa parede invisível, e as lágrimas secaram.

— Está bem — disse Aomame. — Apesar de não existir nenhum fundamento, nenhuma prova, e de eu não ter entendido claramente os detalhes, mesmo assim terei de aceitar sua proposta. Farei com que desapareça deste mundo conforme o seu desejo. Vou lhe proporcionar uma morte instantânea e sem dor. Para que Tengo possa sobreviver.

— Quer dizer que você vai fechar o acordo comigo?
— Isso mesmo. Vamos fazer um acordo.
— Você provavelmente será morta — disse o homem. — Eles vão encurralá-la e puni-la. E a punição será extremamente cruel. São pessoas fanáticas.
— Não me importo.
— Porque em você existe o amor.

Aomame assentiu com a cabeça.

— Sem o seu amor, isto não passa de um desfile de cabaré — disse o homem. — É como diz a letra daquela música.
— Se eu te matar, Tengo realmente escapará com vida, não é?

Após manter-se em silêncio durante um tempo, o homem respondeu:

— Tengo sobreviverá. Pode acreditar em mim. Posso proporcionar isso, com toda a segurança, em troca de minha vida.
— E da minha também — disse Aomame.
— Há coisas que só podem ser trocadas com a vida — disse o homem.

Aomame apertou as mãos bem forte.

— Para falar a verdade, eu queria viver e ficar junto com Tengo.

Um longo silêncio dominou o quarto. Os trovões também se calaram. Tudo era quietude.

— Se fosse possível, eu bem que gostaria de lhe proporcionar isso — disse o homem com a voz serena. — Eu também gostaria que fosse assim, mas, infelizmente, não existe essa opção. Nem no mundo de 1984, tampouco no de 1Q84, ainda que por diferentes razões.

— Em 1984, o meu caminho jamais se cruzaria com o de Tengo?

— Isso mesmo. Vocês jamais se encontrariam, e cada qual seguiria pensando um no outro até morrerem velhos e na solidão.

— Mas, em 1Q84, ao menos sei que vou morrer por ele.

O homem respirou fundo e se calou.

— Gostaria de saber uma coisa — disse Aomame.

— Se for algo que eu possa dizer — respondeu o homem, ainda de bruços.

— Tengo ficará sabendo de algum modo que eu morri por ele? Ou nem vai saber?

O homem pensou sobre a questão durante um tempo.

— Depende de você.

— Depende de mim — disse Aomame, franzindo levemente a sobrancelha. — Como assim?

O homem balançou a cabeça negativamente.

— Você ainda terá de superar uma prova muito dura. Ao passar por ela, certamente conseguirá enxergar as coisas como elas realmente são. Não posso dizer mais nada. Na verdade, ninguém é capaz de falar exatamente o que vem a ser a morte até que se tenha realmente morrido.

Aomame pegou a toalha e enxugou delicadamente as lágrimas do rosto e, em seguida, pegou o picador de gelo do chão e examinou cuidadosamente a ponta para se certificar de que não estava quebrada. Na sequência, tateou com os dedos da mão direita o ponto fatal na nuca do homem. Ela o havia registrado em sua memória e, por isso, rapidamente o encontrou. Pressionou levemente o local com a ponta do dedo para senti-lo e se assegurar de que sua intuição não estava errada. Respirou várias vezes de modo lento e profundo para normalizar as batidas de seu coração e conseguir se acalmar. Ela precisava esvaziar a mente, expulsando temporariamente seus pensamentos sobre Tengo. Sentimentos de ódio, raiva, dúvida e compaixão foram lacrados em um outro compartimento do cérebro. Não admitia erros. Precisava focar sua consciência na *plenitude da morte*, como a concentrar os raios de luz no foco.

— Vamos terminar o serviço — disse Aomame serenamente. — Preciso eliminar você deste mundo.

— Com isso vou poder me livrar de todas as dores.

— De todas as dores, do Povo Pequenino, do mundo transformado, das inúmeras incertezas... e do amor.

— *E do amor*, é verdade — disse o homem para si. — Eu também amei muitas pessoas... É isso, vamos terminar o serviço. Aomame, você é uma pessoa extremamente capaz. Disso eu tenho certeza.

— Você também — disse Aomame, com uma voz que emanava a estranha transparência de ser a portadora da morte. — Você realmente deve ser uma pessoa excepcional e superior. Deve haver algum mundo em que eu não precisasse matá-lo.

— Esse mundo não existe mais — disse o homem. Foram suas últimas palavras.

Esse mundo não existe mais.

Aomame colocou a agulha naquele delicado ponto da nuca. Concentrou-se e ajustou o ângulo exato para inseri-la. Depois, levantou a mão direita, prendeu a respiração e aguardou atentamente o sinal. "Não devo pensar em mais nada. Cada um concluirá a sua própria tarefa. É apenas isso", Aomame pensou. "Não preciso pensar em mais nada. Não preciso de explicações. Devo apenas aguardar o sinal." A mão direita em punho era como uma rocha, sem nenhuma emoção.

Do lado de fora, um trovão sem relâmpago rufou intensamente. A chuva batia na janela. Naquele momento, os dois estavam numa caverna antiga, escura, úmida e de teto baixo. As bestas da escuridão e as almas dos mortos rodeavam a entrada. Por um breve instante, luz e sombra se tornaram um só elemento. Uma rajada de vento sem nome soprou num longínquo braço de mar. Aquele era o sinal. Aomame desceu o punho num movimento breve e preciso.

Tudo terminou em meio ao silêncio. As bestas e as almas suspiraram profundamente, desmancharam o cerco e retornaram para as profundezas da floresta sem alma.

14
Tengo
O pacote recebido

— Venha para cá e me abrace — disse Fukaeri. — Precisamos voltar juntos para a cidade dos gatos.

— Te abraçar? — indagou Tengo.

— Não quer me abraçar — perguntou Fukaeri, sem o tom de interrogação.

— Não. Não é isso... É que não entendo o que você quer dizer.

— Vamos fazer uma purificação — disse Fukaeri, com a voz neutra. — Venha para cá me abraçar. Vista o seu pijama e apague a luz.

Tengo apagou a luz do quarto, atendendo ao pedido de Fukaeri. Tirou a roupa, pegou o pijama e, enquanto se vestia, tentou se lembrar de quando tinha sido a última vez que o lavara. O fato de não conseguir se lembrar significava que fazia muito tempo. Felizmente, não cheirava a suor. Tengo nunca foi de suar muito, e seu cheiro não era dos mais fortes. Mesmo assim, se recriminou por não lavá-lo com mais frequência. Nossa vida é cheia de incertezas, e é impossível prever quando e o que poderá acontecer. Lavar o pijama de tempos em tempos seria uma das formas de driblar alguns imprevistos.

Tengo deitou na cama e, timidamente, envolveu Fukaeri em seus braços. Ela apoiou a cabeça em seu braço direito e, nessa posição, manteve-se quieta, em silêncio, como um animal prestes a hibernar. Seu corpo estava quente, e a maciez de sua pele lhe conferia um ar de vulnerabilidade. Fukaeri não estava suada.

Os trovões rugiam com mais intensidade e, naquele momento, chovia. As gotas batiam de lado nos vidros da janela como se, desvairadas, dessem murros de raiva. O ar estava denso e úmido, e o mundo parecia avançar resoluto para o seu derradeiro e sombrio fim. No dilúvio bíblico, a sensação deve ter sido a mesma. Se fosse, certamente a tarefa de Noé de acomodar, em meio a um temporal, casais de rinocerontes, leões, jiboias e outros animais num espaço tão restrito como o da arca deve ter sido deprimente. Os animais tinham seus hábitos, e a comunicação entre eles era limitada. Sem contar o odor de todos aqueles bichos juntos.

A palavra *casal* fez com que Tengo se lembrasse de Sonny e Cher. Mas colocá-los na arca de Noé como um *casal* que representasse os seres humanos talvez não fosse a escolha mais adequada. Não que eles fossem inadequados, mas certamente haveria opções mais apropriadas.

Estar na cama, abraçando Fukaeri, que vestia o seu pijama, proporcionava a Tengo um sentimento estranho. Como se abraçasse uma parte dele mesmo. Era como se compartilhassem a mesma carne, possuíssem o mesmo cheiro e estivessem mentalmente unidos.

Tengo imaginou os dois como o *casal* escolhido para entrar na arca de Noé no lugar de Sonny e Cher. Mas essa amostra também lhe pareceu inadequada para representar o gênero humano. Para início de conversa, os dois abraçados na cama era um comportamento que, por si só, seria considerado inadequado. Ao pensar nisso, Tengo não conseguia relaxar e, no intuito de desviar tais pensamentos, imaginou uma cena em que Sonny e Cher, dentro da arca, faziam amizade com o casal de jiboias. Uma cena absurda, mas que, de certa forma, o ajudou a minimizar a tensão que oprimia seu corpo.

Fukaeri ficou abraçada a Tengo, imóvel e sem abrir a boca. Tengo também se manteve quieto e, apesar de estarem juntinhos, ele praticamente não sentia desejo sexual. Para Tengo, o desejo era basicamente um sentimento ligado aos métodos e processos de comunicação e, por isso, numa situação em que inexistia essa comunicação, o desejo sexual se tornava um sentimento inapropriado. E ele estava certo de que Fukaeri não tinha a intenção de provocá-lo sexualmente. Ela queria *alguma outra coisa*, mas Tengo não sabia exatamente o quê.

De qualquer forma, não era nada ruim ter em seus braços uma garota bonita de 17 anos. De vez em quando, a orelha dela tocava sua bochecha, e seu pescoço sentia o ar cálido de sua respiração. Os seios, apesar do corpo esguio, eram deslumbrantemente grandes e firmes. Tengo sentia a pressão deles um pouco acima do estômago. Sua pele exalava um cheiro agradável. Um especial aroma de vida que somente um corpo em formação poderia exalar. Um aroma como o das flores de verão em plena floração, umedecidas com o orvalho da manhã. Na época em que Tengo tinha ginástica matinal na escola primária, ele costumava sentir esse aroma no trajeto para a aula.

"Tomara que eu não tenha uma ereção", pensou Tengo. "Pela posição em que estamos, se eu ficar duro, ela rapidamente vai perceber, e isso criará uma situação constrangedora." Com que palavras e em que contexto ele poderia explicar para uma garota de 17 anos que, às vezes, a ereção ocorre independentemente de conotações sexuais? Mas, felizmente, naquele momento ele não teve uma ereção. Nem havia indícios de que teria. "Vou parar de pensar em cheiros e tentar me concentrar em assuntos que não estejam vinculados a sexo", decidiu Tengo.

Pensou novamente na relação de amizade entre Sonny e Cher com o casal de jiboias. Será que eles tinham algum assunto em comum? Caso tivessem, que assunto seria? Será que eles cantariam? Quando a imaginação sobre a arca e o dilúvio se esgotou, Tengo começou a fazer contas de multiplicação com números de três dígitos. Ele costumava fazer isso quando transava com sua namorada mais velha. Era assim que conseguia segurar por alguns segundos a ejaculação (ela era rigorosa em relação ao momento do gozo). Tengo não sabia se a técnica funcionaria também para a ereção, mas achou melhor tentar do que não fazer nada. Tinha de fazer alguma coisa.

— Não me importo se ficar duro — disse Fukaeri, como se lesse seu pensamento.

— Não se importa?

— Não é ruim.

— Não é ruim — Tengo repetiu as palavras de Fukaeri. "Pareço um garoto do primário tendo aulas de educação sexual", pensou. "A ereção jamais deve ser considerada algo ruim ou motivo de vergonha. Mas deve-se escolher a hora e o local certos para isso."

— A purificação já começou? — perguntou Tengo, para mudar de assunto.

Fukaeri não respondeu. Suas belas e pequeninas orelhas pareciam captar algo que o estrondo dos trovões trazia. Tengo sabia disso e resolveu ficar quieto. Parou também de fazer cálculos de multiplicação. "Se ela não se importa que eu fique duro, então, que fique", pensou. De qualquer modo, seu pênis não dava sinais de enrijecer. Naquele momento, ele jazia na mais tranquila paz da "lama".

— Gosto do seu pau — disse a namorada. — Do formato, da cor e do tamanho.
— Eu não gosto tanto assim dele — respondeu Tengo.
— Por quê? — ela indagou, com o pênis mole na palma da mão, como se sentisse o peso de um bichinho de estimação adormecido.
— Não sei direito — disse Tengo. — Talvez por não ter sido escolha minha.
— Você é um cara esquisito — disse ela. — É estranho esse seu jeito de pensar.
Uma história muito antiga. Um acontecimento anterior ao dilúvio de Noé. Provavelmente.

Tengo sentia em seu pescoço a respiração cálida, tranquila e ritmada de Fukaeri. A tênue luz verde do relógio digital e os eventuais flashes de luz dos relâmpagos que, finalmente, começavam a surgir no céu lhe permitiam ver a orelha dela, que parecia uma graciosa caverna secreta. "Se essa garota fosse a minha namorada, eu não me cansaria de beijar inúmeras vezes essa orelha", pensou Tengo. Durante o sexo, enquanto a penetrasse, ele beijaria a orelha, daria leves mordidas, lamberia, suspiraria e sentiria seu cheiro. Não que ele quisesse *fazer isso* agora. Era apenas uma fantasia baseada puramente na hipótese de que *ele certamente faria isso, caso ela fosse sua namorada*. Do ponto de vista da moral, não era motivo para se envergonhar... provavelmente.
Mas, independentemente de ser uma questão que infringe ou não a moral, ele não deveria ter pensado nisso. Seu pênis, que até então dormia tranquilamente na lama, despertou como se um dedo lhe batesse às costas. Em primeiro lugar ele se pôs a bocejar e, pouco a pouco, foi levantando a cabeça e gradativamente se enrijecendo. Finalmente, como a vela de um barco recebe os ventos favoráveis que

sopram do noroeste, a ereção se instalou plena e totalmente. Em consequência, seu pênis duro começou a inevitavelmente pressionar os quadris de Fukaeri. Tengo suspirou fundo. Desde que sua namorada desaparecera, fazia mais de um mês que ele não transava. Possivelmente era por isso. Ele não deveria ter parado de fazer as contas de multiplicação de três dígitos.

— Não se preocupe — disse Fukaeri. — Ficar duro é normal.

— Obrigado — disse Tengo. — Mas o Povo Pequenino deve estar olhando de algum lugar.

— Eles podem ver, mas não podem fazer nada.

— Que bom! — disse Tengo, com uma voz nada tranquila. — Mas fico incomodado só de pensar que estão me vendo.

Um trovão novamente vibrou rasgando o céu em dois, como uma cortina velha, e o estrondo fez com que os vidros da janela estremecessem violentamente, como se o Povo Pequenino quisesse estilhaçá-los. Realmente, os vidros poderiam quebrar. Os caixilhos eram de alumínio resistente, mas, se continuassem a sacolejar daquela forma, era possível que não aguentassem por muito tempo. As enormes gotas batiam nos vidros como balas atingindo a caça.

— Os trovões continuam caindo praticamente no mesmo lugar — disse Tengo. — Normalmente não costumam durar tanto tempo.

Fukaeri olhou para o teto e disse:
— Por enquanto, eles vão continuar.
— Vão continuar, mas por quanto tempo?

Fukaeri não respondeu. Tengo continuava abraçado timidamente a ela, sem obter respostas e com sua ereção inútil.

— Vamos voltar à cidade dos gatos — disse Fukaeri. — Por isso, é preciso dormir.

— Será que vou conseguir dormir direito? Com esses trovões, e mal passa das nove — disse Tengo, apreensivo.

Tengo formulou mentalmente várias equações matemáticas. Eram equações compridas e complexas, mas ele já tinha todas as respostas. O desafio era obter a resposta mais curta e rápida para solucionar o problema. Ele precisava pensar rápido. Era um modo autêntico de forçar o cérebro a trabalhar, mas, mesmo usando esse subterfúgio, sua ereção não passou. Muito pelo contrário, seu pênis parecia ter ficado ainda mais duro.

— Vai conseguir dormir — disse Fukaeri.

Ela tinha razão. Tengo acabou dormindo, apesar da chuva torrencial, dos trovões que faziam o prédio tremer, da inquietude e da obstinada ereção. Ele achava que jamais conseguiria dormir nessas condições...

Antes de cair no sono, ele se sentiu imerso no caos completo. Era preciso encontrar o caminho mais curto para solucionar seus problemas. O tempo era curto, e o formulário para ele escrever as respostas tinha um espaço muito limitado. O relógio marcava o tempo diligentemente em seu ritmo regular: tique-taque, tique-taque, tique-taque.

Quando acordou, ele estava nu, e Fukaeri também. Totalmente nus. Os seios dela eram hemisférios esplendidamente perfeitos, sem nenhum defeito. Os mamilos não eram muito grandes e, macios, ainda ocultavam seu futuro desenvolvimento. Já os seios eram grandes e plenamente desenvolvidos. Ao contrário do que seria natural esperar, a gravidade parecia não exercer nenhuma influência sobre eles. Seus bicos estavam belamente voltados para cima, como brotos buscando os raios de sol. Tengo notou também que ela não tinha pelos pubianos. Naquela região havia somente uma pele branca, completamente exposta. A pele alva destacava ainda mais essa candura. Suas pernas estavam muito abertas, e Tengo podia ver seu órgão genital. Como as orelhas, parecia ter acabado de ser criado. Parecia *realmente* possível. "Um par de orelhas e genitais novos são uma combinação perfeita", pensou Tengo. Ambos pareciam voltados para o céu, atentos a captar alguma coisa, como o singelo som de uma campainha distante.

Ele estava deitado com o rosto voltado para o teto e ainda mantinha a ereção. Os trovões continuavam a ribombar. "Até quando isso vai continuar? Com tantos trovões caindo sem parar, a essa hora será que o céu não estaria todo despedaçado? Se estiver, alguém seria capaz de fazê-lo voltar ao normal?", pensou Tengo.

"Eu estava dormindo", lembrou-se Tengo. Ele dormiu em estado de ereção e, mesmo agora, continuava do mesmo jeito. Teria ele mantido a ereção mesmo dormindo? Ou será que o pênis amolecera uma vez e somente depois é que ficou duro de novo, como uma segunda composição de governo de um primeiro-ministro? Por quanto tempo ele teria dormido? "Não importa", pensou Tengo. De qualquer modo (independentemente de ter ou não interrompido a ereção), agora ele estava duro e não havia indícios de amolecer. Pensar em Sonny e Cher, fazer multiplicações e resolver complexas equações não adiantaria nada.

— Não se preocupe — disse Fukaeri, abrindo mais as pernas e encostando seu recém-criado órgão sexual no ventre de Tengo. Não parecia envergonhada de fazer aquilo. — Ficar duro não é ruim — disse ela.

— Não consigo mexer o meu corpo — disse Tengo. Era verdade. Ele tentava a todo custo se levantar, mas não conseguia mover sequer um dedo. No entanto, podia sentir o corpo. Sentia o peso de Fukaeri sobre ele e o seu pênis duro, mas o corpo estava pesado e tenso, como se algo o prendesse.

— Não precisa se mover — disse Fukaeri.

— Eu preciso me mover; este é o *meu* corpo — disse Tengo.

Fukaeri não fez nenhum comentário.

Tengo não tinha certeza se o que estava dizendo provocava vibrações no ar para torná-lo audível. Ele não sentia os músculos em torno da boca articulando palavras. A princípio, parecia estar conseguindo transmitir o que queria para Fukaeri, mas a comunicação entre os dois era incerta, como um telefonema de longa distância com sinais de interferência. Fukaeri deixava de ouvir o que julgava desnecessário. Tengo, no entanto, não conseguia fazer isso.

— Não precisa se preocupar — disse Fukaeri, deslocando seu corpo lentamente mais para baixo. Era evidente o que o movimento significava. Seus olhos emanavam um brilho nunca visto até então.

Parecia improvável que seu pênis de adulto coubesse naquela nova vagina. Era grande demais, duro demais. A dor também seria intensa, mas, quando percebeu, ele já estava totalmente dentro dela. Não houve resistência. Fukaeri se deixou penetrar, e seu rosto não se alterou. Apenas a respiração ficou um pouco ofegante, e o balanço de seus seios alterou-se ligeiramente durante cinco ou seis segundos. Fora isso, tudo parecia normal, parte da vida cotidiana.

Fukaeri recebeu Tengo em seu âmago, sem se mover, e Tengo sentiu-se profundamente dentro dela. Tengo ainda não conseguia mexer o corpo. Fukaeri, de olhos fechados, manteve o corpo ereto, como um para-raios. Sua boca estava entreaberta e os lábios tremiam sutilmente, em pequenas ondulações, como se articulasse palavras no ar. Mas, fora isso, não havia nenhum outro movimento. Ela se manteve nessa posição, como se aguardasse algo acontecer.

Tengo foi tomado de um profundo sentimento de impotência. Ele não sabia o que estava para acontecer e não tinha o controle da situação. Não sentia o corpo e não podia movimentá-lo, mas conseguia sentir o pênis. Não. Não se tratava exatamente de senti-lo, mas da noção de que o pênis estava lá. *Isso* informava que ele estava dentro dela e que seu pênis mantinha perfeita ereção. Tengo ficou apreensivo ao pensar que deveria estar usando camisinha. Uma gravidez seria um problema. Sua namorada era extremamente rigorosa em relação aos métodos anticoncepcionais, e Tengo estava acostumado a esse rigor.

Ele tentou pensar em outra coisa, mas não conseguiu. Estava mergulhado no caos, e nesse estado emocional o tempo parecia não fluir. Mas não há como parar o tempo. Teoricamente, é impossível. Mas era como se o tempo estivesse fluindo de modo irregular. Se fôssemos considerar um intervalo de tempo maior, constataríamos que continuava a fluir numa velocidade definida. Não há equívocos quanto a isso. Mas, ao considerar somente um período específico, era possível que ocorressem irregularidades. Dentro desse intervalo temporal momentâneo, a ordem e a probabilidade perdiam o valor.

— Tengo — disse Fukaeri. Era a primeira vez que ela o chamava assim. — Tengo — repetiu, como a treinar a pronúncia de uma palavra estrangeira. "Por que será que ela está me chamando?", pensou Tengo. Em seguida, ela se curvou para a frente e, aproximando o rosto, beijou-o. A boca semiaberta abriu-se totalmente e sua língua macia entrou na boca dele. A língua tinha uma fragrância agradável, e ela avidamente procurava um código secreto esculpido em palavras não ditas. A língua de Tengo inconscientemente retribuía os movimentos. Era como se duas cobras jovens acordassem da hibernação e, seguindo-se pelo cheiro mútuo, se entrelaçassem e se tocassem em pleno campo de primavera.

Em seguida, Fukaeri estendeu sua mão direita e segurou a mão esquerda de Tengo, envolvendo-o forte e firmemente. As pequenas unhas de Fukaeri penetravam na palma de sua mão. Após beijá-lo intensamente, ela novamente ergueu o corpo.

— Feche os olhos.

Tengo obedeceu. Ao fechá-los, encontrou um espaço ensombrecido e profundo. Era tão profundo que parecia se estender até o centro da Terra. Nesse espaço havia uma luz serena, que lembrava o entardecer. Um crepúsculo nostálgico que carinhosamente emergia no final de um longo dia. Dentro dessa luz dava para ver inúmeras partículas. Partículas que poderiam ser poeira, pólen ou qualquer outra coisa. Gradativamente, a profundidade começou a diminuir. A luz se tornou cada vez mais forte, de modo que ele conseguia enxergar as coisas em seu entorno.

Então ele se deu conta de que tinha 10 anos e estava numa sala de aula da escola primária. O tempo era real, o lugar também. A luz era igualmente real; ele realmente tinha 10 anos. Conseguia respirar o ar daquele lugar e sentir o cheiro de verniz dos móveis de madeira, do giz do apagador da lousa. Naquela sala de aula estavam somente ele e a garota. Não havia mais nenhuma criança. A menina ousou se aproveitar daquela oportunidade ou, quem sabe, ela a estaria aguardando pacientemente. De qualquer modo, ela estava ali, em pé, e com a mão direita segurou a mão esquerda dele. Seus olhos fitavam intensamente os de Tengo.

A boca de Tengo estava totalmente seca. Toda a umidade havia desaparecido. De tão repentino, ele não sabia o que fazer nem o que dizer. Apenas ficou parado, deixando-a segurar sua mão. Por fim, sentiu no fundo do ventre algumas pontadas, rápidas porém intensas. Era uma sensação que ele nunca havia sentido. Uma dor como o rugido de um mar distante. Ao mesmo tempo, conseguia escutar os sons reais: os gritos de crianças pela janela, um chute numa bola de futebol, um bastão acertando a bola de beisebol, a voz estridente e queixosa de uma menina de uma série mais atrasada, um coro de flautas doces praticando "As flores do jardim" com certa dificuldade.

Ele pensou em segurar a mão dela com a mesma intensidade, mas não tinha forças. Talvez por ela estar segurando-a com muita pressão. Ao mesmo tempo, seu corpo não obedecia. Por que ele não conseguia mover sequer um dedo? Era como se o corpo estivesse firmemente atado.

"Parece que o tempo parou", pensou Tengo. Ele respirou calmamente, prestando atenção no ritmo da respiração. O bramido do mar continuava. Foi então que percebeu que todos os sons daquela realidade haviam desaparecido, e as pontadas que sentia no fundo do ventre se atenuaram, mescladas a uma sensação de dormência. Uma dormência que se transformava numa espécie de pó a se misturar no sangue vermelho e quente, espalhando-se por todo o corpo através dos vasos sanguíneos, impulsionado com a força diligente de um coração em fole. Dentro de seu peito formou-se uma pequena e compacta nuvem que alterava o ritmo de sua respiração e intensificava as batidas do coração.

"Um dia, certamente vou entender o significado e o objetivo de tudo isso", pensou Tengo. Mas, para que isso acontecesse, era necessário registrar aquele instante do modo mais preciso e claro possível. Naquele momento, ele era apenas um garoto de 10 anos bom em matemática. Diante dele havia uma porta nova, mas ele não sabia o que havia por trás dela. Ele se sentia impotente, ignorante, emocionalmente confuso e com muito medo. Estava ciente disso. A garota também não esperava que ele fosse elucidar aquilo naquele exato momento. A única coisa que ela queria era transmitir o que sentia por Tengo. Um sentimento guardado numa pequena caixa resistente, envolta em papel limpo e atada firmemente com uma corda estreita. O que ela queria era somente entregar-lhe o pacote.

Você não precisa abri-lo, dizia a garota sem se pronunciar. Abra somente quando chegar a hora. Naquele momento, bastava pegar o pacote. *"Ela já sabia muitas coisas"*, pensou Tengo. Mas ele ainda não o sabia. Naquele novo espaço, ela é que possuía a iniciativa. Aquele local tinha novas regras, novas metas e uma nova dinâmica. Tengo não sabia de nada. *Ela sabia.*

Finalmente, a menina soltou a mão de Tengo e, sem dizer nada, rapidamente deixou a sala de aula, sem se voltar para trás. Tengo ficou sozinho na ampla sala. Da janela ouviam-se as vozes das crianças.

No instante seguinte, Tengo percebeu que estava gozando. Uma ejaculação intensa, que durou alguns segundos. Uma grande quantidade de sêmen expelida. "Onde será que estou ejaculando?", pensou ele, a mente confusa. Ejacular numa sala de aula após o término das aulas não era apropriado. Se alguém o visse, estaria em apuros. Mas ali não era mais a sala de aula. Quando percebeu, ele estava gozando em Fukaeri; ejaculando em direção ao útero dela. Não queria fazer isso, mas não conseguiu evitar. Tudo estava acontecendo fora de seu controle.

— Não precisa se preocupar — disse Fukaeri após um tempo, com a voz sem emoção. — Eu não vou engravidar. Não tenho menstruação.

Tengo abriu os olhos e a fitou. Ela estava montada nele e o olhava de cima. Seu perfeito par de seios estava diante de seus olhos, e acompanhavam o ritmo calmo e regular de sua respiração.

Tengo queria perguntar se aquilo significava ir para a cidade dos gatos. Queria perguntar onde, afinal, era a cidade dos gatos. Tentou articular em palavras tais perguntas, mas os músculos da boca não obedeciam.

— Isso era necessário — disse Fukaeri, como se lesse os pensamentos de Tengo. Era uma resposta concisa, que, ao mesmo tempo, não servia de resposta para nada. Como sempre.

Tengo fechou novamente os olhos. Ele foi para *lá*, ejaculou e voltou para *cá*. Era uma ejaculação real, assim como o sêmen era real. Se Fukaeri estava dizendo que era necessário, provavelmente estava certa. Tengo continuava com o corpo dormente, sem conseguir movê-lo. Após a ejaculação, a languidez envolveu seu corpo como uma fina película.

Durante um bom tempo, Fukaeri permaneceu nessa mesma posição e, como um inseto a sugar o néctar, absorveu com extrema eficiência até a última gota do sêmen de Tengo. Depois, soltou seu pênis delicadamente e, sem dizer nada, saiu da cama e foi ao banheiro. Tengo então percebeu que não havia mais trovões e, em algum momento, a chuva também havia cessado. Aquelas densas nuvens que insistentemente pairavam sobre o apartamento haviam desaparecido sem deixar vestígios. O *silêncio*, de tão profundo, parecia irreal. A única coisa que conseguia ouvir era o leve som de Fukaeri tomando banho. Tengo permaneceu olhando o teto, aguardando a sensibilidade de seu corpo voltar. A ereção continuava, mesmo após ter ejaculado, mas o pênis estava um pouco menos rígido.

Uma parte de seus sentimentos ainda estava na sala de aula da escola primária. Sentia vividamente na mão esquerda o toque dos dedos daquela menina. Ele não conseguia levantar a mão, mas sabia que na palma ainda havia as marcas avermelhadas das unhas dela. As batidas de seu coração mantinham o mesmo ritmo daquele momento logo após a ejaculação. A nuvem de tensão que existia em seu peito havia sumido e, em seu lugar, no espaço imaginário ao lado de seu coração, sentiu uma dor intensa e agradável.

"Aomame", pensou Tengo. "Preciso me encontrar com ela. Preciso procurá-la. Era tão óbvio! Por que eu não percebi isso antes? Foi ela que me entregou esse pacote tão importante. Por que em vez de abri-lo eu o deixei jogado?" Tengo quis balançar o pescoço, mas não conseguiu. Seu corpo continuava paralisado.

Um tempo depois, Fukaeri voltou para o quarto e, com o corpo envolto numa toalha, sentou-se na beira da cama.

— O Povo Pequenino não está mais agitado — disse Fukaeri, como um espião eficiente a informar, de modo frio e objetivo, as condições da frente de batalha. Com a ponta do dedo, desenhou um pequeno círculo no ar, da mesma forma que um pintor italiano da Renascença faria um perfeito e belo círculo na parede de uma igreja. Um círculo sem começo nem fim, que permaneceu suspenso durante um tempo. — Acabou. — Ao dizer isso, ela tirou a toalha e ficou em pé completamente nua, deixando o corpo úmido secar naturalmente em contato com o ar parado. Era uma bela imagem. Um par de seios firmes e o baixo ventre sem pelos.

Pouco depois, agachou-se para pegar o pijama do chão e o vestiu sem colocar as roupas íntimas. Fechou os botões e amarrou o laço da cintura. Tengo ficou observando a cena na penumbra do quarto. Era como se observasse o processo de transformação de um inseto. O pijama de Tengo era grande demais para ela, mas ela parecia à vontade nele. Em seguida, ela se deitou rapidamente na cama, acomodou-se em seu estreito espaço e apoiou a cabeça no ombro de

Tengo. Ele conseguia sentir a pequena orelha encostada em seu ombro, e sua cálida respiração no pescoço. Enquanto isso, seu corpo foi perdendo a paralisia, como a maré recua quando é chegada a hora.

O ar continuava úmido, mas a umidade já não era pegajosa nem desagradável. Lá fora os insetos começavam a trilar. Tengo já não tinha mais ereção, e seu pênis tornava a repousar submerso na tranquilidade da lama. As coisas foram passando por fases que deviam ser cumpridas e, finalmente, completou-se o ciclo. Um círculo perfeito desenhado no ar. Os animais desceram da arca e foram se dispersando pela terra ansiada. Todos os *casais* voltavam para os seus respectivos lugares.

— É melhor dormir — disse ela. — Bem profundamente.

"Dormir profundamente", pensou Tengo. "Dormir e depois acordar. Amanhã, que tipo de mundo será que eu vou encontrar?"

— Ninguém tem como saber — disse Fukaeri, como se lesse seus pensamentos.

15
Aomame
Finalmente, chegou a hora dos fantasmas

Aomame pegou um cobertor extra de dentro do armário e cobriu o enorme corpo daquele homem. Em seguida, colocou novamente o dedo na nuca dele para verificar se a artéria não estava mais pulsando. Aquele homem conhecido como Líder já estava em outro mundo. Um mundo que ela desconhecia, mas que, certamente, não era o de 1Q84. No mundo de cá, ele seria considerado uma pessoa "morta". Aquele homem passara pela linha que separa a vida da morte apenas tremendo ligeiramente o corpo, como se sentisse um leve calafrio, sem emitir um único som, ainda que sutil; e sem derramar uma única gota de sangue. Agora ele estava livre de todos os sofrimentos e, de bruços, jazia morto sobre o colchonete azul. O serviço de Aomame fora rápido e preciso, como sempre.

Aomame espetou a ponta da agulha na rolha, guardou-a no estojo rígido e o colocou dentro da bolsa esportiva. Tirou a Heckler & Koch da bolsa de vinil e a colocou na cintura da calça de agasalho. A arma estava destravada, e a bala posicionada na câmara. O contato do metal duro em sua espinha a deixou tranquila. Foi para a janela, fechou as grossas cortinas e deixou o quarto novamente escuro.

Por fim, pegou a bolsa esportiva e foi até a porta. Ao segurar a maçaneta, virou-se para trás e olhou novamente a figura daquele homem grande que permanecia de bruços em meio à escuridão. Parecia dormir profundamente, como da primeira vez que o viu. Aomame era a única pessoa do mundo ciente de que ele estava morto. Não. O Povo Pequenino também sabia e, por isso, o som dos trovões havia cessado. Agora, de nada adiantaria continuarem a mandar esse tipo de advertência. O representante deles estava literalmente sem vida.

Aomame abriu a porta e, ao deparar com a claridade da sala contígua, instintivamente desviou os olhos da luz. Fechou cuidadosamente a porta atrás de si, sem fazer barulho. O rapaz de cabelo rente estava sentado no sofá tomando café. Sobre a mesa havia um bule e uma bandeja grande com sanduíches, possivelmente solicitados ao serviço de quarto. A porção de sanduíches estava pela metade. Ao lado da bandeja havia duas xícaras de café limpas. O rapaz com rabo de cavalo continuava sentado na poltrona em estilo rococó, ao lado da porta, com a coluna ereta. Eles pareciam estar naquela mesma posição durante muito tempo, em silêncio. O ar que preenchia o quarto denotava essa atmosfera.

Assim que Aomame apareceu, o rapaz de cabelo rente colocou a xícara de café no pires e se levantou em silêncio.

— Terminei — disse Aomame. — Agora ele está dormindo. A sessão foi longa e os músculos foram intensamente trabalhados. Por favor, deixe-o dormir.

— Está dormindo?

— Profundamente — disse Aomame.

O rapaz de cabelo rente encarou Aomame, fitando seus olhos em profundidade. Em seguida, seus olhos foram descendo lentamente até a ponta dos pés, à procura de algo estranho, e tornou a fitar seu rosto.

— Isso é normal?

— A maioria costuma dormir profundamente quando se sente aliviada da tensão muscular. É uma reação normal.

O rapaz de cabelo rente foi até a porta de ligação com o quarto, girou a maçaneta com cuidado e, com a porta ligeiramente entreaberta, deu uma olhada em seu interior. Aomame estava com a mão direita sobre a cintura da calça para sacar rapidamente a arma caso algo saísse errado. Após observar o quarto durante dez segundos, ele finalmente tirou a cabeça do espaço entreaberto e fechou a porta.

— Quanto tempo ele ficará dormindo? — perguntou a Aomame. — Não podemos deixá-lo no chão por muito tempo.

— Deve acordar daqui a duas horas. Enquanto isso, seria melhor deixá-lo naquela posição.

O rapaz de cabelo rente lançou um rápido olhar no relógio de pulso e concordou com um breve aceno de cabeça.

— Está bem. Vou deixá-lo naquela posição durante um tempo — disse. — Gostaria de tomar um banho?

— Não é preciso. Mas, se possível, gostaria de trocar de roupa.

— É claro. Pode usar o toalete.

Se ela pudesse escolher, em vez de se trocar optaria por sair do jeito que estava, o mais rápido possível. Mas achou melhor não levantar suspeitas. Se ela trocara de roupa ao chegar, era necessário trocar-se novamente antes de ir. Foi ao banheiro, tirou as roupas de ginástica e as peças íntimas úmidas de suor e, com uma toalha, enxugou o corpo. Vestiu calcinha e sutiã limpos e, por fim, a calça de algodão azul-claro e a blusa branca. Em seguida, escondeu a arma no cós da calça, tomando o cuidado de não expô-la, e movimentou o corpo de várias maneiras para se certificar de que seus gestos não parecessem pouco naturais. Lavou o rosto com sabonete e penteou os cabelos com a escova. Em frente ao enorme espelho da pia, começou a fazer vários tipos de caretas para relaxar os músculos faciais rígidos e tensos. Um tempo depois, a expressão de seu rosto voltava ao normal. Após ficar durante muito tempo fazendo caretas, era difícil se lembrar de como era seu rosto. Depois de várias tentativas, finalmente conseguiu resgatar o que parecia ser sua cara de sempre. Aomame encarou o espelho e observou-se atentamente. "Agora está bem", pensou. "É o meu rosto de sempre, e até consigo sorrir. Minhas mãos não tremem e mostro firmeza no olhar. Sou a Aomame fria de sempre."

Antes, o rapaz de cabelo rente observara demoradamente seu rosto, assim que saíra do quarto. Ele devia ter notado que ela havia chorado, e muito. Algum vestígio devia ter ficado em seu rosto. Ao pensar nessa hipótese, Aomame ficou apreensiva, cogitando se ele poderia ter estranhado o fato de ela ter chorado durante a sessão de alongamento. Desconfiado, ele entraria no quarto para ver como estava o líder e, com isso, descobriria que o coração dele não batia mais...

Aomame levou a mão às costas para se assegurar de que alcançaria rapidamente o cabo da arma. "Preciso me acalmar", pensou. "Não posso ficar com medo. O medo aparece no rosto, e eles irão desconfiar."

Preparada para o pior, Aomame pegou a bolsa esportiva na mão esquerda e saiu do toalete precavida. A mão direita estava livre para pegar a arma rapidamente. Mas tudo estava como antes. O rapaz de cabelo rente permanecia em pé, de braços cruzados, no meio da sala, e estreitava os olhos, parecendo pensar em algo. O de rabo de cavalo estava, como sempre, sentado na poltrona perto da entrada observando tranquilamente o quarto. Seus olhos eram plácidos como os de um piloto-atirador de um avião bombardeio. Um par de olhos acostumados a contemplar solitariamente o céu azul a ponto de neles trazer indícios dessa coloração.

— Você deve estar bem cansada, não? — disse o rapaz de cabelo rente. — Aceita um cafezinho? Temos também sanduíches.

— Não, muito obrigada. Não tenho fome depois de uma sessão de trabalho. Só começo a ter apetite daqui a uma hora — respondeu Aomame.

O rapaz de cabelo rente assentiu e tirou do bolso interno do paletó um envelope bem volumoso. Após sentir o peso em sua mão, entregou-lhe dizendo:

— Você está recebendo um valor acima do combinado. Como eu disse anteriormente, o que aconteceu aqui deve ser mantido em segredo absoluto.

— Estão me subornando para eu ficar calada? — disse Aomame, em tom de brincadeira.

— Digamos que é um reconhecimento pelos eventuais transtornos — disse o homem, sem esboçar sequer um sorriso.

— Independentemente do valor, guardarei segredo. Isso faz parte do meu trabalho. Jamais deixo escapar quaisquer informações — disse Aomame, guardando o envelope dentro da bolsa do jeito que o recebeu. — Precisa de recibo?

O rapaz de cabelo rente balançou a cabeça negativamente.

— Não. Isso fica só entre nós. Você não precisa declarar o valor.

Aomame concordou em silêncio.

— Você deve ter usado muita força, não? — indagou o rapaz de cabelo rente, como que a sondá-la.

— Muito mais que o normal — respondeu Aomame.

— É porque ele não é uma pessoa comum.

— Creio que sim.

— Trata-se de uma pessoa insubstituível — disse ele. — Ele vem sofrendo de intensas dores no corpo há muito tempo. É como se carregasse sozinho todos os nossos sofrimentos e nossas dores. Gostaríamos de fazer o possível para tentar amenizar, ainda que minimamente, aquela dor.

— Como não conheço as causas da dor, não posso afirmar com segurança — disse Aomame, escolhendo cuidadosamente as palavras. — Mas acho que ela deve ter diminuído *um pouco*.

O rapaz de cabelo rente assentiu.

— Você também deve estar exausta.

— Acho que sim — disse ela.

Enquanto Aomame e o rapaz de cabelo rente conversavam, o rapaz de rabo de cavalo continuava em silêncio, sentado ao lado da porta, observando o quarto. Sem mexer a cabeça, movia apenas os olhos. A expressão de seu rosto era sempre a mesma. Era difícil saber se ele escutava a conversa dos dois. Sozinho, taciturno e extremamente atento, parecia procurar, por entre as nuvens, algum indício de um avião inimigo que, a princípio, seria do tamanho de um grão de mostarda.

Após hesitar um pouco, Aomame perguntou para o rapaz:

— Sei que não é da minha conta, mas não seria uma violação aos preceitos do grupo tomar café e comer sanduíches de presunto?

O rapaz lançou um rápido olhar no bule de café e na bandeja de sanduíches sobre a mesa. Em seguida, esboçou nos lábios algo que se assemelhava a um sorriso.

— No nosso grupo, as regras não são tão rigorosas. As únicas proibições são as bebidas e o cigarro; e algumas restrições quanto ao sexo, mas, em relação à comida, a liberdade é relativamente grande. Normalmente, nossas refeições são frugais, mas café e sanduíches de presunto não são proibidos.

Aomame apenas assentiu, sem expor sua opinião.

— Como é um grupo grande, temos de ter algumas regras, mas elas não devem ser rígidas a ponto de perder o objetivo essencial. É conveniente existir preceitos e dogmas, mas o que realmente importa não é a moldura, e sim o conteúdo.

— É o Líder que fornece o conteúdo?

— Isso mesmo. Ele consegue escutar as vozes que nós não conseguimos captar — disse o rapaz de cabelo rente, fitando novamente o rosto de Aomame. — Muito obrigado por hoje. Parece que já parou de chover.

— Os trovões estavam terríveis — disse Aomame.

— Muito — concordou o rapaz, sem contudo parecer especialmente interessado no assunto.

Aomame inclinou ligeiramente a cabeça como um gesto de despedida, pendurou a bolsa de ginástica no ombro e se dirigiu à porta.

— Espere um pouco — gritou o rapaz de cabelo rente, atrás dela. Era uma voz penetrante e inquiridora.

Aomame parou no meio da sala e virou-se para trás. Seu coração palpitou forte e acelerado. A mão direita instintivamente se posicionou na cintura.

— O colchonete — disse o jovem. — Você não pegou o colchonete que está estendido no chão.

Aomame sorriu.

— Agora ele está dormindo e acho melhor não movê-lo de lá. Se quiser, pode ficar com o colchonete. Não é uma coisa cara e já foi usado várias vezes. Se não quiser, pode descartá-lo.

O rapaz de cabelo rente pensou um pouco, e por fim concordou.

— Muito obrigado — disse ele.

Quando Aomame se aproximou da porta, o rapaz de rabo de cavalo levantou-se da cadeira, abriu-lhe a porta e fez uma breve reverência. "Ele acabou não falando nada", pensou Aomame. Ela retribuiu a reverência e passou diante dele.

Mas, de repente, Aomame sentiu um impulso violento percorrer-lhe a pele como uma intensa corrente elétrica. Num ímpeto, o rapaz de rabo de cavalo estendeu rapidamente o braço como se fosse agarrar a mão direita de Aomame. Um gesto extremamente rápido e preciso, como o de pegar uma mosca em pleno voo. Por instantes, ela sentiu vividamente a intenção dele. Todos os músculos de Aomame ficaram tensos. Arrepiada, o coração começou a bater descompassado. Sentiu-se sufocada e com calafrios percorrendo a espinha. Uma intensa luz incandescente alvejou sua mente. "Se este homem segurar o meu braço direito, não poderei sacar a arma. Se isso acontecer, não poderei vencê-lo. Este homem percebe que eu fiz *alguma coisa*. Instintivamente ele sabe que *alguma coisa* aconteceu naquele quarto. Alguma coisa muito ruim. O seu instinto estava lhe dizendo 'prenda esta mulher' e lhe ordenava, 'derrube-a no chão, imobilize-a com o peso de seu corpo, desloque seu ombro'. Mas isso tudo não passava de uma intuição. Não havia provas. Se estivesse equivocado, essa atitude o deixaria em má situação. A hesitação dele era tamanha que o fez desistir de agir. Quem julgava e decidia o que fazer era o rapaz de cabelo rente. Ele não tinha essa autoridade", pensou Aomame. Ele reprimiu com muito esforço o ímpeto de seu braço direito e, gradativamente, foi diminuindo a força contida em seus ombros. Aomame notou nitidamente todas essas fases que o pensamento dele precisou percorrer em um ou dois segundos.

Aomame saiu para o corredor acarpetado e, sem se voltar para trás, seguiu calmamente o longo corredor em direção ao elevador. O rapaz de rabo de cavalo parecia observá-la com o rosto projetado para fora da porta. Aomame sentia pelas costas esse olhar penetrante como um objeto cortante. Os músculos de seu corpo estavam retesados, mas, mesmo assim, ela evitou a todo custo se virar. Não podia olhar para trás. Somente após virar o corredor é que, finalmente, sentiu a tensão diminuir. No entanto, ainda não podia ficar tranquila. Era imprevisível o que poderia acontecer. Apertou o botão do elevador e até ele chegar — um tempo de espera que parecia uma eternidade — manteve a mão direita no cabo da arma para poder sacá-la qualquer momento, caso o rapaz de rabo de cavalo mudasse de ideia e resolvesse ir atrás dela. Antes de ele pegá-la com suas mãos firmes, ela teria de revidar atirando, sem hesitação. Ou atirar em si mesma. Aomame não sabia qual dessas escolhas faria caso isso acontecesse. Talvez nunca soubesse.

Mas ninguém veio atrás dela. O silêncio reinava absoluto naquele corredor do hotel. A porta do elevador se abriu fazendo um sonoro *tim* e Aomame entrou. Apertou o botão do saguão e aguardou a porta se fechar. Mordendo os lábios, acompanhou fixamente as indicações dos andares. Desceu do elevador, caminhou pelo amplo saguão e pegou um dos táxis que aguardavam na frente do hotel. Já não chovia, mas pingos caíam do táxi como se tivesse acabado de sair de dentro d'água. Aomame informou que queria ir para a saída oeste da estação Shinjuku. Quando o táxi deu a partida e se distanciou do hotel, Aomame soltou todo o ar contido nos pulmões. Fechou os olhos e esvaziou a mente. Não queria pensar em nada durante algum tempo.

Sentiu uma intensa náusea. A sensação era de que tudo que havia em seu estômago estava subindo até a garganta, mas conseguiu reverter o fluxo. Apertou o botão do comando da janela para deixar o vidro aberto até a metade e respirou fundo, enchendo os pulmões com o ar úmido da noite. Com o corpo encostado no banco, respirou fundo várias vezes. O seu hálito estava ruim. Era como se alguma coisa estivesse apodrecendo dentro dela.

De repente, se lembrou de tatear o bolso da calça de algodão e nele encontrou duas gomas de mascar. Com as mãos ligeiramente trêmulas, desembrulhou os chicletes e, ao colocá-los na boca, começou a mastigá-los calmamente. Eram de hortelã. Um aroma nostálgico que conseguiu deixá-la mais tranquila. Enquanto mexia o queixo, o odor desagradável de sua boca começou a diminuir. "Não deve existir algo realmente podre dentro do meu corpo. O medo é que me deixou com essa sensação estranha", pensou Aomame.

"Mas agora está tudo acabado. Não preciso mais matar ninguém. Eu fiz a coisa certa", Aomame tentava se convencer. "Era de se esperar que eu matasse aquele homem. Ele apenas recebeu o seu castigo. E, apesar de ter sido por acaso, ele próprio queria isso, e muito. Eu apenas proporcionei uma morte tranquila, conforme o desejado. Não fiz nada de errado. Apenas infringi a lei."

Por mais que ela tentasse se convencer disso, no fundo, não conseguia. Ela tinha acabado de matar, com as próprias mãos, uma pessoa que *não era comum*. Sentia na pele a ponta extremamente afiada da agulha penetrando silenciosamente na nuca daquele homem. Uma sensação que, por *não ser comum,* deixava-a muito perturbada. Ela permaneceu durante um bom tempo observando as palmas das mãos. Alguma coisa estava diferente. Totalmente diferente do normal. Mas ela não conseguia discernir o que era.

Se acreditasse no que aquele homem lhe dissera, ela havia matado um profeta. Uma pessoa que escutava a voz de Deus. Mas grande parte daquelas vozes não eram de Deus. Talvez fossem do Povo Pequenino. O profeta também era o rei, e o destino de um rei era ser morto. Nesse sentido, ela era a assassina profissional enviada pelo destino. Ao eliminar a existência desse rei ou profeta, ela conseguira manter o equilíbrio entre o bem e o mal do mundo. Por isso, ela teria de morrer. Mas havia um acordo: mataria aquele homem e renunciaria à sua própria vida em troca de salvar a vida de Tengo. Este era o acordo. Isso se ela *acreditasse no que aquele homem lhe dissera...*

Aomame, porém, não podia deixar de acreditar nele. Ele não era fanático, e quem está para morrer não conta mentiras. Acima de tudo, suas palavras tinham um poder de convencimento. Um poder de convencimento muito grande, como uma âncora enorme e pesada. Todos os barcos possuem uma âncora que corresponde ao tamanho e ao peso da embarcação. Independentemente das perversidades que ele houvesse praticado, aquele homem realmente lembrava um navio enorme. Aomame não podia deixar de reconhecer isso.

Sem que o motorista pudesse ver, ela tirou a Heckler & Koch da cintura, acionou o dispositivo de segurança e guardou-a na bolsa. Um peso sólido e mortal de meio quilo foi retirado de seu corpo.

— Os trovões agora há pouco eram assustadores, não? A chuva também foi intensa — disse o motorista.

— Trovões? — indagou Aomame. Parecia que aquilo havia acontecido muito tempo antes, mas não fora nem meia hora atrás. Realmente, lembrou-se de ter escutado o ribombar dos trovões. — É mesmo. Os trovões estavam assustadores.

— O serviço meteorológico não previu isso hoje cedo. Apenas disseram que o tempo seria bom.

Aomame tentou pensar rápido. Precisava dizer alguma coisa, mas faltavam-lhe palavras adequadas. O seu raciocínio estava muito lento.

— A previsão do tempo dificilmente acerta — disse ela.

O motorista lançou um rápido olhar no rosto de Aomame moldado pelo espelho retrovisor. Ele devia ter achado o jeito de ela falar um tanto estranho. O motorista prosseguiu:

— As ruas ficaram alagadas e a água da chuva invadiu a estação de metrô Akasaka-Mitsuke, inundando os trilhos do trem. Isso porque a chuva se concentrou numa área pequena. As linhas de Ginza e Marunouchi estão temporariamente paradas. Acabaram de dar no rádio.

A chuva intensa e concentrada interrompeu o funcionamento das linhas de metrô. Será que isso, de algum modo, afetaria o que ela precisava fazer? Precisava pensar rápido. Tinha de ir à estação Shinjuku e tirar sua mala de viagem e sua bolsa do armário alugado. Depois, precisava ligar para Tamaru para receber instruções. Se o próximo passo fosse ter de usar a linha Shinjuku em direção a Marunouchi, a coisa ficaria complicada. Ela só tinha duas horas para fugir. Após esse tempo, eles começariam a desconfiar de o líder não acordar e, possivelmente, entrariam no quarto e descobririam que estava morto. Imediatamente começariam a agir.

— Será que a linha Marunouchi continua parada? — Aomame perguntou para o motorista.

— Não sei. Quer que eu ligue o noticiário?

— Sim, por favor.

Segundo o Líder, o Povo Pequenino é que provocara a tempestade. Eles fizeram com que a chuva caísse torrencialmente naquela restrita área em torno do bairro de Akasaka e por isso o metrô parara de funcionar. Aomame balançou a cabeça. Talvez exista alguma intenção por trás disso. As coisas não costumam acontecer conforme o planejado.

O motorista sintonizou a rádio na emissora NHK. Tocavam músicas que estiveram na moda na segunda metade dos anos sessenta. Era um programa especial de músicas folclóricas interpretadas por cantores japoneses. Aomame tinha uma vaga lembrança de ter ouvido aquelas músicas quando criança, mas não sentiu nenhuma nostalgia daqueles tempos. Muito pelo contrário, elas lhe fizeram sentir-se incomodada. Aquelas músicas só lhe traziam lembranças que preferia não ter. Ela bem que aguentou escutá-las durante um tempo, na expectativa de que em algum momento fossem veiculadas informações sobre a situação dos trens, mas a espera parecia em vão.

— Por favor, já é o suficiente. Será que o senhor poderia desligar o rádio? — disse Aomame. — De qualquer modo, vou para a estação Shinjuku ver como está a situação.

O motorista desligou o rádio.

— Shinjuku deve estar apinhada de gente — disse ele.

* * *

De fato, a estação Shinjuku estava lotada, como o motorista havia previsto. Como a linha Marunouchi, que se conectava naquela estação com o trem da ferrovia nacional, estava parada, formou-se uma grande aglomeração e as pessoas andavam de um lado para o outro sem saber o que fazer. O horário do rush já havia passado, mas, mesmo assim, era difícil andar por entre a multidão.

Aomame finalmente conseguiu chegar até os armários e retirou a bolsa e a mala de viagem preta de couro sintético. Na mala estava o dinheiro retirado do cofre. Tirou alguns objetos da bolsa de ginástica e os colocou uma parte na bolsa e a outra na mala: o envelope com o dinheiro que o rapaz de cabelo rente lhe entregou, a bolsa de vinil com a arma e o estojo rígido com o picador de gelo. Como não precisava mais da bolsa esportiva da Nike, guardou-a num outro armário próximo, colocou uma moeda de cem ienes para acionar o sistema e o trancou. Não tinha intenção de pegá-la de volta. Dentro da bolsa não havia nada que pudesse comprometê-la.

Andou de um lado a outro da estação carregando a mala de viagem, à procura de um telefone público. Todos os telefones estavam ocupados. Uma fila enorme se formara e as pessoas aguardavam a vez para telefonar para suas casas avisando que se atrasariam porque o trem estava parado. Aomame franziu levemente a sobrancelha. Pelo visto, o Povo Pequenino não iria deixá-la escapar tão facilmente. Segundo o Líder, eles não podiam fazer nada diretamente contra ela, mas podiam impedi-la de agir usando subterfúgios para tentar prejudicá-la.

Aomame desistiu de esperar na fila e resolveu sair da estação. Após andar um pouco, resolveu entrar na primeira lanchonete que encontrou e pediu um café gelado. O telefone cor-de-rosa da cafeteria também estava ocupado, mas, como havia previsto, não havia fila. Aomame ficou atrás da senhora de meia-idade que falava ao telefone e aguardou pacientemente o término da longa conversa. A mulher olhava de vez em quando para Aomame com uma expressão de desagrado, mas, cinco minutos depois, desligou o telefone resignada.

Aomame colocou todas as moedas que tinha e discou o número que havia memorizado. Após o terceiro toque, a voz artificial da gravação da secretária eletrônica foi acionada. "No momento não podemos atendê-lo. Por favor, deixe o recado após o sinal."

Após ouvir o sinal, Aomame disse:

— Tamaru, você está aí? Se estiver, por favor, atenda.

Alguém atendeu o telefone.

— Estou aqui — respondeu Tamaru.

— Que bom — disse Aomame.

Tamaru percebeu em sua voz um tom de urgência diferente do normal.

— Está tudo bem? — perguntou.

— Por enquanto.

— O serviço deu certo?

— Ele está dormindo profundamente. Mais profundamente seria impossível.

— Certamente — disse Tamaru, demonstrando alívio. Para ele, que não costumava expressar seus sentimentos, isso era uma coisa rara. — Vou informá-la. Sabendo disso, ela certamente ficará tranquila.

— Não foi nada fácil.

— Sei disso. Mas o trabalho foi concluído.

— De certa forma — disse Aomame. — Este telefone é seguro?

— Estou usando uma linha especial. Não precisa se preocupar.

— Retirei a mala que estava no armário da estação Shinjuku. O que faço agora?

— Qual é a margem de tempo?

— Uma hora e meia — respondeu Aomame. Ela explicou sucintamente a situação. Por fim, disse que em uma hora e meia os dois guarda-costas iriam checar o quarto e descobrir que o Líder estava morto.

— Uma hora e meia é suficiente — disse Tamaru.

— Será que, ao descobrirem, vão chamar a polícia?

— Não sei. Ontem a polícia começou a fazer investigações na sede do grupo. Por enquanto ainda estão na fase de ouvir as pessoas e não se trata de uma investigação séria, mas, se o Líder estiver morto, creio que as coisas irão piorar muito.

— Está querendo dizer que, em vez de tornar público, eles vão resolver a situação sozinhos?

— Aquela gente faria isso tranquilamente. No jornal de amanhã saberemos se eles informaram ou não a morte do Líder às autoridades. Não gosto de jogos de azar, mas, se fosse necessário apostar numa dessas duas opções, eu diria que eles não vão falar nada.

— Será que vão achar que foi uma morte natural?

— À primeira vista não vai dar para saber. Se não fizerem uma autópsia minuciosa, não saberão se foi morte natural ou assassinato. De qualquer modo, a primeira coisa que eles devem fazer é te chamar para ouvir o que você tem a dizer. Afinal, você foi a última pessoa que esteve com ele. Ao saberem que você deixou o apartamento e está escondida em algum lugar, concluirão que não foi morte natural.

— Eles vão começar a me procurar. Com o máximo de empenho.

— Não há dúvidas — disse Tamaru.

— Será que vou conseguir desaparecer?

— O plano já está traçado. É um plano meticuloso. Se você segui-lo à risca e agir com muita precaução, ninguém irá te encontrar. O que pode estragar tudo é o medo.

— Estou me esforçando — disse Aomame.

— Continue assim. Aja com rapidez e faça do tempo o seu aliado. Você é uma pessoa cuidadosa e perseverante. Aja como sempre costuma fazer.

— Choveu muito nas proximidades de Akasaka e o metrô está parado — disse Aomame.

— Estou sabendo — disse Tamaru. — Mas não precisa se preocupar. Não será preciso pegar o metrô. Tome um táxi e vá para o abrigo que fica no centro da cidade.

— No centro da cidade? Não estava previsto eu ir para longe?

— É claro que você vai para bem longe — disse Tamaru calmamente, com um tom explicativo. — Mas, antes, será necessário tomar algumas providências. Você precisa mudar de nome e de rosto. Este último trabalho foi muito difícil. Certamente, você deve estar nervosa. Numa hora dessas é desaconselhável agir de modo precipitado. Fique escondida nesse abrigo durante um tempo. Não se preocupe, nós lhe daremos todo o apoio que precisar.

— Onde fica esse abrigo?
— Kôenji — respondeu Tamaru.
"Kôenji", pensou Aomame, dando pequenas batidas no dente da frente com a ponta da unha. Não conhecia nada desse bairro.

Tamaru informou o endereço e o nome do edifício. Como sempre, Aomame memorizou tudo sem ter de anotar.

— É na saída sul da estação Kôenji, próximo ao anel viário 7. O número do apartamento é 303. Para abrir a porta de segurança digite o código 2831.

Tamaru fez uma pausa enquanto Aomame repetia mentalmente os números 303 e 2831.

— A chave está embaixo do tapete do terraço, presa com fita adesiva. As coisas necessárias para passar um tempo por lá já foram providenciadas para que você não precise sair. Entrarei em contato. Vou dar três toques e desligar; vinte segundos depois telefono novamente. Na medida do possível, evite entrar em contato comigo.

— Entendi — disse Aomame.
— Os caras eram durões? — perguntou Tamaru.
— Os dois que me acompanharam pareciam ser muito fortes. De vez em quando eles me davam calafrios, mas não são profissionais. O nível deles é diferente do seu.
— Poucos são como eu.
— Se fossem muitos, seria um problema.
— Quem sabe — disse Tamaru.

Aomame pegou a bagagem e foi para o ponto de táxi da estação. A fila de espera era gigantesca, indicando que a circulação dos trens ainda não havia sido restabelecida. Aomame não tinha outra escolha a não ser ficar na fila e aguardar pacientemente a sua vez de pegar o táxi.

Enquanto esperava na fila com os demais trabalhadores que esboçavam em seus rostos uma nítida irritação, ela ficou repetindo mentalmente várias e várias vezes o endereço do abrigo, o nome do edifício, o número do apartamento, o código do portão e o telefone de Tamaru, como um asceta sentado sobre uma pedra no topo da montanha, recitando um mantra importante. Aomame sempre confiou em seu poder de memorização e, por isso, gravá-los não foi tarefa difícil; além do mais, não eram muitas as informações. Mas, naquele momento, aqueles números eram sua tábua de salvação. Se esquecesse um único número, colocaria sua vida em risco. Precisava, portanto, gravá-los em sua mente.

Quando finalmente conseguiu pegar um táxi, já se havia passado cerca de uma hora desde que deixara o quarto do hotel com o Líder morto. Era quase o dobro do tempo que ela havia previsto e, provavelmente, o Povo Pequenino saíra ganhando com aquela diferença. O Povo Pequenino provocara uma chuva torrencial em Akasaka, que interrompeu a circulação dos trens, atrapalhou o retorno dos trabalhadores para suas casas, causou um grande tumulto na estação de Shinjuku e a quantidade insuficiente de táxis fez com que Aomame se atrasasse, deixando-a cada vez mais tensa. Estavam tentando fazê-la perder a calma. Não. Podia ser apenas uma casualidade, uma coincidência. Ela só estava amedrontada com a sombra de um Povo Pequenino que nem sequer existia.

Aomame informou ao motorista aonde queria ir e, recostada no banco, fechou os olhos. Aqueles dois rapazes de terno preto deviam estar olhando o relógio de pulso, aguardando a hora de o Líder acordar. Aomame conseguia imaginar a cena do rapaz de cabelo rente tomando o café, pensativo. A função dele era a de pensar. Pensar e decidir. Talvez esteja desconfiado de o Líder estar dormindo tão silenciosamente. Ele não costumava dormir profundamente e em tão completo silêncio, sem roncar ou fazer ruídos durante o sono. Mas sempre existe algum tipo de indício. Aomame havia lhe dito que o Líder dormiria profundamente durante duas horas e que era preciso deixá-lo descansar para que os músculos pudessem se recuperar. Havia passado uma hora desde então. Mas algo devia estar deixando-o incomodado. Algo devia estar lhe dizendo para dar uma olhada no Líder. Ele devia estar confuso, sem saber o que fazer.

Mas, entre os dois, o mais perigoso era o de rabo de cavalo. Aomame se lembrava claramente daquele seu momentâneo gesto agressivo na hora em que ela estava para sair do quarto. Ele era quieto, mas possuía uma forte intuição. Provavelmente, também era um excelente lutador. Muito mais do que ela imaginava. Ela não seria capaz de enfrentá-lo com os conhecimentos de artes marciais que possuía. Não teria sequer a chance de sacar a arma. Mas, felizmente, ele não era profissional. Antes de seguir a intuição, agia pelo raciocínio. Estava acostumado a receber ordens. Tamaru era diferente. Naquela situação, Tamaru prenderia a pessoa e só depois de imobilizá-la é que pararia para pensar. Primeiro ele agiria confiando em sua intuição, para depois decidir racionalmente o que fazer. Ele sabia que bastava apenas um segundo de hesitação para ser tarde demais.

Ao se lembrar daquele momento, Aomame sentiu brotar o suor nas axilas. Sem dizer nada, ela balançou a cabeça. "Eu tive sorte. Consegui escapar daquele lugar sem ter sido capturada. Preciso tomar muito cuidado de agora em diante. Tamaru tem razão. O importante é estar muito atenta e não perder a paciência. Basta um único deslize para o perigo se acercar."

O motorista do táxi era um senhor de meia-idade que falava de modo muito educado. Ele pegou um mapa, estacionou o carro, desligou o taxímetro e, gentilmente, verificou onde ficava o quarteirão e o edifício. Aomame desceu do táxi após agradecer-lhe. O prédio de cinco andares era novo e elegante, e ficava no centro de um bairro residencial. Não havia ninguém na portaria. Ao teclar 2831 a porta automática da entrada se abriu e ela tomou o elevador asseado, porém pequeno, até o terceiro andar. Ao descer do elevador, a primeira coisa que fez foi verificar onde ficava a escada de emergência. Depois, pegou a chave presa com fita adesiva embaixo do capacho e entrou no apartamento. A luz estava programada para acender automaticamente ao abrir a porta. O apartamento tinha o cheiro característico de algo recente. Os móveis e os aparelhos eletrônicos pareciam novos, sem sinal de terem sido usados antes. Como se tivessem acabado de sair de suas caixas e sido arrancados dos plásticos, comprados para compor um apartamento decorado. Era simples, funcional e sem o ranço do cotidiano.

Do lado esquerdo da entrada ficavam a copa e a sala conjugada, além de um corredor com banheiro; e, ao fundo, dois quartos. Num dos quartos havia uma cama queen-size e uma penteadeira. A persiana estava fechada. Ao abrir a janela, escutava-se o barulho do trânsito do anel viário 7 como um distante rugido do mar. Ao fechá-

-la, não se ouvia praticamente nada. Havia uma pequena varanda na sala e, dali, dava para ver, do outro lado da rua, um pequeno parque com balanços, escorregador, caixa de areia e um banheiro público. Lâmpadas de mercúrio instaladas no alto iluminavam a área ao redor do parque com uma intensidade acima do normal. Uma enorme zelkova estendia seus galhos por todos os lados. O apartamento ficava no terceiro andar, mas, como não havia nenhum prédio alto nas redondezas, ela não precisava se preocupar em estar sendo observada.

Aomame lembrou seu antigo apartamento de Jiyûgaoka, que havia acabado de abandonar. Era um edifício antigo, que não podia ser chamado de limpo. Às vezes, aparecia uma barata, e as paredes também eram finas. Não tinha apego por aquele apartamento, mas, naquele momento, sentiu saudades dele. O quarto novo e extremamente asseado em que ela estava agora a fazia sentir-se como uma pessoa anônima, privada de suas lembranças e desprovida de personalidade.

Ao abrir a geladeira, havia na porta quatro latas de cerveja Heineken. Aomame abriu uma delas e tomou um gole. Ligou a televisão de 21 polegadas e assistiu ao noticiário sentada de frente para ela. Passava uma reportagem sobre os trovões e o intenso temporal. A notícia do dia era a inundação na estação Akasaka-Mitsuke e a interrupção das linhas Marunouchi e Ginza. As águas desciam as escadas da estação como uma cascata. Os funcionários do metrô, com capas de chuva, colocavam sacos de areia na entrada da estação, mas era evidente que era tarde demais. As linhas de trem continuavam paradas e não havia previsão de retorno. O repórter entrevistava algumas pessoas que não puderam voltar para casa. Um deles se queixava que, na previsão do tempo da manhã, haviam dito que o dia seria de tempo bom.

Aomame ouviu todo o noticiário, mas, obviamente, não se falou nada da morte do Líder de Sakigake. Aqueles dois rapazes ainda deviam estar na sala, aguardando as horas passarem e, em breve, descobririam a verdade. Ela tirou a bolsa de vinil de dentro da mala e colocou a Heckler & Koch sobre a mesa. Ali, a pistola automática alemã parecia extremamente áspera e taciturna. E de um infinito negror. Mas, graças a ela, criava-se um ponto de referência naquela sala impessoal demais. "Cenário com pistola automática", murmurou Aomame. Parecia o título de um quadro. De qualquer forma, de agora em diante, ela precisava carregá-la junto ao corpo para sacá-la rapidamente a qualquer momento: para atirar em alguém, ou para atirar em si mesma.

Dentro da enorme geladeira havia comida suficiente para uns quinze dias sem precisar sair para comprar nada. Verduras, legumes e alguns pratos prontos para servir. No freezer havia carnes, peixes e pães congelados. Inclusive potes de sorvete. Na prateleira, alimentos conservados a vácuo, enlatados e uma fileira com vários tipos de temperos. Havia também arroz e massa; uma grande quantidade de água mineral e duas garrafas de vinho tinto e branco. Aomame não sabia quem teria providenciado tudo aquilo, mas os preparativos foram tão minuciosos que não parecia faltar nada.

Aomame começou a sentir um pouco de fome. Tirou o queijo camembert, cortou algumas fatias e as comeu com biscoitos de água e sal. Após terminar metade do queijo, lavou um pedaço de aipo e foi mordendo-o, passando na maionese.

Depois, examinou as gavetas no quarto ao lado. Na gaveta de cima havia um pijama e um robe de tecido fino. Ambos estavam dentro do plástico e eram novos. Pensaram em tudo. Na gaveta de baixo encontrou três camisetas e três pares de meias soquetes, meias finas e roupas íntimas. Todas as peças eram brancas e simples, como se combinassem com a decoração da casa, e tudo estava devidamente protegido em embalagens plásticas. Provavelmente, eram os mesmos produtos entregues às mulheres do abrigo. O material era de boa qualidade, mas recendia a "artigos para fins assistenciais".

No banheiro havia xampu, condicionador, loção para a pele e água de colônia. Era tudo de que precisava. Como não costumava se maquiar, praticamente não necessitava de cosméticos. Havia também uma escova de dentes, uma escovinha interdental e pasta. Além de escovas de cabelo, cotonetes, lâminas descartáveis, uma tesoura pequena e absorventes. Um considerável estoque de papel higiênico e lenços de papel. As toalhas de banho e de rosto estavam devidamente dobradas e empilhadas no armário. Tudo estava cuidadosamente organizado.

Aomame abriu o armário do quarto. Achou que poderia encontrar fileiras de vestidos e calçados do seu tamanho. Seria o máximo se eles fossem Armani e Ferragamo. Mas, contrariando suas expectativas, estava vazio. Eles não chegaram a esse extremo. Com certeza, sabiam exatamente até que ponto ser providenciais, sem nunca soar excessivos. Como a biblioteca de Jay Gatsby: os livros eram de verdade, mas suas páginas não haviam sido cortadas e abertas. E, enquanto estivesse ali, não haveria a necessidade de roupas para sair. Eles não preparavam coisas que não fossem ser usadas. Mas cabides havia aos montes.

Aomame tirou as roupas da mala e, após verificar se não estavam amassadas, pendurou-as nos cabides. Ela sabia que, se as deixasse dentro da mala, seria mais fácil fugir, mas o que ela mais detestava no mundo era ter de vestir roupas amarrotadas.

"Jamais serei uma assassina profissional de sangue-frio", pensou Aomame. "Onde já se viu me preocupar com roupas amarrotadas numa hora dessas." Ao pensar nisso, lembrou-se de uma conversa com Ayumi.

— Eles guardam o dinheiro dentro daqueles colchões ocidentais e, quando estão em perigo, pegam todo o dinheiro e fogem pela janela.

— Isso, isso mesmo — disse Ayumi, estalando os dedos. — É como no filme *A fuga*, de Steve McQueen. Maços de dinheiro e uma arma. Adoro isso.

— Não é uma vida tão divertida — disse Aomame, em direção à parede.

Aomame foi ao banheiro, tirou a roupa e tomou uma ducha. Com a água quente removeu o suor desagradável que impregnava o seu corpo. Em seguida, sentou-se no balcão da cozinha e, enquanto secava o cabelo úmido com a toalha, tomou mais um gole da cerveja.

"Hoje muitas coisas deram definitivamente um passo adiante", pensou. A engrenagem fez um *barulho seco* e avançou uma posição. Uma vez que avançou, não podia mais recuar. É uma regra do mundo.

Pegou a arma, apontou o cano para cima e o colocou dentro da boca. A ponta do cano de aço era extremamente dura e fria. Sentiu um cheiro sutil de graxa. Bastava atravessar o cérebro. Acionar o martelo e apertar o gatilho. Com isso, tudo estava acabado. Não precisava pensar em mais nada nem fugir de um lado para outro.

Aomame não tinha medo de morrer. Ela morreria e Tengo continuaria a viver. Ele permaneceria neste mundo de 1Q84. Neste mundo em que existiam duas luas. Mas ela *não faria parte* deste mundo. Neste mundo ela não poderia se encontrar com ele. Independentemente de quais mundos fossem, eles jamais se encontrariam. Pelo menos, fora isso que o Líder lhe dissera.

Olhou novamente o quarto com calma. "Realmente, parece um apartamento modelo", pensou. "Limpo, padronizado e com tudo o que é necessário. Mas é impessoal, frio e *falso*." O lugar não lhe parecia agradável, caso tivesse de morrer lá. "Mas será que existe algum lugar no mundo em que seja agradável morrer? Será que o mundo em que vivemos não é um enorme apartamento decorado? Entra-se nele, senta-se, bebe-se uma xícara de chá, contempla-se a paisagem pela janela e, quando chega a hora, agradecemos e partimos. Todos os móveis seriam imitações de papel machê. A lua pendurada na janela seria apenas uma cópia em papel."

"Mas eu amo Tengo", pensou Aomame, para depois balbuciar — *Eu amo Tengo.* — "Não é um desfile de cabaré. O mundo de 1Q84 é real e, quando nos cortamos, o sangue que escorre é verdadeiro. A dor sempre é dor, e o medo é sempre medo. A lua no céu não é de papel machê. É de verdade. O *par* de luas também é real. Neste mundo, eu me ofereci para morrer no lugar de Tengo. Ninguém pode me dizer que isso tudo é falso."

Aomame olhou o relógio de parede redondo. Era um modelo simples da Braun. Combinava com a Heckler & Koch. O relógio era a única coisa pendurada na parede. Os ponteiros indicavam que passava das dez da noite. Em breve, os dois rapazes iriam descobrir que o Líder estava morto.

Numa elegante suíte do hotel Ôkura, jaz um homem. Um homem de corpo grande, que *não é uma pessoa comum*. Ele foi enviado para o mundo de lá. Independentemente de quem seja ou do que faça, nada o trará de volta para o mundo de cá.

Finalmente, chegou a hora dos fantasmas.

16
Tengo
Como um navio fantasma

— Que tipo de mundo eu vou encontrar amanhã?
— Ninguém sabe — disse Fukaeri.

No entanto, o mundo em que Tengo acordou não parecia tão diferente daquele da noite anterior, antes de ele dormir. O relógio da cabeceira indicava alguns minutos depois das seis. Lá fora, o dia estava claro. O ar estava limpo e a luz penetrava em forma de cunha por entre as cortinas. Parecia que, finalmente, o verão anunciava seu fim. Os pássaros gorjeavam alegremente. O intenso temporal da noite anterior era como um sonho, ou algo ocorrido num passado bem distante, em algum local desconhecido.

A primeira coisa que Tengo pensou ao acordar foi na possibilidade de Fukaeri ter ido embora durante a noite, mas ela continuava ao seu lado, dormindo profundamente como um animalzinho hibernando. Seu rosto adormecido era belo, e delicados fios de cabelos pretos desenhavam sobre a pele alva uma complexa figura. Não se podiam ver as orelhas, escondidas atrás dos cabelos, mas se ouvia um leve ressonar. Tengo ficou durante um tempo olhando o teto, ouvindo atentamente esse ressonar, como o som de um pequeno fole.

Ele ainda se lembrava nitidamente da sensação que tivera na noite anterior ao ejacular. Ao pensar que ele realmente lançara todo o sêmen dentro dela, sentia-se confuso. Havia sido uma quantidade *muito* grande. Mas a impressão que teve ao despertar era de que tanto isso quanto o temporal da noite anterior não haviam acontecido de verdade. Era como se tudo não passasse de um sonho. Quando Tengo era adolescente, ele tinha ejaculações noturnas. Os sonhos eróticos eram tão reais que, ao gozar, ele acordava. Tudo não passava de um sonho, mas a ejaculação era real. O que ele sentia agora era muito parecido com aquela experiência.

Mas aquilo não fora uma ejaculação noturna. Ele realmente tinha gozado em Fukaeri. Foi ela que conduziu seu pênis para dentro de si e extraíra eficazmente seu sêmen. Ele apenas obedecera ao comando. Naquela hora, seu corpo estava paralisado, impossibilitado de mexer sequer um dedo. Ele próprio pensava estar ejaculando na sala de aula do primário. Fukaeri o tranquilizara dizendo que, por ela não menstruar, não havia perigo de engravidar. Tengo não conseguia aceitar a ideia de que aquilo realmente tinha acontecido, mas o fato é que realmente ocorrera; no mundo real. Possivelmente.

Ele saiu da cama, trocou de roupa e foi para a cozinha esquentar água para um café. Enquanto o preparava, tentou organizar a mente, como se arrumasse as gavetas de uma mesa. Porém, não conseguiu ajeitá-las direito. Apenas mudou algumas coisas de posição: no lugar da borracha de apagar colocou os prendedores de papel; no lugar dos prendedores, o apontador; e no lugar do apontador, a borracha. A confusão continuou, apenas de outra forma.

Após beber um café fresco foi para o banheiro e, escutando um programa de música barroca numa estação de FM, fez a barba. Ouvia *partitas* para solos de vários instrumentos, compostas por Telemann. Era algo que ele costumava fazer: preparava o café na cozinha, tomava uma xícara e fazia a barba ouvindo *Música barroca para você*. O que variava era apenas a programação. Se não lhe falhava a memória, no dia anterior haviam tocado a música de teclado do Rameau.

O comentarista do programa explicou:

> Na primeira metade do século XVIII, Telemann gozava de grande prestígio como um dos mais talentosos e prolíficos compositores da Europa, mas, no início do século XIX, apesar de seu vasto repertório, suas obras foram desprezadas pelo público. Mas não por culpa sua. A mudança de avaliação se pautava pelo fato de ocorrerem transformações no cenário da sociedade europeia, que provocaram uma mudança significativa nas motivações para se compor música.

"Será esse o novo mundo?", pensou Tengo.

Ele olhou novamente ao redor. Como já tinha constatado antes, não havia nenhuma mudança. Naquele momento, ainda não havia ninguém que o desprezasse. Fosse como fosse, ele precisava fazer a barba. Mesmo que o mundo houvesse mudado, ninguém a faria para ele.

Após fazer a barba, passou manteiga na torrada e, enquanto a comia, serviu-se de mais uma xícara de café. Depois, foi para o quarto ver como Fukaeri estava, mas ela continuava dormindo profundamente, na mesma posição, sem se mexer um milímetro sequer. Em sua face, os cabelos pretos mantinham o desenho daquela complexa figura e ela continuava a ressonar tranquilamente.

Nesse dia, ele não tinha nenhum compromisso. Não precisava dar aulas na escola preparatória. Ninguém viria visitá-lo, e ele tampouco, tinha a intenção de visitar alguém. Estava livre para fazer o que bem entendesse. Tengo sentou-se à mesa da cozinha e voltou a escrever sua história. Foi preenchendo com a caneta-tinteiro o quadriculado do papel para manuscritos. Como sempre, conseguiu se concentrar rapidamente no trabalho. Ao mudar a chave mental, todas as outras coisas desapareceram de seu campo visual.

Fukaeri acordou um pouco antes das nove horas. Ela havia tirado o pijama e vestia a camiseta de Tengo. A camiseta do Jeff Beck, de sua turnê pelo Japão. A mesma que Tengo usara para visitar o pai em Chikura. Seus mamilos, nitidamente destacados, fizeram com que ele se lembrasse da ejaculação da noite anterior, assim como a menção de um determinado ano traz à tona certos fatos históricos.

A rádio tocava uma peça para órgão de Marcel Dupré. Tengo parou de escrever e preparou o café da manhã para ela. Fukaeri tomou um chá Earl Grey e comeu uma torrada com geleia de morango. Ela passou a geleia na torrada cuidadosamente, como Rembrandt a desenhar uma prega na roupa.

— Quantos exemplares você acha que seu livro vendeu? — perguntou Tengo.

— *Crisálida de ar*? — perguntou Fukaeri.

— É.

— Não sei — disse ela, franzindo levemente as sobrancelhas. — Muitos.

Tengo achou que a quantidade não era um fator importante para ela. Dizer "muitos" o fez imaginar um campo com trevos a perder de vista. Os trevos traziam o conceito de "muitos", pressupondo a impossibilidade de serem contados.

— Muitas pessoas estão lendo *Crisálida de ar* — disse Tengo.

Sem comentar nada, Fukaeri examinou atentamente se a geleia havia sido bem passada na torrada.

— Preciso me encontrar com Komatsu. O quanto antes — disse Tengo, fitando Fukaeri do outro lado da mesa. Como sempre, seu rosto era inexpressivo. — Você já deve ter se encontrado com ele, não é?

— Na coletiva de imprensa.

— Vocês chegaram a conversar?

Fukaeri balançou discretamente a cabeça, num gesto que significava que praticamente não conversaram.

Tengo podia imaginar vividamente a cena. Komatsu, como sempre, desandaria a falar rapidamente tudo o que pensava — e até o que não pensava —, enquanto ela estaria absorta em seus pensamentos, sem prestar atenção nele. Komatsu, por sua vez, não se importaria com essa atitude de Fukaeri. Se alguém pedisse para Tengo indicar "um par totalmente incompatível", certamente ele indicaria Fukaeri e Komatsu.

— Faz muito tempo que eu não vejo Komatsu nem tenho notícias dele. Creio que, de uns tempos para cá, ele deve estar muito ocupado. Principalmente depois que a *Crisálida de ar* se tornou um best-seller. Mas já está na hora de conversarmos seriamente sobre alguns assuntos. Acho que esse é um bom momento. Já que você está aqui, não quer vir junto?

— Nós três.

— Sim. Vai facilitar a conversa.

Fukaeri parou para pensar no assunto, ou parecia imaginar alguma coisa. Um tempo depois, respondeu:

— Tudo bem. Se isso for possível.

"*Se isso for possível*", Tengo repetiu mentalmente. Uma frase que ecoava como uma profecia.

— Você acha que não vai dar certo — perguntou Tengo, receoso.

Fukaeri não respondeu.

— Se for possível, vamos nos encontrar com ele. Pode ser assim?

— O que vai fazer quando encontrar.

— O que vou fazer quando me encontrar com ele? — Tengo repetiu, em tom de pergunta. — Em primeiro lugar, vou devolver o dinheiro. Recebi, como remuneração de *Crisálida de ar*, um depósito alto em minha conta-corrente, mas prefiro não aceitá-lo. Isso não significa que eu esteja arrependido de ter reescrito *Crisálida de ar*. Foi um trabalho muito estimulante, que me motivou a seguir na direção certa. Sei que não deveria me gabar, mas acho que ficou muito bom. Tanto que o livro tem sido elogiado e está vendendo bem. Não me arrependo de ter aceitado o trabalho. Mas confesso que nunca pensei que essa história tivesse tamanha repercussão. Obviamente, como aceitei fazê-lo, devo assumir minha responsabilidade, mas, de qualquer modo, não tenho intenções de aceitar uma remuneração por ter feito isso.

Fukaeri encolheu levemente os ombros.

— Sei que a devolução não vai mudar o estado atual das coisas, mas quero deixar bem clara a minha posição.

— Para quem?

— Para mim mesmo — disse Tengo, com uma voz mais baixa.

Fukaeri pegou a tampa da geleia e a observou como se fosse um objeto estranho.

— Pode ser que seja tarde — disse Tengo.

Fukaeri também não disse nada quanto a isso.

Quando Tengo telefonou para a editora em que Komatsu trabalhava, por volta de uma da tarde (Komatsu nunca estava no período da manhã), a mocinha que atendeu o telefone informou que ele estava ausente havia alguns dias. Fora a única informação que ela soube dar, ou que estava disposta a dar. Tengo pediu que transferisse a ligação para outro editor, de uma revista semanal para quem Tengo escrevera pequenas colunas sob pseudônimo. Esse editor era dois ou três anos mais velho que ele, formara-se na mesma faculdade e mantinha com ele uma boa relação.

— Faz uma semana que Komatsu não vem trabalhar — disse o editor. — No terceiro dia, ele telefonou dizendo que não estava se sentindo muito bem e que, por isso, resolvera tirar um tempo para descansar. Desde então não apareceu mais. O pessoal do departamento de livros está preocupado, não sabem o que fazer. Komatsu resolveu se tornar o único editor de *Crisálida de ar*, assumiu sozinho tudo o que diz respeito a essa obra. Ele devia cuidar apenas da revista, mas não delegou o assunto a ninguém. Sua ausência deixou o pessoal numa situação difícil, de mãos atadas. Mas, se ele não está passando bem, o jeito é se conformar.

— O que há de errado com ele?

— Não sei. Ele disse apenas que não estava passando bem e desligou o telefone. E não entrou mais em contato. Telefonei para a casa dele para tratar de um assunto, mas só caiu na secretária eletrônica. Não sei o que fazer.

— Ele não tem família?

— Ele mora sozinho. Chegou a ter esposa e filho, mas está divorciado há um bom tempo. Como ele não é de comentar nada, não sei dos detalhes. Ele é assim mesmo.

— Mas faltar uma semana e telefonar somente uma vez é meio estranho, não é?

— Você deve saber que ele é avesso às convenções sociais.

Tengo pensou sobre isso segurando o fone, e disse:

— Realmente, nunca se sabe o que ele vai aprontar. Além de não ligar para a opinião alheia, ele é um tanto egoísta. Mas, até onde eu sei, em relação ao trabalho, nunca foi irresponsável. Por mais que não esteja bem, não creio que abandonaria o trabalho neste momento em que *Crisálida de ar* está vendendo tanto. Não creio que ele faria isso.

— Tem razão — concordou o editor. — Talvez seja melhor eu ir até a casa dele ver o que está acontecendo. O grupo religioso Sakigake está sendo investigado pelo desaparecimento de Fukaeri, e ainda não sabemos seu paradeiro. Especula-se que algo pode ter acontecido com ela. Não creio que Komatsu esteja fingindo uma doença para esconder Fukaeri em algum lugar.

Tengo manteve-se quieto. Ele não podia dizer que Fukaeri estava bem na sua frente, limpando os ouvidos com cotonete.

— E tem mais. Tem uma coisa que me incomoda em relação àquele livro. O fato de estar vendendo é ótimo, mas algo não me cheira bem. Essa impressão não é só minha, mas de muitos que trabalham aqui na editora. Mas, então, você tinha algum assunto a tratar com ele?

— Não. Não era nada de importante. Só queria saber como ele estava, já que faz tempo que não nos falamos.

— Ultimamente, ele estava muitíssimo ocupado. Talvez esteja estressado. Afinal, *Crisálida de ar* foi o primeiro best-seller da editora desde sua fundação. A expectativa do bônus deste ano é grande. Você já leu o livro?

— Claro que sim. Li o original, enviado para o concurso.

— É mesmo! Você fez a primeira leitura.

— Achei o romance interessante e bem-escrito.

— De fato, a história é boa. Vale a pena ler.

Tengo sentiu algo de estranho na forma de o editor falar, e indagou:

— Algo está te incomodando?

— É a minha intuição de editor. Você tem razão: é bem-escrito. Não há dúvida. Mas, para uma escritora novata, de apenas 17 anos, acho que *é bem-escrito demais*. A autora desapareceu, e o editor não dá notícias. O livro é como um navio fantasma, sem tripulação, navegando sozinho pelos mares dos best-sellers.

Tengo soltou um som impreciso.

O editor prosseguiu:

— A história é sinistra, misteriosa, muito bem-contada. Mas, cá entre nós, aqui na empresa estão correndo boatos de que Komatsu deve ter mexido no texto. Muito mais do que seria admissível. Não creio nisso, mas, se for verdade, estamos com uma tremenda bomba-relógio nas mãos.

— Quem sabe foi uma questão de sorte, uma série de pequenas coincidências.

— Mesmo assim, não vai durar para sempre — disse o editor.

Tengo agradeceu e desligou o telefone.

* * *

Ao colocar o fone no gancho, disse para Fukaeri:

— Faz uma semana que Komatsu não vai trabalhar, e ele não dá notícias.

Fukaeri nada respondeu.

— Parece que as pessoas ao meu redor estão sumindo uma após a outra — disse Tengo.

Fukaeri novamente não respondeu nada.

Tengo se lembrou de que a pele perde diariamente cerca de quarenta milhões de células. Elas se soltam e, como uma minúscula partícula de poeira, desaparecem no ar. Neste mundo talvez sejamos como essas células e, sendo assim, não seria nada estranho se um dia, de repente, alguém viesse a sumir.

— Talvez eu seja o próximo — disse Tengo.

Fukaeri balançou levemente a cabeça.

— Você não vai desaparecer.

— Por que não?

— Porque você se purificou.

Tengo pensou no assunto durante alguns segundos, mas, claro, não chegou a nenhuma conclusão. Desde o começo sabia que, por mais que pensasse, seria em vão. Mesmo assim, não podia deixar de se esforçar para tentar entender.

— De qualquer modo, não podemos falar de imediato com Komatsu — disse Tengo. — Também não posso devolver-lhe o dinheiro.

— O dinheiro não é o problema — disse Fukaeri.

— Então, qual é o problema? — indagou Tengo.

A pergunta, como era de se supor, ficou sem resposta.

Conforme a decisão tomada na noite anterior, Tengo resolveu procurar Aomame. Se reservasse um dia inteiro para fazer uma busca minuciosa, alguma pista ele haveria de encontrar. No entanto, na prática, descobriu que a tarefa não era tão simples como a princípio havia imaginado. Ele deixou Fukaeri no apartamento e insistiu várias vezes para "não abrir a porta para ninguém". Depois foi à agência telefônica. Lá havia todas as listas telefônicas do Japão disponíveis para consulta. Pegou a lista dos 23 distritos de Tóquio e procurou o sobrenome "Aomame". Mesmo que não a encontrasse, poderia ao menos achar algum parente e, por meio dele, obter informações.

Não encontrou ninguém com esse sobrenome. Tengo estendeu a busca para toda a área metropolitana de Tóquio. Mesmo assim, não obteve resultados. Em seguida, ampliou ainda mais a busca, incluindo toda a região de Kansai. Começou pela província de Chiba, passou para Kanagawa e, quando chegou a Saitama, seu tempo e sua energia haviam se esgotado. De tanto ler as pequenas letras impressas nas listas, o fundo de seus olhos começou a doer.

Foi então que lhe vieram à mente as seguintes possibilidades:

1. Ela mora nos arredores da cidade de Utashiai, na província de Hokkaido;
2. Ela se casou e o seu sobrenome passou a ser "Itô";
3. Para preservar a privacidade, seu nome não consta da lista telefônica;
4. Na primavera do ano retrasado, morreu vítima de uma gripe maligna.

Havia outras possibilidades além dessas. Não daria para se ater apenas às listas telefônicas, e não teria cabimento verificar todas as listas do Japão. Até ele chegar à província de Hokkaido, já teria virado o mês. Precisava descobrir outra maneira de encontrá-la.

Tengo comprou um cartão telefônico, entrou na cabine da agência, telefonou para a sua antiga escola primária na cidade de Ichikawa e, com a desculpa de que precisava entrar em contato com Aomame para informá-la sobre a Associação de Antigos Alunos, solicitou o endereço que constava na ficha escolar. A mulher que atendeu era simpática e parecia desocupada. Ela se prontificou a pegar a lista de formandos daquela turma. Mas, como Aomame havia mudado de escola no meio da quinta série, seu nome não constava da lista, e tampouco havia como saber o seu endereço atual. Mas a mulher disse que poderia levantar o endereço para onde ela havia se mudado naquela época, e perguntou a Tengo se aquilo poderia interessar.

Tengo disse que sim, que queria saber.

Tengo anotou o endereço e o telefone. O endereço era do bairro de Adachi, em Tóquio, e o nome constava como Kôji Tasaki.

Dava a entender que, naquela época, ela devia ter tido razões para deixar a casa dos pais. Mesmo ciente de que seria em vão, resolveu discar o número. Como previsto, o número não existia mais. Afinal, já tinham se passado vinte anos. Resolveu, então, telefonar para a central de informações dizendo o endereço e o nome de Kôji Tasaki, mas a central informou que não existia nenhum telefone registrado com esse nome.

Em seguida, Tengo procurou o telefone da sede dos Testemunhas de Jeová na lista telefônica, mas, apesar de buscar com afinco, não o encontrou. Então resolveu procurar o telefone de revistas como *A Sentinela* e *Despertai!*, ou com nomes similares, mas também não obteve sucesso. Procurou até na sessão de "grupos religiosos" da lista telefônica comercial, mas também foi em vão. Após um bom tempo nesse esforço heroico de encontrar esses telefones, Tengo chegou à conclusão de que os Testemunhas de Jeová não queriam ser importunadas.

Pensando bem, aquilo era muito estranho. Eles vão atrás das pessoas quando querem, e a qualquer hora. Costumam tocar a campainha ou bater na porta e, sorridentes, convidam: "Vamos estudar a Bíblia juntos?" Não importa se a pessoa está com um suflê no forno, soldando alguma coisa, lavando os cabelos, treinando um camundongo a fazer truques ou tentando resolver uma equação de segundo grau. Eles não se importam de nos procurar, mas (a não ser que você fosse um seguidor) nos tolhem a liberdade de procurá-los. Não há como lhes fazer uma simples pergunta. Isso sim era algo inconveniente, e muito.

Mas, mesmo que conseguisse o telefone deles, era preciso admitir que, pelo modo como se resguardam, dificilmente concordariam em abrir seus arquivos e, gentilmente, fornecer informações sobre algum membro. Eles devem ter seus motivos para serem tão fechados. O caráter extremista e excêntrico dessa doutrina, e o fanatismo de seus adeptos, fazem com que a sociedade, em sua maioria, deteste esse tipo de gente; até mesmo as odeie. Os Testemunhas de Jeová já provocaram alguns problemas sociais e, por isso, houve época em que foram perseguidos. Defender-se da hostilidade do mundo externo, que sem sombra de dúvida existia, tornara-se parte de seus hábitos.

De qualquer modo, quando Tengo deparou com essa barreira, fechou-se um dos caminhos para conseguir informações sobre Aomame. De imediato, ele não conseguia imaginar outras possibilidades de encontrá-la. O sobrenome Aomame era incomum. Uma vez pronunciado, dificilmente seria esquecido. No entanto, ao se tentar encontrar alguém com esse sobrenome, de repente surgia uma parede intransponível.

Talvez fosse o caso de ele perguntar diretamente a algum Testemunha de Jeová. Se ele falasse com a sede, certamente ficariam desconfiados e não lhe dariam nenhuma informação. Mas, se ele perguntasse a algum fiel, quem sabe a pessoa gentilmente lhe dissesse alguma coisa. Mas Tengo não conhecia nenhum seguidor dos Testemunhas de Jeová. Pensando bem, fazia pelo menos dez anos que não recebia visita deles. Por que será que eles aparecem quando não queremos e, quando queremos, eles somem?

Poderia fazer um anúncio de três linhas no jornal. "Aomame, por favor, entre em contato com urgência. Kawana"; um texto idiota. Mesmo que ela lesse isso, Tengo sabia que não se daria o trabalho de entrar em contato. O mais provável era que ficasse desconfiada. Kawana também não era um sobrenome comum. Tengo, porém, duvidava que ela ainda se lembrasse de seu nome. "Kawana... Quem será?", ela indagaria. Seja como for, ela não entraria em contato. Afinal, quem vai ler um pequeno anúncio no jornal?

Outra possibilidade seria procurar uma agência de detetives e solicitar uma investigação. Eles devem estar acostumados a fazer esse tipo de trabalho. Devem ter diversos métodos e meios para encontrá-la. Com os dados que ele possuía, eles provavelmente a encontrariam num piscar de olhos. Talvez não fosse muito caro. Mas Tengo achou melhor deixar essa possibilidade como um último recurso. Para começar, ele mesmo tentaria encontrá-la. Tinha a impressão de que, mesmo tendo de quebrar um pouco a cabeça, devia ver até onde conseguiria chegar.

Ao voltar ao apartamento, pouco antes do anoitecer, Tengo encontrou Fukaeri sentada no chão, ouvindo música. Era o disco de jazz antigo que sua namorada deixara para trás. No chão estavam espalhados os discos de Duke Ellington, Benny Goodman, Billie Holliday. Na vitrola, Louis Armstrong cantava "Chantez Les Bas". Uma música excepcional, que o fez se lembrar de sua namorada mais velha. Eles costumavam ouvir essa música no intervalo do sexo. No trecho final dessa música, o trompetista Trummy Young, totalmente eufórico, esquece de terminar o solo conforme o combinado e, no último *chorus*, segue tocando oito compassos extras. "Este é o trecho", explicava ela. Quando terminava de tocar um dos lados do disco, quem se levantava da cama, nu, para trocar o lado do disco na sala, era Tengo. Ele lembrou com saudade aqueles momentos. Sabia que aquele tipo de relação não duraria para sempre, mas também não pensava que terminaria de modo tão abrupto.

Ao ver Fukaeri escutando atentamente os discos deixados por Kyôko Yasuda, Tengo sentiu-se estranho. Ela estava compenetrada, com as sobrancelhas franzidas, e parecia tentar captar algo que existia além da música antiga, enxergar alguma sombra naqueles sons.

— Você gostou do disco?

— Escutei várias vezes — disse Fukaeri. — Não se importa.

— É claro que não me importo. Não está entediada, sozinha?

Fukaeri balançou discretamente a cabeça e disse:

— Tenho coisas para pensar.

Tengo queria perguntar sobre a noite anterior em meio aos trovões. Queria perguntar *"por que fez aquilo?"*. Tengo sabia que não era uma atração sexual que ela sentia por ele. O que eles fizeram parecia ser algo que extrapolava o sexo. Se ele estivesse com razão, então, o que teria sido aquilo?

No entanto, mesmo que perguntasse algo sobre isso, certamente não teria uma resposta adequada. Ele próprio não estava muito animado em trazer à tona esse tipo de conversa num anoitecer tão pacífico e calmo de setembro. Aquilo acontecera discretamente na escuridão da noite, cercado por intensas trovoadas. Falar daquilo num contexto cotidiano alteraria seu significado.

— Você não tem menstruação — perguntou Tengo, abordando a situação por outro ângulo. Achou melhor começar por perguntas cujas respostas se limitassem a um breve sim ou não.

— Não — respondeu Fukaeri, sucintamente.

— Nunca teve?
— Nunca.
— Sei que não é da minha conta, mas você já tem 17 anos e acho que não deve ser normal não menstruar.

Fukaeri encolheu timidamente os ombros.

— Você já procurou um médico?

Fukaeri balançou a cabeça negativamente.

— Não adianta procurar.
— Por que não?

Fukaeri não quis responder. Parecia nem ter escutado a pergunta. Talvez tivesse uma habilidade especial de discernir se uma pergunta era ou não pertinente, como as guelras das sereias, que se abrem e se fecham conforme a necessidade.

— O Povo Pequenino também está envolvido nisso? — perguntou Tengo.

Como se esperava, não houve resposta.

Tengo suspirou. Não tinha mais nenhuma pergunta a fazer para tentar esclarecer o que havia acontecido na noite anterior. O caminho estreito e incerto terminava ali e, dali para a frente, só havia uma densa floresta. Ele firmou os pés no chão, olhou ao redor e mirou o céu. Aquele era o problema de conversar com Fukaeri. Todos os caminhos terminavam infalivelmente no mesmo ponto. Os guiliaks continuariam a jornada mesmo sem existir o caminho. Mas para Tengo era impossível.

— Estou procurando uma pessoa — disse Tengo, para mudar de assunto. — Uma mulher.

Falar sobre isso com Fukaeri não ia adiantar nada; ele sabia muito bem. Mas Tengo precisava falar com alguém. Tinha necessidade de falar em voz alta o que estava pensando. Sentia que, se não o fizesse, Aomame poderia se afastar ainda mais dele.

— Já faz vinte anos que eu não a vejo. Na última vez, eu tinha 10 anos. Ela tem a mesma idade que eu. Estudamos na mesma classe na escola primária. Tentei encontrá-la de várias maneiras, mas não consegui descobrir sequer um rastro.

O disco terminou. Fukaeri o pegou do prato e cheirou várias vezes o vinil, estreitando os olhos. Tomando cuidado de não deixar digitais, guardou-o cuidadosamente no envelope de papel e, em seguida, colocou-o dentro da capa, como se acomodasse na cama um gatinho adormecido, com delicadeza e carinho.

— Você quer se encontrar com essa pessoa — perguntou Fukaeri, sem a interrogação.

— Ela significa muito para mim.

— Você está procurando ela durante esses vinte anos — perguntou Fukaeri.

— Não. Não é bem isso — disse Tengo e, enquanto procurava palavras para se expressar, cruzou os dedos sobre a mesa. — Para falar a verdade, comecei a procurar hoje.

Fukaeri esboçou uma expressão de quem não entendia o que acabara de ouvir.

— Hoje — disse ela.

— Se ela é tão importante para você, por que esperou até hoje para começar a procurá-la? — disse Tengo, antecipando a pergunta de Fukaeri. — Eis uma boa pergunta.

Fukaeri manteve-se em silêncio, fitando Tengo.

Após organizar os pensamentos, ele respondeu:

— Acho que fiz o caminho mais longo. Essa menina chamada Aomame, como posso dizer, esteve sempre no centro dos meus pensamentos. Ela sempre foi uma espécie de *âncora*, que cumpria uma função muito importante em minha vida. Mas justamente por estar no centro é que talvez eu não tenha conseguido perceber o significado que ela tinha para mim.

Fukaeri continuava a fitá-lo. Pela expressão de seu olhar, não dava para saber se estava entendendo o que Tengo tentava lhe dizer. Mas isso era o de menos. Em parte, Tengo estava dizendo aquilo para si próprio.

— Mas agora finalmente eu entendi. Ela não é um conceito, não é um símbolo nem uma metáfora. Ela é uma existência real cujo corpo possui calor e um espírito em movimento. Esse calor e esse movimento são coisas que eu não posso deixar escapar. Levei vinte anos para entender uma coisa tão óbvia. De fato, sou uma pessoa que leva tempo para "estender" as coisas, mas, mesmo assim, acho que levei tempo demais. Talvez seja tarde demais. Seja como for, preciso encontrá-la. Mesmo que seja tarde demais.

Fukaeri, ainda sentada no chão, endireitou a coluna. Os bicos de seus seios novamente se delinearam na camiseta do Jeff Beck.

— Aomame — disse Fukaeri.
— Isso. Escreve-se com os ideogramas "verde" e "soja". Um sobrenome diferente.
— Você quer encontrá-la — perguntou Fukaeri, sem o tom interrogativo.
— É claro que quero — respondeu Tengo.
Fukaeri mordeu o lábio inferior e ficou um bom tempo pensando. Depois, levantou o rosto e, cautelosamente, disse:
— Ela pode estar bem perto.

17
Aomame
Tirar o rato

A inundação ocorrida na estação Akasaka-Mitsuke foi amplamente veiculada no noticiário da TV das sete da manhã, mas nenhuma nota foi divulgada sobre a morte do Líder de Sakigake na suíte do hotel Ôkura. Após assistir ao noticiário da NHK, Aomame mudou de canal para ouvir os telejornais de outras emissoras, mas em nenhum deles se falou da morte indolor daquele homem grande.

"Eles esconderam o cadáver", pensou Aomame, franzindo as sobrancelhas. Tamaru já havia previsto essa possibilidade, mas ela relutava em acreditar que aquilo *de fato* pudesse acontecer. De algum jeito, eles conseguiram tirar o corpo do Líder da suíte do hotel, colocá-lo dentro do carro e levá-lo embora. Era um homem grande e seu corpo devia estar extremamente pesado. E no hotel havia muitos hóspedes e funcionários, além das câmeras de monitoramento, com suas reluzentes lentes espalhadas por todos os lados. Como conseguiram levar o cadáver até o estacionamento do subsolo sem chamar a atenção de ninguém?

De qualquer modo, deviam tê-lo levado durante a noite até a sede do grupo nas montanhas de Yamanashi e, chegando lá, o Conselho devia ter se reunido para decidir o que fazer com o corpo. Provavelmente, sua morte não seria oficialmente comunicada à polícia. Uma vez que se esconde algo, é preciso mantê-lo escondido.

O intenso temporal e a confusão que tomou conta da cidade possivelmente teriam facilitado a ação deles. Seja como for, realmente conseguiram evitar que o fato fosse divulgado. Por sorte, o Líder não costumava se expor em público, e tanto a sua existência quanto suas atividades sempre estiveram envoltas numa aura de mistério. Por isso, durante um tempo, as pessoas não desconfiariam de nada. Somente alguns teriam conhecimento de sua morte — ou de seu assassinato —, e essa informação seria mantida em segredo.

Aomame não fazia ideia de como eles preencheriam a lacuna deixada pelo Líder. Certamente, eles não mediriam esforços para sanar a situação em prol da manutenção do sistema. Aquele homem havia dito que o sistema continuaria a existir e a funcionar, a despeito de não haver líder. "Quem será o escolhido para sucedê-lo?", Aomame pensou. Não era da sua conta. Sua tarefa fora a de eliminar o Líder, e não a de destruir um grupo religioso.

Aomame pensou nos dois guarda-costas de terno preto. O de cabelo rente e o de rabo de cavalo. Será que, quando voltarem para a sede, serão responsabilizados pela morte do Líder bem diante de seus olhos? Aomame imaginou o momento em que receberiam ordens para acabar com ela ou capturá-la: "Não importa como, tratem de achar essa mulher, custe o que custar. Não voltem enquanto não a acharem." Isso seria plausível, pois eles a viram de perto, eram bons de luta e sentiriam um intenso desejo de vingança. Perfeitos caçadores. Os dirigentes do grupo iam querer saber para quem Aomame trabalhava.

No café da manhã, Aomame comeu uma maçã. Não estava com muito apetite. Sua mão ainda conservava a sensação do momento em que enfiara a agulha na nuca daquele homem. Um leve calafrio percorreu seu corpo enquanto ela segurava uma pequena faca na mão direita para descascar a fruta. Era um calafrio que jamais havia sentido antes. Até então, toda vez que ela matava alguém, bastava dormir uma noite para apagar toda e qualquer lembrança do dia anterior. É claro que o sentimento de matar uma pessoa não era agradável, mas eram homens que não mereciam viver. Mais do que pena, eram dignos de desprezo. Mas, desta vez, era diferente. A conduta daquele homem era, sem dúvida, imoral, mas ele *não era* uma pessoa *comum*, no amplo sentido da palavra. O fato de ser uma pessoa incomum, em parte, tornava suas atitudes acima do bem e do mal. Tirar sua vida não fora uma tarefa normal. Tanto que aquilo lhe deixara uma estranha impressão. Uma impressão *incomum*.

O que ele deixou foi uma "promessa", concluiu Aomame, após uma longa reflexão. O peso dessa promessa impregnou-se na palma de sua mão como um *sinal*. Foi a conclusão a que Aomame chegou. E esse sinal possivelmente jamais deixaria de existir.

* * *

Um pouco depois das nove, o telefone tocou. Era uma ligação de Tamaru. O aparelho tocou três vezes, seguido de um intervalo de vinte segundos e, novamente, começou a tocar.

— Eles realmente não chamaram a polícia — disse Tamaru.
— Não saiu nada na TV nem nos jornais.
— Mas tenho certeza de que ele está morto.
— Claro que está. Não há dúvidas de que o Líder morreu. Houve uma certa movimentação quando deixaram o hotel. Durante a noite, chamaram algumas pessoas da filial aqui da capital. Provavelmente, para resolver o que fazer com o cadáver sem chamar a atenção. Devem ser peritos nisso. Um pouco depois da uma da madrugada um Mercedes-Benz Classe S e um Toyota Hiace, ambos com vidros escuros, deixaram o estacionamento do hotel. As placas eram de Yamanashi. Eles devem ter chegado na sede ainda durante a madrugada. No dia anterior, a polícia esteve investigando o local, mas, como não era uma investigação ampla, os policiais se retiraram rapidamente. A sede possui um enorme crematório. Se um corpo for jogado nele, não sobrará sequer um osso. Tudo se transformará em fumaça.

— Sinistro.
— Aquela gente é repugnante. Mesmo com o Líder morto, o grupo deve continuar atuando normalmente durante um tempo, como uma cobra que se movimenta e sabe exatamente para onde ir mesmo com a cabeça cortada. É imprevisível o que acontecerá depois. Ela pode morrer, ou uma nova cabeça pode nascer.

— Aquele homem não era uma pessoa comum.
Tamaru não fez nenhum comentário a esse respeito.
— Diferente de todos os outros — disse Aomame.
Tamaru interpretou o tom de sua voz e disse:
— Sei que deve ter sido uma experiência diferente, mas agora é preciso focar no que fazer *daqui para a frente*. Se quiser sobreviver, você precisa agir de forma mais prática.

Aomame pensou em dizer algo, mas faltaram-lhe palavras. Ela continuava a sentir calafrios no corpo.
— A madame gostaria de falar com você — disse Tamaru.
— Pode atendê-la?
— É claro — respondeu Aomame.

A velha senhora pegou o telefone. Aomame notou alívio em sua voz.

— Sou muito grata a você. Não consigo expressar em palavras minha profunda gratidão. Como sempre, seu trabalho foi perfeito.

— Muito obrigada. Mas creio que nunca mais conseguirei fazer isso — disse Aomame.

— Sei disso. Sei que foi um abuso de minha parte pedir-lhe para fazer aquilo, mas estou contente que você voltou sã e salva. Nunca mais vou pedir esse tipo de coisa. Este foi seu último trabalho. O lugar para onde você vai já está pronto. Não há nada com que se preocupar. Peço que fique nesse abrigo enquanto providenciamos as coisas para que você possa começar uma nova vida.

Aomame agradeceu.

— Nesse momento, está faltando alguma coisa? Se estiver, por favor, me diga. Pedirei para Tamaru providenciar imediatamente.

— Não. Tenho tudo o que é necessário.

A velha senhora tossiu levemente.

— Gostaria que você nunca se esquecesse de uma coisa. Nós realmente fizemos a coisa certa. Castigamos aquele homem pelo crime que ele cometeu e, com isso, evitamos que ele continuasse a praticar o mal. Impedimos que novas vítimas surgissem daqui para a frente. Não sinta nenhum tipo de remorso.

— Ele disse a mesma coisa.

— Ele?

— O Líder de Sakigake. Aquele homem de quem *cuidei* ontem à noite.

A velha senhora calou-se por alguns segundos e disse:

— Ele sabia?

— Sim. Ele sabia que eu tinha ido lá para matá-lo e, mesmo ciente disso, ele me recebeu. Ele desejava morrer. Seu corpo estava gravemente doente e caminhava lenta e inexoravelmente para a morte. Eu apenas encurtei o tempo e aliviei a dor que o atormentava.

Ao saber disso, a velha senhora parecia realmente surpresa e, mais uma vez, permaneceu em silêncio. Uma atitude rara.

— Aquele homem... — disse a velha senhora, tentando encontrar as palavras. — Desejava ser castigado por suas ações?

— O que ele desejava era encerrar o quanto antes sua vida de sofrimentos.

— Ele deixou que você o matasse.

— Isso mesmo.

Aomame não quis contar sobre o seu acordo com o Líder. Ela ter de morrer para que Tengo continuasse vivo neste mundo era um acordo secreto entre eles. Não podia revelá-lo a ninguém.

— O que aquele homem fazia era algo anormal, e a morte era algo inevitável. Mas ele não era uma pessoa comum. Pode-se dizer que, no mínimo, possuía *algo de especial*. Disso eu tenho certeza.

— Algo de especial — disse a velha senhora.

— Não sei como explicar — falou Aomame. — Ele possuía uma habilidade especial ou um tipo de dom que se tornou um fardo muito pesado, que estava destruindo o seu corpo por dentro.

— Foi esse *algo* especial que o fez agir daquela maneira pervertida?

— Creio que sim.

— De qualquer modo, você pôs fim a isso.

— Isso — respondeu Aomame, com o tom de voz seco.

Ela segurou o fone com a mão esquerda e observou a palma da mão direita, que continuava a emanar a morte. Aomame não conseguia entender o que significava aquela *ambígua relação* com as meninas. Evidentemente, não saberia explicá-la à velha senhora.

— Como sempre, as pessoas vão pensar que ele teve uma morte natural, mas é provável que não levem essa hipótese em conta. Pelo rumo dos acontecimentos, eles vão desconfiar que fui eu que matei o Líder. E, como a senhora deve saber, eles ainda não comunicaram a morte dele à polícia.

— Independentemente do que eles fizerem, nós faremos o possível para protegê-la — disse a velha senhora. — Eles possuem uma organização própria, mas nós também temos poderosas conexões e muito dinheiro. Você é uma pessoa muito cuidadosa e inteligente. Eles não vão conseguir o que querem.

— Já encontrou Tsubasa? — perguntou Aomame.

— Ainda não sabemos onde ela está. Acho que ela deve estar com o grupo, pois não teria outro lugar para ir. Por enquanto, não sei o que fazer para resgatá-la. Mas, com a morte do Líder, creio que o grupo deve estar em polvorosa. Se soubermos aproveitar esse período de confusão, talvez encontremos uma maneira de tirá-la de lá. Aquela menina precisa ser protegida a qualquer custo.

O Líder havia dito que aquela Tsubasa do abrigo não era real. Ela era apenas a manifestação de um conceito e, por isso, fora *resgatada*. Mas não caberia dizer isso à velha senhora naquele momento. Para falar a verdade, ela própria não sabia direito o que tudo aquilo significava. Mas ainda se lembrava do relógio de mármore levitando. Algo que realmente vira com seus próprios olhos.

— Quanto tempo devo ficar escondida aqui? — perguntou Aomame.

— Possivelmente, entre quatro dias a uma semana. Depois você vai ganhar um nome novo e se mudará para um local distante. Como uma questão de segurança, quando você for para esse novo local, deixaremos de nos comunicar. Não vou poder vê-la durante um bom tempo. Pela minha idade, talvez nunca mais possamos nos encontrar. Teria sido melhor se eu não tivesse envolvido você nisso, trazendo-lhe tantos incômodos. Não consigo deixar de pensar que, se não fosse por isso, eu não a perderia dessa maneira. Mas...

A velha senhora ficou um tempo com a voz embargada. Aomame aguardou em silêncio a continuação da conversa.

— Mas não estou arrependida. Creio que tenha sido coisa do destino, e não havia como não envolvê-la. Não havia escolha. Algo muito forte me impeliu a agir dessa maneira. Sinto muito por ter ficado assim.

— Mas foi graças a isso que nós pudemos compartilhar algo. Algo muito importante que eu não poderia compartilhar com mais ninguém. Algo que não conseguiria obter com outras pessoas.

— Você tem razão — disse a velha senhora.

— Compartilhar isso era algo que eu precisava muito.

— Obrigada. Me sinto melhor ao ouvir isso.

Aomame também estava triste de não poder mais se encontrar com a velha senhora. Ela era um dos poucos vínculos que tinha. Uma ligação com o mundo exterior.

— Cuide-se — disse Aomame.

— Você também — disse a velha senhora. — Procure ser feliz.
— Se for possível — disse Aomame. A felicidade era algo que estava bem distante dela.
Tamaru pegou o telefone.
— Até agora, você não usou *aquilo*, não é? — perguntou Tamaru.
— Ainda não.
— Faça o possível para não ter de usar.
— Farei o possível — disse Aomame.
Tamaru prosseguiu, após um breve silêncio.
— Outro dia te contei que fui criado num orfanato nas montanhas da província de Hokkaido, não contei?
— Você me contou que se separou de seus pais, foi repatriado da ilha de Sacalina e, depois, te colocaram no orfanato.
— No orfanato havia um garoto que era dois anos mais novo que eu. Ele era mestiço. Se não me engano, era filho de um soldado negro enviado para a área de Misawa. A mãe devia ter sido uma prostituta, uma garçonete ou coisa do tipo. Ele foi abandonado pela mãe e levado para lá. Era bem maior do que eu, mas não muito inteligente. Os garotos o tratavam muito mal, principalmente pela cor de sua pele. Você entende, não?
— Acho que entendo.
— Como não sou japonês, acabei me tornando o seu protetor. Digamos que nós dois tínhamos algo em comum. Um era coreano, repatriado da ilha de Sacalina, e o outro era filho de um negro com uma prostituta. Se eu não ligasse para ele e o deixasse sozinho, com certeza estaria morto. Era um ambiente que, para sobreviver, ou você era esperto e rápido, ou bom de briga.
Aomame escutava em silêncio.
— Tudo o que pediam para ele fazer dava errado. Não conseguia fazer nada: nem fechar os botões das roupas, nem limpar a própria bunda. Mas, em compensação, era um exímio escultor. Bastava dar-lhe alguns cinzéis e pedaços de madeira para talhar uma belíssima escultura, num piscar de olhos. A imagem surgia em sua mente e, sem a necessidade de rascunhar, conseguia esculpir peças tridimensionais com perfeição e extrema riqueza de detalhes, a pon-

to de parecer real. Era um tipo de genialidade, algo realmente incrível.

— *Savant* — disse Aomame.

— Isso mesmo. Só depois é que fiquei sabendo que ele era portador da síndrome de Savant, e quem tem essa síndrome possui uma capacidade excepcional. Mas, naquela época, como ninguém sabia disso, todos achavam que ele era burro. No entanto, apesar da falta de inteligência, suas mãos eram extremamente hábeis para fazer esculturas. O interessante era que ele fazia somente esculturas de ratos. As esculturas eram magníficas, a ponto de parecerem reais. Mas a única coisa que ele conseguia fazer eram ratos, e nada além disso. As pessoas bem que tentavam fazê-lo esculpir outros animais, como cavalos, ursos etc. Chegaram inclusive a levá-lo ao zoológico; mas ele não se interessava por nenhum outro animal. Diante disso, as pessoas se conformaram em deixá-lo fazer somente ratos. Ele esculpia ratos com formatos, tamanhos e posições diferentes. O interessante é que no orfanato não havia ratos. Naquela região, o frio era muito rigoroso, e havia pouca comida. O orfanato era carente até de ratos. Ninguém conseguia entender o porquê de ele ser tão aficionado por aquele animal. De qualquer modo, o boato de que um garoto esculpia ratos se espalhou na região e virou notícia nos jornais locais. Surgiram pessoas interessadas em adquirir suas peças. O diretor do orfanato, um padre católico, resolveu alocar um espaço numa loja de artesanato para expor e vender as esculturas para os turistas. Creio que as vendas renderam um bom dinheiro, mas ninguém viu sequer a cor dele. Não sei onde foi parar a grana, mas creio que os superiores do orfanato se incumbiram de gastá-lo para fins diversos. O garoto recebia apenas os cinzéis e a madeira para talhar, e ficava horas a fio esculpindo na oficina do orfanato. Pelo menos ele foi dispensado do trabalho árduo nas lavouras e pôde ficar sozinho esculpindo seus ratos.

— O que aconteceu com ele?

— Não sei. Fugi do orfanato aos 14 anos e passei a viver sozinho. Assim que pude, peguei um barco e vim para a ilha central e, desde então, nunca mais coloquei os pés em Hokkaido. A última vez que o vi, ele estava curvado sobre a bancada de trabalho e, compenetrado, esculpia um rato. Quando estava concentrado, não adiantava falar nada, ele não escutava. Por isso, não me despedi. Se ainda estiver vivo, provavelmente deve estar em algum lugar esculpindo ratos. Ele não conseguia fazer mais nada a não ser isso.

Aomame aguardou em silêncio a continuação da história.

— Mesmo hoje, ainda penso muito nele. A vida no orfanato foi terrível. A comida era pouca, sempre estávamos famintos e o inverno era muito rigoroso. O trabalho era árduo e os garotos mais velhos viviam nos batendo. Mas, para aquele garoto, a vida no orfanato não parecia tão ruim. Ele parecia feliz quando estava sozinho esculpindo os ratos. Quando lhe tiravam o cinzel, ficava endoidecido, mas, normalmente, era um sujeito bem calmo. Ficava horas em silêncio esculpindo os ratos sem incomodar ninguém. Ele pegava um pedaço de madeira e passava um longo tempo observando-o até conseguir enxergar que tipo de rato e em que posição este se encontrava dentro da madeira. Até conseguir enxergar, ele levava muito tempo. Porém, uma vez que conseguia visualizá-lo, bastava talhar a peça para tirar o rato de dentro da madeira. Ele costumava dizer "vou tirar o rato". Realmente, o rato que ele *tirava* da madeira parecia estar vivo, a ponto de dar a impressão de que se mexeria a qualquer momento. Aquele garoto conseguia libertar o rato imaginário que estava preso no pedaço de madeira.

— E você protegeu esse garoto.

— Não que eu quisesse, mas acabei assumindo a responsabilidade. Uma vez que assumi essa postura, precisava cumpri-la a todo custo. Era a regra do lugar. Tive de me adequar a ela. Se algum dos garotos, por brincadeira, tirava o cinzel dele, eu ia atrás e lhe dava uma surra. Não importava se o garoto era mais velho, maior e mais forte, se estava sozinho ou em bando. Eu o pegava e lhe dava uma lição. É claro que também apanhei. Mas a questão não era ganhar ou perder. Mesmo batendo ou apanhando, o importante era pegar o cinzel e devolvê-lo. Você entende?

— Acho que sim — disse Aomame. — Mas, no final, você teve de abandoná-lo.

— Eu precisava viver sozinho e não podia tomar conta dele para sempre. Eu não tinha essa disponibilidade. Era óbvio.

Aomame observou novamente a palma de sua mão direita.

— Algumas vezes vi você segurando um ratinho de madeira. Era desse garoto, não era?

— Era. Foi ele que me deu. Quando fugi do orfanato, trouxe-o comigo e ainda o tenho.

— Tamaru, por que você está me contando isso? Você não é do tipo que costuma contar algo sobre sua vida pessoal sem ter um motivo.

— O que eu quero dizer é que sempre penso nele — disse Tamaru. — O que não significa que eu queira encontrá-lo novamente. Não é o caso. Mesmo que isso acontecesse, não teríamos o que conversar. Mas ainda tenho gravada na memória a vívida imagem dele entalhando a madeira, compenetrado, para "tirar" o rato. A cena é uma das imagens que considero importantes para mim. Ela me ensina alguma coisa. Ou tenta ensinar. É necessário existir esse tipo de imagem para que as pessoas continuem a viver. Uma imagem que possui um significado que não se pode explicar por meio de palavras. Há quem diga que vivemos em função do desejo de entender o que esse *algo* tenta nos dizer. É o que eu acho.

— Está querendo dizer que o fundamento de nossas vidas estaria nesse algo?

— Quem sabe?

— Eu também tenho uma imagem.

— Cuide dela com carinho.

— Vou cuidar — disse Aomame.

— Uma outra coisa que eu queria dizer é que farei o possível para protegê-la. Se eu tiver de dar uma surra em alguém, não importa quem seja, eu o farei. Independentemente de ganhar ou perder, não vou abandoná-la.

— Obrigada.

Por alguns segundos, prevaleceu um silêncio reconfortante.

— Durante um tempo, não saia do apartamento. Se for dar um passo fora, pense que você estará entrando na selva, está bem?

— Entendi — disse Aomame.

Tamaru desligou o telefone. Ao colocar o fone de volta no gancho, Aomame percebeu o quanto ela o segurava com força.

"Tamaru quis me dizer que agora sou parte indispensável de sua família e, uma vez que se criou um laço entre nós, ele nunca irá se romper", pensou Aomame. Eles estavam unidos por um pseudolaço de sangue. Aomame sentiu gratidão por Tamaru ter lhe dito aquilo. Ele sabia que ela estava passando por um momento muito difícil, e sua decisão de revelar segredos de sua vida demonstrava que ele a considerava um membro da família.

No entanto, ao pensar que a relação de intimidade se estabelecera por meio da violência, ela ficava incomodada. Os sentimentos entre eles se aprofundaram a partir de uma situação única e especial, ou seja, ela ter violado a lei, matado algumas pessoas e agora estar sendo perseguida, com chances de ser morta. Será que aquele sentimento se manifestaria se ela não estivesse envolvida nos assassinatos? Se não fosse uma fora da lei, seria possível manter um laço de confiança entre eles? Provavelmente não.

Enquanto bebia uma xícara de chá, Aomame assistiu ao noticiário da TV. Já não se falava mais da inundação na estação Akasaka-Mitsuke. Uma vez que o nível da água baixara durante a noite, e os trens voltaram a circular regularmente, esse tipo de notícia tornava-se coisa do passado. A morte do Líder de Sakigake ainda não fora anunciada publicamente. Somente algumas pessoas sabiam. Aomame imaginou o enorme corpo do Líder sendo incinerado no crematório. Não sobraria sequer um osso, dissera Tamaru. Tudo se transformaria em fumaça — independentemente de ser uma dádiva ou um sofrimento —, e ela se mesclaria ao ar de outono. Aomame conseguia imaginar a fumaça se espalhando pelo céu.

O noticiário informava que a autora do best-seller *Crisálida de ar*, de 17 anos, continuava desaparecida. Havia dois meses que não se tinha notícias de Fukaeri, pseudônimo de Eriko Fukada. A polícia acatara o pedido de busca solicitado pelo seu tutor e conduzia uma investigação exaustiva, mas as circunstâncias de seu desaparecimento continuavam nebulosas, segundo a apresentadora. A imagem mostrava pilhas e mais pilhas de exemplares de *Crisálida de ar* nas gôndolas das livrarias e, na parede, um pôster com a foto da belíssima autora. Uma jovem funcionária da livraria falou para as câmeras: "O livro continua vendendo muitíssimo bem. Eu mesma comprei um e já li. É uma história interessante e muito criativa. Espero que encontrem logo a Fukaeri."

O noticiário não comentava sobre a relação entre Eriko Fukada e o grupo religioso Sakigake. Quando o assunto envolvia algum grupo religioso, a mídia mantinha uma postura cautelosa.

De qualquer modo, Eriko Fukada continuava desaparecida. Quando tinha 10 anos, fora estuprada por aquele homem que dizia ser seu pai. Se ele lhe disse a verdade, os dois tiveram uma relação no sentido *figurado* e, através desse ato, o Povo Pequenino foi conduzido para dentro dele. "Como foi que ele disse, mesmo? Ah, ele disse: 'perceptiva' e 'receptor'. Eriko Fukada era quem possuía a 'capacidade de captar', e o pai, a 'capacidade de aceitar'. A partir de então aquele homem passara a ouvir vozes especiais, tornando-se o representante do Povo Pequenino e o líder espiritual de Sakigake. Depois, ela se afastou do grupo e se voltou contra o Povo Pequenino. Com a ajuda de Tengo, escreveu um romance que se tornou um best-seller. Agora, por alguma razão, havia desaparecido, e a polícia estava à sua procura", disse Aomame a si mesma, tentando organizar seus pensamentos.

"Enquanto isso, na noite anterior, eu assassinava, com um picador de gelo especial, o pai de Eriko Fukada, o líder de Sakigake. Alguns membros do grupo encarregaram-se de tirar seu corpo do hotel e, em segredo, 'resolveram' o assunto." Aomame não tinha ideia de como Eriko Fukada reagiria ao saber que seu pai estava morto. Ele próprio desejava morrer, mas, por mais que sua morte tivesse sido indolor ou por compaixão, ela havia matado um ser humano com suas próprias mãos. A vida de uma pessoa pode ser essencialmente solitária, mas nunca isolada. Em algum lugar sempre existe alguma outra vida que possui uma relação com aquela. Nesse sentido, Aomame precisava assumir de algum modo a responsabilidade daquele ato.

Tengo também estava profundamente envolvido com uma série de acontecimentos. Quem estava unindo ela e Tengo eram os Fukada, pai e filha. Perceptiva e receptor. Onde será que Tengo estava, e o que estaria fazendo agora? Será que ele estava envolvido no desaparecimento de Eriko Fukada? Será que continuavam agindo juntos? O noticiário da TV, claro, não daria informações sobre Tengo. No momento, parecia que ninguém sabia que ele, na prática, é que tinha escrito *Crisálida de ar*. No entanto, Aomame sabia.

A distância entre eles parecia gradativamente menor. Por alguma razão, Aomame e Tengo haviam sido transportados para aquele mundo e estavam se aproximando cada vez mais, como que tragados por um grande redemoinho. Possivelmente, um redemoinho mortal. Mas, segundo o Líder, eles só poderiam se encontrar num contexto fatal, como o da violência, que cria relacionamentos verdadeiramente puros.

Aomame respirou profundamente. Depois, pegou a Heckler & Koch para sentir o toque duro do metal. Imaginou o cano da arma dentro de sua boca, e ela puxando o gatilho.

De súbito, um enorme corvo apareceu na varanda e, pousando na grade da sacada, grasnou algumas vezes com sonora nitidez. Durante um tempo, eles se entreolharam através do vidro. O corvo movia os olhos grandes e brilhantes, como se observasse os movimentos de Aomame na sala. Parecia imaginar o significado de ela estar com a arma na mão. Os corvos são muito inteligentes. Eles sabem que aquela peça de metal possui um significado importante. Difícil dizer como, mas eles sabem.

Decorrido um tempo, o corvo, assim como chegou, abriu as asas e voou. Era como se já tivesse visto o que precisava ver. Depois que partiu, Aomame levantou-se do sofá, desligou a TV e suspirou. Rezou pedindo que o corvo não fosse um espião do Povo Pequenino.

Aomame começou a fazer os exercícios de alongamento no carpete da sala. Durante uma hora, castigou impiedosamente os músculos, suportando dores durante toda a sessão. Trabalhou com rigor todos os músculos do corpo, um a um, mantendo uma sequência de exercícios detalhadamente estudados. Ela sabia os nomes de todos os músculos, assim como suas funções e características. Nenhum lhe escapava. Suando muito e com a respiração e o coração trabalhando a mil, conseguiu mudar a chave mental. Passou a ouvir atentamente o fluxo sanguíneo e a receber a mensagem silenciosa de seus órgãos internos. Enquanto movimentava intensamente os músculos faciais como se participasse de um concurso de caretas, captou a mensagem que eles lhe passavam.

Tomou uma ducha para remover o suor e subiu na balança para se certificar de que mantinha o peso. De frente para o espelho, observou o tamanho dos seios e o formato de seus pelos pubianos e, ao se certificar de que continuavam inalterados, esboçou uma enorme careta. Era o seu ritual matinal.

Ao sair do banheiro, Aomame vestiu um conjunto de jérsei bem confortável. Para matar o tempo, resolveu verificar novamente o que havia no apartamento. Começou pela cozinha. Queria saber que tipo de alimentos, louças e utensílios domésticos havia nela. Aomame memorizou cada item e fez um planejamento de como utilizar o estoque de alimentos, estabelecendo a sequência e como deveria prepará-los. Segundo seus cálculos, ela poderia ficar dez dias sem ter de se preocupar com a alimentação e sem precisar sair do apartamento. Se fosse comedida, o estoque duraria duas semanas.

Em seguida, examinou detalhadamente o estoque de artigos de consumo geral: papel higiênico, lenços de papel, detergente, sacos de lixos. Não faltava nada. Tiveram o cuidado de comprar tudo o que era necessário. Possivelmente, deve ter sido uma mulher que providenciou tudo. A organização, cuidadosamente elaborada, era digna de uma experiente dona de casa. A quantidade e os tipos de produtos foram calculados e selecionados para que uma mulher solteira e saudável de 30 anos pudesse viver ali durante um tempo sem que lhe faltasse nada. Um homem não seria capaz de cumprir essa tarefa. A não ser que fosse um gay extremamente cuidadoso e observador.

No armário do quarto havia um estoque de lençóis, edredons, capas de edredom e travesseiros extras. Tudo cheirava a novo e, como não poderia deixar de ser, eram lisos e brancos, sem nenhum detalhe. Não havia a necessidade de se adequar a gostos e tipos de personalidade.

Na sala havia uma televisão, um videocassete e um aparelho de som portátil, com toca-discos e toca-fitas. Na parede oposta à janela havia um aparador em madeira na altura da cintura. Ao curvar o corpo e abrir as portas havia nele cerca de vinte livros enfileirados. Gentilmente, alguém providenciara livros para que ela não ficasse entediada enquanto estivesse escondida. Um gesto atencioso.

Os livros eram novos, de capa dura, e não havia indícios de que tivessem sido lidos. Pelos títulos, eram publicações recentes, que estavam sendo comentadas, selecionadas entre as pilhas de lançamentos. Ainda assim, havia algum critério de seleção que não era exatamente um gosto pessoal. Os títulos subdividiam-se entre ficção e não ficção. Entre eles, estava *Crisálida de ar*.

Aomame balançou levemente a cabeça, pegou o livro e sentou-se no sofá da sala. Um tênue raio de sol iluminava o sofá. O livro não era grosso. Era leve e com letras grandes. Olhou a capa, o nome impresso de Fukaeri, sentiu o peso do livro na palma da mão e leu a propaganda impressa na faixa que o envolvia. Cheirou o livro. Um cheiro especial de obra recém-publicada. Apesar de não estar escrito em nenhum lugar, ali havia a existência de Tengo. O texto passara pelo corpo de Tengo antes de ter sido impresso. Após se acalmar, Aomame abriu na primeira página.

A xícara de chá e a Heckler & Koch estavam ao alcance de suas mãos.

18
Tengo
O satélite solitário e silencioso

— Pode ser que ela esteja bem perto — disse Fukaeri, mordendo o lábio inferior após refletir seriamente durante um tempo.

Tengo tornou a entrecruzar os dedos sobre a mesa e fitou os olhos de Fukaeri:

— Aqui perto? Em Kôenji?

— Dá para ir andando.

Tengo quis indagar como ela sabia disso, mas ele já sabia de antemão que ela não lhe daria a resposta. As perguntas precisavam ser formuladas de forma pragmática, para que a resposta se limitasse a um sim ou não.

— Quer dizer que, se eu ficar andando pelas redondezas, posso encontrá-la?

Fukaeri discordou, balançando a cabeça.

— Não adianta ficar andando por aí.

— Ela está bem perto, mas, mesmo andando por aqui, não vou encontrá-la?

— Ela está escondida.

— Escondida?

— Como um gatinho machucado.

Tengo imaginou Aomame encolhida sob um beiral, num local cheirando a mofo.

— Por quê? De quem ela está fugindo?

Evidentemente, Tengo não obteve resposta.

— O fato de estar *escondida* quer dizer que ela corre perigo. É isso? — perguntou Tengo.

— Cor-re-pe-ri-go? — Fukaeri repetiu as palavras de Tengo, fazendo uma careta como a de uma criança diante de um remédio amargo. Ela não parecia gostar do som das palavras.

— Digamos que ela está sendo perseguida — disse Tengo.

Fukaeri inclinou levemente a cabeça. Gesto que dava a entender que ela não sabia.

— Mas ela não vai ficar nesse lugar por muito tempo — disse Fukaeri.

— O tempo é limitado.

— Limitado.

— E agora está escondida como um gato machucado, e não vai sair andando por aí.

— Isso ela não vai fazer.

— Quer dizer que vou ter de procurá-la em algum local especial.

Fukaeri assentiu com a cabeça.

— Que tipo de lugar? — perguntou Tengo.

Desnecessário dizer que não obteve resposta.

— Você deve se lembrar de algumas coisas sobre ela — disse Fukaeri, após um longo silêncio. — Algo que vai te ajudar.

— Que possa me ajudar — disse Tengo. — Está querendo dizer que, se eu me lembrar de certas coisas, isso poderá me dar uma dica de onde ela está escondida?

Sem responder, Fukaeri movimentou sutilmente os ombros. O gesto parecia indicar que a resposta era afirmativa.

— Obrigado — disse Tengo.

Fukaeri assentiu discretamente, como um gatinho satisfeito.

Tengo foi para a cozinha preparar o jantar enquanto Fukaeri selecionava cautelosamente alguns discos da estante. Não havia muitos discos, mas levou muito tempo até se decidir por um. Após uma longa ponderação, finalmente optou por um antigo álbum dos Rolling Stones. Colocou o disco sobre o prato giratório e posicionou a agulha. Era um disco que Tengo pedira emprestado para alguém na época do colegial e, por algum motivo, nunca devolvera. Fazia muito tempo que não o escutava.

Ao som de "Mother's Little Helper" e "Lady Jane", Tengo preparou um pilaf de presunto, cogumelo e arroz integral, e sopa de pasta de soja com queijo de soja e algas *wakame*. Refogou uma couve-flor e a regou com molho curry, previamente pronto. Preparou também uma salada de vagem e cebola. Para Tengo, cozinhar não era uma tarefa árdua. Tinha por hábito pensar enquanto cozinhava. Aproveitava o tempo para refletir sobre assuntos cotidianos: questões de matemática, sobre o romance ou questões metafísicas. Conseguia raciocinar melhor em pé, com as mãos ocupadas, do que não fazendo nada. Mas, neste caso, por mais que tentasse pensar no assunto, não conseguia imaginar onde seria esse "lugar especial" de que Fukaeri falara. Seria uma tarefa inglória tentar organizar algo que, a princípio, não poderia ser organizado. O resultado estaria fadado a ser limitado.

Os dois jantaram um de frente para o outro na mesa, sem manter o que se poderia chamar de diálogo, como um casal entediado comendo silenciosamente, cada qual absorto — ou não — em seus próprios pensamentos. Em se tratando de Fukaeri, era difícil discernir uma coisa da outra. Após a refeição, Tengo tomou um café e Fukaeri comeu um pudim da geladeira. Independentemente do que comesse, sua expressão nunca se alterava. Sua única preocupação parecia ser mastigar a comida.

Tengo sentou-se na mesa de trabalho e, conforme a sugestão dela, tentou se lembrar de coisas relacionadas a Aomame.

Você deve se lembrar de algumas coisas sobre ela. Algo que vai te ajudar.

Tengo, porém, não conseguia se concentrar na tarefa. Na vitrola, tocava um outro álbum dos Rolling Stones: *Little red rooster*. Uma música do tempo em que Mick Jagger era louco pelo blues de Chicago. Nada mau. Mas não era uma música propícia para fazer reflexões profundas ou desenterrar antigas lembranças. Os Rolling Stones não eram uma banda muito inclinada àquele tipo de gentileza. Tengo achou melhor ficar sozinho num local mais tranquilo.

— Vou sair um pouco — disse ele.

Fukaeri concordou, sem parecer se importar, enquanto contemplava em suas mãos a capa do álbum dos Rolling Stones.

— Depois que eu sair, não abra a porta para ninguém, está bem? — disse Tengo.

Ele caminhou em direção à estação. Usava uma camiseta de manga comprida azul-marinho, bermuda cáqui surrada e tênis. Nas proximidades da estação, entrou num estabelecimento chamado Muguiatama — cabelo de trigo — e pediu um chope. O local servia bebidas e refeições leves. Era um bar pequeno, e vinte clientes eram o suficiente para encher a casa. Tengo havia estado lá algumas vezes. Tarde da noite, o local costumava ficar animado, mas, entre sete e oito da noite, o movimento era relativamente fraco, e o ambiente, tranquilo e agradável. Era um local ideal para se sentar sozinho no canto do balcão e ler um livro tomando cerveja. A cadeira também era confortável. Tengo não sabia o porquê de o bar ser chamado assim. Pensou em perguntar ao dono, mas bater papo com estranhos não era o seu forte. E, afinal, desconhecer a origem do nome não lhe causaria nenhum inconveniente. O importante era que o Muguiatama era um local agradável.

Felizmente o bar não tinha som ambiente. Tengo sentou-se numa mesa próxima à janela e, enquanto bebia um chope Carlsberg e petiscava uma porção de castanhas, pensou em Aomame. Lembrar-se dela significava ter de voltar a ser um garoto de 10 anos e trazer à tona as mudanças que ocorreram naquela fase de sua vida. Quando ele tinha 10 anos, ela segurou firmemente sua mão e, logo depois, ele se negou a fazer cobranças da NHK com o pai. Não demorou muito para ter a sua primeira experiência de ereção e ejaculação. Isso tudo representava uma mudança significativa em sua vida. Obviamente, mesmo que Aomame não tivesse lhe segurado a mão, mais cedo ou mais tarde aquelas mudanças viriam a acontecer. Mas foi Aomame que o encorajou e acelerou a ocorrência delas, como se ela tivesse empurrado delicadamente suas costas.

Tengo observou durante um bom tempo a palma de sua mão esquerda. Uma garota de 10 anos segurara aquela mão e mudara enormemente algo que havia dentro dele. Ele não conseguia entender racionalmente como aquilo acontecera. No entanto, naquela época eles conseguiram estabelecer de forma natural uma relação mútua de aceitação e compreensão. Uma reciprocidade quase milagrosa. Algo que raramente acontece durante a vida. Não; dependendo da pessoa, isso nunca acontece. Mas, naquela época, Tengo não conseguiu assimilar o real significado daquele acontecimento. Não; não fora só naquela época. Até bem pouco tempo atrás, ele ainda não havia entendido *realmente* o significado daquilo. A única coisa que ele havia feito fora guardar vagamente a imagem da garota em seu coração.

Ela deve estar com 30 anos, e uma aparência bem diferente. Deve ser alta, com seios maiores e um outro corte de cabelo. Caso tenha deixado de ser um Testemunha de Jeová, possivelmente usa maquiagem. Talvez tenha roupas caras e de grife. Tengo, porém, não conseguia imaginar Aomame com um blazer Calvin Klein caminhando de saltos altos pelas ruas, com passos firmes. Mas era plausível. As pessoas crescem, e o crescimento implica mudanças. Talvez ela estivesse por ali, sem que ele houvesse percebido.

Tengo olhou ao redor enquanto bebia o chope. Ela está por perto. Está a uma distância que se pode percorrer andando. Foi o que Fukaeri disse. Palavras que Tengo aceitara. Se ela lhe disse isso, possivelmente era isso mesmo.

No entanto, no bar havia somente um jovem casal, aparentemente de universitários, sentados no balcão com os rostos quase colados, conversando com entusiasmo e intimidade. Ao vê-los, Tengo sentiu uma profunda solidão, como havia tempos não sentia. Pensou então em como era uma pessoa solitária. Sem nenhuma ligação com ninguém.

Tengo fechou os olhos, concentrou-se e tentou relembrar o ambiente da sala de aula da escola primária. Na noite anterior, ele também havia fechado os olhos e voltado àquele local no momento em que se unia a Fukaeri, em meio às trovoadas. O retorno fora real e nitidamente concreto. As lembranças estavam muito mais vívidas do que o habitual, como se a chuva noturna tivesse lavado a poeira que as encobria.

A insegurança, a expectativa e o medo se espalharam por todos os cantos da sala de aula e, como animaizinhos medrosos, se escondiam dentro das coisas: nos resquícios da equação que fora apagada da lousa, no pedaço de giz quebrado, na cortina barata queimada de sol, na flor do vaso sobre a mesa do professor (não conseguia lembrar o nome da flor), nos desenhos das crianças pendurados na parede, no mapa-múndi atrás do estrado, no cheiro de cera do assoalho, nas cortinas que balançavam ao sabor do vento e nos gritos vindos da janela. Tengo conseguia reproduzir mentalmente o cenário daquele ambiente com riqueza de detalhes. Conseguia enxergar todo o presságio, o plano e o enigma contidos no local.

Naqueles dez segundos em que Aomame segurou sua mão, Tengo conseguiu captar muitas coisas, como uma câmera que registra fielmente todas as imagens na retina. Aquela teria sido uma das imagens fundamentais para que ele conseguisse sobreviver aos seus 10 anos de grande sofrimento. Aquele cenário sempre era acompanhado do intenso toque dos dedos da menina. A mão direita de Aomame o encorajava a enfrentar os sofrimentos que o transformariam em adulto. A mão dela lhe dizia: *não se preocupe, estou com você*.

Você não está só.

Ela está quietinha, escondida, dissera Fukaeri. Como um gatinho machucado.

Pensando bem, era uma estranha coincidência. Fukaeri também estava escondida. Ela não podia dar um passo para fora do apartamento. Duas mulheres estavam igualmente escondidas num canto de Tóquio. Elas fugiam de alguma coisa. As duas estavam profundamente relacionadas com Tengo. Será que existe algum elemento em comum? Ou será que é apenas uma coincidência?

Não havia resposta. Eram meras conjecturas. Muitas perguntas, poucas respostas. Como sempre.

Ao terminar o chope, um jovem atendente se aproximou e perguntou se ele gostaria de pedir mais alguma coisa. Após hesitar um pouco, Tengo pediu um bourbon com gelo e mais uma porção. O rapaz informou que só tinha o bourbon da Four Roses e indagou se poderia ser dessa marca. Tengo respondeu que sim. Poderia ser qualquer um. Novamente pensou em Aomame. Um agradável cheiro de pizza assando no forno vinha da cozinha no fundo do estabelecimento.

De quem será que Aomame estaria se escondendo? Talvez estivesse fugindo da justiça, pensou Tengo. Mas ele não conseguia imaginá-la como uma criminosa. Que tipo de crime teria cometido? Não. Ela não deve estar fugindo da polícia. Seja lá de quem ou por que ela está fugindo, não deve ser algo relacionado à justiça.

Será que ela não estaria fugindo da mesma coisa que Fukaeri? Foi o que subitamente lhe veio à mente. O Povo Pequenino? Mas por que o Povo Pequenino a perseguiria?

Se *eles* realmente estiverem atrás dela, significava que ele poderia ser o motivo principal disso. Tengo não conseguia entender o

porquê de ele estar fazendo aquele tipo de papel. Mas, se existe alguma ligação entre Fukaeri e Aomame, só poderia ser através dele. Mesmo sem querer, ele talvez tivesse usado algum tipo de força para atrair Aomame para perto de si.
Um tipo de força?
Tengo olhou as mãos sem saber o que pensar. De onde viria essa força?

O rapaz trouxe o Four Roses com gelo e uma nova porção de castanhas. Tengo tomou um gole, pegou um punhado de castanhas e as balançou sutilmente, como se fossem dados.

De qualquer modo, Aomame estava em algum lugar desta cidade. A uma distância que se podia percorrer a pé. Foi o que Fukaeri lhe disse. Tengo acreditava nela. Se alguém lhe perguntasse por quê, ele não saberia responder, mas o fato é que acreditava. Mas, afinal, o que ele deveria fazer para encontrar Aomame, escondida *em algum lugar*? Se já é difícil encontrar uma pessoa com uma vida normal, seria muito mais difícil encontrar alguém que está intencionalmente escondida. Será que ele deveria sair pelas ruas anunciando o nome dela com um alto-falante? É claro que, se fizesse isso, ela não sairia espontaneamente do esconderijo. Isso chamaria a atenção e colocaria a vida dela ainda mais em perigo.

Deve haver mais alguma coisa que ele precisa lembrar, pensou Tengo.

"Você deve se lembrar de algumas coisas sobre ela. Algo que vai te ajudar", foi o que Fukaeri disse. No entanto, mesmo antes de ela ter dito isso, Tengo sempre achou que havia um ou dois fatos importantes que ele não conseguia lembrar. De vez em quando, essa sensação o incomodava como uma pedrinha no sapato. Era algo vago, mas persistente.

Tengo limpou a mente como se apagasse uma lousa e, novamente, vasculhou a memória. Buscou as lembranças que guardava de Aomame, sobre ele próprio, sobre as coisas que havia em torno deles, como um pescador que arrasta delicadamente a rede sobre o fundo lodoso. Tentou se lembrar de todas as coisas, uma a uma, de modo ordenado e com extremo cuidado. Mas eram fatos de vinte anos atrás. Por mais que se lembrasse vividamente do cenário daquela época, eram bem limitadas as chances de recordar objetivamente tudo o que acontecera.

Mesmo assim, ele precisava encontrar *alguma coisa* que existia lá, *alguma coisa* que ele deixara escapar. E isso tinha que ser aqui e agora. Se não fizesse isso, não conseguiria mais encontrar Aomame, supostamente escondida em algum lugar da cidade. Segundo Fukaeri, o tempo era curto, e alguma coisa perseguia Aomame.

Tengo resolveu pensar sobre outros pontos de vista. Qual teria sido o de Aomame? E o dele? Tentaria recordar o curso do tempo e os respectivos pontos de vista.

A garota segurava a mão de Tengo e fitava o rosto dele sem nunca desviar os olhos. No começo, ele não entendeu o significado daquele gesto e, desconcertado, olhou-a como quem busca uma explicação. "Deve ter ocorrido um mal-entendido. Ou algum erro", pensou Tengo. Mas não havia nenhum mal-entendido ou erro. O que ele percebeu foi quão incrivelmente límpido e profundo era o olhar daquela menina. Tão puro como nada que ele vira até então. Um olhar cristalino como o de uma fonte que, de tão profunda, não se enxerga o fundo. Ao fitar aqueles olhos durante um tempo, Tengo achou que eles o sugariam e, por isso, para fugir deles, desviou o olhar. Não tinha como não desviar.

Foi então que ele olhou para o assoalho de madeira, para a porta da sala onde não havia ninguém e, inclinando um pouco o pescoço, observou a janela. O olhar de Aomame, contudo, continuou firme, sem se desviar. Mesmo quando ele olhava para a janela, ela continuava a fitá-lo. Tengo conseguia sentir na pele a ardência daquele olhar. Os dedos dela continuavam a segurar firmemente sua mão esquerda. A força com que segurava a mão era contínua, sem variação, hesitação ou medo. Ela não tinha nada a temer e seus dedos tentavam transmitir algum sentimento para Tengo.

Como isso aconteceu logo após a limpeza da sala de aula, a janela estava completamente aberta para arejar o ambiente, e as cortinas brancas balançavam delicadamente ao sabor do vento. Do lado de fora o céu estava ensolarado. Estavam em dezembro, mas ainda não fazia muito frio. No alto pairavam nuvens, brancas e planas, que traziam os vestígios do outono, como se tivessem sido espalhadas com uma escova. Ali havia alguma coisa. Havia alguma coisa pairando além dessas nuvens. O sol? Não. Não era. Não era o sol.

Tengo conteve a respiração e, apertando as têmporas com os dedos, tentou ir mais fundo em suas lembranças, seguindo o tênue fio da consciência, que poderia se romper a qualquer momento.

É isso. Ali havia uma lua.

Ainda faltava muito para o anoitecer, mas ali havia uma lua. Uma lua com três quartos do tamanho da lua cheia. Tengo ficou admirado de ver nitidamente uma lua tão grande em pleno dia. Disso ele se lembrava. Aquela rocha cinza e insensível parecia estar pendurada com uma linha transparente e pairava na parte baixa do céu, como se não soubesse onde seria o seu lugar. Havia nela algo que lhe conferia um aspecto artificial. Olhando-a de relance parecia uma lua falsa, teatral. Mas, obviamente, a lua era de verdade. É claro que era. Ninguém em sã consciência se daria ao trabalho de pendurar uma lua falsa num céu de verdade.

De repente, percebeu que Aomame não estava mais fitando seus olhos. O olhar dela se voltara para a mesma direção do de Tengo. Assim como ele, ela também olhava a lua que pairava em pleno dia, segurando firmemente sua mão e com uma expressão séria. Tengo fitou novamente os olhos dela e notou que não tinham a mesma limpidez anterior. Aquela extraordinária limpidez fora momentânea. No entanto, naquele olhar Tengo viu algo duro e cristalino. Um olhar fascinante, mas que ao mesmo tempo trazia uma severidade que lembrava o rigor de uma geada. Tengo não conseguiu assimilar o significado daquilo.

Finalmente, aquela menina parecia ter tomado uma decisão. Soltou a mão de Tengo e, dando meia-volta, saiu rapidamente da sala sem dizer uma única palavra. Sem sequer voltar-se para trás, ela o deixou num profundo vazio.

Tengo abriu os olhos, parou de se concentrar, respirou fundo e tomou mais um gole do bourbon. Sentiu o líquido passando pela garganta e pelo esôfago. Em seguida, novamente pôs-se a respirar fundo. Não conseguia mais ver a imagem de Aomame. Ela deu-lhe as costas e saiu da sala de aula. Desapareceu de sua vida.

Desde então, passaram-se vinte anos.

"*É a lua!*", pensou Tengo.

Naquele dia eu olhava a lua. E Aomame também olhava a mesma lua. Uma rocha acinzentada que pairava no céu ainda claro das três e meia da tarde. Um satélite solitário e silencioso. Os dois estavam lado a lado olhando a mesma lua. "Mas o que será que isso significa? Será que é a lua que me conduzirá até o lugar em que ela está?", pensou Tengo.

Naquele dia, Aomame talvez tivesse secretamente confiado à lua os seus sentimentos, cogitou Tengo. Talvez elas tivessem selado um acordo. O jeito de Aomame olhar a lua instigava-o a imaginar que havia nesse seu olhar algo de assustadoramente sincero.

Difícil saber o que Aomame teria pedido à lua. Mas Tengo conseguia imaginar o que a lua teria lhe oferecido. Possivelmente, a lua teria oferecido um sentimento de solidão e serenidade; era o que podia oferecer de melhor.

Tengo pagou a conta e saiu do Muguiatama. Olhou para o céu e não viu a lua. O céu estava límpido e a lua devia estar em algum lugar, mas, como a rua era cercada de prédios, era impossível vê-la. Com as mãos no bolso, Tengo caminhou de rua em rua tentando encontrar a lua. Queria ir a um local aberto, mas em Kôenji não era fácil achar um lugar assim. O terreno era tão plano que era difícil até encontrar um leve aclive. Não havia nenhum lugar mais alto, por menor que fosse. Talvez fosse melhor subir na cobertura de algum prédio, mas na região em que estava não havia nenhum que lhe parecesse adequado.

Enquanto caminhava, lembrou-se de que havia um parque infantil nas redondezas. Às vezes, ele passava em frente quando fazia sua caminhada. Não era um parque grande, mas, se não lhe falhava a memória, nele havia um escorregador. Se subisse nele talvez conseguisse olhar o céu. Não era um escorregador grande, mas, comparado com a visão que ele teria do chão, ali seria melhor. Ele caminhou em direção ao parque. Os ponteiros do relógio de pulso indicavam que era um pouco antes das oito.

O parque estava vazio. No centro, um poste alto com lâmpada de mercúrio iluminava toda a área. Uma enorme zelkova estendia seus galhos ainda repletos de folhas. Havia arbustos pequenos, um bebedouro, bancos, balanços e um escorregador. Havia também um banheiro público, mas um funcionário da prefeitura se incumbia de trancá-lo no final da tarde para evitar a entrada de mendigos. Durante o dia, jovens mães com filhos que ainda não tinham idade para frequentar o pré-primário se reuniam no local e, enquanto as crianças brincavam, aproveitavam para conversar animadamente. Tengo chegou a ver várias vezes essa cena, mas, quando anoitecia, o local ficava deserto.

Tengo subiu na parte mais alta do escorregador e, de pé, contemplou o céu noturno. Na parte norte havia um prédio recém-construído de cinco andares. Antes ele não estava lá. O prédio servia como uma espécie de paredão, ocultando o lado norte do céu. Mas nas demais direções só havia prédios mais baixos. Tengo olhou ao redor e encontrou a lua no lado sudoeste. Ela pairava sobre o telhado de um sobrado antigo. A lua estava com três quartos do tamanho normal. Era a mesma lua de vinte anos atrás, pensou Tengo. O tamanho era o mesmo. O formato e, eventualmente, a posição também. Possivelmente.

Mas a lua que pairava no céu de início de outono era nítida e clara, e emanava uma atmosfera de reflexão, específica dessa época do ano. Era uma luz muito diferente daquela do céu de dezembro às três e meia da tarde. A cálida luz que ela irradiava tinha o poder de proporcionar serenidade ao coração, como a correnteza de águas límpidas e o delicado farfalhar das árvores conseguem nos proporcionar.

Em pé no alto do escorregador, Tengo observou, durante um bom tempo, a lua. Do anel viário da linha 7 ouvia-se um barulho semelhante ao ruído do mar, uma mescla de sons de diversos carros. Eles fizeram com que Tengo subitamente se lembrasse de seu pai na casa de saúde à beira da praia de Chiba.

A luz da cidade, como sempre, apagava o brilho das estrelas. O céu estava bem claro, mas dava para ver algumas poucas estrelas especialmente brilhantes em diversos pontos no céu. Mas a lua brilhava com todo o seu esplendor. Ela pairava com retidão sem reclamar das outras luzes, do barulho e da poluição do ar. Ao forçar a vista dava para ver as estranhas sombras formadas pelas gigantescas crateras e vales. Enquanto observava inocentemente o brilho da lua,

Tengo despertou em seu interior um tipo de memória ancestral: a lua sempre fora amiga dos homens, desde antes da descoberta do fogo, das ferramentas e da linguagem. Ela sempre iluminou a escuridão do mundo com sua luz natural, amenizando o medo dos homens. As fases da lua proporcionaram a noção de tempo. A gratidão por essa misericordiosa compaixão devia estar fortemente impressa nos genes da humanidade, como uma cálida memória coletiva, a despeito de, hoje em dia, a escuridão ter sido expulsa em grande parte do mundo.

Pensando bem, fazia muito tempo que Tengo não contemplava a lua com tanta atenção. Já nem se lembrava de quando fora a última vez que olhara para ela. Na correria do dia a dia, as pessoas viviam com os olhos voltados para o chão. E se esqueciam de olhar para o céu noturno.

Foi então que Tengo percebeu que, num canto do céu, bem próximo à lua, havia uma outra lua pairando. No começo, achou que era uma ilusão de ótica, ou um tipo de ilusão provocada pela luz. No entanto, depois de olhar várias vezes, constatou que havia uma segunda lua com contornos bem definidos. Tengo ficou perplexo e, com a boca entreaberta, observou a direção em que se encontravam as luas. Sua mente não conseguia processar o que ele via. Não conseguia associar o contorno e a essência, como ocorre quando o conceito e a palavra não conseguem sintetizar uma unidade.

Mais uma lua?

Tengo fechou os olhos e massageou vigorosamente o rosto com a palma das mãos. "O que está acontecendo comigo?", pensou. Ele não tinha bebido muito. Respirou calma e profundamente. Certificou-se de que seu estado mental estava normal. Com os olhos fechados, no breu, tentou novamente se certificar de quem ele era, onde estava e o que fazia: setembro de 1984, Tengo Kawana, bairro de Kôenji, distrito de Suginami, parque infantil, e contemplava a lua no céu. Não havia dúvidas.

Em seguida, abriu os olhos lentamente e, de novo, olhou o céu com o coração sereno e atento. As duas luas continuavam ali.

Não era uma ilusão de ótica. Havia duas luas. Tengo manteve os punhos fortemente cerrados.

A lua continuava silenciosa, mas não estava mais sozinha.

19
Aomame
Quando a *dohta* despertar

Crisálida de ar era uma história fantástica e de fácil leitura. O estilo era condizente com o de uma menina de 10 anos contando uma história. Não havia palavras difíceis, raciocínios complicados, explicações entediantes ou expressões elaboradas. As frases eram concisas, de fácil compreensão e agradáveis de ouvir; e, a despeito dessa simplicidade, praticamente não havia a necessidade de inserir explicações. A protagonista narrava a história de acordo com o que ela própria havia presenciado, sem interrompê-la com reflexões do tipo "O que está acontecendo?", ou "O que isso significa?". Ela contava a história sem pressa, num ritmo adequado à narrativa. Os leitores assumiam o ponto de vista da narradora e, naturalmente, passavam a acompanhar seus passos. Subitamente, percebiam que haviam sido conduzidos a um outro mundo. Um mundo *que não era o daqui*. Um mundo em que o Povo Pequenino fazia a crisálida de ar.

Após ler as primeiras dez páginas, Aomame ficou impressionada com o estilo da narrativa. Se Tengo havia escrito aquele texto, ele era realmente talentoso. O Tengo que Aomame conhecia era, antes de tudo, um gênio da matemática. Era conhecido como o menino prodígio; conseguia resolver com facilidade os problemas que os adultos não eram capazes de solucionar. Mas sua genialidade não se restringia à matemática. Nas demais matérias, suas notas também eram excelentes e, em tudo o que fazia, se destacava entre as crianças. Era alto, forte e exímio atleta. Aomame, porém, não lembrava que ele também se destacava como escritor. Provavelmente, naquela época, esse talento se encontrava oculto, à sombra da matemática.

Outra possibilidade seria Tengo ter apenas transcrito a história contada pela autora. A originalidade de Tengo talvez não tivesse efetivamente contribuído para formatar o estilo da obra. Mas Aomame desconfiava que não era esse o caso. Aparentemente, o texto era simples e despretensioso, mas, ao lê-lo com mais atenção, percebia-se o quanto era estruturalmente bem elaborado em seus mínimos detalhes. Ao mesmo tempo que não havia nenhum trecho redundante, tudo o que era necessário estava devidamente escrito. Apesar do uso moderado de adjetivos, as descrições eram precisas, ricas em nuances. Mais que tudo, as frases tinham uma musicalidade excepcional. Mesmo sem lê-lo em voz alta, o leitor conseguia apreender a existência de uma profunda sonoridade. Não era um texto que uma garota de 17 anos conseguiria escrever espontaneamente.

Após constatar isso, Aomame pôs-se a ler atentamente a continuação da história.

A protagonista era uma menina de 10 anos. Ela vivia numa pequena "comunidade" no meio das montanhas. Os pais dela também viviam ali. Ela não tinha irmãos. Como fora levada para lá assim que nasceu, não conhecia praticamente nada do mundo de fora. Todos tinham muitos afazeres e era difícil encontrar tempo para que a família pudesse conversar tranquilamente, mas, mesmo assim, os três se davam bem. Durante o dia, a menina frequentava uma escola primária da região e os pais se dedicavam principalmente às atividades agrícolas. Sempre que sobrava tempo, as crianças ajudavam na lavoura.

Os adultos que viviam na comunidade detestavam o funcionamento do mundo exterior. Eles costumavam dizer que o mundo em que viviam era como uma linda ilha isolada, uma fortaleza flutuando no meio de um oceano capitalista. A garota não sabia o que significava "capitalismo" (ou o termo "materialismo" que às vezes eles usavam). Mas, pelo desprezo que demonstravam ao empregar esses termos, ela intuía que se tratava de algo distorcido, contrário à natureza e à *justiça*. Ensinaram-lhe que, para manter o corpo e a mente saudáveis, era preciso evitar, a todo custo, o contato com o mundo exterior. Caso contrário, havia o perigo de seu coração se tornar "contaminado".

A comunidade era formada por cinquenta pessoas, entre homens e mulheres jovens, e era dividida em dois grupos. Um grupo tinha como objetivo a "revolução", e o outro pregava a "paz". Os pais dela pertenciam ao segundo grupo. Seu pai era o mais velho dentre eles e, desde o início, tinha uma função importante dentro da comunidade.

Uma garota de 10 anos, obviamente, não seria capaz de explicar racionalmente o motivo daquele conflito. Tampouco conseguiria entender a diferença entre o grupo da revolução e o grupo da paz. A impressão que ela tinha era de que a revolução representava um pensamento de formato pontiagudo, enquanto a paz tinha formato arredondado. Para ela, o pensamento possuía um formato e uma coloração próprios e, como a Lua, ora se tornava cheio, ora minguante. Seu conhecimento se limitava a isso.

Ela não conhecia as circunstâncias que originaram a comunidade. O que lhe haviam dito era que, cerca de dez anos atrás, na época em que ela nascera, havia ocorrido uma grande mudança na sociedade, e as pessoas largaram suas vidas na cidade e se mudaram para essa vila no meio das montanhas. Ela não sabia muitas coisas sobre a cidade. Nunca andara de trem nem de elevador. Nunca havia visto uma construção com mais de dois andares. Eram muitas as coisas que ela desconhecia. O seu conhecimento se limitava às coisas visíveis e palpáveis, existentes em seu entorno.

Mas, a despeito de seu ponto de vista limitado e seu vocabulário simples, ela conseguia descrever espontânea e vividamente o modo de ser e de pensar das pessoas, assim como conseguia descrever a paisagem e o cotidiano dessa pequena comunidade.

Apesar de existirem diferentes modos de pensar, as pessoas que ali viviam possuíam um forte sentimento de solidariedade. Compartilhavam a ideia de que a melhor maneira de viver era se afastar do capitalismo e, a despeito de existirem diferentes formas e nuances de pensamento, estavam cientes de que, sem a união, não poderiam sobreviver. A vida era dura. As pessoas trabalhavam diariamente, sem descanso, cultivando verduras que eram trocadas com a vizinhança por outras mercadorias, e o que sobrava era comercializado. Na medida do possível, evitavam usar produtos de produção em massa, procurando viver em meio à natureza. Quando precisavam usar aparelhos elétricos, pegavam-nos do lixo e os consertavam. As roupas que vestiam, em sua grande maioria, eram velhas, trazidas de algum outro lugar.

Algumas pessoas abandonavam a comunidade por não conseguir se adaptar a essa vida pura, porém árdua. Por outro lado, muitas outras ingressavam após ouvir histórias sobre sua proposta. A quantidade de pessoas que saíam era menor do que a das que entravam, e, por isso, a população foi crescendo gradativamente. Uma tendência considerada positiva. Na vila em que moravam, havia ainda muitas casas abandonadas que podiam ser habitadas após uma reforma, e também muitos campos a ser cultivados. Aumentar a quantidade de trabalhadores era auspicioso.

Na comunidade havia cerca de dez crianças. A maioria havia nascido ali, e a mais velha era a protagonista da história. As crianças sempre iam juntas à escola local. Eram obrigadas a estudar lá por imposição da lei. Além do mais, os fundadores achavam que manter um relacionamento amistoso com a população local era imprescindível para a sobrevivência da própria comunidade. Por outro lado, as crianças da população local achavam as crianças da comunidade esquisitas, e não só evitavam se aproximar, como também costumavam maltratá-las, razão pela qual elas tinham o hábito de andar sempre juntas. Andavam em grupo para se protegerem dos perigos físicos e dos corações contaminados.

Além disso, a comunidade construiu uma escola própria, e as pessoas se revezavam para ensinar as crianças. Muitos dos membros possuíam alto grau de escolaridade e não eram poucos os que tinham formação de professor. Portanto, manter uma escola não era tão difícil. Foram elaborados materiais didáticos próprios e se ensinava a ler, escrever e fazer cálculos. Também ensinavam os conhecimentos básicos de química, física, fisiologia e biologia; e o funcionamento do mundo de fora. No mundo exterior havia dois tipos de sistema: o capitalismo e o comunismo, que se odiavam mutuamente. No entanto, ambos possuíam problemas profundos e, em linhas gerais, o mundo caminhava para uma direção não muito boa. O comunismo era altamente idealista e sua ideologia era positiva, mas, devido a um político egoísta, ela acabou sendo distorcida. A menina viu a foto desse político "egoísta". Associou a imagem dele — de bigode grande e preto, com um nariz igualmente grande — com a própria imagem do demônio.

Na comunidade não havia televisão e somente em ocasiões especiais é que se permitia escutar o rádio. Havia também restrições em relação a alguns jornais e revistas. As notícias consideradas importantes eram transmitidas em voz alta no salão comunitário, durante o jantar. As pessoas ali reunidas reagiam ora dando gritos de alegria ora vaiando em desaprovação. As vaias eram muito mais frequentes do que os gritos de alegria. Era a única experiência de mídia que a protagonista tinha. Desde que nasceu, ela nunca havia assistido a um filme. Nunca lera nem um *mangá* sequer. A única coisa que permitiam era escutar música clássica. No salão havia um aparelho estéreo e vários discos doados por um colecionador. Nos horários livres podia-se ouvir a sinfonia de Brahms, peças para piano de Schumann, músicas para teclado de Bach e músicas religiosas. Ouvi-las era um momento precioso para a menina, pois era sua única diversão.

Certo dia, a menina recebeu um castigo. Naquela semana, haviam ordenado que ela cuidasse das cabras durante alguns dias. Mas assoberbada com as tarefas da escola e outros afazeres cotidianos, uma noite acabou se esquecendo. Na manhã seguinte, uma cabra velha e cega foi encontrada morta. Como castigo, ela ficaria afastada da comunidade durante dez dias.

As pessoas acreditavam que aquela cabra possuía um significado especial. Mas, como estava muito velha, a doença — não se sabia qual era — fazia seu corpo definhar. Independentemente de quem tomasse conta dela, a morte era apenas uma questão de tempo, uma vez que não havia expectativas de cura. Mas isso não era motivo para minimizar o rigor do castigo. A questão não era apenas em relação à morte da cabra, mas ao fato de ela ter negligenciado uma tarefa que lhe fora delegada. Na comunidade, o isolamento era o pior dos castigos.

A menina e a cabra morta foram trancadas num depósito com paredes grossas de barro. Esse depósito era conhecido como "quarto para reflexão". Era um lugar em que a pessoa que infringisse alguma norma da comunidade deveria refletir sobre o crime que cometeu. Enquanto estivesse cumprindo a pena de isolamento, ninguém podia lhe dirigir a palavra. Ela precisava aguentar os dez dias completamente em silêncio. Serviam-lhe o mínimo necessário em termos de água e comida, e o depósito era escuro, frio e úmido. E havia o odor da cabra morta. A porta era trancada pelo lado de fora e havia um balde no canto do quarto para que ela fizesse as necessidades. No alto da parede havia uma janela pequena por onde entrava a luz do sol e da lua. Se não houvesse nuvens cobrindo o céu, dava para ver as estrelas. Era o único ponto de luz. Ela ficava deitada num colchonete duro sobre o piso de madeira e dormia tremendo de frio, enrolada em dois cobertores velhos. Estavam em abril, mas, nas montanhas, as noites eram frias. Quando escurecia, os olhos da cabra morta brilhavam com a luz das estrelas. O medo era tanto que ela não conseguia dormir.

Na noite do terceiro dia, a cabra abriu completamente a boca. Ela fora aberta pelo lado de dentro, de onde começaram a sair homenzinhos. Ao todo, eram seis. Ao saírem da boca, tinham cerca de dez centímetros, mas assim que colocavam os pés no chão cresciam rapidamente, como cogumelos após a chuva. Num piscar de olhos, estavam com cerca de sessenta centímetros. Eles se autodenominavam Povo Pequenino.

"Branca de neve e os sete anões", pensou a garota. Ela tinha ouvido de seu pai essa história quando era pequena. Mas, neste caso, faltava um.

— Se você acha melhor sete, podemos ser sete — disse o homem pequenino de voz grave. Pareciam ler os pensamentos da garota. Ao recontá-los, em vez de seis agora eram sete. A garota, no entanto, não achou a ocorrência especialmente estranha. Quando o Povo Pequenino saíra da boca da cabra, as regras do mundo já haviam sido alteradas, e nada que ocorresse dali em diante seria estranho.

— Por que é que vocês saíram da boca da cabra — perguntou a menina, notando que sua voz ecoava de um jeito diferente. O modo de ela falar não era como o de sempre. Possivelmente, por ter ficado três dias sem conversar com ninguém.

— Porque a boca da cabra era uma passagem — disse o homem pequenino que tinha voz rouca. — Até sairmos dela, não sabíamos que se tratava de uma cabra morta.

O homem pequenino com a voz estridente disse:

— Isso é o de menos. Para nós tanto faz ser uma cabra morta, uma baleia ou uma casca de ervilha. Desde que seja uma passagem.

— Você criou esta passagem e nós resolvemos experimentá-la. Queríamos saber aonde ela nos levaria — disse o homem pequenino de voz grave.

— Eu criei a passagem — disse a menina. Realmente, não parecia ser a sua própria voz.

— Você nos fez um grande favor — disse um dos homens pequeninos, que tinha a voz baixa.

Alguns homens emitiram uma concordância.

— Quer brincar de fazer crisálida de ar? — indagou um homem pequenino com voz de tenor.

— Já que viemos até aqui... — disse um outro, com a voz de barítono.

— Crisálida de ar — perguntou a menina.

— Vamos tirar os fios do ar e construir uma *casa*. Uma casa que vamos construir até ela ficar grande — disse o homem pequenino de voz grave.

— Para quem seria essa casa — perguntou a menina.

— Com o tempo você vai saber — disse o homenzinho de voz grave.

— Ho, ho — disse outro homem pequenino, como que a marcar o compasso.

— Posso ajudar — indagou a menina.

— É claro que sim — respondeu o de voz rouca.

— Você nos fez um grande favor. Vamos fazer a crisálida juntos — disse o que tinha a voz de tenor.

Com um pouco de prática, tirar os fios do ar não era tão difícil. A menina era habilidosa e rapidamente aprendeu o ofício. Para enxergar os fios de várias cores existentes no ar, era preciso olhá-lo atentamente. Para conseguir vê-los, era necessário querer vê-los.

— Isso. Isso mesmo. Está ótimo — disse o homem pequenino com a voz baixa.

— Você é uma menina muito inteligente. Aprende rápido — disse o de voz estridente. Eles vestiam o mesmo tipo de roupa e tinham as mesmas feições, mas suas vozes eram nitidamente diferentes.

As roupas que usavam eram dessas bem comuns, das que se encontram em qualquer lugar. É uma maneira estranha de dizer, mas não havia outra forma de descrevê-las. Uma vez que se desviava o olhar deles, era impossível se lembrar das roupas que usavam. O mesmo se podia dizer quanto às suas feições. O rosto não era bonito nem feio. Era um rosto comum, desses que existem em qualquer lugar. Ao desviar o olhar, igualmente era impossível se lembrar de suas feições. Isso também ocorria em relação aos cabelos. Eles não eram nem compridos nem curtos. Eram apenas cabelos. Eles também não tinham nenhum tipo de cheiro.

Assim que o galo cantou ao amanhecer, e a parte leste do céu começou a clarear, os sete homenzinhos interromperam o trabalho e se espreguiçaram. Em seguida, esconderam num canto do depósito a crisálida de ar branca, que atingira o tamanho de um coelhinho. Provavelmente, não queriam que a pessoa que trouxesse a comida a encontrasse.

— Está amanhecendo — disse o homem pequenino de voz baixa.

— Terminou a noite — disse o outro, de voz grave.

"Com essa diversidade de vozes, bem que eles poderiam formar um coral", pensou a menina.

— Nós não temos música — disse o homenzinho com a voz de tenor.

— Ho, ho — disse o ritmista.

Os homens pequeninos diminuíram de tamanho, voltando aos dez centímetros e, em fila, entraram na boca da cabra morta.

— Vamos voltar esta noite — disse o homenzinho de voz baixa e, antes de fechar a boca da cabra pelo lado de dentro, disse bem baixinho: — Não fale de nós para ninguém.

— Se você falar, algo de muito ruim vai acontecer com você — disse o homenzinho de voz rouca, em tom de aviso.

— Ho, ho — disse o ritmista.

— Não vou contar para ninguém — disse a menina.

Mesmo que contasse, ninguém acreditaria nela. Quando ela falava o que pensava, as pessoas ao redor costumavam repreendê-la, dizendo que ela não sabia distinguir a realidade da imaginação. O modo de ela pensar e de sentir parecia ser bem diferente do de outras pessoas. Ela não conseguia entender o que havia de errado com ela.

Mas, de qualquer modo, seria melhor não contar para ninguém sobre o Povo Pequenino.

Assim que o Povo Pequenino desapareceu e a boca da cabra se fechou, a menina procurou a crisálida de ar, mas não conseguiu encontrá-la. Estava muito bem escondida. Mesmo sendo um espaço tão pequeno, por mais que a procurasse, não conseguiu achá-la. Onde será que eles a esconderam?

Depois, ela se enrolou no cobertor e dormiu. Havia tempos que não conseguia dormir tão bem. Não sonhou, e o sono transcorreu sem nenhuma interrupção. O fato de ela poder dormir profundamente a deixou muito satisfeita.

Durante o dia, a cabra continuou morta. O corpo estava duro, e os olhos turvos pareciam bolas de vidro fosco. Mas, ao anoitecer, a escuridão preencheu o depósito e seus olhos começaram a brilhar com o reflexo da luz das estrelas. A boca, como que instigada pela luz, de repente se abriu e dela ressurgiu o Povo Pequenino. Desta vez, desde o início eram sete homenzinhos.

— Vamos continuar o que começamos ontem — disse o homem pequenino que tinha a voz rouca.

Os demais concordaram em uníssono.

Os sete homenzinhos e a menina sentaram-se em círculo ao redor da crisálida e começaram a trabalhar. Tiravam fios brancos do ar e foram tecendo a crisálida. Eles mal se falavam e, em silêncio, se dedicavam com afinco à tarefa. Com as mãos ocupadas e concentrada no trabalho, a menina não se incomodava mais com o frio. A crisálida foi aumentando visivelmente de tamanho.

— Até que tamanho vamos fazer — perguntou a menina, quando o dia estava para raiar. Ela queria saber se a crisálida ficaria pronta enquanto ela estivesse presa no depósito.

— Quanto maior, melhor será — respondeu o homenzinho de voz estridente.

— Quando atingir certo tamanho, ela naturalmente se romperá — disse o outro homenzinho todo eufórico, com sua voz de tenor.

— Vai sair alguma coisa — disse outro, com sua poderosa voz de barítono.

— Que tipo de coisa — perguntou a menina.
— É surpresa — disse o homenzinho de voz baixa.
— Ho, ho — disse o ritmista, fazendo a marcação.
— Ho, ho — disseram os outros seis homenzinhos em uníssono.

O livro tinha um estilo que emanava uma estranha e peculiar tristeza. Ao perceber isso, Aomame esboçou uma leve careta. Parecia uma história fantástica para crianças. Mas, por trás dela, fluía uma energia obscura, invisível e poderosa. Aomame conseguia captar, naquelas palavras concisas e sem floreios, uma sinistra ressonância dessa energia. Uma ressonância que deixava a pessoa deprimida, como se aquelas palavras insinuassem a existência de uma doença prestes a se manifestar. Uma doença fatal que, silenciosamente, destrói a mente em seu cerne. Quem trazia essa doença eram os sete homenzinhos que formavam o coral. Aomame intuiu que certamente havia algo de insano. De algum modo, ela conseguia captar nas vozes desses homens pequeninos algo que lhe era fatalmente íntimo.

Aomame tirou os olhos do livro e tentou se lembrar do que o Líder lhe dissera sobre o Povo Pequenino, momentos antes de morrer.

"Convivemos com *eles* desde os tempos imemoriais, muito antes de existir a concepção do bem e do mal; desde o tempo em que se desconhecia a consciência humana."

Aomame continuou a leitura.

O Povo Pequenino e a menina continuaram a trabalhar juntos e, após alguns dias, a crisálida de ar estava do tamanho de um cachorro grande.

— Amanhã termina o meu castigo e vou sair daqui — disse a menina olhando os homens pequeninos, um pouco antes do amanhecer.

Os sete homenzinhos prestavam atenção no que a menina lhes dizia.

— Por isso não vou mais poder ajudar vocês a fazer a crisálida de ar.

— Que pena! — disse o homem pequenino com a voz de tenor, como se realmente lamentasse a situação.

— Você nos ajudou muito — disse o outro, com voz de barítono.

O homem pequenino de voz estridente comentou:

— A crisálida de ar está quase pronta. Falta muito pouco para terminar.

Os homens pequeninos posicionaram-se um ao lado do outro e observaram atentamente a crisálida de ar, como se estivessem conferindo seu tamanho.

— Falta muito pouco — disse o homenzinho com a voz rouca, como a conduzir uma monótona canção de marinheiro.

— Ho, ho — disse o ritmista.

— Ho, ho — disseram os outros seis em uníssono.

Após cumprir os dez dias de castigo, a menina voltou para a comunidade. Recomeçou a vida comunitária cheia de regras e não lhe sobrava tempo para ficar sozinha. Obviamente, não podia mais ajudar o Povo Pequenino a fazer a crisálida de ar. Todas as noites, antes de dormir, ela imaginava os sete homenzinhos sentados ao redor da crisálida, fazendo-a crescer. Ela não conseguia pensar em mais nada. Era como se a crisálida de ar estivesse realmente dentro de sua mente.

A menina estava curiosíssima em saber o que havia dentro da crisálida, o que sairia de dentro dela quando ela se rompesse. Lamentava não poder ver com os próprios olhos o momento de isso acontecer. Após ajudá-los a fazê-la, achava-se no direito de presenciar o momento. A menina chegou a pensar seriamente em fazer alguma coisa errada para ser punida e levada de volta ao depósito. Mas, mesmo que fizesse esse sacrifício, o Povo Pequenino poderia não aparecer. A cabra fora retirada e enterrada em algum lugar. Seus olhos não brilhariam com a luz das estrelas.

A história prossegue contando o dia a dia da menina na comunidade. As tarefas designadas e a disciplina diária. Como a menina era a mais velha, cabia a ela cuidar das demais crianças e orientá-las.

As refeições eram frugais. Antes de dormir, seus pais lhe contavam histórias. Somente quando sobrava tempo é que ela podia escutar as músicas clássicas. Uma vida sem contaminação.

O Povo Pequenino apareceu em seu sonho. Eles entravam no sonho da pessoa quando queriam. Comunicaram-lhe que estava chegando a hora de a crisálida de ar se abrir e a convidaram a vir vê-la. Orientaram que fosse ao depósito durante a noite, sem que ninguém a visse, trazendo consigo uma vela.

A menina não conseguia conter a curiosidade. Saiu sorrateiramente do quarto e, andando na ponta dos pés, foi até o depósito levando consigo uma vela que ela havia providenciado. Não havia ninguém. Somente a crisálida de ar é que estava no chão. A crisálida tinha uma circunferência maior que da última vez que a vira. Media entre um metro e trinta e um metro e quarenta. Uma tênue luz emanava de sua superfície. Os contornos formavam uma belíssima curva e, no centro, havia um afunilamento muito bonito. Algo que não havia enquanto estava menor. O Povo Pequenino trabalhara com empenho depois de ela ter deixado o local. Havia uma fenda horizontal muito bonita. A menina se agachou e deu uma espiada pela fresta.

Foi quando ela viu que quem estava dentro da crisálida era ela própria. Ela estava nua e deitada de costas, com os olhos fechados. Parecia inconsciente e sem sinais de respiração, como se fosse uma boneca.

— Esta é a sua *dohta* — disse o homenzinho de voz rouca, pondo-se a tossir para limpar a garganta.

Ao olhar para trás, de repente notou que os sete homenzinhos estavam lá, posicionados lado a lado, formando um leque.

— *Dohta* — repetiu a menina automaticamente.

— Você será chamada de *maza* — disse o homenzinho de voz grave.

— *Maza* e *dohta* — repetiu a menina.

— A *dohta* tem a função de representar a *maza* — disse o homenzinho com a voz estridente.

— Vou me dividir em duas — perguntou a menina.

— Não é isso — disse o tenor. — Você não vai ter de se dividir em duas. Você será a mesma de sempre, sem pôr ou tirar nada. Não há com o que se preocupar. A *dohta* sempre será apenas a sombra do coração e da mente da *maza*. A *dohta* é apenas a sombra materializada.

— Quando *essa pessoa* vai abrir os olhos?

— Em breve. Quando chegar a hora — respondeu o homenzinho com a voz de barítono.

— O que a *dohta* vai fazer como sombra do meu coração e da minha mente — indagou a menina.

— Terá a função de captar, a de ser *perceptiva* — disse o homem pequenino de voz baixa.

— Perceptiva — disse a menina.

— Aquela que percebe as coisas — disse o de voz rouca.

— Transmite ao receptor o que consegue perceber — disse o de voz estridente.

— A *dohta* vai ser a nossa passagem — disse o tenor.

— No lugar da cabra — perguntou a menina.

— A cabra morta foi apenas uma passagem provisória — respondeu o homenzinho de voz grave. — Para ligar o nosso mundo com o mundo de cá é necessária uma *dohta* viva. Uma que seja perceptiva.

— O que a *maza* faz — indagou a menina.

— A *maza* estará sempre próxima à *dohta* — respondeu o de voz estridente.

— Quando a *dohta* vai despertar — perguntou a menina.

— Daqui a dois ou três dias — disse o tenor.

— Daqui a dois ou três dias — reforçou o homenzinho com a voz baixa.

— Cuide bem da *dohta* — disse o barítono —, pois esta é a sua *dohta*.

— Se você não cuidar bem da *maza*, a *dohta* não será perfeita. Será difícil mantê-la viva por muito tempo — disse o homenzinho com a voz aguda.

— Se perder a *dohta*, a *maza* também irá perder a sombra do coração e da mente — disse o tenor.

— O que acontece com a *maza* que perde a sombra do coração e da mente — perguntou a menina.

Os homens pequeninos se entreolharam. Ninguém quis responder.

— Quando a *dohta* despertar, surgem duas luas no céu — disse o homenzinho com a voz estridente.
— As duas luas refletem a sombra do coração e da mente — complementou o barítono.
— Surgem duas luas — repetiu mecanicamente a menina.
— Este é o sinal. Observe atentamente o céu — disse o homenzinho de voz baixa, discretamente.
— Observe o céu com atenção — desta vez, o de voz baixa foi enfático. — Conte o número de luas.
— Ho, ho — disse o ritmista.
— Ho, ho — disseram os outros seis em uníssono.

A menina foge.
Havia algo de errado, algo não estava certo. Algo anormal, que ia contra a natureza. A menina percebeu isso. Ela não sabia o que o Povo Pequenino queria, mas sentiu calafrios ao ver a própria imagem dentro da crisálida de ar. Ela não poderia conviver com a sua própria cópia, que possuía vida e movimento. Sentiu necessidade de fugir daquele lugar. O mais rápido possível. Precisava fugir antes de a *dohta* despertar. Antes de surgirem duas luas no céu.
Na comunidade era proibido que os membros possuíssem o seu próprio dinheiro, mas seu pai lhe entregara em segredo uma nota de dez mil ienes e algumas moedas. "Esconda isso de modo que ninguém encontre", dissera o pai, dando-lhe um papel com o nome, o endereço e o telefone de uma pessoa. "Se você precisar fugir daqui, use o dinheiro para comprar uma passagem, pegue o trem e procure esta pessoa", explicou o pai.
O pai dela parecia desconfiar de que, em breve, poderia acontecer algo não muito bom dentro da comunidade. A menina não hesitou. Agiu rápido. Nem sequer teve tempo de se despedir dos pais.
A menina desenterrou uma garrafa e tirou de dentro dela a nota de dez mil ienes, as moedas e o pedaço de papel. Durante a aula, disse estar passando mal e pediu permissão para ir até a enfermaria da escola. Ao deixar a sala de aula, aproveitou para fugir da escola. Pegou o primeiro ônibus e foi para a estação de trem. Entregou a nota de dez mil ienes no guichê e comprou uma passagem até

a estação Takao. Guardou o troco. Era a primeira vez que ela comprava uma passagem, recebia o troco e pegava um trem. Mas o seu pai lhe explicara tudo, em detalhes, e ela se lembrava de tudo que ele havia ensinado.

    Seguindo as instruções anotadas no papel, ela desceu na estação Takao, da linha Chûô, e ligou de um telefone público para o número anotado no papel. Era o telefone de um pintor japonês, velho amigo de seu pai. Esse amigo era dez anos mais velho e vivia com a filha no meio das montanhas, nas proximidades de Takao. A esposa desse pintor falecera havia algum tempo e sua filha, chamada Kurumi, era um ano mais nova que a menina. Assim que recebeu o telefonema, ele foi imediatamente buscá-la na estação e acolheu carinhosamente a menina que acabara de fugir da comunidade.

    No dia seguinte, após ter sido acolhida na casa desse pintor, a menina olhou para o céu e viu que nele havia duas luas. Ao lado da lua de sempre havia uma outra, bem menor, que parecia uma ervilha murcha. "A *dohta* despertou", pensou. As duas luas refletem a sombra do coração. O coração da menina palpita. O mundo havia mudado. Algo estava para acontecer.

Seus pais não deram notícias. As pessoas da comunidade não devem ter notado que ela havia fugido. Isso porque a *dohta*, que era a sua cópia, permanecia lá. Aparentemente eram idênticas, e as pessoas não notariam a diferença. Mas os pais dela certamente saberiam que aquilo era apenas uma cópia e não ela própria. Sabiam que ela fugira da comunidade. Só havia um único lugar em que ela poderia estar, mas, mesmo assim, eles nunca entraram em contato. Possivelmente, essa atitude revelava implicitamente que ela deveria permanecer onde estava.

    A menina nem sempre frequentava a escola. O novo mundo, do lado de cá, era muito diferente daquele em que ela, até então, vivia na comunidade. As regras eram diferentes, os objetivos eram diferentes e as palavras utilizadas também eram diferentes. Por isso, a menina sentia muita dificuldade em fazer amizades. Não conseguia se acostumar com a vida na escola.

    Mas, na época em que estudava no ginásio, ela fez amizade com um menino. Seu nome era Tooru. Ele era pequeno e magro. No rosto havia algumas rugas bem marcadas, como as de um macaco. Quando pequeno, tivera alguma doença muito grave que o impedia de praticar exercícios físicos. Sua coluna era ligeiramente vergada. Na hora do recreio, ele sempre ficava sozinho lendo um livro. Não tinha amigos. Era muito pequeno, muito feio. Após o almoço, a menina se sentava ao lado dele para conversar. Ela lhe perguntava sobre o livro que estava lendo. Ele o lia em voz alta. Ela gostava da voz dele. Uma voz baixa e rouca, mas que ela conseguia escutar com nitidez e perfeição. As histórias que ele contava a deixavam encantada. O modo como Tooru lia os textos era tão maravilhoso que parecia recitar versos. Com o tempo, após o almoço, ela sempre ficava escutando atentamente as histórias que ele contava.

Mas, pouco tempo depois, ela perdeu Tooru. O Povo Pequenino arrancou o menino dela.

Uma certa noite, uma crisálida de ar apareceu no quarto dele. Enquanto ele dormia, o Povo Pequenino foi aumentando, dia a dia, o tamanho da crisálida. Eles apareciam todas as noites em seu sonho para mostrar-lhe essa cena. Mas ela não podia fazê-los parar. Quando a crisálida atingiu um certo tamanho, ela se abriu no meio, na horizontal, como havia acontecido com a dela. Mas, dentro dessa crisálida, havia três serpentes grandes e pretas. Elas estavam firmemente entrelaçadas e ninguém — nem as próprias serpentes — era capaz de desemaranhá-las. Parecia um eterno *emaranhado* úmido e viscoso com três cabeças. As serpentes estavam irritadas por não poderem se soltar. Quanto mais elas se mexiam, tentando desesperadamente se soltar, mais elas se emaranhavam, piorando ainda mais a situação. O Povo Pequenino mostrava essa criatura para a menina. O jovem Tooru, sem nada saber, continuava a dormir. Somente a menina é que podia ver a cena.

Alguns dias depois, o menino repentinamente adoeceu e teve de ser levado para uma longínqua casa de saúde. A doença dele nunca foi revelada, mas, provavelmente, ele não voltaria a estudar na escola. Havia se perdido para sempre.

A menina intuiu que aquilo era uma mensagem do Povo Pequenino. Pelo visto, os homenzinhos não podiam atingir diretamente a *maza*. Em compensação, podiam prejudicar as pessoas que estavam ao seu redor ou mesmo destruí-las. Isso não significava que pudessem fazer isso com qualquer um. Como prova disso, eles não podiam atingir o pintor que a protegia nem sua filha, Kurumi. Eles escolhiam como presas os mais fracos. Eles despertaram as três serpentes negras tirando-as das profundezas da mente daquele menino. A destruição do menino era um aviso de que ela deveria retornar para junto de sua *dohta*. O recado deles era: *foi por culpa sua que aquilo aconteceu*.

A menina estava novamente sozinha. Deixou de frequentar a escola. Se fizesse amizade com alguém, colocaria essa pessoa em perigo. Esse era o significado de viver sob as duas luas. Foi o que ela descobriu.

A menina finalmente decidiu que estava na hora de fazer sua própria crisálida de ar. Ela sabia como. O Povo Pequenino lhe dissera que haviam chegado ao lado de cá através de uma passagem. Sendo assim, ela poderia fazer o caminho inverso. Quem sabe indo até eles pudesse desvendar o porquê de ela estar ali e o que significavam *dohta* e *maza*. Poderia, talvez, resgatar seu amigo Tooru. A menina começou a fazer a passagem. Tirou os fios do ar e começou a tecer a crisálida. Uma tarefa demorada, que exigia empenho, mas que com tempo suficiente podia ser concluída.

Às vezes, no entanto, ela se sentia insegura e era tomada de hesitação. Será que ela realmente era a *maza*? Será que, em algum momento, ela não teria sido substituída pela *dohta*? Quanto mais pensava nisso, mais insegura se sentia. "Como posso provar que sou eu mesma?"

A história termina simbolicamente, quando ela está para abrir a passagem. Não conta o que acontecerá depois. Possivelmente, porque ainda não aconteceu.

"*Dohta*", pensou Aomame. "O Líder havia pronunciado essa palavra antes de morrer. Disse que a filha fugiu, deixando a própria *dohta* para criar um movimento contra o Povo Pequenino. Isso poderia realmente ter acontecido. Eu não sou a única a ver duas luas no céu."

Independentemente disso, Aomame conseguia entender por que o romance fora tão bem aceito e tão lido. O fato de a autora ser uma garota bonita de 17 anos, em parte, teria contribuído para alavancar as vendas. Mas não era suficiente para que o livro se tornasse um best-seller. Sem dúvida, o que de mais fascinante havia nesse romance eram as descrições vívidas e precisas. Através dos olhos da menina, o leitor conseguia ter uma impressão do mundo que a rodeava. Era uma história fictícia de alguém que vivia num ambiente especial, com poder de suscitar a simpatia das pessoas. Parecia despertar algo do subconsciente, compelindo-as a prosseguir ininterruptamente a leitura.

Para alcançar aquela qualidade literária, a contribuição de Tengo devia ter sido grande. Naquele momento, entretanto, Aomame não podia ficar apenas admirando o texto. Precisava, isso sim, ler atentamente a história e se concentrar na parte em que o Povo Pequenino atuava. Para Aomame, tratava-se de uma história extremamente *real*, uma questão de vida ou morte. Uma espécie de manual, de onde precisava obter os conhecimentos e as informações necessárias para sobreviver. Precisava entender de modo concreto, e o mais detalhadamente possível, o significado de ela ter sido trazida a este mundo.

Ao contrário do que todos deveriam supor, *Crisálida de ar* não era uma história fantasiosa e desconexa, inventada por uma garota de 17 anos. Apesar de vários nomes terem sido trocados, Aomame estava convencida de que grande parte do que estava descrito ali havia realmente acontecido com a menina. Fukaeri quis deixar registrados os acontecimentos que ela vivenciou, com o máximo de exatidão. Quis revelar ao mundo aquele segredo até então oculto. Quis revelar para o maior número de pessoas a existência do Povo Pequenino, e o que eles faziam.

A *dohta* abandonada devia estar servindo de passagem para o Povo Pequenino e, ao serem conduzidos ao Líder, que era o pai dela, este se tornou o receptor, aquele que recebe. Depois, como a existência de Akebono se tornou desnecessária, eles a levaram à autodestruição sangrenta, e a parte que restou, Sakigake, se tornou um grupo religioso requintado, radical e sigiloso. Um ambiente agradável e propício para o Povo Pequenino.

Será que a *dohta* de Fukaeri conseguirá viver por muito tempo sem a *maza*? O Povo Pequenino havia dito que isso era difícil. Por outro lado, ao se tornar uma *maza*, o que será que significa ter de viver sem a sombra do coração e da mente?

O Povo Pequenino deve ter criado novas *dohtas* entre os membros de Sakigake, usando dos mesmos procedimentos de antes. O objetivo deles seria aumentar e assegurar o maior número de passagens para que pudessem se locomover de um lado para o outro. Seria como ampliar o número de pistas de uma rodovia. As inúmeras *dohtas* passavam a ser perceptivas, e sua função era como a das vestais. Tsubasa era uma delas. Se o Líder mantinha relações sexuais com a *dohta* (cópia), e não com a *maza* (corpo real), é preciso admitir que ele fora coerente ao declarar que se tratava apenas de uma "relação figurada". Isso explicava os olhos inexpressivos e sem profundidade de Tsubasa, assim como o fato de ela falar pouco. Aomame não sabia dizer como ou por que a *dohta* de Tsubasa conseguira fugir do grupo, mas, seja como for, ela provavelmente *fora levada* para junto de sua *maza* e colocada de volta na crisálida. O assassinato sangrento do cachorro era um aviso do Povo Pequenino. Como acontecera com Tooru.

As *dohtas* das crianças desejavam conceber o filho do Líder, mas, como não eram corpos reais, não menstruavam. Mesmo assim, elas se empenhavam em engravidar a todo custo. Por que será?

Aomame balançou a cabeça. Havia muitas coisas que ela ainda não sabia.

Aomame teve ímpetos de contar tudo à velha senhora. Queria dizer que aquele homem não estuprara as meninas, e sim a sombra delas. E que não havia necessidade de tê-lo matado.

Mas, com certeza, não seria fácil convencer a velha senhora com esse tipo de argumento. Aomame estava ciente disso. A velha senhora, ou melhor, qualquer pessoa sã, não acreditaria facilmente que existiam coisas como o Povo Pequenino, *maza*, *dohta*, ou a crisálida de ar, ainda que fosse verdade. Para as pessoas que possuem um senso comum, isso tudo é uma invenção que só existe no mundo da ficção. Assim como não acreditam na existência da Rainha de Copas ou do coelho branco do relógio em *Alice no país das maravilhas*.

No entanto, Aomame *realmente* conseguia ver as duas luas no céu, tanto a velha quanto a nova. Ela vivia sob a luz dessas luas.

Sentia na pele a estranha força gravitacional que elas emanavam. Ela havia matado com as próprias mãos um homem, conhecido como Líder, num quarto escuro de hotel. Persistia na palma de sua mão a sinistra sensação de quando enfiara a agulha fina e pontiaguda em sua nuca. Aquela sensação ainda lhe provocava intensos arrepios. Um pouco antes, ela vira o Líder fazer levitar um relógio bem pesado a cerca de cinco centímetros de uma cômoda. Não era uma ilusão de ótica nem um truque, mas um fato concreto e inquestionável.

Foi dessa maneira que o Povo Pequenino passou a controlar efetivamente a comuna Sakigake. Aomame não sabia o que esse Povo almejava ao tomar o controle. Talvez fosse algo que transcendia os conceitos do bem e do mal. Mas a protagonista de *Crisálida de ar* percebeu intuitivamente que se tratava de *algo ruim* e resolveu por si só tentar detê-los. Abandonou sua própria *dohta*, fugiu da comunidade e, tomando emprestadas as palavras do Líder, tentou criar um "movimento contra o Povo Pequenino" para equilibrar a balança do mundo. Ela queria fazer o caminho inverso e ir até o local de onde eles vieram. A história se tornou o seu veículo. E Tengo fez com que esse veículo se tornasse eficaz, ao formar a parceria. Possivelmente, naquela época, Tengo não devia saber o significado da obra que estava reescrevendo. Mesmo hoje, podia ser que ainda não soubesse.

De qualquer modo, a história *Crisálida de ar* era uma chave muito importante.

Tudo começou a partir desta história.

Mas onde é que Aomame se encaixava nisso?

Será que fora transportada para o mundo enigmático de 1Q84 — um mundo em que existiam duas luas de tamanhos diferentes — no momento em que descera as escadas de emergência da rodovia metropolitana, em pleno congestionamento, após ouvir a *Sinfonietta* de Janáček?

Qual seria o significado disso?

Aomame fechou os olhos e pensou.

Talvez ela tivesse sido tragada pela passagem criada pelo "movimento anti Povo Pequenino" do qual Tengo e Fukaeri faziam parte. "Foi esse movimento que me trouxe para *o lado de cá*", pensou

Aomame. "Só podia ser isso. A minha função dentro dessa história não era insignificante. Não mesmo. Talvez eu seja uma das protagonistas."

Aomame olhou ao redor. "Talvez eu esteja dentro dessa história criada por Tengo. Num certo sentido, devo estar dentro do corpo dele", pensou. Ao perceber isso, ela se deu conta de que poderia estar dentro do santuário dele.

Algum tempo antes, Aomame havia assistido na TV a um antigo filme de ficção científica. Não lembrava mais o título. Era uma história em que os cientistas encolhiam seus corpos a ponto de se tornarem microscópicos e, com uma espécie de submarino (igualmente miniaturizado), entravam na corrente sanguínea do paciente até chegarem ao cérebro, para realizar uma complicada cirurgia que normalmente não seria possível pelo lado de fora. A situação parecia ser bem parecida com a do filme. Aomame estaria dentro da corrente sanguínea de Tengo, circulando dentro de seu corpo. Lutava contra os glóbulos brancos que buscavam eliminá-la como um corpo estranho, enquanto ela tentava chegar até o ponto onde se localizava a origem da doença. Ao matar o Líder num quarto do hotel Ôkura, ela talvez tivesse conseguido eliminar a causa dessa doença.

Ao pensar assim, Aomame conseguia se sentir um pouco melhor. Ela havia cumprido a missão. Uma missão que, sem sombra de dúvida, não fora fácil. Sentiu muito medo. Mas, mesmo diante dos trovões, conseguira realizar o trabalho de modo frio e sem deslizes. Possivelmente, isso aconteceu na presença de Tengo. Aomame se sentiu muito orgulhosa por ter feito isso.

Continuando a explorar a analogia da corrente sanguínea, ao completar a missão, Aomame certamente seria levada como um dejeto pelas veias e, em breve, seria expulsa. Essa era a regra das defesas do corpo. Não havia como fugir desse destino. "Não faz mal, por mim, tudo bem", pensou Aomame. "O que importa é que estou dentro dele. O calor dele me aquece e sou conduzida pelo ritmo de seus batimentos cardíacos. Sou conduzida por sua lógica, por suas regras e, possivelmente, por sua prosa. É maravilhoso! Maravilhoso *fazer parte* dele dessa maneira."

Sentada no chão, Aomame fechou os olhos. Aproximou o livro do nariz e o cheirou. Sentiu o cheiro do papel e da tinta. Deixou-se levar pela silenciosa corrente que o livro fazia fluir, prestando atenção nas batidas do coração de Tengo.

"*Aqui é o paraíso*", pensou Aomame.

"Estou preparada para morrer. A qualquer hora."

20
Tengo
A morsa e o chapeleiro maluco

Não havia dúvidas: eram duas luas.

Uma lua original, que existia desde os tempos imemoriais, e outra, bem menor e esverdeada. O formato desta segunda lua era mais irregular que o da primeira, e seu brilho, menor. Parecia uma criança de parentesco distante, pobre e feia, que as circunstâncias obrigaram que fosse acolhida, a contragosto. Uma presença incontestável. Não era um fantasma nem ilusão de ótica. Ela pairava no céu como um corpo celeste sólido, de contornos definidos. Não era um avião, um dirigível nem um satélite artificial. Tampouco era uma lua de papel machê que alguém resolvera fazer de brincadeira. Era, de fato, um pedaço de rocha que, silencioso e inabalável, se posicionava no céu noturno, como um sinal de pontuação colocado após uma profunda e longa reflexão, ou uma pinta colocada pelo destino.

Tengo observou essa nova lua durante um bom tempo, numa atitude desafiadora. Fitava-a sem desviar o olhar, encarando-a praticamente sem piscar. Mas, por mais que a fitasse, ela não se moveu sequer um milímetro. A lua estava decidida a ficar naquele ponto do céu, com seu inabalável silêncio e obstinado coração de pedra.

Tengo abriu a mão direita, que até então mantinha fortemente fechada, e balançou sutilmente a cabeça. "É como em *Crisálida de ar*", pensou. "Um mundo em que duas luas pairam lado a lado no céu. Quando a *dohta* nasce, passam a existir duas luas."

"Este é o sinal. Observe atentamente o céu", disse o Povo Pequenino para a menina.

Quem escreveu aquela frase fora Tengo. Seguindo o conselho de Komatsu, ele procurara descrever, na medida do possível, aquela nova lua com precisão e riqueza de detalhes. Foi o trecho que ele mais se empenhou em reescrever. E o formato dessa nova lua era praticamente igual ao daquela que ele havia imaginado.

Komatsu havia lhe dito:

"Tengo, pense no seguinte. O leitor já deve ter visto inúmeras vezes uma única lua no céu. Não é? Mas certamente ele nunca viu duas. Quando você introduz no romance certas coisas que a maioria dos leitores *nunca* viu antes, é necessário descrevê-las com mais riqueza de detalhes, e o mais exato possível. As únicas descrições que você pode omitir ou que deve excluir são aquelas que a maioria dos leitores já *tenha* visto."

Ele estava coberto de razão.

Observando o céu, Tengo novamente balançou sutilmente a cabeça. A lua era exatamente do mesmo formato e do mesmo tamanho daquela que ele havia imaginado e colocado no papel. Inclusive em seu sentido figurado.

"Isso é impossível", pensou Tengo. "Que tipo de realidade imitaria a ficção?"

— Isso é impossível — Tengo tentou dizer em voz alta. Mas a voz não saiu. A garganta estava seca, como se ele tivesse corrido uma longa distância. Aquilo era impossível. *Aquele era o mundo da ficção.* Um mundo que não existia de verdade. O mundo de uma história fantástica que Fukaeri contara para Azami durante várias noites e que ele enriquecera ao inserir um conteúdo textual.

"Será que estou no mundo da ficção?", perguntou-se Tengo. "Será que, de alguma forma, deixei o mundo real e entrei no mundo de *Crisálida de ar*, como Alice após cair na toca do coelho? Ou será que o mundo real é que se transformou no mundo de *Crisálida de ar*? Será que o mundo original — onde só existe a nossa única e habitual lua — não existe mais? Será que o Povo Pequenino está envolvido nisso?"

Tengo olhou ao redor, em busca de respostas. Mas o que seus olhos captavam era apenas a cena cotidiana de um bairro residencial comum. Nada havia de diferente, de anormal. Não havia Rainha de Copas, Morsa ou o Chapeleiro Maluco. As únicas coisas que o circundavam eram a caixa de areia sem ninguém, o balanço, a lâmpada de mercúrio com sua luz artificial, os galhos da zelkova, o banheiro público trancado, um edifício novo de cinco andares — com luzes acesas em apenas quatro janelas —, o quadro de aviso da prefeitura, uma máquina automática vermelha com a marca da Coca-Cola, um Volkswagen, modelo Golf antigo, verde, estacionado em local proibido, os postes de eletricidade, cabos elétricos e, ao longe, os anúncios luminosos de néon com suas cores primárias. Os mesmos barulhos, as mesmas luzes. Havia sete anos que Tengo morava em Kôenji. Não que gostasse especialmente do lugar. Ele se mudara para o bairro porque o aluguel era barato e o apartamento ficava perto da estação. Era cômodo para ir e vir do trabalho, e ele achava trabalhoso ter de se mudar. A paisagem local lhe era familiar, e notaria rapidamente quaisquer mudanças.

Quando foi que aumentou o número de luas? Tengo não sabia. As duas luas poderiam estar lá havia muito tempo, e ele não tinha notado. Igualmente, muitas outras coisas deveriam ter passado despercebidas. Quase não lia os jornais e não assistia televisão. As pessoas sabiam de muitas coisas que ele desconhecia. Devia ter ocorrido algo que tivesse aumentado o número de luas. Ele podia perguntar a alguém: "Com licença, sei que a pergunta é estranha, mas será que poderia me dizer desde quando temos duas luas?" Mas não havia ninguém por perto para que ele pudesse perguntar isso, nem sequer um gatinho.

Não. Não é que não havia ninguém. Alguém nas proximidades estava martelando um prego na parede: toc-toc-toc-toc. Uma batida seca e constante. A parede parecia ser extremamente maciça, e o prego, resistente. "Quem estaria batendo um prego na parede numa hora dessas?", Tengo achou estranho e olhou novamente ao redor, mas não encontrou nenhuma parede sendo martelada.

Somente um tempo depois é que ele percebeu que esse barulho desagradável eram as batidas de seu coração, que, estimulado pela adrenalina, bombeava rapidamente uma grande quantidade de sangue pelo interior de seu corpo.

As duas luas provocaram em Tengo uma leve sensação de tontura, quase de vertigem. Parecia que seus nervos estavam desequilibrados. Sentou-se no alto do escorregador e, com a cabeça encostada no corrimão, fechou os olhos. A sensação era a de que a gravidade ao seu redor estava ligeiramente alterada. Em algum lugar, as marés subiam e, em outros, recuavam. As pessoas oscilavam inexpressivas entre o "insano" e o "lunático".

Enquanto sentia vertigem, subitamente lhe ocorreu que havia muito tempo que não tinha aqueles ataques que traziam a imagem de sua mãe. Aquela de quando ele era bebê e que sua mãe, de camisola branca, deixava um jovem chupar o bico de seus seios, perto de onde ele dormia. Fazia tanto tempo que não tinha aquela visão, que até já tinha se esquecido dela. Quando foi a última vez que a tivera? Não tinha certeza, mas, se não lhe falhava a memória, teria sido na época em que começou a escrever seu novo romance. Não sabia exatamente por quê, mas foi naquela época que o espírito de sua mãe parou de persegui-lo.

Mas, em contrapartida, agora ele estava sentado no alto de um escorregador de um parque infantil de Kôenji, contemplando um par de luas que pairavam no céu. Um mundo novo, sem nexo, o cercava silenciosamente como uma gradativa inundação de águas turvas. Era como se um novo problema expulsasse o antigo. Era como substituir um velho e habitual enigma por outro, mais novo e fresco. Foi o que Tengo pensou. Esse seu pensamento não tinha uma conotação irônica e, tampouco, ressentida. Tengo estava ciente de que precisava aceitar calado esse novo mundo que passara a existir, independentemente de como ele fosse. Não havia escolhas. No mundo que existia antes, ele também não tinha. Era tudo a mesma coisa. "Para começar", indagou a si mesmo, "no caso de haver alguma queixa, a quem ele deveria reclamar?"

As batidas de seu coração continuavam a emitir um som seco e duro, mas a tontura estava passando. Escutando as batidas, ele continuou olhando as duas luas que pairavam no céu de Kôenji, com a cabeça encostada no corrimão do escorregador. Era uma imagem inusitada. Um mundo novo em que existe uma nova lua. Tudo parecia incerto e ambíguo. "Há uma única coisa que eu posso afirmar", pensou. "Independentemente do que aconteça comigo, jamais conseguirei contemplar o céu com duas luas como algo natural e cotidiano."

"Que pacto secreto Aomame teria feito com a lua, naquele dia?", pensou Tengo, ao recordar a seriedade com que ela a olhava pairando em pleno dia. "O que será que ela teria oferecido para a lua naquele momento?"

O que vai acontecer comigo de agora em diante?

Essa era uma pergunta que ele vinha fazendo a si mesmo desde os 10 anos, desde que Aomame segurou sua mão após o término das aulas. Tengo era um garoto medroso, em pé, diante de uma enorme porta. Mesmo hoje, ele ainda sentia a mesma insegurança e o medo daquela época. Só que desta vez era uma porta nova, ainda maior. Naquela época, diante dele, pairava uma única lua. Agora, a diferença é que pairavam duas.

Onde será que Aomame está?

Tengo olhou ao redor, de cima do escorregador. No entanto, não encontrou o que gostaria. Abriu a mão esquerda diante de seus olhos numa tentativa de encontrar alguma pista. Na palma da mão, porém, havia apenas algumas linhas profundamente sulcadas. Sob a luz artificial da lâmpada de mercúrio, sua mão parecia a superfície de Marte com seus vestígios de cursos d'água. Vestígios que não lhe revelavam nada. A única coisa que aquelas linhas revelavam era o longo caminho percorrido dos seus 10 anos até ali, sentado no alto de um escorregador num pequeno parque infantil no bairro de Kôenji. E com duas luas no céu.

"Onde será que Aomame está?", indagou novamente para si mesmo. "Onde será que ela está escondida?"

Fukaeri dissera que estava por perto. Num lugar a que se podia ir a pé.

"Será que Aomame, que supostamente está perto daqui, também estará vendo essas duas luas?"

Tengo achava que sim, apesar de não poder fundamentar seu pensamento. Mas, estranhamente, ele tinha essa inabalável certeza. Ela devia estar vendo a mesma coisa que ele. Tengo fechou firmemente a mão esquerda e bateu várias vezes no piso do escorregador. Até doer-lhe a mão.

"Por isso é que precisamos nos encontrar", pensou Tengo. "Precisamos nos encontrar nesse local a que se pode ir a pé. Alguém deve estar perseguindo-a e, por isso, ela está escondida, acuada como um gatinho machucado." O tempo era curto, mas o problema era que Tengo não sabia onde ela se escondia.

— Ho, ho — disse o ritmista.

— Ho, ho — disseram, em uníssono, as outras seis vozes.

21
Aomame
O que devo fazer?

Naquela noite, Aomame foi até a varanda ver a lua. Vestia um conjunto esportivo de jérsei cinza, calçava chinelos e segurava, em uma das mãos, uma xícara de chocolate quente. Havia tempos não sentia vontade de beber chocolate, mas, ao abrir o armário da cozinha e ver a lata de Van Houten, subitamente lhe veio a vontade. Na parte sudeste de um céu límpido e sem nuvens, pairavam, nitidamente, duas luas. Uma lua grande e outra pequena. Ao vê-las, em vez de suspirar, Aomame emitiu um discreto gemido do fundo da garganta. Havia duas luas desde que a *dohta* nascera da crisálida de ar; e o ano de 1984 tornou-se 1Q84. O mundo velho deixara de existir, e retornar para ele já não era mais possível.

Sentada na cadeira da varanda, Aomame observava fixamente as luas bebendo o chocolate quente aos golinhos enquanto tentava se lembrar do seu velho mundo. Mas, naquele momento, a única coisa que lhe vinha à mente era o vaso de fícus que deixara no apartamento. "Onde estará a planta? Tamaru cuidaria dela como dissera ao telefone? Não se preocupe, ela deve estar bem", Aomame dizia a si mesma. "Tamaru era um homem de palavra. Se necessário, ele não hesitaria em me matar, mas, se assim o fizesse, com certeza cuidaria da planta até o fim."

Por que ela se importava tanto com aquele fícus?

Ela nunca ligara para ele até o dia em que precisou deixá-lo no apartamento. Era uma planta realmente sem graça. Visivelmente sem vitalidade, desbotada e macilenta. O preço promocional marcado na etiqueta da loja era de 1.800 ienes, mas, ao passar na caixa registradora, o próprio atendente baixara o preço para 1.500 ienes, sem a necessidade de Aomame pechinchar. Se ela tivesse barganhado, provavelmente obteria um desconto ainda maior. Devia estar encalhado havia muito tempo, à espera de um comprador. Enquanto carregava o vaso para casa, arrependeu-se de tê-lo comprado por impulso. Não só porque o fícus era feio e volumoso, difícil de carregar, mas principalmente por se tratar de algo vivo.

Pela primeira vez ela possuía algo com vida. Nunca havia comprado, ganhado ou recolhido um bichinho, nem mesmo um vaso com planta. O fícus era sua primeira experiência de conviver com algo que tinha vida própria.

Quando vira aqueles kinguios pequenos na sala de estar, comprados pela velha senhora para Tsubasa numa feirinha noturna, Aomame também quis ter um. A vontade era *tão grande* que ela não conseguia tirar os olhos deles. O que teria motivado o súbito desejo de querer um peixinho? Talvez fosse inveja de Tsubasa. Nunca lhe deram de presente algo comprado numa feira de rua. Nunca a haviam convidado a uma. Seus pais, Testemunhas de Jeová e fiéis seguidores dos ensinamentos da Bíblia, desprezavam e se recusavam a participar de quaisquer festividades mundanas.

Por isso Aomame resolveu comprar o seu kinguio numa loja próxima à estação Jiyûgaoka. Já que ninguém lhe compraria um aquário com um kinguio, o jeito era ela mesma sair e comprar um. "É isso mesmo!", pensou. "Tenho 30 anos, sou adulta e moro sozinha. Tenho uma pilha de maços de dinheiro guardados no cofre do banco. Não preciso dar nenhuma satisfação para comprar um kinguio."

No entanto, ao chegar à seção de animais de estimação e vê-los nadando no tanque com suas barbatanas que lembravam rendas, ela simplesmente perdera a coragem. Os peixes eram pequenos, pareciam desprovidos de personalidade e capacidade de reflexão, mas, mesmo assim, eram organismos vivos, completos e acabados. O ato de pagar por uma vida, para que lhe pertencesse, não parecia uma atitude correta. Os kinguios a fizeram se lembrar de quando era criança. Seres impotentes, presos num recipiente de vidro pequeno, sem poderem sair. Os peixinhos não pareciam se importar e, de fato, não deviam, pois não teriam um lugar especial para onde quisessem ir. Mesmo assim, isso a incomodava.

Quando ela viu os kinguios na sala de estar da velha senhora, esse tipo de pensamento nem sequer lhe passou pela cabeça. Os peixinhos pareciam felizes, nadando elegantemente dentro do aquário. A luz do verão tremeluzia dentro d'água. Naquele momento, conviver com peixinhos lhe pareceu uma ideia maravilhosa. Eles possivelmente trariam um pouco de alegria para sua vida. Porém os peixinhos da seção de bichos de estimação da loja próxima à estação fizeram com que ela se sentisse sufocada. Após observá-los durante um bom tempo nadando dentro do tanque, Aomame cerrou os lábios com determinação. "Não posso. Realmente, não vou conseguir cuidar dos kinguios."

Foi então que ela percebeu que havia um fícus no canto da loja. Ele estava numa área que não chamava a atenção, encolhido como um órfão abandonado. Foi a impressão que ela teve ao vê-lo. A coloração estava desbotada, sem brilho, e seu formato era incomum. Mas ela resolveu comprá-lo, sem pensar. Não que tivesse gostado dele. Ela o comprou porque sentiu uma premente necessidade de tê-lo consigo. Na verdade, mesmo após levá-lo para casa, ela só olhava para ele de vez em quando, ao regá-lo.

Mas, ao deixá-lo para trás e pensar que não o veria de novo, Aomame inexplicavelmente não conseguia deixar de pensar nele. Ela esboçou uma careta como aquela que costumava fazer quando estava confusa ou com vontade de gritar. Os músculos faciais se distenderam, transformando-a numa outra pessoa. Após esticar totalmente os músculos e movimentá-los de várias formas, finalmente desfez a careta, fazendo com que seu rosto voltasse ao normal.

Por que estou tão preocupada com aquele fícus?

De qualquer modo, Tamaru certamente vai cuidar dele. Com muito mais carinho e responsabilidade do que ela o faria. Ao contrário dela, Tamaru estava acostumado a proporcionar afeto e a cuidar das coisas vivas. Ele tratava a cadela como se fosse parte de seu corpo. Quando lhe sobrava tempo, costumava dar uma volta no jardim da mansão da velha senhora para verificar como estavam as plantas. Na época em que vivia no orfanato, ele arriscara a própria vida protegendo um garoto mais novo e desajeitado. "Eu jamais conseguiria fazer isso", pensou Aomame. "Não tenho disponibilidade para cuidar dos outros. Suportar o peso da minha própria vida, carregando a solidão, já me exige muito esforço."

A palavra solidão fez com que se lembrasse de Ayumi.

Um homem levara Ayumi a um motel e, após prender suas mãos com algemas e estuprá-la violentamente, estrangulara-a com uma faixa de roupão. Até onde Aomame sabia, o criminoso ainda não havia sido preso. Ayumi tinha família e colegas de trabalho. Mas era uma pessoa solitária. Tão solitária a ponto de ter de morrer daquele jeito tão horrível. "Eu não pude atender ao que ela necessitava. Ela me pedia alguma coisa. Não há dúvida. Mas eu precisava proteger meu segredo, minha solidão. Um segredo que eu não podia compartilhar com Ayumi. Por que ela escolheu justo a mim para ser sua amiga, dentre tantas outras pessoas do mundo?"

Ao fechar os olhos, veio-lhe à mente o vaso de fícus deixado em seu apartamento vazio.

Por que estou tão preocupada com aquele fícus?

Aomame se pôs a chorar. "O que está acontecendo?", pensou, balançando de leve a cabeça. "Ultimamente, ando chorando muito." Ela não queria ficar assim. "Por que tenho de chorar por causa daquele fícus que não vale nada?" Mas ela não conseguia parar. Seus ombros balançavam. "Não me resta mais nada. Nem um fícus miserável. Tudo que tinha algum valor desapareceu. Todas as coisas foram se afastando de mim, a não ser a acalentadora lembrança de Tengo."

Preciso parar de chorar, Aomame dizia para si. Estou dentro de Tengo, como aqueles cientistas da *Viagem fantástica*. Isso mesmo, o nome do filme era *Viagem fantástica*. Lembrar o título a deixou um pouco mais tranquila. Parou de chorar. Chorar não ia adiantar nada. Precisava voltar a ser a Aomame serena e forte de sempre.

"Quem é que desejava isso?"

"*Eu* desejava isso."

Aomame olhou ao redor. No céu ainda havia duas luas.

— Esse é o sinal. Observe o céu com muita atenção — disse um dos homens pequeninos. O que tinha a voz baixa.

— Ho, ho — disse o ritmista.

Sem querer, Aomame percebeu que ela não era a única a olhar para as luas. Do outro lado da rua, um rapaz sentado no alto do escorregador do parque infantil olhava na mesma direção que ela. Ele também devia estar vendo as duas luas no céu. Intuitivamente, ela sabia disso. Não havia dúvidas. Ele estava vendo o mesmo que ela. *Ele conseguia ver.* Ver as duas luas existentes neste mundo. Mas nem todos que vivem aqui conseguem vê-las, dissera o Líder.

No entanto, ela não tinha dúvidas de que aquele rapaz robusto observava as luas. Podia apostar qualquer coisa, tamanha era sua convicção. Ele estava sentado ali olhando a lua grande e amarelada e a outra, pequena e esverdeada como musgo. Parecia estar pensando no porquê de elas estarem ali. Será que aquele homem também viera ao 1Q84 sem querer? Ele deve estar confuso, sem entender o significado deste mundo. Deve ser isso. Isso explicaria o porquê de ele estar sozinho, de noite, sentado no escorregador do parque infantil e olhando as luas, como se tentasse analisar meticulosamente as possibilidades e as hipóteses de isso estar acontecendo.

Não. Pode não ser nada disso. Talvez ele esteja ali com o intuito de encontrá-la. Poderia ser alguém de Sakigake atrás dela.

No mesmo instante, seu coração disparou, emitindo um *estampido* seco. Instintivamente, sua mão direita procurou a arma na cintura, segurando com força a rígida coronha.

Mas o homem não tinha aspecto ameaçador. Tampouco violento. Ele estava sozinho, sentado no topo do escorregador e com a cabeça encostada no corrimão, e olhava as duas luas, absorto em pensamentos. Aomame estava na varanda do segundo andar e ele estava abaixo dela. Sentada na cadeira de jardim, ela o olhava por entre o vão do parapeito de plástico opaco e a grade de metal. Se ele olhasse para cima, possivelmente não conseguiria vê-la. O homem, no entanto, estava tão compenetrado olhando o céu que não lhe passaria pela cabeça que alguém o observava.

Aomame tentou se acalmar e, sem fazer barulho, soltou o ar contido nos pulmões. Afrouxou os dedos, tirou a mão da coronha e, mantendo a mesma posição, continuou a observar o rapaz. Da posição em que estava só conseguia vê-lo de perfil. A lâmpada de mercúrio iluminava-o de cima. Ele era alto e tinha os ombros largos. Os cabelos pareciam duros, mas estavam cortados bem curtinhos. Vestia uma camiseta de manga comprida com as mangas dobradas até o cotovelo. Não era exatamente um homem bonito, mas era carismático, com feições bem-definidas. O formato da cabeça também não era ruim. Mesmo que fique calvo com a idade, continuará a ter uma boa aparência.

Então, de repente, ela soube.

Aquele era Tengo.

"Não pode ser", pensou. "Não é possível", negou com a cabeça várias vezes, num gesto rápido e categórico. "Devo estar enganada. Isso não pode estar acontecendo." Aomame não conseguia respirar direito. As funções de seu corpo estavam alteradas. Pensamento e ação não estavam sincronizados. "Preciso olhar novamente, com atenção, aquele homem." Mas, por alguma razão, seus olhos não conseguiam focá-lo. Por algum motivo, seus olhos direito e esquerdo estavam fora de sincronia. Sem querer, Aomame esboçou uma careta.

O que devo fazer?

Ela se levantou da cadeira e olhou casualmente o entorno. Ao se lembrar de que no aparador da sala de estar havia um binóculo pequeno da Nikon, foi buscá-lo. Voltou correndo para a varanda com o binóculo e focalizou a parte de cima do escorregador. O rapaz continuava ali, na mesma posição. Dava para vê-lo de perfil olhando o céu. Com as mãos trêmulas, ajustou o foco para ver o rosto mais de perto. Reteve a respiração e se concentrou. Não era engano. *Aquele era Tengo.* Mesmo após vinte anos, Aomame não tinha dúvidas de que era ele. Só podia ser Tengo.

Mas o que deixou Aomame mais surpresa foi o fato de o rosto dele não ter mudado muito desde a época em que tinha 10 anos. Era como se o garoto estivesse de repente com 30 anos. Isso não significava que tinha um rosto infantil. Ele havia crescido, o pescoço estava mais grosso e o rosto tinha feições de adulto. Sua expressão adquirira profundidade. As mãos sobre o colo eram grandes e fortes. As mãos estavam bem diferentes das que ela segurara na sala de aula da escola primária vinte anos atrás. Mesmo assim, a atmosfera emanada por seu corpo era a mesma de quando tinha 10 anos. Aquele corpo robusto e firme dava a Aomame uma sensação espontânea de calor e segurança. Sentiu vontade de encostar o rosto em seu peito. *Uma vontade muito grande.* Ela se sentiu feliz. Tengo estava sentado no escorregador do parque infantil e, olhando atentamente o céu, conseguia ver o mesmo que ela: as duas luas. Isso mesmo. Eles conseguiam enxergá-las.

O que devo fazer?

Aomame não sabia o que deveria fazer. Colocou o binóculo sobre o colo e cerrou fortemente as mãos, a ponto de as unhas marcarem a pele. Suas mãos tremiam de leve.

O que devo fazer?

Sua respiração estava ofegante. Parecia que, de uma hora para outra, seu corpo havia se dividido em dois. Uma parte aceitava o fato de que Tengo estava à sua frente, enquanto a outra teimava em não aceitar e tentava convencê-la de que aquilo não estava acontecendo. Dentro dela, os pensamentos antagônicos travavam uma intensa batalha. Ambos tentavam persuadi-la a aceitar o seu respectivo lado. Aomame sentia como se sua carne estivesse sendo cortada, os músculos estraçalhados e os ossos se quebrando.

Aomame teve ímpetos de sair correndo até o parque, subir no escorregador e conversar com Tengo. Mas o que deveria falar? Não sabia direito quais músculos de sua boca devia mover. De qualquer modo, tentaria dizer: "Meu nome é Aomame. Vinte anos atrás segurei sua mão quando estávamos na sala de aula da escola primária de Ichikawa. Você se lembra?"

Será que bastaria?

Devia haver um jeito melhor de dizer isso.

A sua outra Aomame ordenava: "Continue quietinha na varanda e mantenha-se escondida. Não há nada que você possa fazer. Não é? Ontem à noite, você fez um acordo com o Líder. Você renunciou a sua vida para salvar a de Tengo. Ele continuará a viver neste mundo. Esse foi o trato. O contrato foi firmado. Você mandou o Líder para o mundo de lá e, em troca, concordou em oferecer sua própria vida. De que adianta se encontrar com Tengo e conversar sobre o passado? O que fará se ele não se lembrar de você ou se lembrar apenas como aquela garota desagradável que fazia orações esquisitas? Se isso acontecer, já imaginou como se sentiria na hora de morrer?"

Ao pensar nisso, Aomame sentiu que seu corpo estava tenso, e um leve tremor a dominava. Um tremor que ela não conseguia controlar. Era uma espécie de calafrio, semelhante ao que sentimos quando se pega uma gripe forte. Parecia que o núcleo de seu ser estava prestes a se congelar. Ela se abraçou durante um tempo enquanto seu corpo tremia de frio. Enquanto isso, seus olhos continuavam a fitar Tengo, que permanecia sentado no topo do escorregador, olhando o céu. A impressão que ela tinha era de que, se tirasse os olhos dele, ele poderia desaparecer para sempre.

Ela queria ser abraçada por Tengo. Queria ser acariciada por aquelas mãos grandes. Queria sentir o calor dele; que ele lhe acariciasse o corpo. Queria que o corpo dele a aquecesse; que ele fizesse desaparecer aquele frio que sentia no âmago de seu ser. Que ele a penetrasse, revolvendo tudo. Como uma colher que mistura lentamente o chocolate dentro de uma xícara, mexendo-o até o fundo. Se ele assim o fizesse, ela não se importaria de morrer ali mesmo. De verdade.

"Mas era mesmo verdade?", pensou Aomame. Se aquilo realmente acontecesse, possivelmente ela não iria mais querer morrer. Ela desejaria viver para sempre ao lado dele. A convicção de morrer desapareceria por completo, como o orvalho que se evapora com os primeiros raios da manhã. Ou, talvez, ela tivesse ímpetos de matá-lo. Ela atiraria nele com a Heckler & Koch e, após matá-lo, ela estouraria os próprios miolos. Ela não tinha ideia do que poderia acontecer, e o que faria numa situação dessas.

O que devo fazer?

Ela não sabia. A respiração estava cada vez mais acelerada. Inúmeros pensamentos iam e vinham, chocando-se uns com os outros. Não conseguia discerni-los. O que estava certo e o que estava errado. A única coisa que sabia era que, naquele momento, ela desejava imensamente ser envolvida por aqueles braços fortes de Tengo. Não importava o que viria a acontecer: deixaria a decisão por conta de Deus ou do diabo.

* * *

Aomame tomou uma decisão. Foi ao banheiro limpar com uma toalha as lágrimas que restavam no rosto. De frente para o espelho, deu uma rápida ajeitada no cabelo. O rosto estava horrível; os olhos injetados de sangue. As roupas que vestia eram igualmente horríveis: um conjunto esportivo desbotado e, na cintura, uma automática 9 mm que deixava uma protuberância esquisita nas costas. Definitivamente, não era uma aparência ideal para encontrar alguém que ela ansiava ver havia vinte anos. Bem que ela podia estar mais bem-vestida, mas, naquele momento, não havia o que fazer. Não tinha tempo de se trocar. Calçou os tênis sem colocar as meias e desceu correndo os dois andares das escadas de emergência, sem trancar a porta do apartamento. Atravessou a rua, entrou no parque vazio e foi até o escorregador. Mas Tengo não estava mais lá. Sobre o escorregador iluminado pela luz artificial da lâmpada de mercúrio não havia mais ninguém. Estava mais escuro, frio e vazio que o outro lado da lua.

Teria sido uma alucinação?

"Não. Não foi uma alucinação", pensou, enquanto ofegava. Tengo estivera lá até alguns minutos atrás. Aomame subiu no escorregador e deu uma olhada no entorno. Não havia ninguém. Ele não poderia estar muito longe. Minutos atrás ele estava ali. Isso tinha sido havia quatro ou cinco minutos, não mais que isso. Se saísse correndo naquele instante, talvez pudesse alcançá-lo.

Mas Aomame mudou de ideia. Precisou se conter. Não. Não podia fazer isso. Ela não sabia para que lado ele havia ido. Não poderia sair correndo pelas ruas noturnas de Kôenji à procura de Tengo. "Eu não devo fazer isso", pensou. Enquanto ela estava sentada na cadeira da varanda sem saber o que fazer, ele desceu do escorregador e foi andando para algum lugar. "Pensando bem, deve ser o meu destino. Hesito, continuo hesitando e, enquanto perdia a capacidade de discernir, Tengo se foi. Foi o que aconteceu."

"No final das contas, foi melhor assim", Aomame tentou se convencer. Possivelmente esta teria sido a melhor solução. "Afinal, eu consegui reencontrar Tengo. Eu o vi do outro lado da rua e tremi só de imaginar o seu abraço. Ainda que fosse por apenas alguns segundos, meu corpo sentiu a intensa alegria e a expectativa de experimentar a sensação de estar em seus braços." Aomame fechou os olhos, segurou firmemente o corrimão do escorregador e mordeu o lábio.

Ficou na mesma posição de Tengo. Sentou-se na parte de cima do escorregador e olhou para o céu, na direção sudeste. Pairavam duas luas, uma grande e outra pequena. Depois, olhou a varanda do segundo andar do prédio. A luz estava acessa. Até pouco tempo atrás, ela olhava Tengo de lá. Uma profunda hesitação continuava a pairar naquela varanda.

1Q84. Este é o nome deste mundo. Meio ano atrás ela entrara naquele mundo e agora tentava sair dele. Ela entrara sem querer e agora se esforçava para sair. "Mesmo depois de eu sair deste mundo, Tengo continuará a viver nele. Não sei como será o mundo para ele. Não tenho como descobrir. Mas não faz mal. Pretendo morrer por ele. Não pude viver para mim mesma. Essa possibilidade me foi roubada. Mas, em compensação, posso morrer no lugar dele. Por mim, está tudo bem. Posso morrer com um sorriso nos lábios."

"Não estou mentindo."

Aomame tentou sentir os resquícios da presença de Tengo no escorregador. Mas ali não havia mais seu calor. Os ventos noturnos que traziam consigo o prenúncio do outono sopravam por entre as folhas da zelkova, apagando todos os vestígios ali existentes. Mesmo assim Aomame continuou sentada no escorregador observando as duas luas, deixando-se banhar pela estranha luz desprovida de sentimentos. O barulho da cidade grande, que concentrava num único ruído os diversos sons da metrópole, a envolvia, emitindo um grave contínuo. Ela pensou nas pequenas aranhas que haviam feito suas teias na escada de emergência da rodovia metropolitana. Será que elas continuam tecendo suas teias?

Aomame sorriu.

"*Estou pronta*", pensou.

Mas antes precisava visitar um certo lugar.

22
Tengo
Enquanto as duas luas estiverem no céu

Tengo desceu do escorregador, deixou o parque infantil e começou a perambular pelo bairro, andando de uma rua para outra, sem se preocupar por onde ia. A intenção era tentar organizar seus pensamentos, confusos e desconexos. Mas o esforço foi em vão. Enquanto estava no escorregador, inúmeros pensamentos assolaram sua mente, todos de uma só vez: a lua que, agora, eram duas; a relação de consanguinidade; a vontade de recomeçar a vida; devaneios reais provocados pela vertigem; Fukaeri, *Crisálida de ar* e Aomame, escondida em algum lugar daquela área. Tais pensamentos o deixavam confuso e sua capacidade de concentração estava se esgotando, beirando o limite. O melhor seria ir para a cama e dormir profundamente. No dia seguinte, continuaria a pensar sobre esses assuntos. Por ora, ele sabia que, por mais que tentasse, não conseguiria chegar a lugar nenhum.

Ao voltar ao apartamento, Fukaeri estava sentada em sua mesa de trabalho e apontava zelosamente os lápis com uma pequena faca. Tengo costumava deixar dez lápis apontados dentro de seu porta-lápis, mas agora havia uns vinte. Todos extremamente bem-apontados, dignos de admiração. Ele nunca havia visto lápis tão bem-apontados como aqueles. As extremidades, de tão afiadas, pareciam agulhas.

— Telefonaram para você — disse Fukaeri, verificando a ponta do lápis com o dedo. — De Chikura.

— Não havíamos combinado de você não atender?

— O telefonema era importante.

Será que ela percebera pelo toque do telefone?

— De que se tratava? — perguntou Tengo.

— A pessoa não disse.

— Mas a ligação era da casa de repouso de Chikura, não?

— Pediu para ligar.

— Pediu para eu retornar a ligação?
— Disseram que você pode ligar mesmo sendo tarde, e que tem que ser ainda hoje.
Tengo suspirou.
— Não sei o telefone.
— Eu sei.
Ela havia memorizado o número. Tengo anotou num pedaço de papel e deu uma olhada no relógio. Eram oito e meia.
— A que horas eles ligaram? — perguntou Tengo.
— Faz pouco tempo.
Tengo foi à cozinha e tomou um copo d'água. Depois, com as mãos na borda da pia, fechou os olhos e, ao se certificar de que sua mente voltava a funcionar normalmente, foi até o telefone e discou o número. Talvez seu pai tivesse falecido. Só poderia ser uma questão de vida ou morte. Eles não telefonariam para Tengo àquela hora da noite se não fosse um assunto grave, de extrema importância.
Uma mulher atendeu. Tengo se identificou e explicou que estava retornando a ligação que havia recebido.
— É o filho do senhor Kawana? — perguntou a pessoa do outro lado da linha.
— Sou — respondeu Tengo.
— Nos vimos outro dia — disse a mulher.
O rosto da enfermeira de meia-idade com óculos de aro dourado lhe veio à mente, mas ele não conseguia se lembrar de seu nome. Tengo fez uma breve saudação.
— Recebi um telefonema, há pouco.
— Ah sim. Vou transferir a ligação para o médico de plantão, para que possa falar diretamente com ele.
Tengo aguardou a ligação ser transferida. O médico demorava a atender. Enquanto isso, a monótona melodia de *Home on the Range* tocava sem interrupção, para todo o sempre. Tengo fechou os olhos e trouxe à memória a imagem da casa de repouso no litoral de Bôsô: os enormes pinheiros com seus galhos frondosos que, de tão abundantes, pareciam sobrepostos; os ventos marítimos que passavam por entre as árvores; as ondas do Pacífico que fustigavam a praia sem descanso; o silêncio que reinava no saguão sem visitantes; o barulho das rodas da cama hospitalar passando pelo corredor; as corti-

nas desbotadas pelo sol; os uniformes brancos e impecavelmente bem-passados das enfermeiras; o café aguado e horrível do refeitório.

Finalmente, o médico atendeu.

— Me desculpe pela demora. É que acabei de receber um chamado urgente de um dos quartos e tive de atendê-lo.

— Não há por que se desculpar — disse Tengo, tentando se lembrar do rosto do médico. Constatou, porém, que nunca havia se encontrado com ele. A cabeça de Tengo não estava funcionando bem. — Aconteceu alguma coisa com meu pai?

O médico fez uma pausa antes de responder.

— Não é exatamente algo que tenha acontecido hoje, mas é que, de uns tempos para cá, o estado de saúde dele não está muito bom. Sinto muito ter de dizer, mas seu pai entrou em estado de coma.

— Em coma — disse Tengo.

— Ele está num estado de sono profundo.

— Quer dizer que ele está inconsciente?

— Sim.

Tengo tentou pensar no que acabara de ouvir. Precisava pôr a cabeça para funcionar.

— Meu pai foi acometido de alguma doença que provocou o estado de coma?

— Não exatamente — disse o médico, demonstrando certa hesitação.

Tengo aguardou.

— É difícil explicar a situação dele por telefone, mas não existe uma doença específica, a que podemos atribuir um nome, como câncer ou pneumonia. Do ponto de vista médico, a doença dele não tem nome e não sabemos o que a teria provocado. Mas é visível que ele perdeu a motivação que as pessoas possuem de viver. Sem sabermos a causa, não temos como aplicar um tratamento adequado. Estamos ministrando soro e alimentação intravenosa, mas é apenas uma medida paliativa. Não é uma solução definitiva.

— Se o senhor me permite, posso fazer uma pergunta bem direta? — perguntou Tengo.

— Claro que pode — disse o médico.

— Isso significa que meu pai tem pouco tempo de vida?
— Se continuar assim, é provável que sim.
— Tem a ver com a questão da idade?
O médico respondeu com a voz hesitante:
— Seu pai está na faixa dos 60. Não é uma idade muito avançada. Além do mais, ele é uma pessoa saudável. Fora os problemas cognitivos, ele não apresenta nenhuma outra doença. Os resultados dos exames periódicos são bons. Não há nada de errado com ele. — O médico se calou e, um tempo depois, prosseguiu: — No entanto... constatamos que, de uns dias para cá, ele vem apresentando alguns sintomas de senilidade, como o senhor acabou de dizer. O funcionamento do organismo como um todo teve uma baixa, como se perdesse a vontade de viver. Normalmente, isso acontece com pessoas com mais de 85 anos. Quando se chega a essa idade, a pessoa se sente cansada de viver e desiste de se empenhar em preservar a própria vida. O que não consigo entender é por que seu pai, de apenas 60 anos, tem esse mesmo sintoma.

Tengo mordeu os lábios e pensou por alguns segundos.
— Quando ele entrou em coma? — perguntou Tengo.
— Há uns três dias — respondeu o médico.
— Três dias que ele não acorda?
— Nenhuma vez.
— As funções vitais estão cada vez mais fracas?
— Não digo que isso esteja ocorrendo rapidamente, mas, como eu já disse, a vontade de viver está visivelmente menor a cada dia. É como um trem que reduz a velocidade para parar na estação.

— Quanto tempo ele tem?
— Não posso afirmar nada. Mas, se o estado dele continuar assim, creio que não passará de uma semana, no pior dos casos — disse o médico.

Tengo mudou o fone de lado e, novamente, mordeu o lábio.

— Amanhã estarei aí — disse Tengo. — Estava pensando em visitá-lo, antes mesmo de receber o telefonema. Mas agradeço o contato. Muito obrigado.

O médico parecia mais tranquilo ao ouvir isso.

— Por favor, faça isso. Acho que é bom encontrá-lo o quanto antes. Talvez não consiga conversar com ele, mas, se você vier, seu pai certamente ficará contente.

— Mas ele está inconsciente, não está?

— Está inconsciente.

— Ele sente alguma dor?

— No momento, não. Pelo menos é o que achamos. Dos males, o menor. Ele apenas dorme profundamente.

— Muito obrigado — agradeceu Tengo.

— Sr. Kawana — disse o médico. — Seu pai é uma pessoa que, como posso dizer, não deu trabalho e nunca incomodou ninguém.

— Ele sempre foi assim — disse Tengo e, após agradecer novamente, desligou o telefone.

Tengo requentou o café e sentou-se à mesa, de frente para Fukaeri.

— Vai sair amanhã de manhã — perguntou Fukaeri.

Tengo balançou a cabeça, assentindo.

— De manhã, vou pegar o trem e retornar à cidade dos gatos.

— Vai para a cidade dos gatos — disse Fukaeri, o rosto inexpressivo.

— Você vai ficar aqui — perguntou Tengo. Desde que passara a viver com ela, ele também havia se acostumado a fazer perguntas sem entonação.

— Vou te esperar aqui.

— Vou sozinho para a cidade dos gatos — disse Tengo, pondo-se a beber um gole de café. De repente, lembrou-se de perguntar: — Quer beber algo?

— Vinho branco, se tiver.

Tengo abriu a geladeira para procurar se tinha algum vinho branco gelado. Encontrou na parte do fundo uma garrafa de Chardonnay que tinha comprado numa liquidação um tempo atrás. No rótulo havia o desenho de um javali. Abriu a rolha, serviu o vinho numa taça, colocando-a de frente para Fukaeri. Após hesitar por alguns segundos, resolveu acompanhá-la, servindo outra taça de vinho para si. Realmente, o clima estava mais propenso para uma taça de vinho do que uma xícara de café. Apesar de o vinho estar muito gelado e ser muito doce, o álcool o deixou um pouco mais relaxado.

— Amanhã você vai para a cidade dos gatos — repetiu Fukaeri.

— Vou pegar o trem logo pela manhã — disse Tengo.

Enquanto tomava um gole de vinho, Tengo se lembrou de que havia ejaculado no corpo daquela garota de 17 anos, sentada do outro lado da mesa. Fora na noite anterior, mas parecia muito mais tempo. Era como se aquilo fosse um acontecimento histórico. Mas a sensação ainda pulsava vividamente dentro dele.

— Aumentou a quantidade de luas — disse Tengo, num tom de quem confessa um segredo, enquanto girava calmamente a taça de vinho. — Há pouco, quando olhei para o céu, havia duas luas. Uma grande e amarela, e a outra pequena e esverdeada. Talvez elas estivessem ali havia muito tempo, mas eu não tinha percebido. Agora há pouco é que finalmente soube da existência delas.

Fukaeri não fez nenhum comentário a respeito das luas. Não parecia estar impressionada. A expressão de seu rosto continuava inalterada. Nem sequer mexeu os ombros, ainda que sutilmente. A informação não parecia ser novidade para ela.

— Creio que é desnecessário dizer, mas haver duas luas no céu é idêntico ao mundo de *Crisálida de ar* — comentou Tengo. — A nova lua é exatamente como a que descrevi no livro. Tanto pelo tamanho quanto pela cor.

Fukaeri manteve-se calada. Ela não costumava responder uma pergunta cuja resposta fosse desnecessária.

— Por quê? Como pôde acontecer uma coisa dessas? — Novamente, não obteve resposta.

Tengo tomou coragem e fez uma pergunta direta:

— Será que entramos no mundo que construímos em *Crisálida de ar*?

Fukaeri ficou um bom tempo olhando o formato das unhas das mãos. Depois, disse:

— Nós dois escrevemos o livro, juntos.

Tengo pousou a taça sobre a mesa e, em seguida, perguntou:
— Nós dois, juntos, escrevemos *Crisálida de ar* e o publicamos. Um trabalho conjunto. O livro se tornou um best-seller e as informações sobre o Povo Pequenino, *maza* e *dohta* foram divulgadas ao mundo. Por isso viemos parar nesse novo mundo alterado. É isso?
— Você tem a função de receptor.
— Eu sou o receptor — repetiu Tengo. — Realmente, eu escrevi sobre o receptor em *Crisálida de ar*, mas não entendi direito o que significa isso. Qual a função do receptor, falando claramente?

Fukaeri balançou a cabeça de leve, num sinal de que não saberia responder.

"*Se você não consegue entender alguma coisa sem receber explicações, significa que continuará não entendendo, apesar das explicações*", dissera seu pai, um dia desses.

— É melhor ficarmos juntos — disse Fukaeri. — Até encontrar aquela pessoa.

Tengo ficou um tempo em silêncio, olhando o rosto de Fukaeri para tentar captar algum tipo de expressão. No entanto, como sempre, não encontrou nada. Depois, inconscientemente, virou-se para o lado e olhou a janela, mas não encontrou as luas. Viu apenas o poste de luz e os horríveis cabos entrelaçados.

Tengo perguntou:
— Para cumprir a função de receptor é necessário ter alguma qualidade especial?

Fukaeri balançou discretamente o queixo, para cima e para baixo. Significava que sim.

— Mas *Crisálida de ar* é a sua história. Uma história criada por você. Que nasceu dentro de você. Por acaso, eu aceitei um pedido e organizei o texto. Minha participação foi apenas em nível técnico.

— Nós dois escrevemos o livro, juntos — disse Fukaeri, repetindo as palavras anteriores.

Tengo apertou as têmporas com os dedos.

— Quer dizer que assumi a função de receptor a partir do momento em que aceitei reescrevê-lo?

— Desde antes — disse Fukaeri, apontando o dedo indicador da mão direita para si e, em seguida, para Tengo. — Eu percebo e você recebe.

— Perceptiva e receptor — disse Tengo, usando palavras mais adequadas. — Ou seja, você tem a sensibilidade de perceber as coisas e eu as aceito. É isso?

Fukaeri balançou discretamente a cabeça, concordando.

Tengo esboçou uma leve careta.

— Quer dizer que você já sabia que eu era um receptor, ou melhor, sabia que eu tinha qualidades de receptor e, por isso, você fez com que eu reescrevesse *Crisálida de ar*. Através de mim, você transformou sua percepção em um livro. É isso?

Não houve resposta.

Tengo desfez a careta e, fitando os olhos de Fukaeri, disse:

— Não consigo entender muito bem os fatos, mas, provavelmente, eu já estava neste mundo com duas luas. Apenas não havia notado. Como eu nunca olhava para o céu durante a noite, não percebi que havia duas luas. Deve ter sido isso, não?

Fukaeri manteve-se em silêncio. Seu silêncio era como um pó finíssimo que pairava discretamente no ar. Um pó que acabara de ser espalhado por um enxame de mariposas, vindas de um espaço especial. Tengo observou longamente as formas que esse pó desenhava no ar. Ele se sentiu como um jornal de dois dias atrás. As informações eram renovadas diariamente, e ele era o único desatualizado.

— As relações de causa e efeito parecem ter se misturado totalmente — disse Tengo, após se recompor. — Não sei o que vem antes ou depois, mas, de qualquer modo, agora estamos neste mundo.

Fukaeri levantou o rosto e fitou atentamente os olhos de Tengo, como se quisesse mergulhar em suas profundezas. Poderia ser imaginação de Tengo, mas os olhos dela emanavam um brilho que expressava afeição.

— De qualquer modo, não existe mais o mundo anterior — disse Tengo.

Fukaeri encolheu discretamente os ombros.

— Vamos ter de viver neste mundo.

— Neste mundo com as duas luas?

Fukaeri não respondeu. A bela garota de 17 anos cerrou os lábios e continuou a fitar Tengo. Tinha um olhar que se assemelhava ao de Aomame naquela sala, após a aula. O olhar de Fukaeri era também intenso e profundo. Um olhar tão penetrante que fez com que Tengo se sentisse em transformação. Ele se tornaria uma pedra e, posteriormente, uma nova lua. Uma lua pequena e deformada. Ela finalmente diminuiu a intensidade do olhar e, levantando a mão direita, apertou levemente a têmpora com o dedo, como se estivesse lendo um pensamento secreto dentro de si.

— Você estava procurando uma pessoa — perguntou Fukaeri.

— Isso mesmo.

— Mas não conseguiu encontrá-la.

— Não consegui — disse Tengo.

Ele não conseguira encontrar Aomame, mas, em compensação, descobrira as duas luas no céu. Porque ele decidira aceitar a sugestão de Fukaeri e desenterrara algumas lembranças guardadas em seu âmago. Diante disso, pôde enxergar as luas.

A garota abrandou um pouco a intensidade de seu olhar e pegou a taça de vinho. Tomou um gole, deixando a bebida na boca por um tempo e, depois, foi tomando aos poucos o restante como um inseto a sugar o orvalho.

Tengo disse:

— Você falou que ela está escondida. Se for verdade, não vou encontrá-la facilmente.

— Não precisa se preocupar — disse Fukaeri.

— Não preciso me preocupar — disse Tengo, repetindo suas palavras.

Fukaeri assentiu com firmeza.

— Quer dizer que vou encontrá-la?

— Ela é que vai encontrar você — disse a garota, com a voz serena. Uma voz que lembrava os ventos cruzando suavemente uma planície verdejante.

— Aqui em Kôenji?

Fukaeri inclinou a cabeça num gesto de dúvida.

— Em algum lugar — disse ela.

— Em algum lugar *deste mundo* — disse Tengo.

Fukaeri concordou discretamente.

— Enquanto as duas luas estiverem no céu.

— Acho que não tenho outra saída a não ser acreditar no que diz — disse Tengo, conformado, após refletir durante um tempo.

— Eu capto e você recebe — disse Fukaeri, num tom de voz cauteloso.

— Você capta e eu recebo — disse Tengo.

Fukaeri assentiu com a cabeça.

Tengo quis perguntar se era por isso que haviam se *unido* durante a tempestade da noite anterior. Qual o significado daquilo? Mas desistiu. Com certeza, não era uma pergunta adequada, e Tengo sabia que não obteria resposta.

"Se você não consegue entender alguma coisa sem receber explicações, significa que continuará não entendendo, apesar das explicações", dissera seu pai.

— Você capta e eu recebo — Tengo repetiu. — Como da vez em que reescrevi *Crisálida de ar*.

Fukaeri balançou a cabeça para os lados e, depois, colocou os cabelos para trás, deixando à mostra suas belas e pequenas orelhas, como se erguesse uma antena de transmissão.

— Não é igual — disse Fukaeri. — Você mudou.

— Eu mudei — repetiu Tengo.

Fukaeri concordou.

— O que mudou em mim?

Durante um bom tempo, Fukaeri mirou atentamente o vinho na taça, como se visse ali algo muito importante.

— Quando você for para a cidade dos gatos, vai descobrir — disse a bela garota. E, com as orelhas à mostra, tomou mais um gole de vinho branco.

23
Aomame
Ponha um tigre no seu tanque

Aomame acordou pouco depois das seis da manhã. Era um belíssimo dia ensolarado. Preparou o café na cafeteira elétrica, passou o pão na torradeira e cozinhou um ovo. Assistiu ao noticiário da TV e constatou que a morte do Líder de Sakigake ainda não havia sido divulgada. Eles conseguiram secretamente dar fim ao corpo, sem comunicar a morte à polícia e torná-la pública. Se for assim, que assim seja. Era o de menos. Para quem morreu, independentemente do que façam com ele, o fato de estar morto não vai se alterar.

Às oito horas, Aomame tomou um banho e, de frente para o espelho do banheiro, cuidou de pentear o cabelo com capricho e de passar uma discreta camada de batom, quase imperceptível. Vestiu meias finas, camisa branca de seda e o elegante conjunto de blazer e saia de Junko Shimada, previamente pendurado no cabide do armário. Movimentou o corpo de um lado para o outro, girando e dobrando a cintura para que o sutiã com armação e enchimento se amoldasse ao corpo, enquanto pensava em como seria bom se tivesse um pouco mais de peito. Ela já havia pensado nisso umas 72 mil vezes diante do espelho. "Mas e daí? Se quero pensar inúmeras vezes a mesma coisa, é problema meu. O que é que tem pensar 72.001 vezes a mesma coisa? Enquanto estiver viva, quero pensar no que quiser, como quiser e o quanto quiser, na hora em que eu quiser. Ninguém tem nada a ver com isso." Por fim, calçou seus sapatos de salto alto da Charles Jourdan.

Aomame ficou de frente para o espelho de corpo inteiro na porta do hall de entrada do apartamento, para se certificar de que suas roupas estavam impecáveis. Ergueu um dos ombros, imaginando se parecer um pouco com Faye Dunaway em *Crown, o magnífico*. No filme, a atriz interpretava o papel de uma investigadora de uma agência de seguros, imparcial e fria como a lâmina de uma faca. Uma mulher segura, sexy, sempre elegante em um blazer executivo.

Logicamente, Aomame não era parecida com Faye Dunaway, mas havia nela algo que *de certa forma* lembrava a atriz. Uma presença de espírito que somente uma profissional de primeira categoria conseguiria transmitir. Sem contar que dentro de sua bolsa havia uma pistola automática dura e fria.

Aomame colocou os pequenos óculos de sol Ray-Ban e deixou o apartamento. Em seguida, caminhou até o parquinho infantil que ficava do outro lado da rua e, de pé, diante do escorregador em que Tengo estivera sentado na noite anterior, reproduziu mentalmente aquela cena. Cerca de doze horas atrás, o Tengo *real* estivera ali, a uma pequena distância dela. Estava sozinho e, em silêncio, ficara observando as luas durante um bom tempo. As duas luas que ela também conseguia enxergar.

    Para Aomame, reencontrá-lo casualmente era como um milagre. Uma espécie de revelação. Alguma coisa trouxera Tengo para perto dela. E esse acontecimento parecia ter produzido uma grande mudança em seu físico. Desde que acordara de manhã, sentia um contínuo atrito perpassando seu corpo. Tengo surgiu diante dela e partiu, sem que pudessem conversar ou se tocar. Mas, mesmo nesse curto espaço de tempo, ele alterou muitas coisas dentro dela. Ele havia revolvido seu corpo e sua mente, literalmente, como uma colher que mistura o chocolate numa xícara. Ele havia mexido com todos os seus órgãos internos, inclusive o útero.

    Aomame permaneceu cerca de cinco minutos ali, em pé, segurando com uma das mãos o corrimão do escorregador e, com o rosto levemente contraído, batia delicadamente no chão com a ponta do salto. Apreciava a sensação de ter seu corpo e sua mente totalmente revolvidos. Um tempo depois, decidida, deixou o parque e pegou um táxi na avenida mais próxima.

— Siga até Yôga e de lá pegue a Rota 3 da Rodovia Metropolitana até a saída de Ikejiri — disse Aomame para o motorista.

    Como era de se esperar, o motorista ficou confuso com as indicações.

— Desculpe, não entendi. Para onde a senhorita gostaria de ir? — perguntou o motorista, com um tom de voz tranquilo.

— Saída de Ikejiri, por enquanto.

— Nesse caso, é bem mais perto irmos direto daqui até Ikejiri. Se formos pela Yôga faremos uma volta maior, sem contar que, agora pela manhã, o trânsito na Rota 3 está totalmente congestionado, os carros não andam. Posso garantir isso, com a mesma certeza de que hoje é quarta-feira.

— Não faz mal que esteja congestionado. Para mim tanto faz se hoje é quarta, quinta ou o dia do aniversário do Imperador. De qualquer modo, por favor, vá até Yôga e pegue a rodovia. Tempo é o que não me falta.

O motorista aparentava ter pouco mais de trinta anos. Era magro, com a pele clara e um rosto comprido que lembrava um cauteloso animal herbívoro. Seu queixo era projetado para a frente, como o daquelas estátuas da ilha de Páscoa. Ele observava o rosto de Aomame pelo retrovisor e tentava analisar, em sua expressão facial, se ela tinha um parafuso a menos ou se era uma pessoa normal, passando por algum problema delicado. Mas isso não era fácil de detectar. Sobretudo através do reflexo de um pequeno espelho retrovisor.

Aomame tirou a carteira da bolsa e pegou uma nota de 10 mil ienes que parecia novinha em folha, colocando-a bem próxima da altura do nariz dele.

— Não quero troco nem recibo — disse Aomame sucintamente. — Por isso, em vez de retrucar, quero que faça exatamente como pedi. Vá para Yôga e de lá pegue a rodovia até Ikejiri. Mesmo congestionado, essa quantia deve dar, não?

— Sim, é claro. A quantia é mais que suficiente — disse o motorista, ainda ressabiado. — A senhorita, por acaso, tem algo especial para fazer na Rodovia Metropolitana?

Aomame balançou a nota de 10 mil ienes como se fosse uma bandeirola.

— Se você não quer ir, vou descer e pegar outro táxi. Decida logo.

O motorista franziu a testa e observou detidamente a nota de 10 mil ienes. Depois, decidido, pegou a nota e, após verificar sua autenticidade colocando-a contra a luz, guardou-a em sua bolsa de trabalho.

— Entendi. Vamos para a Rota 3 da Rodovia Metropolitana. Mas, realmente, o trânsito por lá deve estar muito ruim. Entre Yôga e Ikejiri não existe nenhuma saída. Nem banheiro público. Por isso, se estiver com vontade de ir ao toalete, é melhor que seja agora.

— Não se preocupe. Pode seguir.

O motorista atravessou as emaranhadas ruas da área residencial, pegou o anel rodoviário 8 e seguiu para Yôga, enfrentando o congestionamento. Durante o trajeto, os dois mantiveram-se quietos. O motorista escutava o noticiário pelo rádio enquanto Aomame seguia absorta em pensamentos. Um pouco antes da entrada da Rodovia Metropolitana, o motorista baixou o volume do rádio e indagou:

— Sei que não é da minha conta, mas a senhorita tem algum tipo especial de profissão?

— Sou investigadora de uma agência de seguros — disse Aomame, sem titubear.

— Investigadora de uma agência de seguros — repetiu o motorista cautelosamente, como se estivesse provando uma iguaria pela primeira vez.

— Estou investigando um caso de fraude na seguradora — respondeu Aomame.

— Hum — disse o motorista, admirado. — Existe alguma ligação entre a Rodovia Metropolitana e essa fraude?

— Digamos que sim.

— Como naquele filme.

— Que filme?

— Um que passou há muito tempo. Aquele com o Steve McQueen. Hmm... Não consigo me lembrar do título.

— *Crown, o magnífico* — disse Aomame.

— Isso. Isso mesmo. A Faye Dunaway faz o papel de uma investigadora de uma agência de seguros. Uma especialista em desvendar fraudes em seguradoras. O McQueen é um milionário que pratica roubos por hobby. Gostei do filme. Assisti quando estava no colegial. Eu gostava daquela música. Cheia de estilo.

— Michel Legrand.

O motorista assobiou os quatro primeiros compassos. Depois, mirou o espelho e observou atentamente o rosto refletido de Aomame.

— Pensando bem, acho que a senhorita lembra um pouco a Faye Dunaway daquele filme.

— Muito obrigada — disse Aomame, esforçando-se para não esboçar um sorriso que insistia em se formar no canto de seus lábios.

A Rota 3 da Rodovia Metropolitana sentido centro estava monstruosamente congestionada, conforme a previsão do motorista. Mal seguiram cem metros e o trânsito já estava totalmente parado. Digno de ser mencionado numa reportagem sobre congestionamentos. Mas era exatamente isso o que Aomame desejava. A mesma roupa, o mesmo trajeto, o mesmo congestionamento. Infelizmente, a rádio não tocava a *Sinfonietta* de Janáček, e o aparelho de som não tinha a mesma qualidade que aquele da Toyota Crown Royal Saloon. Mas exigir isso também era demais.

O carro avançava lentamente, apertado entre os caminhões. Ficava parado durante um bom tempo e, de repente, como se lembrasse que precisava seguir em frente, avançava um pouquinho. Enquanto estavam parados, na pista ao lado, um jovem motorista que dirigia um caminhão refrigerado lia atentamente sua revista em quadrinhos. O casal de meia-idade num Toyota Corona Mark II de cor creme estava visivelmente amuado e, olhando para a fila de carros à frente, ambos mantinham-se quietos. Talvez não tivessem o que conversar, ou estavam assim por terem conversado algo desagradável. Aomame estava recostada no assento absorta em pensamentos, enquanto o motorista escutava a rádio.

Finalmente, chegaram num ponto em que se via uma placa indicando Komazawa e, dali em diante, os carros continuaram a rastejar como caracóis até a Sangenjaya. De vez em quando, Aomame levantava o rosto e olhava a paisagem pela janela. Era a última vez que veria aquela cidade. Logo ela se mudaria para algum lugar distante, mas, mesmo assim, não conseguia sentir afeição por Tóquio.

Os edifícios no entorno da rodovia eram feios, enegrecidos pela fumaça dos escapamentos, e havia inúmeros outdoors chamativos espalhados por todos os lados. Ao observar a paisagem, Aomame começou a se sentir deprimida. "Por que as pessoas precisavam construir espaços tão deprimentes como aquele? Não que o mundo tenha de ser totalmente belo, mas nem por isso precisava ser tão horroroso."

Enquanto divagava, seus olhos finalmente focalizaram algo familiar: o local em que descera do táxi naquele dia. Fora ali que o motorista de meia-idade lhe dissera que havia uma escada de emergência, como uma mera informação casual. Adiante, havia um outdoor enorme com a propaganda da Esso: um tigre sorridente segurando o bico da bomba de combustível. O mesmo que da outra vez.

Ponha um tigre no seu tanque.

Subitamente, Aomame percebeu que estava com sede. Após tossir levemente, colocou a mão dentro da bolsa e procurou uma caixa de pastilhas de limão contra a tosse. Colocou uma pastilha na boca e guardou de novo a caixa. Aproveitando que sua mão estava na bolsa, segurou firmemente o cabo da Heckler & Koch para sentir a dureza e o peso em sua palma. "Isso mesmo", pensou Aomame. O carro avançou alguns metros.

— Passe para a faixa da esquerda — Aomame pediu para o motorista.

— Mas a faixa da direita está andando melhor — o motorista protestou num tom de voz calmo. — A saída para Ikejiri fica à direita; se mudarmos de faixa, depois vai ser complicado voltar novamente para cá.

Aomame refutou o argumento do motorista.

— Não importa. Passe para a faixa da esquerda.

— Se a senhorita prefere — disse o motorista, resignado.

Ele colocou o braço para fora e fez sinal para o motorista do caminhão frigorífico. Assim que se certificou de que o outro havia visto o sinal, imbicou o carro e entrou na faixa da esquerda. Cerca de cinquenta metros adiante, o trânsito parou novamente.

— Vou descer aqui. Por favor, abra a porta.

— Descer? — perguntou o motorista, surpreso. — Aqui?

— Há uma escada de emergência logo adiante, não se preocupe.

— Escada de emergência? — O motorista balançou a cabeça. — Não sei se existe ou não uma escada de emergência, mas, se descobrirem que eu deixei a senhorita descer aqui, serei punido. A empresa que administra a rodovia também vai chamar minha atenção. Por favor, não faça isso.

— Tenho motivos para descer aqui — disse Aomame e, tirando mais uma nota de 10 mil ienes da carteira, estalou-a e a deu ao motorista. — Sei que estou sendo abusada, portanto aceite isso como uma compensação pelo transtorno que estou lhe causando. Por favor.

O motorista não quis aceitar a nota de 10 mil ienes, mas, resignado, destravou a porta esquerda do banco traseiro.

— Não quero o dinheiro. O que a senhorita me pagou já é o suficiente. Mas por favor tenha cuidado. A pista não tem faixa de acostamento e, por mais que esteja congestionada, é perigoso andar por ela.

— Muito obrigada — disse Aomame. Após descer do carro, ela deu dois toques no vidro do carro do lado do acompanhante para que o taxista abaixasse o vidro da janela. E, debruçando o corpo, entregou o dinheiro. — Por favor, aceite. Não se preocupe. Tenho dinheiro de sobra.

O motorista olhou alternadamente para o dinheiro e para o rosto de Aomame.

Aomame disse:

— Se a polícia ou a empresa implicar com você por minha causa, diga que eu o ameacei com uma pistola e, por isso, você teve de abrir a porta. Assim eles não vão importuná-lo.

O motorista parecia não acreditar no que estava ouvindo. Dinheiro de sobra? Intimidar com uma pistola? Mesmo assim, achou melhor aceitar o dinheiro. Talvez por medo de ela fazer algo inusitado, caso ele decidisse recusar.

Como da outra vez, Aomame caminhou cerca de cinquenta metros em direção a Shibuya por entre os carros da faixa da esquerda e a guia de segurança. As pessoas que estavam dentro dos carros pareciam não acreditar no que estavam vendo. Mas Aomame não se importava com os olhares. Caminhou a passos largos, mantendo a postura reta e um ar imponente, como uma modelo desfilando nas passarelas de Paris. O vento balançava seus cabelos. Os caminhões que passavam com velocidade na pista oposta faziam o pavimento tremer. O outdoor da Esso foi ficando cada vez maior e, finalmente, ela chegou ao acostamento.

A paisagem ao redor continuava a mesma que da vez anterior. Havia uma cerca de ferro e, ao lado, uma cabine amarela do telefone de emergência.

"Aqui é o ponto de partida para o ano de 1Q84", pensou Aomame.

"Meu mundo se transformou quando eu desci essa escada de emergência até a Rodovia Nacional 246. Por isso, quero descê-la novamente. Daquela vez, estávamos no início de abril e eu vestia um casaco bege. Agora estamos em setembro e está quente demais para usar casaco. Mas, mesmo sem ele, estou vestindo as mesmas roupas daquele dia. A mesma roupa que usava quando matei, naquele hotel de Shibuya, o desgraçado do ramo petrolífero: um conjunto de blazer e minissaia de Junko Shimada, sapatos Charles Jourdan, blusa branca, meia-calça fina e sutiã de renda branca. Após o incômodo de pular a cerca de ferro de minissaia, que subiu até a cintura, desci as escadas de emergência.

"Tentarei fazer aquilo novamente. Por mera curiosidade. Quero saber o que vai acontecer se eu fizer exatamente como daquela vez, no mesmo lugar e com a mesma roupa. Não estou tentando me salvar. A morte não me aflige. Quando a hora chegar, não hesitarei em morrer. Posso morrer sorrindo." Mas Aomame não queria morrer sem entender o que estava acontecendo e, para isso, faria tudo que estivesse ao seu alcance. Se isso não desse certo, paciência. Mas, de qualquer modo, tentaria fazer tudo que fosse possível. Esse era o seu jeito de viver.

Aomame inclinou o corpo sobre a cerca e tentou encontrar a escada de emergência. *Mas não havia nenhuma escada de emergência.* Por mais que procurasse, a escada havia sumido.

Aomame mordeu os lábios e esboçou uma careta.

Ela não havia errado de lugar. Tinha certeza de que ficava naquele espaço reservado para o acostamento. A paisagem ao redor era a mesma e o outdoor da Esso estava bem de frente a ela. No mundo de 1984 havia uma escada de emergência naquele local. Conforme a orientação daquele estranho motorista de táxi, Aomame conseguiu encontrar facilmente a escada, pular a cerca e descê-la. Mas no mundo de 1Q84 não havia escadas de emergência.

A saída estava bloqueada.

Aomame desfez a careta e olhou atentamente ao redor, fitando novamente a propaganda da Esso. O tigre segurava o bico da bomba de combustível e, com o rabo voltado para cima, olhava de soslaio para o lado de cá, sorrindo alegremente. Era como se fosse impossível ser mais feliz e mais satisfeito do que ele.

"Sim, mas é claro", pensou Aomame.

Ela soubera desde o início. O Líder havia dito isso claramente, antes de ser morto por ela na suíte do hotel Ôkura. Não havia um caminho de volta entre o mundo de 1Q84 e o de 1984. A porta para 1Q84 só se abria para um dos lados.

Mesmo ciente disso, Aomame precisava verificar os fatos com seus próprios olhos. Isso era de sua natureza, e ela acabara de constatar a verdade. Fim. C.Q.D.

Aomame apoiou-se na grade de ferro e olhou para o céu. O dia estava perfeito. Longos filetes de nuvens flutuavam sobre um cenário tingido de azul profundo. A vista alcançava ao longe o céu infinito. Nem parecia ser o céu de uma metrópole. Mas não se podia ver a lua. "Para onde teria ido? Deixa pra lá. A lua é a lua. Eu sou eu. Cada um vive de acordo com os seus planos."

Se Faye Dunaway estivesse aqui, possivelmente pegaria um cigarro fino e longo e o acenderia elegantemente com um isqueiro, estreitando os olhos com sensualidade. Mas Aomame não fumava, não tinha cigarros nem isqueiro. Na sua bolsa havia, quando muito, uma caixa de pastilhas de limão para tosse. Além de uma pistola de aço de 9 mm e um picador de gelo especial que ela enfiara na nuca de alguns homens. Ambos, muito mais fatais que cigarros.

Ela observou a fila de carros parados no congestionamento. As pessoas dentro deles olhavam atentamente para ela. Era o esperado. Afinal, não era normal ver uma cidadã comum andar numa rodovia. Ainda mais uma moça de minissaia, salto alto, óculos de lentes verdes e um sorriso nos lábios. Não observá-la é que seria estranho.

A maioria dos veículos parados na rodovia eram caminhões de grande porte. Inúmeras mercadorias estavam sendo trazidas de diversos locais para Tóquio. Eles deviam ter viajado durante a noite sem descanso e, agora, estavam presos no fatídico congestionamento da manhã. Os motoristas deviam estar entediados, aborrecidos e cansados, com uma imensa vontade de entrar num ofurô, fazer a barba e dormir. Era certamente o que eles mais desejavam e, por isso, apenas se limitavam a olhá-la distraidamente, como se estivessem vendo um animal raro. Estavam cansados demais para ter qualquer tipo de reação diante do que viam.

Entre os inúmeros caminhões de transporte havia um Mercedez Benz coupé prateado, como um delicado antílope perdido no meio de um bando de rinocerontes. Parecia um carro novo, e sua bela carroceria reluzia com os primeiros raios da manhã. As rodas combinavam com a cor da carroceria. A janela do motorista estava aberta, e uma mulher de meia-idade bem-vestida olhava atentamente para Aomame. Estava com óculos de sol da Givenchy e, numa das mãos que segurava o volante, podia se ver um anel de brilhante.

A mulher aparentava ser uma pessoa gentil e demonstrava preocupação com Aomame. Possivelmente, indagava o que poderia ter acontecido para que uma jovem bem-vestida precisasse andar sozinha na Rodovia Metropolitana. A mulher parecia querer chamá-la e, possivelmente, caso Aomame pedisse, ela a levaria aonde quisesse ir.

Aomame tirou os óculos Ray-Ban e os guardou no bolso superior do blazer. Estreitando os olhos, ofuscados pelos intensos raios de sol, massageou durante um tempo a base do nariz para tirar as marcas deixadas pelos óculos. Em seguida, umedeceu os lábios secos com a ponta da língua. Sentiu um leve gosto de batom. Olhou o céu ensolarado e, como precaução, viu também o chão onde pisava.

Ela abriu a bolsa e tirou lentamente a Heckler & Koch. Deixou cair a bolsa, ficando com as mãos livres. Com a mão esquerda destravou o dispositivo de segurança, puxou o ferrolho e posicionou uma bala na câmara. Seus movimentos eram precisos e rápidos. Um som agradável ecoou ao redor. Balançou a pistola e sentiu o peso da arma. Com as sete balas, pesava 480 gramas. Não havia dúvida de que estava carregada. Aomame sabia só de sentir o peso.

Seus lábios retos continuavam a esboçar um sorriso. As pessoas observavam atentamente seus movimentos. Ninguém se assustou ao vê-la tirar uma pistola da bolsa. Ou pelo menos não esboçaram esse tipo de reação. Talvez não achassem que fosse uma pistola de verdade. "Mas é uma pistola de verdade", pensou Aomame.

Em seguida, ergueu a ponta da arma e colocou o cano dentro da boca. O cano apontava para o cérebro, aquele insondável labirinto acinzentado onde se alojava sua consciência.

A oração surgiu espontaneamente, sem que precisasse pensar nela. Com o cano da arma dentro da boca, ela a entoou rapidamente. Ninguém ouviria o que ela estava dizendo, mas era o de menos. O importante era que Deus a ouvisse. Quando Aomame era pequena, ela não entendia o significado daquela oração, mas a sequência de frases estava impregnada no âmago de seu ser. Antes das refeições da escola ela sempre a entoava sozinha, alto e bom som, sem se importar com os olhares curiosos ou risos de escárnio. O importante era que Deus a estivesse vendo. Ninguém podia escapar dos olhos do Senhor.

O Grande Irmão está olhando para você.

Pai nosso que estais no Céu, santificado seja o Vosso Nome; venha a nós o Vosso Reino. Perdoai os nossos pecados. Conceda-nos a Vossa bênção em nossa humilde caminhada. Amém.

A senhora de meia-idade e boa aparência, que estava com as mãos ao volante de seu novíssimo Mercedez Benz, continuava olhando atentamente para Aomame. Aquela senhora, assim como os demais ali presentes, parecia não entender o significado daquela arma que Aomame tinha em mãos. Caso ela tivesse entendido o que significava, provavelmente desviaria o olhar, pensou Aomame. Se visse o cérebro se espalhando para todos os lados, certamente naquele dia ela não conseguiria almoçar ou jantar. "Não me leve a mal, mas acho melhor você desviar os olhos", disse Aomame mentalmente para ela. "Não estou escovando os dentes. Estou com o cano de uma pistola automática Heckler & Koch de fabricação alemã dentro da minha boca. Fiz minha oração. E você já deve ter percebido o que isso significa.

"Tenho que te dar um aviso. Um aviso importante. Desvie os olhos e volte para casa com seu novíssimo Mercedes Benz prateado. Volte para a sua belíssima casa onde seu querido marido e seus filhos a aguardam, e continue a viver tranquilamente. Isso que eu vou fazer agora não é algo que você deva ver. Esta é uma horrível pistola de verdade. Uma pistola com sete horríveis balas de 9 mm. E, como já disse Anton Tchekhov, se na história aparece uma pistola, em algum momento ela deve ser usada. Esse é o significado de como se entende uma história."

No entanto, a senhora continuava a observá-la. Resignada, Aomame balançou levemente a cabeça. Sinto muito, mas não posso esperar mais. O tempo acabou. Está na hora de começar o show.

Ponha um tigre no seu tanque.

— Ho, ho — disse o ritmista.

— Ho, ho — os seis homens pequeninos repetiram em uníssono.

— Tengo — disse Aomame. E apertou o gatilho.

24
Tengo
Enquanto ainda houver calor

Tengo foi à estação de Tóquio, pegou o trem expresso da manhã para Tateyama e de lá fez a baldeação para um trem regular que parava em todas as estações até chegar a Chikura. Era um belíssimo dia ensolarado. Não havia vento e quase não se viam ondas no mar. Não havia mais vestígios do verão, e uma camisa de meia manga, com uma jaqueta leve de algodão, era uma combinação que se adequava bem ao novo clima. A cidade litorânea sem os banhistas parecia bem mais deserta e desanimada do que ele havia imaginado. Realmente, era como se tivesse se transformado na cidade dos gatos, pensou Tengo.

Após fazer uma refeição rápida em frente à estação, pegou um táxi e chegou à casa de saúde por volta de uma da tarde. Quem o atendeu na recepção foi a mesma enfermeira de meia-idade da vez anterior, a mesma do telefonema da noite passada. Enfermeira Tamura. Ela o reconheceu e, desta vez, tratou-o de modo ligeiramente mais gentil que da vez anterior. Chegou até a esboçar um leve sorriso. O fato de Tengo estar mais bem-vestido talvez tivesse contribuído para desencadear essa reação.

Ela o acompanhou até o refeitório e lhe serviu uma xícara de café.

— Por favor, aguarde um momento. O médico já virá atendê-lo — disse a enfermeira.

Cerca de dez minutos depois, o médico responsável veio até ele enxugando as mãos com uma toalha. Aparentava ter 50 anos e seus cabelos duros estavam levemente grisalhos. Devia estar fazendo alguma outra atividade, pois não usava o avental branco. Vestia um conjunto de agasalho cinza e tênis de corrida surrados. Tinha um bom porte físico e, mais do que médico de uma casa de saúde, parecia o treinador de um time universitário da segunda divisão que nunca conseguiria alcançar uma posição melhor.

O médico repetiu praticamente as mesmas informações que dissera ao telefone na noite anterior. Disse com pesar que, no momento, do ponto de vista médico, infelizmente não havia o que fazer. A expressão e as palavras do médico lhe soaram sinceras.

— A única possibilidade que nos resta é pedir que o filho converse com ele, de modo a motivá-lo a resgatar a vontade de viver.

— Será que meu pai vai me escutar? — perguntou Tengo.

O médico tomou um gole de chá-verde morno e esboçou uma expressão de preocupada seriedade.

— Para falar a verdade, não sei. Seu pai está em coma e, quando falamos com ele, não reage. Mas, mesmo em profundo estado de coma, há pessoas que conseguem ouvir as conversas ao redor e, de certa forma, entendem o que se diz.

— Mas isso é algo que não podemos perceber.

— Não, não podemos.

— Vou ficar aqui até seis e meia — disse Tengo. — Neste período, ficarei ao lado dele tentando conversar com o máximo afinco.

— Se você perceber algum tipo de reação, mande me chamar — disse o médico. — Vou estar por aqui.

Uma jovem enfermeira acompanhou Tengo até o local em que seu pai estava deitado. Ela usava um crachá onde se lia Adachi. Seu pai fora transferido para um quarto individual no pavilhão novo. Um pavilhão para pacientes em estado grave. A roda da engrenagem havia avançado um dente. Não havia mais para onde ele ser transferido. O quarto era pequeno, comprido e impessoal; e a cama ocupava praticamente metade do aposento. Do lado de fora podia se ver o bosque de pinheiros dispostos de forma a conter os ventos. Os pinheiros com seus galhos frondosos eram como enormes muros a separar a casa de saúde do vigoroso mundo real. Após a enfermeira deixar o quarto, Tengo ficou a sós com o pai, que dormia profundamente com o rosto voltado para cima. Tengo sentou-se num pequeno tamborete de madeira ao lado da cama e olhou o rosto do pai.

Na cabeceira havia um suporte para a bolsa plástica do soro, que era injetado na veia através de um tubo. Havia também um cateter inserido na uretra para recolher a urina, mas a quantidade excretada era assustadoramente pequena. Seu pai estava bem menor e mais magro que da última vez que o vira. No queixo e nas bochechas sulcadas, crescia uma barba branca com cerca de dois dias por fazer. Os olhos sempre foram encovados, mas agora estavam muito mais fundos. Tão fundos que dava para se cogitar se não seria melhor fazer algum tipo de intervenção cirúrgica e puxar para fora as órbitas enterradas naqueles orifícios profundos. As pálpebras estavam fortemente cerradas dentro desses buracos, como um obturador fechado, e a boca entreaberta. Não se percebia a respiração, mas ao aproximar o ouvido bem pertinho de seu rosto dava para sentir uma leve vibração de ar. Uma imperceptível vida sendo minimamente mantida.

Tengo sentiu quão real era a frase dita pelo médico na noite anterior: "É como um trem que reduz a velocidade para parar na estação." O trem chamado pai diminuía a velocidade até atingir o estado de inércia para poder parar tranquilamente numa planície sem nada em volta. Seu único desejo era o de que não houvesse nenhum passageiro, para que ninguém reclamasse da parada.

"Preciso falar alguma coisa", pensou Tengo. No entanto, hesitava sobre o que, como e com que tom de voz deveria conversar. Quaisquer assuntos que lhe vinham à mente pareciam desprovidos de sentido.

— Pai — disse Tengo, com a voz baixa, como num sussurro. Mas logo lhe faltaram palavras para dar continuidade à frase.

Tengo levantou-se do tamborete e, aproximando-se da janela, olhou o jardim bem-cuidado e o céu que se estendia por sobre o bosque de pinheiros. Um corvo pousado sobre uma enorme antena tomava banho de sol observando vigilante o entorno com um aspecto sobranceiro. Na cabeceira da cama havia um rádio relógio, mas seu pai não necessitava de nenhuma das funções contidas naquele aparelho.

— Sou eu, Tengo. Acabei de chegar de Tóquio. Você está me ouvindo? — disse Tengo, em pé ao lado da janela, olhando para o pai. Não houve reação. Sua voz fez vibrar o ar por alguns instantes e imediatamente foi sugada pelo vazio que impregnava o quarto.

"Esse homem está tentando morrer", pensou Tengo. Bastava ver os olhos fundos para notar. O pai já estava decidido a pôr fim a sua própria vida, por isso decidiu fechar os olhos e dormir profundamente. Não importava o que Tengo lhe dissesse com o intuito de persuadi-lo a viver; provavelmente seria impossível fazê-lo mudar de ideia. Clinicamente falando, ele continuava vivo, mas, para esse homem, a vida já havia terminado. Dentro dele não havia mais motivos nem vontade de se esforçar para prorrogar a vida. A única coisa que Tengo poderia fazer era respeitar o desejo do pai e deixá-lo partir. O rosto do pai emanava uma profunda serenidade. Naquele momento, não parecia sentir nenhum tipo de dor. Assim como o médico lhe havia dito ao telefone, esse era o único consolo.

Mesmo assim, Tengo precisava lhe dizer alguma coisa. Em parte, por ter assumido esse compromisso com o médico e, em parte, por uma questão de educação, na falta de termo mais adequado. Havia muito tempo que Tengo não conversava com o pai, tampouco eram de conversar sobre assuntos cotidianos. A última vez que realmente tiveram uma conversa fora na época em que Tengo ainda cursava o ginásio. Depois disso, Tengo mal ia para casa e, mesmo quando voltava para resolver alguma coisa, evitava se encontrar com o pai.

No entanto, esse homem agora estava em coma e morria silenciosamente diante dele. Ele parecia aliviado por ter tirado um fardo de suas costas ao ter praticamente revelado não ser o verdadeiro pai de Tengo. Ambos conseguiram tirar seus respectivos pesos das costas antes que fosse tarde demais.

Mesmo sem terem um vínculo de sangue, aquele homem assumiu oficialmente a paternidade e cuidou dele até que pudesse se manter sozinho. Isso já era motivo mais que suficiente para Tengo sentir gratidão e, de certa forma, sentia também uma obrigação moral de lhe contar como tinha sido sua vida e o que pensava sobre aquilo. Pensando bem, não era exatamente uma questão de obrigação moral, mas de boas maneiras. Precisava falar, independentemente de seu pai escutar ou não, ou de a conversa servir ou não para ajudá-lo em alguma coisa.

Tengo sentou-se novamente no tamborete ao lado da cama e começou a contar sucintamente sua vida desde que saiu de casa, quando ingressou no colegial e passou a morar no alojamento da equipe de judô. Foi a partir daquela época que a vida dele e a de seu pai perderam todos os pontos de contato e os dois passaram a viver cada qual sem se interessar em saber da vida do outro. Tengo achou que deveria preencher ao máximo essa enorme lacuna existente entre eles.

No entanto, Tengo não tinha muito o que falar sobre sua vida durante a época do colegial. Ele ingressou numa escola secundária particular da província de Chiba, de grande reputação no judô. Podia facilmente ter ingressado numa escola melhor, mas as condições que ela oferecera eram as melhores: isenção de todas as taxas e mensalidades, alojamento gratuito e três refeições diárias. Tengo se tornou o principal atleta da equipe de judô da escola e estudava nos intervalos dos treinos (mesmo sem estudar com afinco, conseguia se destacar como o melhor aluno da sala). Durante as férias, fazia trabalhos braçais temporários com os colegas da equipe e juntava alguns trocados. Tinha muitas coisas a fazer e ficava o dia todo ocupado. Os três anos como estudante do colegial foram, em suma, de uma vida assoberbada. Não aconteceu nada de especialmente divertido e não fez nenhum amigo íntimo. Não gostava muito da escola porque tinha muitas regras. Mantinha uma relação amistosa com os rapazes da equipe de judô, mas não se entrosava nas conversas. Para falar a verdade, o judô nunca foi realmente sua paixão, e ele nunca conseguiu mergulhar de cabeça nas competições esportivas. Apenas se dedicava seriamente aos treinos para obter bons resultados e não decepcionar as pessoas que o apoiavam. Mais do que esporte, o judô era um subterfúgio prático para garantir sua sobrevivência. Praticar judô era como um trabalho. Durante esses três anos, o que ele mais desejava era se formar logo para poder ter uma vida mais séria.

No entanto, mesmo entrando na faculdade, ele continuou a praticar judô. Basicamente, sua vida era a mesma que a do colegial. Se continuasse no judô, ganhava alojamento e alimentação, ainda que de modo precário. Recebia bolsa de estudos, mas a quantia não era suficiente para viver, por isso precisava continuar no judô. Sua área de especialização era a matemática, e sua dedicação também lhe rendeu boas notas, a ponto de o seu orientador aconselhá-lo a fazer pós-graduação. No entanto, entre o terceiro e o quarto anos, ele foi perdendo rapidamente a paixão pelos estudos matemáticos. Continuava a gostar do assunto, mas não quis seguir a carreira acadêmica de pesquisador. Era como no caso do judô. Como amador, ele sempre se destacava, mas para seguir a carreira profissional faltavam-lhe o dom e o desejo de querer dedicar toda a sua vida a essa atividade. Estava ciente disso.

Ao perder o interesse pela matemática e com a formatura próxima, os motivos de continuar a praticar judô desapareceram por completo e, desde então, Tengo se sentiu perdido, sem saber o que fazer nem que caminho seguir dali em diante. Era como se perdesse o centro de gravidade. Não que tivesse um, mas até então as pessoas lhe atribuíam expectativas e lhe cobravam produção e, para atendê--las, sua vida sempre fora atribulada. Mas, a partir do momento em que não havia mais pedidos nem expectativas, não lhe restava mais nada. Ele não tinha um propósito na vida. Não tinha nem sequer um amigo. Foi deixado na mais absoluta calmaria e, desde então, não conseguia mais se concentrar em nada.

No período universitário, Tengo teve algumas namoradas e algumas relações sexuais. Ele não era bonito no sentido convencional dos padrões de beleza, nem era do tipo extrovertido, e suas conversas não eram exatamente divertidas nem interessantes. Sempre estava sem dinheiro e suas roupas não eram boas. Mas, assim como certas plantas exalam um aroma que atrai os insetos, ele conseguia atrair um certo tipo de mulher. E essa atração era considerável.

Foi aos 20 anos (no mesmo período em que sua paixão em seguir a carreira acadêmica de matemática também se esvaía) que ele descobriu esse fato. Sem que precisasse agir, algumas mulheres tomavam a iniciativa de se aproximar dele. Queriam ser envolvidas por aqueles braços fortes. Ou, pelo menos, não recusavam que ele assim o fizesse. No começo, sem entender direito como se processava esse mecanismo de atração, ele se sentia confuso; finalmente, ao descobrir seu funcionamento, passou a tirar proveito dessa sua capacidade, aprendendo inclusive a explorá-la. A partir dessa descoberta, ele nunca mais teve dificuldades em conseguir uma mulher. No entanto, nunca se envolveu emocionalmente com nenhuma delas. Para ele, os relacionamentos serviam apenas para satisfazer seus desejos sexuais; só para preencher os respectivos vazios. Era estranho ter de admitir isso, mas ele nunca se sentiu atraído por nenhuma daquelas mulheres que se sentiam fortemente atraídas por ele.

Tengo contou essa parte de sua vida olhando o pai inconsciente. No começo, falou devagar, sem pressa, tendo o cuidado de selecionar as palavras. Com o tempo, passou a falar de modo fluente e, por fim, até com certos toques de emoção. Mesmo em relação aos assuntos sexuais, ele procurou ser o mais sincero possível, pois achou que não caberia se envergonhar disso àquela altura dos acontecimentos. O pai continuava dormindo profundamente, com o rosto voltado para cima e sem se mover, e sua respiração mantinha-se inalterada.

Um pouco antes das três da tarde, uma enfermeira entrou no quarto para trocar o soro, substituir a bolsa coletora de urina e medir a temperatura do pai. Ela era robusta e aparentava ter cerca de 35 anos. Seus peitos eram grandes, e no crachá estava escrito Ômura. Os cabelos estavam firmemente presos num coque, com uma caneta espetada nele.

— Houve alguma mudança? — perguntou a enfermeira enquanto anotava na prancheta alguns dados com a caneta.

— Nenhuma. Ele continua dormindo — respondeu Tengo.

— Se houver qualquer reação, aperte aquele botão — disse, apontando um botão de chamada pendurado na cabeceira da cama. Em seguida, espetou novamente a caneta no cabelo.

— Entendido.

Um pouco depois de a enfermeira deixar o quarto, ouviu-se uma leve batida na porta e a enfermeira de óculos, Tamura, colocou a cabeça pela fresta.

— Gostaria de comer algo? Se quiser, temos alguma coisa no refeitório.

— Obrigado, mas no momento não estou com fome — disse Tengo.

— Como está seu pai?

Tengo balançou a cabeça negativamente.

— Estive conversando com ele todo esse tempo. Não sei se ele está escutando, mas...

— É bom conversar — disse a enfermeira. Para incentivá-lo, abriu um sorriso e disse: — Não se preocupe, seu pai com certeza está escutando.

A enfermeira fechou delicadamente a porta. Tengo e seu pai ficaram novamente a sós, naquele pequeno quarto de hospital.

Tengo prosseguiu.

Contou que, após se formar na faculdade, começou a lecionar matemática numa escola preparatória no centro de Tóquio. Naquela época, ele deixou de ser o menino prodígio da matemática, com futuro brilhante, e um promissor lutador de judô. Tornara-se apenas um professor, e isso o deixava feliz. Finalmente, podia respirar aliviado. Pela primeira vez podia viver livremente sua própria vida, sem precisar dar satisfação a ninguém.

Foi então que começou a escrever romances. Terminou algumas obras e se inscreveu em concursos para novos autores de uma revista literária. Um tempo depois, conheceu um editor cheio de manias chamado Komatsu, que o convidou a reescrever *Crisálida de ar*, uma história criada por uma garota de 17 anos chamada Fukaeri, ou Eriko Fukada. Ela sabia como contar uma história, mas lhe faltava a habilidade de escrevê-la de maneira adequada e, por isso, Tengo assumiu a tarefa. Ao cumpri-la habilmente, a obra ganhou o prêmio literário de revelação de uma revista. Em seguida, foi publicada em formato de livro e se tornou um best-seller. A repercussão de *Crisálida de ar* foi tão grande que a comissão julgadora do prêmio Akutagawa preferiu manter um certo distanciamento, e a obra não foi premiada. Mas, segundo o próprio Komatsu, o livro estava vendendo tanto que "pra quê ganhar aquilo?".

Tengo não tinha certeza se o pai estava escutando o que ele contava. Mesmo que estivesse, não havia como saber se entendia o que ele dizia. Não havia nenhum tipo de reação ou resposta. Caso o pai estivesse entendendo, não sabia se ele estava ou não interessado na conversa. Talvez achasse tudo aquilo uma tremenda chateação. Talvez estivesse pensando: "Não estou nem um pouco interessado em saber sua história, deixe-me dormir sossegado." No entanto, a única coisa que Tengo podia fazer era contar tudo o que lhe vinha à mente. Fora isso, Tengo não tinha nenhuma outra ideia do que fazer com seu pai num quarto tão pequeno.

O pai continuava sem se mover. Os olhos estavam fortemente cerrados nas profundas e escuras cavidades, como se aguardassem pacientemente a neve cobri-los com sua brancura.

— Por enquanto, ainda não posso dizer se está dando certo, mas, se possível, gostaria de viver da escrita. Não se trata de reescrever livros de outras pessoas, mas de eu mesmo escrever uma obra, do jeito que eu quiser. Escrever um texto, principalmente uma história, tem muito a ver comigo. É muito gratificante ter algo que se queira fazer. Até que enfim surgiu dentro de mim a vontade de querer fazer alguma coisa. Ainda não publiquei nada de minha autoria, mas creio que seja uma questão de tempo. Sei que é estranho, mas acho que tenho talento como escritor. Tenho pelo menos um editor que também reconhece meu talento. Quanto a isso, não estou muito preocupado.

"Devo também considerar que tenho a capacidade de ser receptor", pensou Tengo. "Afinal, fui arrastado para o mundo da ficção que eu mesmo escrevi. Mas agora não é hora de falar sobre um assunto tão complexo. Melhor deixar para uma outra ocasião", e Tengo mudou de assunto.

— Meu maior problema é que nunca amei ninguém de verdade. Até hoje, nunca gostei de alguém incondicionalmente e jamais senti vontade de dar minha vida por alguém. Nunca.

Ao dizer isso, Tengo pensou se esse pobre velho diante de seus olhos teria amado alguém durante a vida. Talvez ele tivesse amado a mãe de Tengo de verdade. Por isso é que cuidara do pequeno Tengo, mesmo sabendo que não era seu filho legítimo. Se fosse assim, a vida desse homem seria espiritualmente muito mais elevada que a dele.

— A única exceção é uma menina de quem eu me lembro muito bem. Ela estudou comigo na terceira e quarta séries na escola primária de Ichikawa. Isso foi há vinte anos. Eu senti uma atração muito forte por ela. Sempre pensei nela e continuo pensando. Mas, na prática, nunca tivemos uma conversa. Ela se mudou e, desde então, nunca mais a vi. Mas, recentemente, aconteceu uma coisa que me motivou a procurá-la. Percebi o quanto necessito dela. Quero encontrá-la e conversar sobre várias coisas, mas, no final, não consegui encontrá-la. Devia tê-la procurado antes. Se tivesse feito isso, creio que teria sido bem mais fácil.

Tengo se calou por um bom tempo e esperou a mente de seu pai assimilar tudo o que havia dito até aquele momento. Em outras palavras, o certo seria dizer que Tengo é que precisava de um tempo para assimilar o que acabara de dizer. Prosseguiu:

— Realmente, nesse tipo de coisa sou um covarde. O motivo de eu não ter verificado o meu registro de nascimento também foi por isso. Se eu quisesse realmente descobrir se minha mãe tinha morrido, não teria sido difícil. Bastava ir até a prefeitura e consultar os documentos. Pensei em fazer isso inúmeras vezes. Cheguei até a ir à prefeitura, mas não tive coragem de entrar e pedir para ver os documentos. Tive medo de enfrentar a realidade diante de meus olhos. Tive medo de descobrir por meus próprios meios a verdade. Por isso, fiquei aguardando as circunstâncias se revelarem naturalmente.

Tengo suspirou.

— Independentemente disso, eu já devia ter procurado aquela garota. Percorri o trajeto mais longo. Mas o fato é que eu não conseguia me levantar e começar a agir. Eu sou... como posso dizer; sou muito covarde em assuntos que envolvem sentimentos. Para mim, é um problema fatal.

Tengo se levantou do tamborete e foi até a janela contemplar os pinheiros. Parara de ventar e não se escutava o barulho do mar. Uma gata grande andava pelo jardim. Pelo formato de sua barriga, parecia grávida. A gata deitou ao pé da árvore e, abrindo as patas, começou a lamber a barriga.

Tengo, debruçado na janela, olhou o pai e prosseguiu:

— Mas, de uns tempos para cá, a minha vida começou finalmente a mudar. Sinto isso. Para falar a verdade, durante um bom tempo eu tive raiva do senhor. Desde pequeno, sempre achei que eu não era uma pessoa que merecesse viver num lugar tão miserável e sufocante. Sempre achei que devia morar num ambiente melhor. Eu me sentia injustiçado por ter de levar uma vida assim. Todos os meus colegas de escola pareciam ter uma vida feliz e plena de satisfações. Pessoas com menos capacidade e talento tinham uma vida bem melhor que a minha. Naquela época eu desejei de verdade que você não fosse o meu pai. Sempre achei que houvera um engano e que você não era o meu pai verdadeiro, e que era impossível termos o mesmo sangue.

Tengo olhou novamente a gata que, sem desconfiar de que era observada, continuava distraidamente a lamber a barriga. Prosseguiu a conversa enquanto a observava.

— Agora não penso mais assim. Não penso mais daquela forma. Hoje sei que aquela circunstância era adequada para mim e que eu tinha um pai igualmente adequado. Não estou mentindo. Para ser sincero, sei que fui uma pessoa tola. Uma pessoa insignificante. Em certo sentido, eu mesmo é que me estraguei. Hoje realmente consigo admitir isso. Quando eu era pequeno, sei que fui o menino prodígio da matemática. Sei que minha capacidade era excepcional. Todos voltavam a atenção a mim e fui muito mimado. Mas, no final, esse talento não me levou a lugar nenhum. Era algo que existia *somente ali*. Desde pequeno eu tinha um corpo grande e era bom no judô. Nos campeonatos da província sempre me destaquei. Mas, quando o meu mundo se ampliou, encontrei vários lutadores de judô melhores do que eu. Na faculdade, não fui selecionado para fazer parte do campeonato nacional. Levei um choque e durante um período não sabia mais quem eu era. Mas isso era mais que óbvio. Realmente, eu não era nada.

Tengo abriu a garrafa de água mineral que trouxera e tomou um gole. Sentou-se novamente no tamborete.

— Como eu já disse outro dia, sou muito grato ao senhor. Acho que realmente não sou seu filho e tenho quase certeza disso. Mas sou grato por ter cuidado de uma criança que não tinha o seu sangue. Sei que não deve ter sido fácil um homem cuidar sozinho de uma criança. Ainda hoje, só de pensar naquela época que você me carregava para cima e para baixo para fazer as cobranças da NHK, fico deprimido a ponto de meu peito doer. Só tenho lembranças desagradáveis. Mas, para você, certamente não havia outro meio de se comunicar comigo. Como eu posso dizer... aquilo era a única coisa que você *conseguia fazer de melhor*. Era como um ponto de interseção entre você e a sociedade. Você com certeza queria me mostrar isso. Hoje eu consigo entender sua atitude. É claro que levar uma criança tinha a intenção de facilitar seu trabalho de cobrança, mas esse não era o único motivo.

Tengo fez outra pequena pausa para que a mente de seu pai conseguisse assimilar o que ele havia dito. Enquanto isso, também organizou seus pensamentos.

— É claro que, quando eu era criança, não conseguia entender essas coisas. Eu só sentia vergonha e tristeza. Aos domingos, enquanto meus colegas se divertiam, eu tinha de acompanhá-lo nas cobranças. O senhor não imagina como eu odiava quando chegava o domingo. Mas, até certo ponto, hoje consigo entender. Não que eu ache que o senhor tenha agido corretamente. Aquilo me feriu o coração. Para uma criança, era muito doloroso. Mas já passou. Não precisa se preocupar. E foi graças a isso que me tornei uma pessoa mais forte. Aprendi por experiência própria quão difícil é viver neste mundo.

Tengo abriu as mãos e durante um bom tempo observou suas palmas.

— Vou continuar tentando viver minha vida. Provavelmente, de um jeito melhor que antes, sem dar tantas voltas. Não sei o que o senhor pretende fazer daqui para a frente. Pode ser que prefira ficar dormindo tranquilamente, e jamais queira abrir os olhos de novo. Se é o que o senhor deseja, faça isso. Não vou atrapalhá-lo. A única coisa que posso fazer é deixá-lo dormir profundamente. Mas, seja como for, eu precisava ao menos lhe contar isso. Contar o que vim fazendo até agora. Dizer o que penso. Talvez o senhor nem quisesse ouvir. Se o senhor não queria mesmo, perdoe-me a inconveniência. De qualquer modo, não tenho mais nada a dizer. Acho que já contei tudo que eu queria contar. Não vou mais importunar. Durma o quanto quiser.

Um pouco depois das cinco, a enfermeira Ômura voltou, com a caneta enfiada no cabelo, para verificar o nível do soro. Desta vez, não mediu a temperatura.

— Houve alguma mudança?

— Ainda não. Ele continua dormindo — disse Tengo.

A enfermeira assentiu.

— Daqui a pouco o médico deve passar por aqui. Sr. Kawana, até que horas o senhor pretende ficar?

Tengo olhou o relógio de pulso.

— Vou pegar o trem que parte um pouco antes das sete, por isso devo ficar até por volta das seis e meia.

Após anotar alguns dados na prancheta, a enfermeira enfiou a caneta no cabelo.

— Conversei com ele a tarde toda, mas parece que não está ouvindo nada — disse Tengo.

A enfermeira comentou:

— Quando eu estudava enfermagem, me ensinaram uma coisa. As palavras alegres fazem com que os tímpanos vibrem com alegria. As palavras alegres possuem uma vibração alegre. Mesmo que o paciente não entenda o sentido das palavras, fisicamente os tímpanos vibrarão com alegria. Por isso aprendemos que, mesmo que o paciente não nos ouça, devemos falar sempre coisas alegres, alto e bom som. Não importam os argumentos contrários, pois sabemos que realmente funciona. Digo isso por experiência própria.

Tengo pensou no que acabara de ouvir.

— Obrigado — disse Tengo. A enfermeira Ômura assentiu discretamente e, com passos ligeiros, deixou o quarto.

Tengo e seu pai ficaram um bom tempo em silêncio. Tengo não tinha mais o que conversar. O silêncio, porém, não era algo que causasse desconforto. A luz do entardecer gradativamente cedia lugar aos indícios do anoitecer; e os últimos raios de sol silenciosamente adentraram o quarto.

"Será que contei ao meu pai das duas luas?", pensou Tengo. A impressão era de que não tinha falado disso. Tengo agora vivia num mundo em que havia duas luas no céu. "Por mais que se olhe, é um mundo muito estranho", pensou em dizer. Mas achou que não adiantaria nada falar disso naquele momento. Para seu pai, tanto fazia existirem ou não duas luas no céu. Era uma questão que Tengo deveria resolver sozinho.

Além do mais, mesmo que neste mundo (ou *naquele* mundo) existisse uma, duas ou três luas, no final das contas o ser humano chamado Tengo era único. Que tipo de diferença haveria nisso? Independentemente de onde estivesse, Tengo era Tengo. Uma pessoa com seus problemas e suas características próprias. A questão de Tengo não eram as luas, mas ele próprio.

* * *

Trinta minutos depois, a enfermeira Ômura apareceu de novo no quarto. Por alguma razão, não usava mais a caneta enfiada no cabelo. Onde a teria deixado? Sem entender por quê, Tengo não conseguia deixar de se preocupar com o sumiço da caneta. Dois homens a acompanhavam, trazendo uma cama com rodas. Os dois eram grandes e tinham a pele morena. Nenhum deles abriu a boca. Pareciam estrangeiros.

— Senhor Kawana, vamos levar seu pai para fazer alguns exames. Enquanto isso, por favor, poderia aguardar aqui? — disse a enfermeira.

Tengo olhou o relógio.

— Ele não está bem?

A enfermeira negou com a cabeça.

— Não é isso. Precisamos transferi-lo porque neste quarto não há equipamentos para fazer os exames. Não é nada de especial. Depois o médico deve falar com o senhor.

— Entendi. Vou aguardar.

— Se o senhor quiser ir até o refeitório, deve ter chá quente. É melhor o senhor descansar um pouco.

— Obrigado — disse Tengo.

Os dois homens pegaram delicadamente o corpo magro de seu pai com o tubo de soro e o transferiram para a cama sobre rodas. Empurraram a cama até o corredor, junto com o suporte do soro. Eram muito eficientes e, como era de esperar, não disseram nada.

— Não vamos demorar muito — disse a enfermeira.

No entanto, seu pai demorou para retornar. A luminosidade que vinha de fora foi ficando cada vez mais fraca. Mas Tengo não quis acender a luz por achar que, caso o fizesse, algo de muito importante ali poderia se perder para sempre.

A cama mantinha uma depressão com o formato do corpo do pai. Apesar de ele não pesar muito, seu corpo deixara uma marca nítida. Enquanto Tengo observava a concavidade, sentiu-se totalmente abandonado no mundo e teve a impressão de que, após o pôr do sol, jamais tornaria a ver o dia raiar.

Sentou-se no tamborete e, mesclando-se aos tons do anoitecer, ficou durante um longo tempo absorto em seus pensamentos. De repente percebeu que não pensava em mais nada, estava apenas submerso no vazio. Levantou-se lentamente do tamborete e foi para o banheiro fazer suas necessidades. Depois lavou o rosto com água fria, enxugou-se com um lenço e olhou-se no espelho. Ao se lembrar do que a enfermeira dissera, foi para o refeitório tomar uma xícara quente de chá-verde.

Quando Tengo voltou ao quarto após descansar vinte minutos no refeitório, seu pai ainda não havia retornado. Mas, na cama, sobre a depressão com o formato do corpo, havia um objeto branco que ele nunca vira antes.
 Tinha quase um metro e meio de comprimento e um belo formato, de curvas suaves. À primeira vista, parecia uma casca de amendoim, e uma plumagem curta e macia recobria a superfície. A plumagem emitia um brilho vago e uniforme. No quarto, que gradativamente escurecia, uma luz azul-clara envolvia suavemente o objeto. Era como se ele, discretamente colocado sobre a cama, preenchesse temporariamente o espaço que seu pai acabara de desocupar. Tengo parou diante da porta e, ainda segurando a maçaneta, ficou observando durante um tempo esse estranho objeto. Seus lábios pareciam se mover, mas não conseguiam emitir palavras.
 "O que é isso?", indagou-se Tengo, estreitando os olhos, paralisado diante da porta. "Por que isso veio parar aqui, no lugar do meu pai?" Certamente não teria sido o médico ou a enfermeira que trouxera aquilo. O objeto emanava uma atmosfera especial, que parecia não pertencer àquela dimensão.
 Um tempo depois, Tengo subitamente percebeu: era uma *crisálida de ar*.
 Era a primeira vez que Tengo via uma crisálida de ar. No romance, ele a havia descrito minuciosamente, mas, claro, nunca tinha visto uma, e tampouco imaginara que ela podia existir de verdade. Era uma crisálida de ar exatamente igual à que ele havia imaginado e descrito no livro. Teve uma intensa sensação de *déjà vu*, como se espremessem seu estômago com um aro metálico. Tengo entrou

no quarto e fechou a porta. Era melhor que ninguém visse aquilo. Ao engolir a saliva que se acumulava dentro da boca, um estranho barulho se ouviu no fundo de sua garganta.

Tengo se aproximou lentamente da cama e, à distância de um metro, observou atentamente o formato da crisálida. Foi então que constatou que era exatamente igual à que ele havia desenhado quando reescrevia a história. Antes de descrevê-la em palavras, ele havia esboçado um desenho simples a lápis, de modo a fixar visualmente a imagem que havia mentalizado, para depois transcrevê-la no texto. Enquanto ele reescrevia *Crisálida de ar*, o desenho ficara pendurado com uma tachinha na parede em frente a sua escrivaninha. O formato lembrava mais um *casulo* do que propriamente uma crisálida, mas, tanto para Fukaeri quanto para Tengo, o objeto só poderia ser chamado de "crisálida de ar".

Durante a revisão, Tengo inseriu por conta própria as características externas da crisálida de ar, como a elegante cavidade existente na parte central e as arredondadas protuberâncias em suas extremidades. Isso tudo era fruto da imaginação de Tengo. Na história "oral" contada por Fukaeri, não havia esse tipo de detalhe. Para Fukaeri, a crisálida de ar era apenas uma crisálida de ar, ou seja, algo entre o objeto e o conceito e, para ela, não havia a necessidade de descrevê-la minuciosamente. Por isso, Tengo precisou imaginar os detalhes para compor a descrição de seu formato. A crisálida de ar que Tengo via diante de seus olhos tinha uma nítida cavidade na parte central e belas protuberâncias nas extremidades.

"É exatamente a mesma crisálida de ar que eu desenhei e descrevi em palavras", pensou Tengo. Estava acontecendo justamente como daquela vez em que vira as duas luas no céu. O que ele havia descrito, de algum jeito, tornava-se real, e nos mínimos detalhes. A relação de causa e efeito estava desordenada.

Tengo sentiu uma estranha sensação nos braços e nas pernas, como se estivessem espremendo seus nervos, e um arrepio percorreu seu corpo. Não conseguia discernir neste seu mundo até que ponto as coisas eram reais, e onde começava a ficção. Até onde aquilo pertencia a Fukaeri, a partir de onde era de Tengo? E a partir de onde seria dos "dois"?

Na parte superior da crisálida havia uma fenda que se estendia longitudinalmente em linha reta. A crisálida estava prestes a se romper, e a abertura tinha cerca de dois centímetros de largura. Se inclinasse o corpo e espiasse pela fenda, poderia ver o que havia dentro dela. Mas Tengo não tinha coragem de fazer isso. Ele se sentou no tamborete ao lado da cama e, movimentando ritmicamente os ombros para cima e para baixo, tentando controlar a respiração, continuou a observar atentamente a crisálida de ar. Ela emitia uma luz suave e permanecia imóvel, como um problema matemático aguardando pacientemente pela resolução de Tengo.

O que havia dentro dessa crisálida de ar?

"O que ela quer me mostrar?"

Na obra *Crisálida de ar*, a protagonista encontra a outra parte de seu próprio eu dentro da crisálida. Ela encontra sua *dohta*. Depois, ela foge da comuna sozinha, deixando para trás a *dohta*. Mas o que havia dentro da crisálida de ar de Tengo? (Ele intuitivamente achava que aquela era *sua própria* crisálida.) Será que era uma coisa boa? Ou algo ruim? Será que o conduziria para algum outro lugar? Ou o levaria a se perder? E, afinal, quem a teria trazido aqui?

Tengo sabia muito bem que devia tomar uma atitude. Mas ele não conseguia se imbuir de coragem para se levantar e espiar dentro da crisálida de ar. Tengo estava com medo. Temia que o conteúdo pudesse machucá-lo, ou causar uma grande mudança em sua vida. Ao pensar nisso, sentado sobre o pequeno tamborete, sentia seu corpo retesado, como uma pessoa encurralada, sem ter para onde fugir. Era o mesmo tipo de medo que o impedira de verificar o registro familiar de seus pais. O mesmo medo que também o impediu de procurar Aomame. O medo fazia com que *não quisesse saber* o que havia dentro daquela crisálida. Se pudesse resolver isso sem ter de descobrir as coisas, ele assim o faria. Se pudesse, bem que gostaria de sair imediatamente daquele quarto e pegar o primeiro trem para Tóquio. E, com os olhos fechados e os ouvidos tapados, fugiria para o seu pequenino mundo particular.

Mas Tengo sabia que não podia fazer isso. "Se eu fugir daqui sem descobrir o que há dentro da crisálida, vou me arrepender amargamente pelo resto da vida. Se eu desviar o olhar *dessa coisa*, sei que jamais me perdoarei."

* * *

Sem saber o que fazer, Tengo permaneceu um bom tempo sentado no tamborete. Não conseguia seguir em frente nem recuar. Com as mãos cruzadas sobre o colo, observava a crisálida de ar sobre o leito e, de vez em quando, desviava o olhar furtivamente para a janela. O sol se pôs e uma tênue luz noturna gradativamente envolvia o bosque de pinheiros. Continuava sem ventar e não se ouvia o barulho das ondas do mar. O silêncio era tanto que chegava a causar estranhamento. Conforme o quarto ficava mais escuro, a luz emitida pela forma branca tornava-se mais intensa. Tengo achou que aquilo tinha vida. Ela irradiava um brilho sereno de vida, possuía um calor próprio e uma discreta ressonância vital.

Tengo finalmente resolveu se levantar do tamborete e se inclinou sobre a cama. Não podia fugir. Não podia continuar a agir como uma criança medrosa e desviar o olhar das coisas diante de si. O verdadeiro poder de um homem só se adquire quando este conhece a verdade, não importa o que seja essa verdade.

A fenda na crisálida de ar continuava do mesmo jeito: a abertura não estava nem maior nem menor. Tengo estreitou os olhos e tentou espiar o que havia lá dentro, mas não conseguiu enxergar nada; estava escuro, e uma membrana fina parecia ocultar o local. Tengo procurou manter o ritmo da respiração e cuidou para que as pontas de seus dedos não tremessem. Em seguida, colocou os dedos por entre a fenda de dois centímetros e a afastou lentamente para os lados, como se estivesse abrindo uma porta dupla. A crisálida facilmente se abriu sem opor resistência, sem emitir nenhum som. Era como se aguardasse as mãos de Tengo.

A crisálida emanava de seu interior uma suave luminosidade que lembrava o reflexo da luz na neve. Essa luz, apesar de tênue, era suficiente para deixar ver o interior.

E o que Tengo pôde ver foi uma linda menina de 10 anos.

Ela dormia profundamente. Usava um vestido branco simples, sem ornamentos, parecido com uma camisola, e suas pequeninas mãos estavam cruzadas sobre o peito reto. Num piscar de olhos, Tengo conseguiu identificá-la. O rosto era fino e os lábios desenhavam uma linha reta, como se tivessem sido traçados com uma régua.

Uma franja bem-cortada cobria a testa lisa, de belo formato. O pequeno nariz, discretamente voltado para cima, parecia requerer algo. As maçãs do rosto eram ligeiramente salientes. As pálpebras estavam cerradas, mas Tengo sabia quais olhos surgiriam no momento em que se abrissem. Não tinha como não saber. Durante esses vinte anos, ele vivera com a imagem daquela menina em seu coração.

— Aomame — disse Tengo.

A menina continuava a dormir. Um sono naturalmente profundo. A respiração era sutil. As batidas de seu coração eram igualmente leves, a ponto de não se poder ouvi-las. Ela parecia não ter força suficiente para abrir as pálpebras. Ainda não havia *chegado a hora*. Sua consciência estava num local distante, longe dali. Mesmo assim, a palavra que Tengo dissera fez vibrar levemente os tímpanos dela. Aquela palavra era o seu nome.

De um local distante, Aomame escutou alguém chamá-la. "Tengo", pensou, e sua boca pronunciou claramente o nome dele. Mas a palavra não moveu os lábios da menina dentro da crisálida de ar, e tampouco alcançou os ouvidos de Tengo.

Tengo continuou fitando o rosto de Aomame sem se cansar, mantendo uma respiração superficial, como se sua alma tivesse sido roubada. O rosto da menina lhe pareceu denotar serenidade, e não se via nele nenhuma sombra, por menor que fosse, de tristeza, dor ou insegurança. Agora os lábios pequenos e finos davam a impressão de que, a qualquer momento, começariam a se mover e a dizer algo significativo. Suas pálpebras também pareciam prestes a se abrir. Tengo rezou, do fundo do coração, para que isso realmente acontecesse. Ele não sabia dizer as palavras corretas de uma oração, mas, mesmo assim, seu coração proferiu para o universo sua oração sem forma. Porém, não havia sinal de que ela despertaria do sono.

— Aomame — Tengo novamente a chamou.

Ele tinha muitas coisas a lhe dizer. Sentia igualmente necessidade de dizer todas as coisas. Durante muitos anos ele vivera carregando aquilo. Mas, naquele momento, a única coisa que Tengo podia fazer era chamá-la pelo nome.

— Aomame — ele novamente a chamou.

Tengo ousou estender o braço para tocar as mãos daquela menina que permanecia deitada dentro da crisálida de ar. Ele colocou sua enorme mão de adulto sobre suas pequeninas mãos. Foram essas mãos pequeninas que seguraram firmemente a mão do Tengo de 10 anos e o encorajaram. As mãos daquela menina, que dormia envolta numa tênue luz, continham um inconfundível calor de vida. Aomame viera até ali transmitir-lhe aquele calor. Assim pensou Tengo. Esse era o significado daquele pacote que ela lhe entregara vinte anos atrás. Ele finalmente abriu o pacote e viu com seus próprios olhos o que havia dentro dele.

— Aomame — disse Tengo. *Eu vou te encontrar, custe o que custar.*

A luminosidade da crisálida de ar foi gradativamente desaparecendo na escuridão e, mesmo após a figura da menina Aomame desaparecer — Tengo ainda não conseguia discernir se aquilo havia ou não acontecido de verdade —, os dedos dele continuavam a sentir o toque e o íntimo calor daquelas mãozinhas.

Provavelmente, ele nunca mais deixaria de sentir aquele calor, pensou Tengo, já dentro do trem expresso de volta a Tóquio. Durante esses vinte anos, Tengo vivera carregando consigo o toque e a lembrança das mãozinhas daquela menina. De agora em diante, continuaria a viver com esse novo calor que ela proporcionara.

Quando o trem expresso fez uma grande curva, contornando as montanhas próximas à orla marítima, Tengo viu no céu as duas luas, uma ao lado da outra. Elas pairavam nitidamente sobre o mar calmo. Uma lua grande e amarela, a outra pequena e esverdeada. Os contornos eram brilhantes, mas a distância, imensurável. As pequenas ondulações que se formavam na superfície do mar refletiam o misterioso brilho das luas, como se fragmentos de vidro tivessem sido espalhados no mar. As duas luas foram se movendo lentamente do lado de fora da janela, enquanto o trem seguia contornando as montanhas, até saírem do campo visual, deixando apenas os pequenos fragmentos brilhantes como um sugestivo sinal de suas silenciosas presenças.

Quando as luas não podiam mais ser vistas, Tengo sentiu novamente que seu coração se aquecia. E, como um viajante que depara com uma pequena luz em seu caminho, esse calor lhe transmitia uma promessa, ainda que sutil.

"De agora em diante, pretendo viver neste mundo", pensou Tengo, com os olhos fechados. Ele não sabia como o mundo funcionava, nem quais eram os princípios que o regiam. Não tinha ideia do que aconteceria com ele dali em diante. Mas não importava. Não havia necessidade de ter medo. Independentemente do que acontecesse com ele, viveria nesse mundo com duas luas e, de algum modo, encontraria o caminho a seguir, desde que não esquecesse esse calor aconchegante; desde que jamais renunciasse a esse sentimento.

Tengo manteve os olhos fechados por um bom tempo. Quando finalmente os abriu, a escuridão da noite de início de outono se revelava pela janela. Não era mais possível ver o mar.

"Vou encontrar Aomame", Tengo reafirmou sua decisão. "Não importa o que aconteça, não importa que mundo seja esse, não importa quem ela seja."

1ª EDIÇÃO [2013] 11 reimpressões

ESTA OBRA FOI COMPOSTA PELA ABREU'S SYSTEM EM ADOBE GARAMOND
E IMPRESSA EM OFSETE PELA GEOGRÁFICA SOBRE PAPEL PÓLEN DA
SUZANO S.A. PARA A EDITORA SCHWARCZ EM FEVEREIRO DE 2025

A marca FSC® é a garantia de que a madeira utilizada na fabricação do papel deste livro provém de florestas que foram gerenciadas de maneira ambientalmente correta, socialmente justa e economicamente viável, além de outras fontes de origem controlada.